시시포스와 그의 형제들

현대 문학과 철학에 나타난 '반복' 모티브

시시포스와 그의 형제들

반복이라는 현상을 통시적인 관점에서 살펴보면 그 의미가 끊임없이 변화해 왔음을 알 수 있다. 신화적인 세계상이나 종교적인 믿음이 지배하던 시대에 반복은 항상 초월적인 것과 연관성을 갖는다. 인간이 자신의 조건, 즉 인간으로서의 조건을 잊고 자신의 행동을 항상 회귀적이고 신적인 맥락에 위치시킬 때 그는 신의 행동을 반복하는 것이다. 이로서 반복은 신성한 것이 되며 절대적이고 초월적인 의미를 갖는다. 반면 인간이 이러한 초월적인 시간 차원에서 벗어나 세속적인 시간 차원으로 들어와 행동할 때, 즉 그의 행동이 더 이상 신성과의 연관성을 갖지 않을 때 그는 타락한다. 따라서 인간이 인간임을 잊고 신의 행동을 반복할 때 그 순간은 세속적인 선형적 시간을 넘어서 시간의 흐름을 초월한 영원을 희미하게 된다. 그러나 사회가 점차 세속화되고 신으로 충만한 종교적 질서가 더 이상 강력하지 않게 되면서 반복에 대한 평가 역시 변화한다.

근대에 들어서면서 신화적이고 종교적인 세계상은 붕괴된다. 이를 통해 초월적이고 신성한 '시간 대신 세속적인 시간이 들어선다, 즉 과거에서 현재로, 미래로 흘러가는 선형적인 시간의 흐름이 초월적이고 신성한 시간을 대신하는 것이다. 이러한 시간적인 관점에서 순간은 더 이상 영원과 동일한 것이 될 수 없을 뿐만 아니라, 오히려 그것과 정반대되는 지점에 위치하게 된다. 순간은 신적인 질서에서 빠져나옴으로써 자신을 지켜 주고 구원해 줄 비밀들을 잃어버린다 그 대신 이성이라는 새로운 수단에 의해 진보와 발전에 대한 믿음을 갖게 된다, 즉 더 이상 신과 같이 그 자체로 회귀하는 것이라는 이념에 의해 일직선으로 흘러가는 시간 속에서 무한히 진보할 수 있다고 믿게 된 것이다.

이성과 더불어 근대의 또 다른 특징은 자아라고 할 수 있다. 이제 신에게서 자신에게로 시선을 돌린 인간은 자신이 누구인지에 관심을 갖고 자아 탐구에 몰두한다. 이러한 맥락에서 내가 누구인지를 파악하고 나의 정체성을 확립하기 위해 자신의 과거를 돌이켜보고 그것을 현재의 차원에서 해석하는 작업이 필요하게 된다. 다른 한편 자아는 개인적인 정체 성의 확립이라는 차원을 넘어서 집단적인 것으로서 민족의 정체성을 수립하기 위한 수단이 되기도 한다. 근대에 들어서 역사에 대한 관심은 더욱 커졌으며, 민족 국가 수립을 기도하는 여러 국가가 자신들의 과거를 회상하며 민족적 정체성을 수립하려고 시도했다. 이제 탈각된 과거를 기억해 내어 현재와 연결함으로써 자신의 개인적, 민족적 정체성을 수립해 내는 것이 근대의 목표가 되는 것이다.

그러나 근대에 가지고 있었던 이성을 통한 무한한 진보에 대한 믿음과 사회의 조화를 이루며 발전하는 자아의 이상은 결국 환상임이 드러난다. 19세기 후반 유럽 소설에서 비합리적인 운명의 힘이나 유전적인 조건이 강조되는 것은 자유롭게 행동하고 '사회를 발전시키는 인간상'에 대한 회의를 반영한다. 반면 비합리적으로 운명이나 유전은 — 그것이 신적인 구상으로서는 생물학적인 구상으로서든 — 이미 계획되어 있는 것이 다시 나타난다는 의미에서 반복을 의미한다. '자유 의지'를 지니고 있다고 믿은 인간은 이러한 운명으로서의 반복을 더 이상 피할 수도 없고 극복할 수도 없다. 이로써 반복은 인간의 한계를 지적하고 인간의 오만을 경고하는 의미를 지니게 된다. 그러나 여기에서 반복은 이미 감춰져 있던 것이 다시 나타난다는 의미에서의 반복으로, 동일한 것의 반복을 의미한다.

프로이트Sigmund Freud에 이르면 기억과 망각은 더 이상 대립적인 관계에 놓이지 않는다. 그는 완전히 망각되는 것이란 없으며 우리가 흔히 망각한다고 생각하는 것은 기억의 흔적으로 무의식 이면으로 남아 있다고 말한다. 이에 따라 우리의 의식으로 억압된 것, 즉 완전히 망쳐지 않았지만 그렇다고 기억할 수도 없는 것이 신경증에서 반복 적으로 나타난다. 이러한 반복 강박은 은 질병으로서의 반복이 가진 부정적 측면을 부각하며, 극복의 대상이 된다. 그러나 다른 한편 이것은 인간의 자유 의지로 극복할 수 없는 무의식 차원에서 일어나는 반복 현상을 가정하게 한다.

세기 전환기에 들어서면서 특히 빈을 중심으로 세기말적인 분위기가 지배적이 된다. 이제 덧없는 인생에서 순간의 쾌락을 누리며 살려는 태도가 만연한다. 키르케고르Søren Kierkegaard가 말한 '미학적인 인간 유형' 이 이 시기를 풍미한 것이나, 과거에 얽매이지 않고 현재의 순간에 푹 빠져드는 미학적 인간 유형은 슈니츨러Arthur Schnitzler의 작품에 자주 등장한다. 가령 그의 연극 '작품 '사랑의 유희

시
시
포
스
와
그
의
형
제
들

정항균 지음

❀을유문화사

정항균

서울대학교 독어독문학과를 졸업하고 같은 학교 대학원에서 석사 학위를, 독일 부퍼탈대학교에서 박사 학위를 받았다. 독일 사실주의 문학과 독일 현대 소설을 전공했으며, 현재 서울대학교 독어독문학과 교수로 재직 중이다. 지은 책으로 *Dialogische Offenheit. Eine Studie zum Erzählwerk Theodor Fontanes*(2001), 『므네모시네의 부활』(2005), 『자본주의 사회와 인간 욕망』(공저, 2007)이 있고, 옮긴 책으로는 『악마의 눈물』(공역, 2004), 『커플들, 행인들』(2008)이 있다. 주요 논문으로는 「페터 바이스의 작품에 나타난 기록 문학적 요소와 초현실주의적 요소의 기능에 관하여」(2000), 「역전의 미학, 보토 슈트라우스에 관한 고찰」(2004), 「미로 속 나비의 날갯짓: 포스트모던 시대의 카오스 이론의 문화적 의미 연구」(2005), 「추리 소설의 경계 변천 1, 2」(2006), 「Die Ästhetik der Kälte in *Die Klavierspielerin* von Elfriede Jelinek」(2007) 등이 있다.

시시포스와 그의 형제들
현대 문학과 철학에 나타난 '반복' 모티브

초판 제1쇄 인쇄 · 2009년 4월 25일
초판 제1쇄 발행 · 2009년 4월 30일

지은이 · 정항균
펴낸이 · 정지영
펴낸곳 · (주)을유문화사

창립일 · 1945년 12월 1일
주소 · 서울특별시 종로구 수송동 46-1
전화 · 734-3515, 733-8152~3
팩스 · 732-9154
E-Mail · eulyoo@chol.com

ISBN 978-89-324-7148-8 93850
값 15,000원

이 책을 쓰게 된 계기는 2004년 한양대학교에서 열린 어느 페미니즘 워크숍이다. 아마도 남성 참석자가 지나치게 적을 것이 우려되어 초청장을 받게 된 나는 조금은 수동적인 자세로 발표를 듣고 있었다. 그중 한 발표가 포르노그래피라는 주제를 다루었는데, 나는 정작 거기서 논의되는 포르노그래피의 유해성을 둘러싼 담론에는 별 관심이 없었고 포르노그래피의 본질적인 특징이 무엇일까 하는 생각에 골몰해 있었던 것 같다. 그러던 중 문득 직접적인 묘사 외에 '반복'이 포르노그래피의 본질적인 특징이 아닐까 하는 다소 막연한 결론에 도달하게 되었다.

그리고 몇 달의 시간이 흐른 뒤 나는 우연히 한트케의 『반복』이라는 책을 접했다. 이전에 포르노그래피와 관련하여 내 머릿속에 각인되었던 반복이라는 바로 그 단어를 다시 접하면서 이 책에 대한 관심이 생겼고 곧바로 이 책을 읽기 시작했다. 물론 이 책은 포르노그래피와는 전혀 상관이 없었지만, 반복이라는 주제가 현대 문화와 문학을 설명하는 주요한 키워드 가운데 하나라는 것을 알게 해 주었다는 점에서 의미가 있었다. 이 책을 접한 뒤 반복이라는 제목으로 책들을 검색하면서 들뢰즈의 『차이와 반복』을 알게 되었고, 이를 계기로 반복에 대한 나의 관심은 문학을 넘어 철학으로까지 확장되었다. 그리고 나서 주변을 돌아보니 현대의 중요한 문화적 현상이 반복과 관련이 있으며, 반복이라는 주제가 이전에 집필했던 책의 주제인 기억과도 긴밀한 연관이 있다는 것도 알게 되었다. 그리하여 이 주제에 대한 보다 심도 있고 체계적인 연구를 해 보기로 결심하게 된 것이다. 돌이켜 보면 강연 중에 잠시 다른 생각을 하게 된 것이 계기가 되어 이 책을 집필하게 된 셈이니, 때로는 잡생각도 나쁜 것만은 아닌 것 같다.

이 책의 제목인 '시시포스와 그의 형제들'은 언뜻 독일어권 문학에 정통한 사람이라면 토마스 만의 『요셉과 그의 형제들』이라는 책 제목을 본뜬 것이 아닌지 하는 의구심을 가질 수 있을지도 모르겠다. 그러나 이 책의 제목은 토마스 만의 소설에서가 아니라 나의 박사 학위 논문 지도 교수인 위르겐 야콥스의 교수 자격시험 논문인 『빌헬름 마이스터와 그의 형제들』에서 따온 것이다. 이 논문은 독일 교양 소설의 발전 과정을 연구한 것이다. 주지하다시피 빌헬름 마이스터는 자기 주변 세계와의 교류와 다양한 경험을 통해 성장하고 발전하는, 교양 소설의 전형적인 주인공이다. 이러한 교양 소설에는 인간의 성장과 세계의 진보에 대한 기본적인 믿음이 전제되어 있다. 그러나 현대 사회를 바라보면 역사는 결코 선형적으로 진보하지도 않고 인간 역시 지속적으로 성장하거나 발전하지도 않는다는 것을 알 수 있다. 오늘날 교양 소설은 기껏해야 패러디의 대상으로만 장르적 명맥을 유지하고 있을 뿐인데, 이것은 시대적인 패러다임의 변화를 여실히 보여 준다. 이러한 맥락에서 이 책의 제목인 '시시포스와 그의 형제들' 역시 어느 정도 '빌헬름 마이스터와 그의 형제들'에 대한 패러디라고 할 수 있을 것이다.

　이러한 사회적, 역사적 변화에 직면하여 이제 계몽주의적인 관점에서 폄하되던 반복이라는 범주가 새롭게 조명될 수 있는 시대적 조건이 마련되었다. 오늘날 유행하고 있는 복고 열풍이나 리메이크 같은 현상은 단순한 유행이 아니라 시대적 패러다임 변화를 반영하는 문화적 현상으로 간주할 수 있다. 더 이상 모더니즘적인 실험과 혁신을 통한 창조 대신 기존의 것을 상호 텍스트적으로 연결하여 창조하는 포스트모더니즘 방식의 창조, 즉 창조적 반복이 우리 사회와 문화에 점점 관철되고 있는 것이다.

　그러나 현대 사회에 등장하는 반복의 형태가 포스트모더니즘적인 반복이라는 단 하나의 현상으로 환원되지는 않는다. 지금도 여전히 종교에 대한 믿음을 가지고 매 순간 신을 새롭게 접하는 반복 체험을 하는 사람도 있을 것이고, 자본주의 사회의 쳇바퀴처럼 돌아가는 노동 환경 속에서 마모되어 가면서도 그것에 시시포스처럼 매번 저항하며 일어서는 사람도 있을 것이다. 전자의 사람에게는 엘리아데나 키르케고르의 반복이, 후자의 사람에게는 카뮈의 반복 개념이 포스트모더니즘에서의 창조적 반복보다 더 현재적인 의미를 지닐 것이다.

　카뮈의 작품에서 부조리의 반복을 보여 주는, 불굴의 저항적 인물로 표상되는 시시포스에게는 자신과 공통점이 있으면서도 차이가 나는 '형제들'이 있다. 그의 형제들은 반복이라는 현상을 긍정적인 범주로 끌어올리며 이전과 다른 시각으로 보았다는 점에서 카뮈의 시시포스와 유사성을 보이지만, 더 이상 좁은 의미의 이성 개념을 믿지 않는다는 점에서 그와 차이가 나기도 한다. 이들 또 다른 반복의 영웅들인 욥(키르케고르의 영웅, 보다 넓은 의미에서 엘리아데의 영웅)과 자라투스트라(니체의 영웅, 보다 넓은 의미에서 들뢰즈의 영웅)는 각각 종교적 반복과 창조적 반복이라는 새로운 반복의 형식을 보여 주며, 반복을 최고의 범주로 끌어올린다. 그 외에 명명되지 않은 이름 없는 반복의 영웅들이 추상화된 반복 이론의 형식(프로이트와 라캉의 이론)으로 나타나기도 한다. 이 책에서는 반복의 다양한 형식에 관한 철학적 담론을 정리하고 이러한 철학적 담론이 어떤 미학적 형식으로 표현되는지 살펴볼 것이다. 물론 이 경우 반복의 미학이 반드시 반복에 관한 철학적 담론을 반영하는 것은 아니라는 점을 지적할 필요가 있다. 왜냐하면 때로는 미학적 반복이 미처 철학적 담론이 다루지 못한 반복의 측면을 다루면서 상호 보완적인 모습을 보이기도 하기 때문이다.

이 책의 1장은 반복이라는 현상이 가지고 있는 문화적 의미가 시대적으로 어떻게 변화되어 왔는지 개괄적으로 조망한다. 이 책의 본격적인 내용에 해당하는 2장에서 7장까지는 이러한 반복의 다양한 의미 변천을 구체적인 철학 사상과 문학 작품의 예를 들어 살펴볼 것이다. 먼저 2장에서는 신화와 반복의 관계를 다룰 것이다. 엘리아데의 '영원 회귀' 개념을 중심으로 신화와 반복의 내재적 관계를 규명한 뒤, 현대 사회에서 신화를 회상하려는 슈트라우스의 미학적 시도를 살펴볼 것이다. 3장에서는 죽음과 반복의 관계를 중심 주제로 다룰 것이다. 특히 프로이트의 『쾌락 원칙을 넘어서』를 중심으로 죽음 본능과 반복과의 관계를 조명할 것이다. 또한 문학적인 차원에서 죽음과 반복의 관계가 어떻게 형상화되고 있는지 프리쉬의 작품을 예로 알아볼 것이다. 4장에서는 재현의 법칙을 넘어서는 시도로서의 반복이 지닌 의미를 키르케고르와 니체를 중심으로 고찰할 것이다. 키르케고르는 『반복』에서, 니체는 『자라투스트라는 이렇게 말했다』에서 각각 철학과 예술의 경계를 넘어서는 경계 넘어서기를 시도했다. 이러한 경계 넘어서기는 재현의 법칙을 뛰어넘으려는 사고와 맞닿아 있다. 키르케고르가 반복을 종교적인 맥락에서 이해하는 반면, 니체는 그것을 (삶에 대한) 미학적인 관점에서 바라본다. 니체의 영원 회귀 사상은 포스트모더니즘이나 포스트구조주의에 나타나는 반복 개념의 시발점이 된다. 5장에서는 부조리와 반복의 관계를 다룬다. 부조리 개념은 카뮈와 연관 짓지 않고서는 생각할 수 없다. 카뮈는 『시시포스의 신화』에서 부조리와 반복 개념 간의 연관성을 일반적인 이론적 차원에서 고찰했다. 또한 그라스는 『광야』에서 이 문제를 구체적인 역사적 삶과 연관 지어 성찰했다. 이 장에서는 카뮈와 그라스를 중심으로 각각 이론적 차원과 문학적 형상화의 차원에서 부조리와 반복의 관계를 밝히도록 할 것이다. 6장에서는 욕망과 반복의 관계를 다룬다. 먼저 이론적인 차원에서 라캉의 욕망 이론에 나타난 반복의 의미를 살펴본 뒤, 옐리네크의 작품을 중심으로 포르노그래피와 반복의 관계를 규명할 것이다. 끝으로 7장에서는 반복과 차이의 연관성에 주목하며 창조적 반복의 가능성을 논의할 것이다. 먼저 들뢰즈의 『차이와 반복』을 분석하며 창조적 반복의 의미를 밝힌 뒤, 이것이 미술과 문학 분야(한트케, 포스트모더니즘 문학, 디지털 문학)에서 구체적으로 어떻게 나타나는지 살펴볼 것이다.

'시시포스와 그의 형제들'이란 제목은 이들이 위계 관계가 아닌 경쟁 관계에 있음을 보여 준다. 이들 중 누가 가장 현재적인 의미를 지닌 인물인지는 독자 자신의 판단에 맡길 일이다. 이 책에서는 단지 '빌헬름 마이스터와 그의 형제들'의 시대가 지나가고 '시시포스와 그의 형제들'의 시대가 왔음을 보여 주는 것으로 족할 것이다. 이 책이 서론에서 시작하여 결론으로 끝맺지 않는 것 역시 선형적인 글쓰기를 조금이나마 피하려는 저자의 의도임을 알아주기 바란다.

또한 집필 과정에서 대개 가장 마지막에 쓰는 머리말을 이 책에서는 그렇게 하지 않았다는 점을 밝혀야겠다. 원고가 거의 완성되어 갈 무렵인 2008년 8월 독일에서 기차 여행을 하던 도중 우연히 책 제목을 생각하다가 머리말을 완성했다. 이 책을 쓰게 된 계기가 우연이었던 것처럼 그 끝맺음 역시 그러했다. 이러한 우연의 틈 사이로 이 책에서는 '시시포스와 그의 형제들'이 매번 새로운 모습으로 반복의 놀이를 펼치고 있다. 이 책이 독자들에게 반복에 대해 관심을 갖고 생각해 볼 수 있는 작은 촉매제 구실을 했으면 하는 바람이다.

끝으로 어려운 출판 여건에도 불구하고 이 책의 출판을 허락해 주신 을유 문화사와, 이 책의 편집과 교정을 맡아 주신 김영준 편집장님, 임정우 씨, 이미영 씨께 진심으로 감사의 마음을 전한다.

2009년 4월
정항균

반복이라는 현상을 통시적인 관점에서 살펴보면 그 의미가 끊임없이 변화해 왔음을 알 수 있다. 신화적인 세계상이나 종교적인 믿음이 지배하던 시대에 반복은 항상 초월적인 것과 연관성을 갖는다. 인간이 자신의 조건, 즉 인간으로서의 조건을 잊고 자신의 행동을 항상 초월적이고 신적인 법칙에 위치시킬 때, 그는 신의 행동을 반복하는 것이다. 이로써 반복은 신성한 것이 되며 절대적이고 초월적인 의미를 갖는다. 반면 인간이 이러한 초월적인 시간 차원에서 벗어나 세속적인 시간 차원으로 들어가 행동할 때, 즉 그의 행동이 더 이상 신성과의 연관성을 갖지 않을 때, 그는 타락한다. 따라서 인간이 인간임을 잊고 신의 행동을 반복할 때, 그 순간은 세속적인 선형적 시간을 넘어서 시간의 흐름을 초월한 영원성을 의미하게 된다. 그러나 사회가 점차 세속화되고 신 중심으로 출발한 종교적 질서가 더 이상 명확하지 않게 되면서 반복에 대한 평가 역시 변화한다.

근대에 들어서면서 신화적이고 종교적인 세계상은 붕괴된다. 이를 통해 초월적이고 신성한 시간 대신 세속적인 시간이 들어선다. 즉 과거에서 현재를 거쳐 미래로 흘러가는 선형적인 시간의 흐름이 초월적이고 신성한 시간을 대신하는 것이다. 이러한 시간적인 관점에서 순간은 더 이상 영원과 동일한 것이 될 수 없을 뿐만 아니라, 오히려 그것과 정반대되는 지점에 위치하게 된다. 인간은 신적인 질서에서 벗어나음으로써 자신을 지켜주고 구원해준 버팀목을 잃었지만, 그 대신 이성이라는 새로운 수단에 의해 진보와 발전에 대한 믿음을 갖게 된다. 즉 더 이상 신과 같이 그 자체로 완벽하지는 않더라도 이성에 의해 일직선으로 흘러가는 시간 속에서 무한히 진보할 수 있다고 믿게 된 것이다.

이성과 더불어 근대의 또 다른 특징은 자아라고 할 수 있다. 이제 신에게서 자신에게로 시선을 돌린 인간은 자신이 누구인지에 관심을 갖고 자아 탐구에 몰두한다. 이러한 맥락에서 내가 누구인지를 과악하고 나의 정체성을 확립하기 위해 자신의 과거를 돌이켜보고 그것을 현재의 차원에서 해석하는 작업이 필요하게 된다. 다른 한편 회상은 개인적인 정체성의 확립이라는 차원을 넘어서 집단적인 자아로서 민족의 정체성을 수립하기 위한 수단이 되기도 한다. 근대에 들어서 역사에 대한 관심은 더욱 커졌으며, 민족 국가 수립을 기도하는 여러 국가가 자기들의 과거를 회상하며 민족적 정체성을 수립하려고 시도했다. 이때 망각된 과거를 기억해 내어 현재와 연결함으로써 자신의 개인적, 민족적 정체성을 수립해 내는 것이 근대의 목표가 되는 것이다.

그러나 근대에 가지고 있었던 이성을 통한 무한한 진보에 대한 믿음과 사회의 조화를 이루며 발전하는 자아의 이상은 곧 헛일임이 드러난다. 19세기 후반 유럽 소설에서 비합리적인 운명의 힘이나 유전적인 조건이 강조되는 것은 자유롭게 행동하고 사회를 발전시키는 인간상에 대한 회의를 반영한다. 반면 비합리적인 운명이나 유전은 ─ 그것이 신적인 구성으로서는 생물학적인 구성으로 되든 ─ 이미 계획되어 있는 는 것일 나타난다는 의미에서 반복을 의미한다. 자유 의지를 지니고 있다고 믿은 인간은 이러한 운명으로서의 반복을 더 이상 피할 수도 없고 극복할 수도 없다. 이로써 반복은 인간의 한계를 지각하고 인간의 오만을 경고하는 의미를 지니게 된다. 그러나 여기에서 반복은 이미 감쇄해 있던 것이 다시 나타난다는 의미에서의 반복으로, 동일한 것의 반복을 지시한다.

프로이트(Sigmund Freud)에 이르면 기억과 망각은 더 이상 대립적인 관계에 놓이지 않는다. 그는 완전히 망각되는 것이란 없으며, 우리가 흔히 망각된다고 생각하는 것은 기억의 흔적으로 무의식 어딘가에 남아 있다고 말한다. 이에 따라 무의식적으로 억압된 것, 즉 완전히 잊혀지지 않았지만 그렇다고 기억될 수도 없는 것이 신경증에서 반복적으로 나타난다. 이러한 반복 강박증은 강박으로서의 반복이 가진 부정적 측면을 지각하며, 극복의 대상이 된다. 그러나 다른 한편 이것은 인간의 자유 의지로 극복할 수 없는 무의식 차원에서 일어나는 반복 현상을 가정하게 한다.

세기 전환기에 들어서면서 특히 빈을 중심으로 세기말적인 분위기가 지배적이 된다. 이제 덧없는 인생에서 순간의 쾌락을 누리며 살려는 태도가 반연한다. 키르케고르(Søren Kierkegaard)가 말한 미학적인 인간 유형 이 이 시기를 풍미한 것이다. 과거에 얽매이지 않고 현재의 순간에 충실 살아가는 미학적 인간 유형은 슈니츨러(Arthur Schnitzler)의 작품에 자주 등장한다. 가령 그의 연극 작품 『사랑의 유희(Liebelei)』에 등장하는 부유한 가문 출신의 두 젊은이, 프리츠와 테오도르는 영원불변의 사랑 대신 찰나적인 만남을 추구한다. 사랑을 위해 목숨을 건 심각하고 무거운 사랑 대신 구속함 없이 가벼운 유희적 관계가 지배한다. 이들은 만남과 헤어짐을 반복하

는 것은 이전의 관계를 모두 잊고 찰나적인 순간에 빠져 살 때 비로소 가능하다.

이러한 찰나적인 순간은 보들레르(Charles Baudelaire)가 말한 것처럼 현대의 중요한 특징이다. 모든 것이 고정되어 있고 변하지 않는 고대적인 육중함에 비해 현대에는 속도의 미

복고풍의 부활, 리메이크의 유행, 복제에 대한 관심 등에서 드러나듯이 반복이라는 현상은 오늘날 우리 사회에서 흔히 접할 수 있는 문화적 현상으로 자리 잡고 있다. 예전에 반복이라는 용어가 떠올리는 지루함이나 단조로움 같은 부정적 함의는 점차 사라지고 있으며, 반복을 긍정적으로 간주하는 시각이 점차 늘어나고 있다. 이러한 상황에서 반복이라는 현상을 포괄적이고 체계적으로 살펴보는 연구에 대한 필요성이 점점 커지고 있다.

반복은 기억이나 망각과 깊은 연관성을 가지고 있다. 이 가운데 기억이라는 주제는 컴퓨터 매체의 발달, 신경 과학의 최근 성과, 그리고 홀로코스트를 둘러싼 역사 논쟁으로 인해 큰 주목을 받았다.[1] 특히 아스만^Assmann

---

[1] Hartmut Böhme u.a.(Hrsg.): Orientierung. Kulturwissenschaft. Was sie kann. was sie will. Reinbek bei Hamburg 2002, S. 148~151 참조.

부부의 연구를 바탕으로 문화적 기억은 문화학의 중요한 한 연구 분야로 자리매김했다. 기억과 대척점을 이루는 망각이라는 주제 역시 하랄트 바인리히^{Harald Weinrich}의 연구를 기점으로 점차 활발히 연구되고 있다. 이에 반해 반복은 기억, 망각과 맺고 있는 깊은 연관성에도 불구하고 큰 주목을 받지 못하고 있다. 그러나 우리 사회에서 흔히 접할 수 있는 반복과 연관된 문화적 현상에 직면하여 이제 이러한 현상을 분석하고 그 의미를 평가하기 위해 반복에 대한 보다 심도 있는 성찰이 필요한 시점이다.

우선 반복이라는 현상의 역사적 의미 변천을 살펴보기에 앞서 반복이 기억, 망각과 맺고 있는 관계에 대해 살펴보자. 일반적으로 반복은 기억과 대립되는 지점에 있는 반면, 망각과는 같은 지점에 위치해 있다. 일상적인 예를 들자면 우리가 실수를 반복하는 이유는 그것을 해서는 안 된다는 것을 기억하지 못하고 잊어버렸기 때문이다. 이러한 예는 반복이 일상적으로 지니고 있는 부정적인 의미를 잘 드러낸다. 반면 기억은 도덕적인 행동을 하거나 자아 정체성을 확립하기 위해 반드시 필요하다는 점에서 긍정적인 의미를 지닌다. 예를 들어 내가 과거의 도덕적 오류를 반복하지 않기 위해서는 과거를 기억해야 하며, 이러한 과거에 대한 반성은 미래의 도덕적 행위를 위한 밑받침이 된다. 또한 기억 상실증 환자의 예에서 드러나듯이 자신이 살아온 과거의 삶을 기억하지 않고서는 자신이 누구인지 알 수 없으며, 이로 인해 정체성의 혼란을 겪게 된다. 이와 같이 일상적인 의미에서 기억은 도덕적으로 올바른 삶을 살고 확고한 정체성을 확립하기 위해 필요하다는 점에서 긍정적 의미를 획득한다.

그러나 기억과 망각, 반복에 대한 이러한 일상적인 평가는 최근 들어 흔들리기 시작한다. 최근의 신경 과학 연구는 인간의 기억이 과거를 있는 그대로 보여 주는 것이 아니라 추후에 그것을 재구성함을 강조한다. 즉 인간의 기억은 과거에 일어난 현실의 재현이 아닌 허구적인 재구성이라는 것이다.[2] 이러한 생각은 과거의 잘못된 역사를 기억함으로써 역사의 반복을 막아야 한다는 도덕적인 관점 대신 역사적 기억의 다원성을 인정하는 새로운 방향의 연구를 촉진한다. 또한 기억을 통해 정립된 확고한 자아 정체성 역시 통일된 정체성이 없다는 인식하에 점차 흔들리기 시작한다. 오히려 니체[Friedrich Nietzsche]의 의미에서 통일된 정체성을 지닌 자아를 망각하고 이를 바탕으로 다원적이고 개방적인 자아를 펼쳐 나가는 것이 더 중요한 것이 된다. 또한 어떤 대상이나 주체가 더 이상 절대적인 동일성 내지 정체성을 지닌 것으로 간주되지 않을 때, 이와 같이 잠재적이고 유동적인 성격을 띤 것으로 간주되는 것은 현실적으로 실현될 때마다 매번 새로운 모습으로 반복되는 창조적인 반복을 연출한다. 이로써 망각과 반복은 기존의 부정적인 함의에서 벗어나 새롭게 긍정적인 의미를 부여받는다.

반복이라는 현상을 통시적인 관점에서 살펴보면 그 의미가 끊임없이 변화해 왔음을 알 수 있다. 신화적인 세계상이나 종교적인 믿음이 지배하던 시대에 반복은 항상 초월적인 것과 연관성을 갖는다. 인간이 자신의 조건, 즉 인간으로서의 조건을 잊고 자신의 행동을 항상 초월적이고 신적인 맥락에 위치시킬 때, 그는 신의 행동을 반복하는 것이다. 이로써 반복은 신성한 것이 되며 절대적이고 초월적인 의미를 갖는다. 반면 인간이 이러한 초월적인 시간 차원에서 벗어나 세속적인 시간 차원으로 들어와 행동할 때, 즉 그의 행동이 더 이상 신성과의 연관성을 갖지 않을 때, 그는 타락한다. 따라서 인간이 인간임을 잊고 신의 행동을 반복할 때, 그 순간은 세속적인 선형적 시간을 넘어서서 시간의 흐름을 초월한 영원을 의미하게 된다. 그러나 사회가 점차 세속화되고 신성으로 충만한 종교적 질서가 더 이

---

2 Siegfried J. Schmidt: Gedächtnis—Erzählen—Identität. In: Aleida Assmann u. Dietrich Harth(Hrsg.): Mnemosyne. Formen und Funktionen der kulturellen Erinnerung. Frankfurt a.M. 1991, S. 388 참조.

상 자명하지 않게 되면서 반복에 대한 평가 역시 변화한다.

근대에 들어서면서 신화적이고 종교적인 세계상은 붕괴된다. 이를 통해 초월적이고 신성한 시간 대신 세속적인 시간이 들어선다. 즉 과거에서 현재를 거쳐 미래로 흘러가는 선형적인 시간의 흐름이 초월적이고 신성한 시간을 대신하는 것이다. 이러한 시간적인 관점에서 순간은 더 이상 영원과 동일한 것이 될 수 없을 뿐만 아니라, 오히려 그것과 정반대되는 지점에 위치하게 된다. 인간은 신적인 질서에서 빠져나옴으로써 자신을 지켜주고 구원해 줄 버팀목을 잃었지만, 그 대신 이성이라는 새로운 수단에 의해 진보와 발전에 대한 믿음을 갖게 된다. 즉 더 이상 신과 같이 그 자체로 완벽하지는 않더라도 이성에 의해 일직선으로 흘러가는 시간 속에서 무한히 진보할 수 있다고 믿게 된 것이다.

이성과 더불어 근대의 또 다른 특징은 자아라고 할 수 있다. 이제 신에게서 자신에게로 시선을 돌린 인간은 자신이 누구인지에 관심을 갖고 자아 탐구에 몰두한다. 이러한 맥락에서 내가 누구인지를 파악하고 나의 정체성을 확립하기 위해 자신의 과거를 돌이켜보고 그것을 현재의 차원에서 해석하는 작업이 필요하게 된다. 다른 한편 회상은 개인적인 정체성의 확립이라는 차원을 넘어서 집단적인 자아로서 민족의 정체성을 수립하기 위한 수단이 되기도 한다. 근대에 들어서 역사에 대한 관심은 더욱 커졌으며, 민족 국가 수립을 기도하는 여러 국가가 자신들의 과거를 회상하며 민족적 정체성을 수립하려고 시도했다. 이제 망각된 과거를 기억해 내어 현재와 연결함으로써 자신의 개인적, 민족적 정체성을 수립해 내는 것이 근대의 목표가 되는 것이다.

그러나 근대에 가지고 있었던 이성을 통한 무한한 진보에 대한 믿음과 사회와 조화를 이루며 발전하는 자아의 이상은 점점 환상임이 드러난다. 19세기 후반 유럽 소설에서 비합리적인 운명의 힘이나 유전적인 조건이 강조되는 것은[3] 자유롭게 행동하고 사회를 발전시키는 인간상에 대한 회의를 반영한다. 반면 비합리적인 운명이나 유전은—그것이 신적인 구상으로서든 생물학적인 구상으로서든—이미 계획되어 있는 것이 다시 나타난다는 의미에서 반복을 의미한다. 자유 의지를 지니고 있다고 믿은 인간은 이러한 운명으로서의 반복을 더 이상 피할 수도 없고 극복할 수도 없다. 이로써 반복은 인간의 한계를 지적하고 인간의 오만을 경고하는 의미를 지니게 된다. 그러나 여기에서 반복은 이미 잠재해 있던 것이 다시 나타난다는 의미에서의 반복으로, 동일한 것의 반복을 지시한다.

프로이트 Sigmund Freud에 이르면 기억과 망각은 더 이상 대립적인 관계에 놓이지 않는다. 그는 완전히 망각되는 것이란 없으며, 우리가 흔히 망각된다고 생각하는 것은 기억의 흔적으로 무의식 어딘가에 남아 있다고 말한다. 이에 따라 무의식적으로 억압된 것, 즉 완전히 잊히지 않았지만 그렇다고 기억될 수도 없는 것이 신경증에서 반복적으로 나타난다. 이러한 반복 강박증은 질병으로서의 반복이 가진 부정적 측면을 부각하며, 극복의 대상이 된다. 그러나 다른 한편 이것은 인간의 자유 의지로 극복할 수 없는 무의식 차원에서 일어나는 반복 현상을 가정하게 한다.

세기 전환기에 들어서면서 특히 빈을 중심으로 세기말적인 분위기가 지배적이 된다. 이제 덧없는 인생에서 순간의 쾌락을 누리며 살려는 태도가 만연한다. 키르케고르 Sören Kierkegaard가 말한 '미학적인 인간 유형'이 이 시기를 풍미한 것이다. 과거에 얽매이지 않고 현재의 순간에 빠져 살아가는 미학적 인간 유형은 슈니츨러 Arthur Schnitzler의 작품에 자주 등장한다. 가령 그의 연극 작품 『사랑의 유희Liebelei』에 등장하는 부유한 가문 출신의 두 젊은이,

---

3 폰타네의 소설에서 인간의 삶을 규정하는 요소로 운명이 등장한다면, 하우프트만의 연극에서는 그것이 유전과 환경으로 등장한다.

프리츠와 테오도르는 영원불변의 사랑 대신 찰나적인 만남을 추구한다. 사랑을 위해 목숨을 건 심각하고 무거운 사랑 대신 구속력 없이 가벼운 유희적 관계가 지배한다. 이렇게 만남과 헤어짐을 반복하는 것은 이전의 관계를 모두 잊고 찰나적인 순간에 빠져 살 때 비로소 가능하다.

이러한 찰나적인 순간은 보들레르^{Charles Baudelaire}가 말한 것처럼 현대의 중요한 특징이다.[4] 모든 것이 고정되어 있고 변하지 않는 고대적인 육중함에 비해 현대에는 속도의 미학이 지배한다. 이처럼 빠르게 흘러가는 시간 속에서 새로운 것은 그에 뒤따르는 또 다른 새로운 것에 추월당한다. 과거와 단절하고 끊임없이 새로운 것을 추구하는 현대에서 이전의 것을 반복하는 것은 반드시 극복되어야 한다. 그 대신 이전의 것과 근본적으로 차별되는 새로운 것을 추구해야 한다. 모더니즘 시기에 등장하는 무수한 실험은 새로움에 대한 현대적인 갈망을 잘 보여 준다.

근대 역시 현대와 마찬가지로 과거와의 단절을 추구한다. 즉 근대에는 신화적, 종교적 세계상과 단절을 추구하고 새로운 이성의 시대를 열어 나간다. 그러나 근대 자체의 틀 내에서는 연속적인 발전을 추구하고 이성에 의한 진보에 대한 믿음을 버리지 않는다. 즉 근대는 근대 이전을 망각하고 새로움을 추구하지만, 적어도 근대 내에서는 과거를 회상함으로써 정체성을 형성하고 더 나은 미래를 추구하는 것이다. 그러나 19세기 후반과 20세기 초반에 들어서면서 이성의 억압적이고 폭력적인 측면이 밝혀지고 통일적인 자아에 대한 믿음이 깨지면서 이른바 모더니즘 예술로 대변되는 현대가 시작된다. 현대가 근대와 본질적으로 완전히 단절되는 것은 아니

---

4 보들레르는 1859~1860년에 집필한 화가 콩스탕탱 기에 관한 글 「현대 생활의 화가」에서 처음으로 '현대성'이라는 개념을 사용한다. 그는 이 글에서 "현대성이란 일시적이며 덧없고 우연한 것인데, 그것은 예술의 반밖에 되지 않는다. 나머지 반은 영원한 것과 항구불변의 것이어야 한다"라고 말한다. 이진성: 샤를 보들레르. 건국대학교 출판부 2003, 192쪽.

더라도[5] 현대에 추구하는 새로움은 근대적인 새로움과 차이가 있다. 왜냐하면 현대 모더니즘 예술이 보여 주듯이 현대는 현대 이전뿐만 아니라 그 자체 내에서도 끊임없이 이전의 것과 단절하며 새로움을 추구하기 때문이다. 따라서 근대와 달리 현대의 지배적인 범주는 기억이 아니라 망각이다. 그러나 현대의 독특성은 이러한 망각이 반복과 내적으로 연결되지 않는다는 점이다. 오히려 반복은 현대에는 부정적인 것으로 평가되며, 피해야 할 대상이다. 이 점에서 현대의 망각은 망각과 반복이 내재적인 동시에 긍정적으로 연결되어 있던 신화적인 시대의 망각과 구분되며, 반복에 대한 부정적 가치 판단을 고수한다는 점에서 근대와 연결된다.

끊임없이 새로운 것을 추구하는 현대의 실험은 한계에 부딪히고, 더 이상 새로운 것은 나타나지 않으며 기존에 일어났던 것만이 반복될 뿐이라는 탈역사주의적 인식을 낳는다. 여기에서 이미 혁신과 실험에서 반복으로의 패러다임 전환이 예고되어 있기는 하지만, 이러한 예측은 여전히 부정적인 맥락에 자리 잡고 있다. 반복에 붙어 있는 부정적 함의를 없애고 반복에 창조적인 생산의 의미를 부여하는 것은 포스트모더니즘 또는 포스트구조주의에 이르러서이다. 특히 들뢰즈 Gilles Deleuze 는 『차이와 반복 Différence et répétition 』에서 반복이 동일성의 반복이 아니라 차이 자체의 반복이며, 그러한 차이 자체의 반복이 끊임없이 새로운 차이들을 생성해 낸다는 사실을 강조했다. 물론 반복의 긍정적 의미를 철학적으로 처음 규명해 낸 것은 들뢰즈가 아닌 키르케고르다. 또한 후기 프로이트 역시 반복의 근원적 성격을 주장하

---

5 현대에 근대적 이성에 대한 비판이 가해진다고 해서 그것이 비이성적인 근대 이전으로 회귀하는 것을 의미하지는 않는다. 현대에는 통일된 자아나 단일한 합리성이 더 이상 존재하지 않는 것으로 간주되며, 그러한 파편화된 자아와 세계가 위기로 인식된다. 이에 반해 포스트모더니즘은 다원적인 자아와 합리성을 위기가 아닌 기회로 바라본다는 점에서 현대와 구분된다. 근대, 현대, 포스트모더니즘 개념의 구분에 대한 자세한 설명은 다음을 참조하시오. 정항균: 므네모시네의 부활: 문화 담론과 문학 작품에 나타난 기억의 형식과 의미. 뿌리와이파리 2005, 14~24쪽.

기도 했다. 그러나 키르케고르나 프로이트는 여전히 반복을 동일한 것의 반복으로 생각함으로써 반복이 가진 창조적 특성을 밝혀 내지 못했다. 이에 반해 들뢰즈는 반복을 동일성이 아닌 차이와 연결함으로써 반복에 대한 이해를 근본적으로 바꾸어 놓았다. 들뢰즈는 재현과 정체성이라는 개념을 비판하며, 그것을 넘어선 세계에서 펼쳐지는 반복을 꿈꾼다. 여기에서 반복은 또다시 망각과 만난다. 다만 들뢰즈의 반복은 형이상학적 맥락을 지니고 있지 않다는 점에서 신화적인 반복과 본질적으로 구분된다.

들뢰즈가 철학적으로 규명한 반복의 창조성은 오늘날 새로운 매체 환경과 과학 발전에 의해 점점 설득력을 얻어 가고 있다. 이미 인터넷을 통해 순간적으로 모든 사람과 연결될 수 있는 매체적 환경 속에서 지속적인 시간 대신 순간의 시간이 지배적인 시간으로 등장하고 있다. 물론 이러한 순간은 더 이상 신적인 영원을 체험하는 순간은 아니다. 하지만 전자 네트워크 어딘가에 자신을 위치시킴으로써 중심적인 자아상을 해체시키는 이 순간은 자아 망각의 순간이자 재현과 동일성의 법칙을 넘어서는 특별한 순간이다. 또한 앞으로 인간이 물질적인 육체의 현실에서 벗어나 가상 현실에 보다 쉽게 접근할 수 있게 된다면 다양한 정체성의 시험도 가능할 것이다. 이렇게 된다면 더 이상 확고한 통일된 자아로서의 나는 존재하지 않을 것이다. 물론 이러한 변화 자체는 긍정적인 측면과 부정적인 측면 모두 가지고 있다. 그러나 이러한 가치 평가의 차원을 넘어 부인할 수 없는 것은 끊임없는 차이를 낳는 반복으로서의 창조적 반복이 새로운 문화적 패러다임으로 점점 우리의 삶에 뿌리내리고 또 확산되리라는 점이다. 따라서 반복에 대한 체계적인 규명과 이에 대한 새로운 가치 평가는 반드시 필요한 작업이 될 것이다.

반복이라는 현상을 통시적인 관점에서 살펴보면 그 의미가 끊임없이 변화해 왔음을 알 수 있다. 신화적인 세계상이나 종교적인 믿음이 지배적인 시대에 반복은 항상 초월적인 것과 연관성을 갖는다. 인간이 자신의 조건, 즉 인간으로서의 조건을 잊고 자신의 행동을 항상 초월적이고 신적인 맥락에 위치시킬 때, 그는 신의 행동을 반복하는 것이다. 이로써 반복은 신성한 것이 되며 절대적이고 초월적인 의미를 갖는다. 반면 인간이 이러한 초월적인 시간 차원에서 벗어나 세속적인 시간 차원으로 들어와 행동할 때, 즉 그의 행동이 더 이상 신성과의 연관성을 갖지 않을 때, 그는 타락한다. 따라서 인간이 인간임을 잊고 신의 행동을 반복할 때, 그 순간은 세속적인 선형적 시간을 넘어서서 시간의 흐름을 초월한 영원을 의미하게 된다. 그러나 사회가 점차 세속화되고 신성으로 충만한 종교적 질서가 더 이상 작렬하지 않게 되면서 반복에 대한 평가 역시 변화한다.

근대에 들어서면서 신화적이고 종교적인 세계상은 붕괴된다. 이를 통해 초월적이고 신성한 시간 대신 세속적인 시간이 등어선다. 즉 과거에서 현재를 거쳐 미래로 흘러가는 선형적인 시간의 흐름이 초월적이고 신성한 시간을 대신하는 것이다. 이러한 시간적인 관점에서 순간은 더 이상 영원과 동일한 것이 될 수 없을 뿐만 아니라 오히려 그것과 정반대라는 거짐에 위치하게 된다. 인간은 신적인 질서에서 빠져나옴으로써 자신을 지켜주고 구원해 줄 바티복음을 잃었지만, 그 대신 이성이라는 새로운 수단에 의해 진보와 발전에 대한 믿음을 갖게 된다. 즉 더 이상 신과 같이 그 가치로 완벽해지는 않더라도 이성에 의해 일직선으로 흘러가는 시간 속에서 무한히 진보할 수 있다고 믿게 된 것이다.

이성과 더불어 근대의 또 다른 특징은 자아라고 할 수 있다. 이제 신에게서 자신에게로 시선을 돌린 인간은 자신이 누구인지에 관심을 갖고 자아 탐구에 몰두한다. 이러한 맥락에서 내가 누구인지를 파악하고 나의 정체성을 확립하기 위해 더 신의 자취를 돌이켜보고 그것을 현재의 차원에서 해석하는 작업이 필요하게 된다. 다른 한편 과거는 개인적인 정체성의 확립이라는 차원을 넘어서 집단적인 자아로서 민족의 정체성을 수립하기 위한 수단이 되기도 한다. 근대에 들어서 역사에 대한 관심은 더욱 커진다. 민족 국가 수립을 기도하는 여러 국가가 자신들의 과거를 회상하며 민족적 정체성을 수립하려고 시도했다. 이제 망각된 과거를 기억에 되내어 현재와 연결함으로써 자신의 개인적, 민족적 정체성을 수립해 내는 것이 근대의 복표가 되는 것이다.

그러나 근대에 기기고 있었던 이성을 통한 무한한 진보에 대한 믿음과 사회의 조화를 이루며 발전하는 자아의 이상은 점점 환상임이 드러난다. 19세기 후반 유럽 소설에서 비합리적인 운명의 힘이나 유전적인 조건이 강조되는 것은 자유롭게 행동하고 사회를 발전시키는 인간상에 대한 회의를 반영한다. 반면 비합리적인 운명이나 유전은 — 그것이 신적인 구성으로서는 생활화적인 구성으로서든 — 이미 계획되어 있는 것이 다시 나타난다는 의미에서 반복을 의미한다. 자유 의지를 지니고 있다고 믿은 인간은 이러한 운명으로서의 반복을 더 이상 의할 수도 없고 극복할 수도 있다. 이로써 반복은 인간의 한계를 자책하고 인간의 오만을 경고하는 의미를 지니게 된다. 그러나 여기에서 반복은 이미 결제해 있던 것이 다시 나타난다는 과거에서의 반복으로, 동일한 것의 반복을 지시한다.

프로이트(Sigmund Freud)에 이르면 기억과 망각은 더 이상 대립적인 관계에 놓이지 않는다. 그는 완전히 망각되는 것이란 없으며, 우리가 흔히 망각했다고 생각하는 것은 기억의 흔적으로 무의식 어딘가에 남아 있다고 말한다. 이에 따라 무의식적으로 억압된 것, 즉 완전히 잊혀지 않았지만 그렇다고 기억될 수도 없는 것이 신경증에서 반복적으로 나타난다. 이러한 반복 강박은 질병으로서의 반복이 가진 부정적 측면을 부각하며, 극복의 대상이 된다. 그러나 다른 한편 이것은 인간의 자유 의지로 극복할 수 있는 무의식 차원에서 일어나는 반복 현상을 가정하게 된다.

세기 전환기에 들어서면서 특히 빈을 중심으로 세기말적인 분위기가 지배적이 된다. 이제 덧없는 인생에서 순간의 쾌락을 누리며 즐리는 태도가 만연한다. 키르케고르(Søren Kierkegaard)가 말한 미학적인 인간 유형 이 이 시기를 풍미한 것이다. 과거에 얽매이지 않고 현재의 순간에 빠져 살아가는 미학적 인간 유형은 슈니츨러(Arthur Schnitzler)의 작품에 자주 등장한다. 가령 그의 연극 작품 『사랑의 유회(Liebelei)』에 등장하는 부유한 가문 출신의 두 귀족은 프리츠와 테오도르는 영원불변의 사랑 대신 찰나적인 만남을 추구한다. 사랑을 위해 목숨을 건 심각하고 무거운 사랑 대신 구속력 없이 가벼운 유희적 관계가 지배한다. 이렇게 만남과 헤어짐을 반복하는 것은 이전의 관계를 모두 잊고 찰나적인 순간에 빠져 살 때 비로소 가능하다.

이러한 찰나적인 순간은 보들레르(Charles Baudelaire)가 말한 것처럼 현대의 중요한 특징이다. 모든 것이 고정되어 있고 변하지 않는 고대적인 육중합에 비해 현대에는 속도의 미

2장
신화와 반복

| 1 |

역사 시대와 신화의 반복
엘리아데의 '영원 회귀의 신화'

원형의 반복

계몽주의 시대 이후 인간은 역사적 발전을 추구했고 진보에 대한 확신을 가지고 있었다. 이러한 관점에서 볼 때 아무런 변화와 발전을 가져오지 않는 반복은 부정적인 것으로 항상 극복되어야 할 대상이었다. 아무런 변화 없는 일상의 반복에서 심리학에서의 반복 강박에 이르기까지 반복은 공포와 두려움의 대상이기도 했다.

역사적인 인간으로서 근대의 인간이 반복에 대해 내린 이러한 부정적인 평가는 역사 이전의 시대, 즉 신화의 시대로 거슬러 올라가면 전혀 상반되는 긍정적인 의미를 획득한다. 엘리아데^{Mircea Eliade}는 『영원 회귀의 신화^{Le mythe de l'éternel retour}』라는 책에서 신화적인 지평이 존재하는 시대에 반복이 갖는 의미를 설득력 있게 설명했다.

고대 원시 사회에서 반복은 신화적인 원형의 반복을 의미한다. 원시인들의 일상적인 행위는 그 자체로서 의미를 갖는 것이 아니라, 오직 "하나의 원형을 모방하거나 반복하고 있는 한에서만 실재적이 된다."[1] 이것은 원시인들이 일상적인 삶에서 수행한 제의만을 의미하는 것이 아니다. 그들의 혼례나 건축, 병의 치료나 농사도 모두 신화적인 모델, 그중에서도 우주 창조를 반복하는 것이었다.

원시인들에게는 의례만이 신화적인 모델을 가졌던 것이 아니라 인간의 모든 행위가 태초에 어떤 신이나 영웅, 조상에 의해서 행해진 행위를 정확하게 반복하는 한에서만 행위로서의 유효성을 획득할 수 있었다.[2]

물론 원시인들조차 실제로는 흘러가는 시간, 즉 일상적인 역사적 시간에서 완전히 벗어나지 못했다. 역사적인 시간과 세속적인 행위란 일상적인 행위나 사물에 성스러움과 신화적 원형이 결여되어 있음을 의미한다. 원시인들이 그 당시에 저지를 수 있는 가장 큰 과오는 바로 초역사적인 시간으로서의 신화적 시간에서 이탈하여 역사적인 시간으로 들어서는 것이다. 이러한 과오를 범하면 이들은 주술사를 찾아가고 그래도 해결이 되지 않으면 신에게 속죄 의식을 한다.

원시인은 끊임없는 현재 속에 산다.[3]

이 말은 신화적인 시간은 초역사적인 시간이며, 과거, 현재, 미래라는

1 미르치아 엘리아데(심재중 역): 영원 회귀의 신화. 이학사 2005, 47쪽.
2 엘리아데: 영원 회귀의 신화, 33쪽.
3 엘리아데: 같은 책, 93쪽.

시간의 흐름을 지양한다는 것을 의미한다. 원시인이 자신의 행위를 신화적 원형의 반복적 행위로 수행할 때, 그는 역사적인 시간에서 빠져나오며 순간 속에서 시간을 넘어서는 초시간, 즉 영원을 체험한다. 원시인이 시간을 의식하지 않으면 그들에게 시간은 존재하지 않는다. 그러나 설령 그들이 시간을 지각하더라도, 즉 죄 때문에 신화적 원형에서 빠져나오더라도 다시 시간을 폐기할 수 있다. 그리고 이렇게 동일한 원형적인 행위로 다시 회귀할 때, 그들은 시간의 짐을 지지 않으며, 시간의 비가역성을 기억하지 않는다.[4]

이렇게 원시인은 지금이라는 순간에 살며, 그러한 순간을 반복하기 때문에 현대인과 달리 과거에 대한 개인적 기억을 필요로 하지 않는다. 현대인은 과거의 자신의 삶을 기억하고 재구성함으로써 정체성을 형성할 수 있으며, 만일 그렇지 못하다면 기억 상실증에 걸린 환자처럼 정체성의 혼란을 겪고 고통스러워할 것이다. 그러나 원시인은 역사적인 시간의 흐름 속에서 자신의 개인적 정체성을 재구성할 필요성을 느끼지 못한다. 오히려 역사적인 시간에 빠져 버린 순간은 망각되어야 하며, 다시 이러한 망각을 통해 신화적인 원형을 반복해야 한다.

원시인 혹은 고대의 인간에게는 의식적인 행동의 아주 작은 부분까지도, 그 이전에 이미 인간이 아닌 어떤 타자에 의해서 행해지고 경험되지 않은 행위란 없다. 그가 행하는 것은 이미 행해진 적이 있는 것이다. 그의 삶은 타자들에 의해 창시된 행위의 끊임없는 반복이다.[5]

---

4 엘리아데: 같은 책, 92쪽 참조.
5 엘리아데: 같은 책, 15쪽.

회상에 의한 정체성의 형성이나 자아와 같은 개념을 모르던 고대인은 오히려 자신을 망각하면 할수록, 그리고 자신의 타자인 신이나 영웅의 삶을 재연하면 할수록 더 '실재적'이 되고 진정으로 존재할 수 있다.

신화는 혼돈에서 우주를 창조했다. 이후의 모든 행위나 사물은 이러한 창조 신화를 반복한다. 설령 이러한 신화적 시간에서 이탈하더라도 그러한 과오를 인식하고 다시 역사적 시간을 폐기하며 신화적 시간으로 돌아가기 때문에 새로운 것은 아무것도 없으며 동일한 상태로의 영원 회귀가 이루어지는 것이다. 이러한 상황에서 "과거는 미래의 예시일 뿐이다 (……) 원형의 반복은 원형적인 행위가 계시되었던 신화적인 순간을 재현함으로써 세계를 그 최초의 동일한 여명의 순간 속에 끊임없이 머물게 해 준다."[6]

고대인에게 사물은 무한히 반복되는 것이었고, 하늘 아래 새로운 것은 없었지만 바로 그 반복만이 모든 행위와 사물에 의미를 주고 실재성을 부여했다.[7] 신화적인 사고와 시간이 지배하는 시대는 바로 반복의 시대였던 것이다.

역사의 침투와 순환적 반복의 변화

앞에서 말했듯이 원시적인 사회에서 역사는 폐기되어야 할 대상이었다. 그것은 원형을 반복하는 영원한 지금의 순간이나 또는 주기적으로 반복되는 신년제와 같은 제의에 의해 부정되어야만 했다. 그러나 시간이 지나면서 점차 역사는 거부할 수 없는 힘으로 밀려오기 시작하며, 이로써 이제

---

6 엘리아데: 같은 책, 96쪽.
7 엘리아데: 같은 책, 97쪽 참조.

이러한 역사를 어느 정도 인정하지 않을 수 없게 된다.

유대 민족의 예언자들은 최초로 "역사에 가치를 부여했고, 순환이라는 전통적인 비전—모든 사물의 영원한 반복을 믿는 관념—을 넘어서서 단선적인 시간을 발견했다."[8] 원시적인 사회에서 원형의 반복이 신성의 현현으로 나타나며, 신화적인 시간, 즉 태초의 초시간적인 순간에 일어났다면, 유대교라는 일신론에서 신의 계시와 현현은 돌이킬 수 없는 비가역적인 역사적 시간의 흐름 속에서 나타난다. 이제 여기서는 혼돈에 대한 승리와 코스모스의 창조가 삶의 매 순간 또는 신년제와 같은 주기적인 반복에 의해 이루어지는 것이 아니라, 아득한 태초에 있었던 신의 현현을 시간의 끝에 다시 위치시킴으로써만 가능하다. 즉 이제 단선적인 시간의 흐름의 끝에 미래의 메시아가 등장하는 것이다.[9]

이로써 우주의 순환 주기에 관한 두 가지 모델이 제시된다. 첫째는 모든 원시 문화에서 감지되는 것으로, 주기적으로 '무한히' 재생되는 순환적 시간 모델이고, 둘째는 두 개의 비시간적인 무한 사이에 '유한한' 시간이 끼여 있는 순환적 시간 모델이다.[10] 전자에서 황금시대의 반복이 무한히 이루어질 수 있다면, 후자에서는 그러한 반복은 단 한 번만 이루어질 뿐이다.

역사적인 것과 관련하여 이 두 모델은 다음과 같은 점에서 공통점과 차이점을 드러낸다. 우선 이 두 모델 모두 역사에 종지부를 찍음으로써 초역사적인 것을 지향한다는 점에서는 공통점을 보인다. 그러나 주기적인 순환 모델이 역사를 무가치한 것으로 간주하고 매 순간 폐기하려고 한 반면, 유대교나 기독교적인 순환 모델은 이러한 역사를 감내하고 그것을 미래에

---

8 엘리아데: 같은 책, 109쪽.
9 엘리아데: 같은 책, 109~110쪽 참조
10 엘리아데: 같은 책, 117쪽 참조.

폐지하려고 했다는 점에서 차이를 보인다.

역사적인 시간이 점점 더 영향력을 발휘하고 신화적인 세계로의 귀환이 점점 더 어려워질수록 기독교적인 순환 모델은 힘을 얻는다. 그러나 이것이 기독교적인 순환 모델이 원시적인 순환 모델과 완전히 결별했음을 의미하지는 않는다. 왜냐하면 개개인은 비록 메시아가 등장하기 이전의 시기라도 신에 대한 믿음 속에서 신적인 것을 체험하고 자신이 처한 역사적인 조건에서 벗어날 수 있기 때문이다. 그러나 역사 전체의 차원에서 보면 인간은 역사의 억압이라는 조건 아래에서 벗어날 수 없으며, 그것으로부터의 해방은 궁극적으로는 메시아의 출현이라는 미래의 시간에서만 이루어질 수 있다.

역사 시대의 환상과 종교의 현재적 의미

원형의 반복이나 주기적인 순환의 반복 같은 무한한 반복의 모델이든 아니면 종말론적인 일회적인 반복 모델이든 상관없이 역사는 여기서 그 자체로는 아무런 의미가 없는 것으로 여겨진다. 그러나 역사적인 시간 의식이 지배하는 근대 사회에서는 이제 역사는 독자적인 의미를 갖게 되며 점차 신화와 종교에서의 신성한 시간을 몰아내고 있다.

하지만 엘리아데의 견해에 따르면 근대 이후의 세계에서 인간이 점점 역사적인 존재로 간주되고 역사주의적인 사유가 현대인을 지배하고 있을지라도 신화적이고 종교적인 사유와 시간이 완전히 사라진 것은 아니다. 심지어 그는 유토피아적으로 인류가 생존을 위해 역사를 만들기를 중단하고 원형적인 것을 반복하며 역사적 결과를 낳을 수 있는 모든 행위를 가로막는 시대를 상상해 볼 수 있다고 말한다.[11] 여기서 반복의 가치를 폄하하고 변화와 진보를 긍정하는 근대의 역사 시대에 대한 엘리아데의 비판적 관점을 확인할 수 있다.

엘리아데는 자유, 창조, 구원이라는 세 가지 주제를 중심으로 근대의 역사주의와 고대의 신화, 종교를 서로 비교하며 현대인의 잘못된 우월 의식을 전도시킨다.

현대인의 관점에서 보면 그들은 고대인보다 더 자유롭고 창조적이다. 고대인은 신화적인 지평에 얽매여 자기가 원하는 대로 자유롭게 행동하지도 못하고 반복의 지평에 갇혀 있기 때문에 위험을 감수하며 새로운 변화를 창조하지도 못한다. 반면 현대인은 개인의 정체성으로서의 자아를 만들어 내고 역사를 통해 집단적인 정체성으로서의 민족 의식을 만들어 낼 뿐 아니라, 역사의 주인으로서 역사를 만들어 내기도 한다.

그러나 이러한 현대인의 우월 의식은 엘리아데가 보기에 정당화될 수 없다. 현대인은 자유롭게 역사를 만들어 나간다고 생각하지만, 사실은 점차 폭압적인 역사의 노예가 되고 있으며, 실제로 역사 창조에 관여하는 소수의 사람을 제외하고 대다수의 사람들은 역사를 변화시키는 과정에서 배제되어 있다. 비록 역사의 초기에는 어느 정도 역사의 형성에 참여할 수 있다 하더라도 점차 역사적이 되고 현대적이 될수록, 즉 초역사적인 모델로부터 멀어질수록 이들은 역사의 핍박을 받으며 역사에 대한 공포를 갖고 살아갈 수밖에 없다. 따라서 역사를 만드는 자유 의지에 대한 믿음은 한갓 환상에 지나지 않는다. 역사에 대한 엘리아데의 이러한 회의는 특히 강제 수용소와 핵폭탄으로 대변되는 2차 세계 대전의 체험을 통해 강화된

---

11 엘리아데: 같은 책, 154쪽 참조. 옥타비오 파스 역시 엘리아데와 매우 유사한 주장을 펼치며 축제의 예에서 역사 시대의 종말과 근원적인 자유와 순수함의 세계, 즉 신화적, 종교적인 세계로의 귀환을 예감한다. Octavio Paz: Das Labyrinth der Einsamkeit. Frankfurt a.M. 1996, zitiert nach Andreas Englhart: Im Labyrinth des unendlichen Textes. Botho Strauß' Theaterstücke 1972~1996. Tübingen 2000, S. 208~209.

것으로 보인다.

엘리아데가 보기에는 오히려 고대인이야말로 진정 자유로운 창조자다. 이들은 자유롭게 역사의 시간에서 벗어나며 역사를 폐기할 수 있고 비가역적인 역사의 흐름에서 빠져나올 수 있는 자유를 가지고 있다. 그러한 자유는 현대인에게는 불가능할 것이다. 또한 고대인은 원형을 반복함으로써 최고의 창조적인 행위라고 할 수 있는 우주 창조를 반복한다. 더 나아가 그는 일상의 역사에서 빠져나오고 매 순간 자기를 버림으로써 초인간적인 새로운 인간을 창조할 수 있다. 이러한 점에서 고대인은 현대인보다 자유로울 뿐만 아니라 더 창조적이다.

마지막 주제인 구원의 문제는 엘리아데가 현대의 역사주의를 비판하고 원시적인 고대의 신화와 종교의 세계로 향하는 결정적인 계기가 된다. 그는 "어떤 역사주의 철학도 인간을 역사의 폭압으로부터 지켜 줄 수 없다"[12]는 사실을 강조한다. 이것은 인간이 역사적으로 생각하고 역사적인 시간 속에서 문제의 해결을 시도할 때, 그러한 시도가 결코 성공을 거둘 수 없음을 의미한다. 물론 그는 역사적인 것이 상당히 현대에 침투해 있음을 인식한다. 그는 원형의 반복이라는 고전적 지평이 극복된 이후 종교적인 믿음이 인간에게 유일하게 역사적인 시간에 초역사적인 의미를 부여하며 그것을 극복하고 구원을 희망할 수 있게 함을 지적한다. 신에게 모든 것이 가능하다는 믿음은 인간에게도 신에 대한 믿음을 바탕으로 모든 것이 가능하다는 생각을 내포하고 있다. 이러한 믿음은 "인간이 상상할 수 있는 최상의 자유, '우주'의 존재론적인 규약에 개입할 수 있는 자유를 의미한다. 요컨대 믿음은 탁월하게 **창조적인 자유다.**"[13]

---

12 엘리아데: 같은 책, 160쪽.
13 엘리아데: 같은 책, 161쪽.

엘리아데에게는 역사주의가 진실인지 아니면 신화나 종교가 진실인지는 부차적인 문제다. 그에게 중요한 것은 종교적인 관점 덕분에 "여러 세기 동안 수천만에 달하는 사람들이 절망하거나 자살하지 않고, 또는 역사에 대한 상대주의적이고 허무주의적인 전망에서 필연적으로 비롯되는 영적 고갈 상태에 빠지지 않고 역사의 거대한 압력을 감내할 수 있었다는 점이다."[14] 이러한 고통으로부터의 구원이라는 측면에서 종교는 현대의 역사주의보다 우월하고 가치 있는 것이 된다.

엘리아데는 신화와 종교를 통해 역사에 저항하고 초역사적인 구원을 얻으려고 했다. 그런데 그는 역사적인 발전 자체가 역사를 극복하며 탈역사적인 시대에 도달하리라는 것을 예상하지는 못했다. 어떤 변화와 혁신도 기대될 수 없고 역사적인 것의 종점에 도달한 탈역사주의의 도래, 컴퓨터와 같은 매체에서 확인할 수 있는 서로 시간적으로 이질적인 것의 동시적인 공존의 시대는 엘리아데가 기대한 초역사적인 구원을 가져다주지 못했다. 이 점에서 다시 역사성에 대한 성찰이 필요하다.

엘리아데가 말한 것처럼 현대인은 원형도 일종의 역사를 구성하는 것으로 생각한다. 왜냐하면 그것이 비록 아득한 때에 나타난, 원형을 이루는 행위라고 하더라도 어쨌든 태초라는 시간에 생겨났기 때문이다. 그리고 신화적인 전통에서 사는 사람들 역시 이러한 태초의 신화를 반복함으로써 과거의 역사를 경험한다는 것이다. 물론 이러한 원형의 반복이 초시간적, 초역사적 행위로 시간을 뛰어넘는 체험을 열어 주기는 하더라도 원형과 그것의 반복 사이의 시간적인 간극을 인정해야 할 것이다. 적어도 이러한 원형이 '실재'로서 존재한다고 가정한다면 말이다. 단선적인 시간 대신 과거, 현재, 미래라는 서로 이질적인 시간이 동시적으로 공존하

---

14 엘리아데: 같은 책, 153쪽.

는 탈역사주의 시대가 초래하는 해체의 위협에 맞서 이제 이것과 구분되는 신화적 시간을 보존하기 위해 '역사성'을 다시 도입할 필요성이 생겨난다. 이렇게 변화된 역사적 조건, 즉 역사 시대에서 탈역사 시대로 넘어가는 시점에 엘리아데의 사유가 끝난 곳에서 슈트라우스가 신화와 반복의 관계에 대한 성찰을 이어 나간다. 다음 장에서는 슈트라우스를 중심으로 포스트모더니즘의 시대에 신화와 종교가 갖는 의미에 대해서 살펴보도록 하겠다.

| 2 |
탈역사 시대와 신화의 반복
슈트라우스의 '예기치 않은 반복으로서의 신화의 반복'

아우슈비츠의 트라우마, 실재의 단말마 그리고 신화로의 귀환

엘리아데는 신화적인 시대와 그러한 지평이 사라진 역사적인 현대를 대립시키며 후자에서 탈피하여 전자로 향할 것을 촉구했다. 그런데 엘리아데가 촉구한 비역사적인 시대는 신화적인 시간으로 향하지 않고도 역사가 스스로를 추월해 탈역사의 시대에 접어듦으로써 가능해졌다. 슈트라우스^{Botho Strauß}는 이제 엘리아데와 달리 이러한 탈역사의 시대까지 고려해 신화적인 원형의 반복 가능성을 성찰한다.[15]

우선 이에 대한 본격적인 논의에 앞서 그 전제로 슈트라우스가 인류의 시대적 발전을 어떻게 분류했는지 살펴볼 필요가 있다. 엘리아데와 마찬가지로 슈트라우스도 태초의 신화적 시기를 설정하고 그러한 전통이 현실적인 삶에서 지대한 역할을 했던 시대에서 출발한다. 이러한 시기는 계몽주의적 사고가 지배하고 역사적 인식이 싹트는 근대 이후 점차 퇴조하기 시작한다. 특히 근대 이후 점점 두드러지게 드러나는 역사의 폭압은 그에게도 나치의 범죄와 핵폭탄의 위협에서 절정에 이르는 것으로 나타난다. 그는 『커플들, 행인들$^{Paare, Passanten}$』에서 모든 개개인의 의식 여부와 관련 없이 우리를 쫓아다니는 핵구름의 영향력을 언급한다. 또한 독일 민족 사회주의라는 괴물이 역사적 시간이 지나도 사라지지 않고 끊임없이 우리 주변을 맴돌고 있음을 강조한다. 그는 인간이 현재에 이러한 과거에 맞서기 위해 안간힘을 다하고 때로는 더 자주적이고 유연하게 이에 대처하는 것처럼 느껴지기도 하지만, 이로부터의 진정한 해방은 이루어지지 않았고 진정한 해결책도 제시되지 않았다고 말한다. 그러면서 이러한 역사의 폭압에서 벗어날 수 있는 길은 역사 자체의 사망에 있다고 말한다.

오직 역사 자체의 사망만이 우리를 이로부터 해방시켜 줄 수 있을 것이다. 오직 현재의 총체적인 지배가 이루어지고 있는 대중 매체에 의해 회상이 사라짐으로써만 우리는 이로부터 해방될 수 있을 것이다. 여기서는 모든 것이 그저 현상, 미학적인 일시적 과정에 지나지 않는다.[16]

과거, 현재, 미래의 구분이 없어지고 모든 것이 현재에 동시적으로 공존

---

15 이와 유사한 맥락에서 엥글하르트는 이렇게 말한다. Englhart: Im Labyrinth des unendlichen Textes, S. 209: "현대에는 더 이상 신화에 의해 직선적 시간을 중단시키는 것만이 문제가 되는 것이 아니다. 더 나아가 후기현대가 신화적 시간과 제의를 시뮬레이션하는 시간과 공간의 표상을 갖고 있다는 사실이 슈트라우스에게 추가적으로 덧붙여진다. 세속적인 것을 중단시키는 사람은 이제 그만큼 더 어려운 상황에 놓이게 된 것이다. In der gegenwärtigen Zeit geht es nicht mehr nur um die Unterbrechung einer linearen Zeit durch den Mythos. Sondern es kommt für Strauß erschwerend hinzu, daß die Nachmoderne eine Vorstellung von der Zeit und dem Raum hat, die die mythische Zeit und den Ritus simulieren. Der Unterbrecher des Profanen hat es nun noch schwerer."
16 Botho Strauß: Paare, Passanten. München 2000^9, S. 171: "Nur der Tod der Geschichte selbst kann uns befreien, nur die Erledigung der Erinnerung durch die totale Gegenwart der Massenmedien, in der alles bloß Erscheinung, bloß ästhetisches Vorüberziehen ist."

하는, '현재가 총체적으로 지배' 하는 시대는 텔레비전이나 컴퓨터와 같은 매체의 절대적 지배가 이루어지는 시대이기도 하다. 히로시마의 폭파 영상은 단순히 미학적인 화려한 영상에 지나지 않으며, 이로 인해 역사적인 죄의식은 사라지고 모든 것은 망각의 강물에 둘러싸인다.

슈트라우스가 역사적인 시대 이후에 등장하는 것으로 간주하는 시대는 보드리야르가 주장하는 시뮬라시옹의 시대다. 보드리야르^{Jean Baudrillard}에 따르면 혁명과 사회 변혁의 이데올로기가 존재하고 사회 체제를 조종, 통제할 수 있다고 믿는 시대는 과부하 상태에 이르렀고, 실제로 실재와 가상 사이의 경계가 더 이상 분명하지 않은 시대가 도래했다는 것이다. 진보에 대한 믿음이 사라지고 현실로서의 실재에 대한 믿음이 사라진 시대는 컴퓨터라는 매체가 지배하는 시대이기도 하다. 이 시대는 이제 시간이 직선적으로 흘러가는 역사적 시대가 아니라 모든 것을 현재에 동시적으로 불러낼 수 있는 총체적인 현재의 시대이다. 거대한 문서 보관소인 컴퓨터는 서로 상이한 이질적인 것을 보존하고 불러내는데, 이때 이렇게 불러내진 것은—그것이 설령 작가 파운드^{Ezra Pound}와 쇼 프로그램 사회자 빔 툄케 간의 거리를 가지고 있다 할지라도—서로 동일한 현상 가치를 갖게 되며, 이러한 문화적 평등은 의식을 황폐화하고 인간을 정신 착란의 상태로 이끈다는 것이다. 근대의 인간이 자아 의식을 가지고 정체성을 쌓아 나갔다면, "선험적인 타자의 규정을 빼앗긴 이 자아는 오늘날에는 단지 무수한 질서와 기능, 인식과 반사와 영향의 강물 속에서 개방된 분할체로 존재할 뿐이다."[17]

과연 역사의 폭압으로부터의 이러한 해방과 자아의 해체가 슈트라우스

---

[17] Strauß: Paare, Passanten, S. 176: "Dieses Ich, beraubt jeder transzendentalen >Fremd<-Bestimmung, existiert heute nur noch als ein offenes Abgeteiltes im Strom unzähliger Ordnungen, Funktionen, Erkenntnisse, Reflexe und Einflüsse (……)"

가 추구하는 이상적인 해결책인가? 그렇지 않다는 것은 다음의 구절에서
명백히 드러난다.

아주 여러 세대, 특히 지난 세대가 혁명에 대한 행복한 관점 내지 파국적인
관점을 견지하며 역사의 빠른 속도에 맞춰 살았던 반면, 오늘날에는 역사가
무관심이라는 안개를 뒤로 남긴 채 역사의 강물이 그 속을 가로지를지라도 역
사적인 모든 연관을 비워 버리고는 퇴각하는 듯한 모습을 보여 준다. 이로 인
해 생긴 텅 빈 자리에 사라진 역사의 환영이 모여들고, 사건과 이데올로기와
복고풍이 쌓인다. 그러나 이러한 현상이 나타나는 것은 사람들이 그것을 믿거
나 그것에 대해 어떤 희망을 갖고 있어서가 아니라, 적어도 역사가 있었고 또
적어도 폭력(그것이 파시즘적인 폭력이라 하더라도)이나 생사를 건 투쟁이 있었
던 시대를 그들이 다시 소생시키려고 하기 때문이다. 이러한 공허함, 이러한
역사와 정치의 백혈병, 이러한 가치의 절대성에서 벗어날 수 있다면 무엇이든
좋다. 이러한 곤경으로 인해 모든 내용이 각양각색으로 환기될 수 있으며, 이
전의 모든 역사가 마구 뒤엉켜 다시 생생하게 나타난다. 그러나 그중에서 좋
은 것을 선발할 수 있는 믿을 만한 이념은 더 이상 존재하지 않으며, 단지 향
수만이 무한히 쌓여 있을 뿐이다. 전쟁, 파시즘, 아름다운 시대의 화려함 또는
혁명적 투쟁, 이 모든 것은 등가적이며 아무런 차이 없이 무감각하고 암울한
똑같은 흥분, 복고에 대한 똑같은 열광 속으로 뒤섞여 버린다.[18]

현재가 총체적으로 지배하는 탈역사의 시대에 생긴 역사적 공허함을
메우기 위해 역설적으로 복고에 대한 열광이 생겨난다. 그러나 이렇게 생
긴 복고열풍에도 불구하고 과거의 이념 가운데 그 어느 것도 믿을 만한
것은 없으며, 서로 아무런 차이도 없이 등가적인 것으로 나타날 뿐이다.
슈트라우스가 지닌 어려움은 현재의 총체적인 지배가 이루어지는 탈역사

의 시대에서 벗어나야 하지만, 단선적인 시간의 흐름으로 대변되는 역사의 시대로 돌아갈 수 없다는 데 있다. 탈역사의 시대에는 '실재의 단말마'가, 역사의 시대에는 '아우슈비츠의 트라우마'가 각각 우리를 짓누르고 있기 때문이다.

근대의 합리주의와 역사적인 사고방식에 의해 당면한 현재의 역사적인 문제를 해결하고 보다 나은 미래를 기약할 수 있으리라는 생각은 무역사적인 시대로 나아가는 첫 번째 충격인 제3제국에 의해 결정적으로 흔들렸다. 그러나 다른 한편 모든 가치를 등가적으로 만들고 완전히 이질적인 것을 동시적으로 제시하며 인간을 무중력적인 정신 착란 상태에 빠뜨리는 탈역사주의 시대 역시 결코 인간을 자유롭게 만들지 못한다. 어떤 사회적 구속도 없이, 감각적 자극에 따라 자유롭게 파트너를 결정하는 탈역사주의 시대의 남녀 관계는 변덕스러운 마음의 지배를 받으며 개인을 오히려 이러한 감정의 노예로 만들 뿐이며, 이렇게 맺어진 관계 역시 결코 확고한 결속을 가져다주지 못하고 깨지고 만다. '모든 것이 다 허용되고 무엇이든 자유롭게 할 수 있다'고 믿는 탈역사주의적 인간은 사실은 결코 자유롭지도 않고 또 창조적이지도 못하다. 모든 것을 저장, 보관할 수 있는 무한한

---

18 Strauß: a.a.O., S. 201: "Während so viele Generationen, und besonders die letzte, im Laufschritt der Geschichte gelebt haben, in der euphorischen oder katastrophischen Perspektive einer Revolution—hat man heute den Eindruck, daß die Geschichte sich zurückgezogen hat, einen Nebel der Indifferenz hinter sich zurücklassend, durchquert zwar von Strömen, aber all ihrer Bezüge entleert. In dieser Leere fließen die Phantasmen einer versunkenen Geschichte zusammen, in ihr sammelt sich das Arsenal der Ereignisse, Ideologien und Retro-Moden—nicht so sehr deshalb, weil die Leute daran glauben oder darauf noch irgendeine Hoffnung gründen, sondern einfach um die Zeit wieder aufleben zu lassen, in der es wenigstens Geschichte gab, in der es wenigstens Gewalt (und sei es die faschistische Gewalt) oder wenigstens einen Einsatz des Lebens oder des Todes gab. Alles ist gut, um nur dieser Leere zu entkommen, dieser Leukämie der Geschichte und Politik, diesem Absoluten der Werte—kunterbunt können nach Maßgabe dieser Bedrängnis sämtliche Inhalte wachgerufen werden, wird alle frühere Geschichte in wildem Durcheinander wieder lebendig—keine zwingende Idee mehr, die auswählen würde, bloß Nostalgie akkumuliert endlos: der Krieg, der Faschismus, der Prunk der Belle Epoque oder die revolutionären Kämpfe, alles ist äquivalent und mischt sich unterschiedslos in diese morose und düstere Exaltation, dieselbe Retro-Faszination."

문서 보관소(컴퓨터)의 시대에 인간은 상실을 알지 못하며 그 때문에 그는 종말에 도달한 역사적인 것을 기껏해야 상호 텍스트적인 유희 속에서 연결할 뿐이다.

이러한 상황에서 슈트라우스는 다시 신화, 즉 근원적인 것으로 돌아감으로써 해결책을 찾는다. 엘리아데와 마찬가지로 슈트라우스 역시 현대에도 신화가 결코 사라지지 않은 것으로 간주한다.

역사는 열려 있고 신화는 닫혀 있다. 사람들은 신화가 신들의 몰락과 함께, 즉 역사의 시작과 더불어 끝난다고 말한다. 그러나 신화는 끝나지 않는다. 그것은 단지 파손되었을 뿐이다. 신화의 잔재는 정신적 영역 어디에서나 다양한 순환 궤도 위에서 표류하고 있다. 사람들은 운행 궤도를 선택해야만 한다. 사물들은 잘게 부수어져 있기는 하지만 자신의 궤도 위를 무한히 돌고 있다.[19]

인간이 인간적인 조건을 뛰어넘어 신성한 원형을 반복할 때 그 순간 그는 원초적인 신화의 시간으로 옮겨진다. 그런 한에서 신화적인 시간은 역사적인 시간을 뛰어넘어 동시성의 시간을 창조한다. 역사적인 사건을 신화화할 때 역사적인 시간이 서로 뒤섞이며 나타날 수 있는 것도 신화의 이러한 초시간적인 동시성 때문이다. 그러나 다른 한편 신화는 아득한 옛날 존재했던 것이고 그 이후의 모든 신화적인 행위가 모방해야 할 전범이 되는, 항상 선행해 있는 어떤 것이다. 그런 한에서 이것은 어떤 시간의 흐름을 전제로 하고 시간의 역사성을 끌어들인다. 이와 같이 슈트라우스에게

---

19 Strauß: Beginnlosigkeit. Reflexionen über Fleck und Linie. München 1997, S. 110: "Die Geschichte ist offen, der Mythos geschlossen. Man sagt, er endet mit Göttersturz, mit Geschichtsbeginn. Er endet aber nicht, er ging nur zu Bruch. Überall in der NooSpähre treiben seine Trümmer auf verschiedenen Ringbahnen. Man muß die Orbits wählen. Die Dinge sind zerkleinert, doch auf ihrer Umlaufbahn kreisen sie in kleiner Ewigkeit."

신화는 역사적인 것과 초역사적인 것을 서로 연결하며 역사주의의 단선적 흐름과 탈역사주의의 동시성을 모두 극복한다. 이것이 바로 슈트라우스가 "요동하는 동시성"[20]이라고 부른 것이다.

슈트라우스가 1980년대에 근원에 대해 이야기할 때, 이것은 신화적인 원형뿐만 아니라 또한 기독교적인 전통을 의미하기도 한다. 그는 『커플들, 행인들』에서 루마니아의 사상가 치오란Emil Cioran을 인용하며 인간이라는 존재의 조건이 성스러운 초인간적인 것의 실현에 있음을 강조한다.

여기서 이 철학자(치오란−필자 주)는 아무런 두려움 없이 천사를 자신에게 내려오도록 주문한 아이처럼 사유한다. 지상에는 똑같은 수의 천사와 악마 그리고 신들이 살고 있다. 아마도 우리는 홀로 있는 것이 아닐 것이다. 적어도 천상과 지옥에 있는 무리의 후예들이 우리의 가슴과 우리의 공동체를 누비며 지나다니고 있다.[21]

인간은 역설적으로 매 순간 인간을 넘어서서 인간 자아의 타자인 신성을 실현함으로써 실재할 수 있다. 이러한 의미에서 슈트라우스도 엘리아데식의 존재론을 주장하는 것으로 간주할 수 있다.

목적 지향적인 일상의 세계에서 탈출하고 신화적인 또는 신적인 세계의 원형을 반복하는 것이 인간의 유일하게 진실한 존재 방식이며 추구해야 할 지향점이다. 그런데 이러한 신화적인 원형이 우리에게 파편으로 쪼개져 숨겨져 있기 때문에 이러한 상실을 인식하고 그것을 미학적 상상력을

20 Strauß: Paare, Passanten, S. 97: "schwanke(n) Synchronität"
21 Srauß: a.a.O., S. 193: "Hier denkt der Philosoph wie ein Kind, das ohne Schauder den Engel zu sich herunterbestellt. Die Erde ist gleichermaßen bevölkert von Engeln, Teufeln und Göttern. Wahrscheinlich sind wir nicht allein. Zumindest Abkömmlinge der himmlischen und höllischen Horden durchkreuzen unsere Brust und unser Gemeinwesen."

통해 창조해 내는 것이 필요하다.

엘리아데는 민중의 집단적 기억이 역사적인 사건을 오래 기억하지는 못하며 그래서 역사적 사건을 신화적인 모델로 변형하는 경향이 있음을 지적한다. 민중의 기억이 원형 이외의 것을 기억하지 못한다는 사실은 역사에 대한 전통 정신의 저항을 보여 준다.[22] 그러나 이러한 전통적인 지평이 상실되고 오늘날 대중이 텔레비전의 수동적인 시청자로 전락하여 총체적인 망각 상태에 빠진 상태에서 슈트라우스는 이러한 신화적 근원에 대한 회상의 임무를 소수의 엘리트에게 맡긴다. 특히 이러한 임무를 맡게 된 사람은 단독자로서의 예술가다. 다음 장에서는 예술가로서의 작가가 우리에게 어떻게 신화적 시간과 세계로 향하는 길을 열어 주고 있는지 구체적인 작품 분석을 통해 살펴보기로 하겠다.

슈트라우스의 『시간과 방』

카오스모스의 작품 구조

슈트라우스의 『시간과 방Die Zeit und das Zimmer』은 읽는 독자나 보는 관객을 해석의 미궁으로 빠뜨리는 난해한 작품이다. 이러한 난해함은 이 작품의 줄거리가 통일성을 띠지 않고, 등장하는 인물도 하나의 정체성을 갖지 않고 매번 다른 모습으로 등장하는 데서 비롯된다. 그러나 이 작품을 자세히 살펴보면 이러한 혼돈 속에는 일정한 질서가 숨어 있음을 확인할 수 있다. 이 장에서는 이와 같은 혼돈 속의 질서를 작품 구조와 연관 지어 살펴보고자 한다.

---

22 엘리아데: 영원 회귀의 신화, 56~59쪽 참조.

이 작품은 2막으로 구성되어 있다. 1막은 한길로 난 세 개의 큰 창문이 있는 방을 무대로 한다. 창문 앞에는 책상 하나와 의자 두 개가 놓여 있는데, '율리우스Julius'와 '올라프Olaf'라는 인물이 번갈아 가며 각각 창가 쪽과 방 쪽으로 의자를 돌려 앉는다.

1막에서 율리우스와 올라프는 다른 인물들과 달리 지속적으로 자신의 이름으로 불리지만, 그럼에도 어떤 독자적인 개성을 띤 인물을 나타내지는 않는다. 오히려 이들의 이름은 특정한 비유적 의미를 내포하고 있다. 율리우스라는 이름은 태양력(율리우스력)을 최초로 도입한 로마의 황제 율리우스 카이사르를 떠올리게 한다. 여기에서 율리우스라는 이름은 특히 '직선적인 역사적 시간'을 나타낸다고 할 수 있다. 이와 반대로 올라프는 'O-laf'라는 이름에서 드러나듯이 O로 대변되는 순환적인 시간을 상징한다고 할 수 있다.[23] 이로써 이 작품의 제목에서 드러나듯이 시간이 이 작품의 중요한 핵심 주제 가운데 하나라는 것을 알 수 있다.

율리우스와 올라프 외에는 주로 이름 대신 '시계 없는 남자Der Mann ohne Uhr'나 '초조한 여자Die Ungeduldige'와 같이 자신이 가지고 있는 특징에 따라 지칭되는 인물들이 등장한다. 단 처음에 '길거리에서 온 젊은 여자Das Mädchen von der Straße'로 소개되었다가 나중에 '마리 슈토이버Marie Steuber'라고 불리는 인물과 '프랑크 아르놀트Frank Arnold'라고 불리는 인물은 예외다.[24]

1막에서는 율리우스와 올라프가 한 쌍을 이루며 교대로 창문을 통해 외부 세계를 관찰한다. 그 밖의 나머지 인물들은 외부에서 방으로 들어와 잠시 이야기를 나누고 다시 사라지거나 방 안에서 주변 인물로 남아 있다. 1막은

---

23 율리우스와 올라프라는 인물이 갖는 상징적 의미에 대한 설명은 다음을 참조하시오. Englhart: Im Labyrinth des unendlichen Textes, S. 200.
24 물론 1막 마지막에서 사람들을 확인할 때 이들의 이름이 호명되기는 하는데, 이것은 2막에서 이들이 본격적으로 이름으로 불리는 연결 고리 구실을 한다.

장의 구분도 없고 공간적인 변화도 없이 좁은 방에서 지속적으로 전개되지만, 막상 줄거리는 전혀 진척되지 않고 동일한 상황의 의미 없는 반복과 혼돈의 상황만을 연출한다. 반면 8장으로 구성된 2막은 외관상 서로 관련 없는 이야기가 병렬적으로 각기 다른 공간에서 펼쳐지지만, 실제로 이 장면은 1막과 연결될 뿐만 아니라 2막 내에서도 각 장 사이에 어떤 연관성을 만들며 일정한 줄거리의 발전을 이끌어 낸다. 특히 이러한 줄거리는 마리 슈토이버라는 인물을 중심으로 펼쳐진다.

1막에서 율리우스는 창밖으로 길거리를 지나가는 한 젊은 여자를 바라본다. 온갖 소음과 쓰레기가 가득 찬 길거리에서 추운 겨울에 미니스커트를 입은 여인이 잡지를 뒤적이며 텔레비전 화면처럼 창백한 모습으로 걷고 있다. 율리우스가 그녀를 몰락에 직면한 부패한 세계처럼 묘사하자 그녀는 그의 집으로 들어와 그가 자신에 대해 무엇을 아느냐고 이의를 제기한다. 마리 슈토이버라는 이름의 그녀는 2막에서 본격적으로 8장 전체에 걸쳐 등장하여 다양한 경험을 하며, 결국 신화적 세계의 도래를 암시하는 그래픽 예술가와 만난다.[25] 이로써 몰락 직전의 타락한 세계가 새롭게 갱신되고 창조될 과도기의 상황이 묘사된다.

이와 같이 질서가 있는 듯한 협소한 좁은 공간은 외관과 달리 온갖 이질적인 것이 섞여 나타나는 혼돈을 보여 주는 반면, 다양하고 이질적인 장소로 이루어진 광활한 공간은 일정한 질서를 보여 주기도 한다. 이로써 질서 속의 혼돈과 혼돈 속의 질서라는 상황이 작품의 또 다른 중요한 핵심 주제인 공간과 연관해 나타난다.

1막과 2막은 외관상 아무런 상관도 없는 동떨어진 내용처럼 보이지만,

---

25 5장에서 그녀는 잠깐이지만 마지막에 회사 지원자들의 말을 엿듣는 여사장으로 등장하고, 7장에서는 율리우스와 올라프의 대화에서 올라프의 전 부인으로 등장한다. 나머지 장들에서는 그녀가 주도적인 중심 인물로 등장하고 있다.

자세히 살펴보면 어떤 연관 지점을 드러내고 있다. 1막 마지막 부분에서 율리우스가 조용히 하라고 주의를 환기한 후 사람들의 이름을 부르는데, 미리 퇴장한 사람들을 제외하고는 오직 마리 슈토이버만이 그 방에 남아 있지 않다. 그리고 이제 열린 대문을 통해 트렁크와 여행 가방을 밀어 넣는다는 무대 지시가 나오는데, 이것은 2막 첫 부분에서 방문이 열리고 여행 짐을 방 안으로 미는 장면으로 연결된다. 이로써 1막의 좁은 공간이 2막으로 이어져 다양한 공간, 즉 무한히 펼쳐지는 광활한 공간으로 연결된다는 것을 알 수 있다.

또 하나 중요한 것은 바로 1막에서 유일하게 이름으로 불린 마리 슈토이버와 프랑크 아르놀트가 2막 1장에 등장한다는 사실이다.

마리 슈토이버는 이후 8장으로 구성된 2막 전체에 빠짐없이 등장하는 유일한 인물이다. 엥글하르트Andreas Englhart는 마리 슈토이버의 이름이 가지고 있는 의미를 지적하며, 그녀의 성 'Steuber'가 '지지대로서의 말뚝'과 '분산되어 날아가다'라는 두 가지 어원을 가지고 있으며, 이로써 질서와 혼돈이 상호 대립되는 의미를 내포하고 있다고 지적했다.[26] 이것은 1막에서 율리우스와 올라프가 각기 질서와 혼돈을 상징하는 것과 연결되며, 2막에서 그녀가 이들 대립되는 세계를 창조적인 신화의 세계로 조합할 것을 미리 예감하게 한다.

1막에서 마리 슈토이버가 처음에 '길거리에서 온 젊은 여자'로 불리다가 이후 마리 슈토이버로 불린 후 2막에서 계속해서 같은 이름으로 등장한다면, 이와 정반대되는 현상이 프랑크 아르놀트에게서 나타난다. 그는 1막에서 프랑크 아르놀트로 잠시 등장한 후, 2막에서 같은 이름으로 다시 등장한다. 2막 1장에서는 마리 슈토이버와 단둘이 등장하고, 2막 5장에서

26 Englhart: Im Labyrinth des unendlichen Textes, S. 197 참조.

는 마리 슈토이버가 사장으로 있는 회사에 지원한 세 명 중 한 사람으로 등장한 후 자취를 감춘다. 그러나 자세히 살펴보면 프랑크 아르놀트가 2막 마지막 장에 다시 한 번 등장함을 알 수 있다. 그러나 그는 이번에는 프랑크 아르놀트라는 이름 대신 익명의 회사원으로 등장한다.

프랑크 아르놀트가 아직까지 자신의 개성과 정체성을 지닌 역사 시대의 인물인 것은 2막 1장의 무대 배경에 '일회용 라이터Einwegfeuerzeug' 가 등장하는 데서 알 수 있다. 즉 그는 한 번 사용하고 버리는 라이터와 마찬가지로 한 번 가면 돌아올 수 없는 '일방통행로Einweg' 에 서 있는 것이다. 이러한 일방통행로는 단선적으로 진행되는 역사 시대를 상징한다. 그러나 이러한 역사 시대가 위기와 쇠퇴의 일로에 있다는 것은 병색이 완연한 그의 얼굴에서 잘 드러난다. 2막 1장에서 마리 슈토이버가 프랑크 아르놀트의 안색이 안 좋아 보인다고 말할 때, 이것은 2막 8장에 몸이 안 좋아 창가에서 쉬고 있는 한 남자와 연결될 수 있다. 그는 창문을 열 수 없는 사무실의 에어컨 바람을 피해 신선한 공기를 마시러 창가로 온 것이다. 많이 손상된 낡은 가면 같은 프랑크 아르놀트의 병든 얼굴은 매스미디어와 목적 지향적인 삶의 영향으로 알아볼 수 없을 정도로 손상된 현대인의 얼굴을 지시한다. 또한 2막 5장에서 프랑크 아르놀트가 한 회사에 지원한 것 역시 이제 그가 8장에서 회사원으로 등장하는 것과 연결된다. 그의 심각한 병세는 이러한 회사 생활, 즉 목적 지향적 삶의 추구와 관련이 있다. 2막 8장에서 들리는 거리의 소음과 컴퓨터 소리는 이제 역사 시대의 인간인 프랑크 아르놀트의 정체성이 점차 현대의 매스미디어와 대상화된 삶에 의해 해체되고 있다는 것을 보여 준다. 그 결과 그는 자신의 이름을 상실하고 '한 남자Ein Mann' 로 등장한다. 그러나 바로 이러한 탈역사적인 해체의 순간은 신화적인 위대한 감정의 순간으로 전환될 수 있다. 2막 8장에서 이 낯선 병든 남자에게 등을 돌리고 그의 얼굴을 보지 않으려고 하는 그래픽 예술가는 프

랑크 아르놀트와 대립되는 긍정적인 인물상을 대변한다. 이 그래픽 예술
가는 1막에 등장한 '완전히 미지의 남자'가 변신한 역할을 한다. 마리 슈
토이버는 처음 만난 그래픽 예술가에게 이전에 한 번 그를 본 적이 있는
것 같다고 말한다. 그것이 언제인지 정확히 말할 수는 없지만, 아득한 옛
날인 것 같다는 데 두 사람 다 생각이 일치한다. 그러나 한편으로 다른 모
든 상황은 잊어도 얼굴만은 남아 있다며 얼굴을 기억한다. 이것은 마리 슈
토이버가 이전에 프랑크 아르놀트의 낡고 상한 가면 같은 얼굴을 쳐다본
것을 떠올리게 하며 그와 대조를 이룬다. 그러나 이 그래픽 예술가는 헛구
역질을 하며 신선한 공기를 필요로 하는 남자 사원과 달리 마리 슈토이버
와 함께 서로 얼굴을 쳐다보며 그들이 만난 적이 있는 아득한 그 옛날을
회상하려고 애쓴다. 이러한 회상은 물론 신화적인 근원에 대한 긍정적인
회상이다. 이 그래픽 예술가가 작성한 '봄철 안내장Frühjahrsprospekt'의 초안은
암울한 겨울을 이겨 내고 새롭게 생성되는 우주의 새로운 창조 내지 부활
을 가리킨다. 이로써 그래픽 예술가는 세계의 소멸을 지시하는 탈역사 시
대 뒤에 올 새로운 창조의 시기인 신화적 시대를 열어 주는 예술가의 전형
으로 간주할 수 있을 것이다.

이상에서 살펴본 것처럼 이 작품은 외관상 아무런 연관 관계 없이 파편
처럼 흩어져 있는 장면이 사실은 내적인 연관 관계에 있으며 혼돈 속에
질서를 내포하고 있다는 것을 보여 준다. 다음 장에서는 이러한 질서와
혼돈의 관계를 역사와 신화의 관계를 통해서 보다 자세히 다루어 보기로
하겠다.

신화적 시간 – 역사적 시간과 순환적 시간의 창조적 결합

현대 사회에서 인간의 삶은 자신이 지향하는 목표에 맞춰 진행된다. 시
계는 인간이 자신의 삶을 목적 지향적으로 살아가기 위해 고안해 낸 대표

적인 발명품이다. 1막에서 '시계 없는 남자'는 지난 밤 축제 때 잃어버린 시계를 찾아다닌다. 축제란 아무런 고통도 즐거움도 없이 기계적으로 흘러가는 측정 가능한 일상적인 시간에서 벗어나 순간 속에서 영원을 체험하는 살아 있는 시간, 즉 신화적인 시간이다.[27] 이러한 축제의 순간에 현대인은 역사적인 시간을 나타내는 시계를 잃어버리지만, 축제가 끝나면 다시 이러한 시계를 찾게 되는 것이다. 시계와 목적 지향적 삶의 연관 관계는 특히 스위치 시계를 찬 '초조해하는 여인'이 다양한 목적을 위한 다양한 종류의 시간이 있다고 말할 때 잘 드러난다. 즉 인간은 자신의 삶을 조종하고 통제하기 위해 시간 역시 통제하고 있는 것이다. 사랑은 이와 같은 기계적이고 역사적인 시간에서 빠져나와 위대한 감정을 느끼며 신화적 세계로 향하게 만들 수 있다. 그러나 이 작품에 등장하는 인물들은 목적 지향적인 의식과 역사적 시간관 때문에 번번이 신화적 시간으로 이행하는 데 실패하고 만다.

이에 대한 대표적인 예는 1막에서 '시계 없는 남자'와 마리 슈토이버의 관계에서 잘 나타난다. 시계 없는 남자는 이전에 마리 슈토이버를 만났을 때 그녀와 동침하려는 욕망에 이끌려 장소를 구하다가 역사적 보물로 가득 찬 바로크 궁전에 도달한다. 거기서 그들은 역사 관람에 빠져들며 역사의 미궁에서 길을 잃어 동침하지 않게 된다. 사랑의 순간이 일상적인 시간이 정지하고 신화적인 세계로 빠져드는 순간이라고 한다면, 그것은 이 경우에는 역사적인 시간 의식에 의해 좌절되고 만다. 흥미로운 점은 2막 4장에서 시계 없는 남자가 이번에는 안스가라는 인물로 등장하며 다시 마리 슈토이버를 만나게 된다는 것이다. 마리 슈토이버는 박람회장에서 안스가

---

27 Paz: Das Labyrinth der Einsamkeit, zitiert nach Englahrt: Im Labyrinth des unendlichen Textes, S. 208 참조.

를 만난 후 그에게 호감을 갖는다. 이제 그녀는 그를 자신의 집에 초대해 선물까지 하지만, 자신을 못생겼지만 권력이 있다고 생각하는 안스가는 그녀가 오직 그에게 일자리를 부탁하려는 목적으로 접근한다고 생각한다. 이와 같이 모든 행위를 특정한 목적과 관련해 설명하고 이해하려는 사고 방식 때문에 안스가는 마리 슈토이버와 진정한 사랑을 체험할 수 없다.

역사적인 시간을 대표하는 율리우스를 통해 역사적인 시간과 신화적 시간의 평행적 대립은 가장 잘 드러난다. 시간에 쫓기는 인간 유형을 보여 주는 '초조해하는 여인'은 축제 때 일회용 라이터를 두고 온 사람들이 다시 그 장소에 돌아오지 않을 것이라고 말한다. 위에서 말한 것처럼 일회용 라이터를 두고 온 사람들은 시간이 한 번 지나가면 돌아오지 않는다고 믿는, 즉 역사적 시간을 믿는 사람들이다. 율리우스가 가장 두려워하는 손님은 축제가 끝났는데 다시 돌아오는 손님, 즉 순환적 시간을 상징하는 손님이다. '디나Dinah'라고 불리는 '잠자는 여인Schlaffrau'이 등장하여 자신이 항상 율리우스 주변에 있었지만, 그는 그녀를 알아보지 못했다고 말한다. 신화 속의 '디아나'를 상징하는 이 잠자는 여인은 위대한 무도회, 즉 축제에 참석하기 위해 '먼 곳'에서 그를 찾아온다. 그러나 역사적 시간을 대변하는 율리우스는 신화적 세계에서 찾아온 이 미지의 여인을 알아보지 못하며 단지 그녀가 그녀에 대한 자신의 기억을 파괴하고 있다고 토로한다. 이것은 신화적 시간으로 해체될 역사적 기억의 위기를 암시한다.

안스가가 전화를 걸 때 자신의 안부를 묻지 않은 것에 올라프는 실망을 드러내고 율리우스가 자신을 위해 안부를 물어 준 것처럼 거짓말을 해 주었더라면 자신의 우울증이 완화될 수도 있었을 것이라고 말한다. 그러면서 그는 어떤 말이 진실이냐 아니냐가 중요한 것이 아니라 그러한 말이 설령 거짓이라고 하더라도 상대방을 배려하는 위대한 감정을 담고 있는 것이 중요하다고 말한다. 여기에서 근대의 합리적 사고에 매몰된 율리우스의 약점이 지적된다. 율리우스는 1막에서 올라프와 자신을 "서로를 사랑하는 두 회의론자$^{Zich liebende Skeptiker}$"[28]라고 부르며, 두 사람 모두 영혼의 평온함, 아무것도 하고자 하지 않는 내면의 아름다움을 즐기고 있다고 말한다. 그러나 이러한 그의 말을 완전히 믿을 수는 없다. 왜냐하면 2막 7장에서 올라프는 율리우스의 어떤 행동에 대한 욕구를 간파하며 보편적인 공허함에 직면해 율리우스가 행동을 갈망하며 손을 비비는 것을 견디기 힘들다고 말하기 때문이다. 또한 이 장에서 두 사람 사이의 불화도 감지된다.

올라프는 역사적인 시간을 상징하는 율리우스와 여러 면에서 대조된다. 그는 아무런 의도도 가지고 있지 않고, 모든 것에 무관심하다. 영원한 무관심을 대변하는 그는 과거, 현재, 미래의 구분을 알지 못하는 동시성의 시간을 나타낸다. 그는 가정이라는 수수께끼 같은 질서, 옷과 화장, 즉 구성적 질서로서의 코스모스가 갑작스럽게 붕괴될 수 있다고 우려하지만, 다른 한편 그의 절대적인 태만함으로 인해 이러한 해체의 쇼크에도 무관심하게 대처한다. 이것은 올라프가 상징하는 순환적 시간이 총체적인 붕괴와 해체를 가져올 수 있는 탈역사주의를 상징하고 있다는 것을 알 수 있다. 올라프는 타인을 알고 싶다는 욕망에서 율리우스와 같이 살자고 제안하지만, 또한 자신의 평온을 간직하고자 하며 율리우스와의 공동 생활에 회의를 표하기도 한다. 여기에서 올라프가 상징하는 순환적 시간과 동시성 역시 신화적인 시간과 구분되는 부정적인 시간이라는 것을 알 수 있다.

이 작품에서 율리우스와 올라프의 조화로운 결합은 이루어지지 않는다. 2막 7장의 에피소드가 보여 주듯이 이들 사이의 시각 차이는 시간과 함께 점점 깊어질 뿐이다. 따라서 역사적 시간과 순환적인 시간의 결합으로서의 신화적 시간은 마리 슈토이버와 그래픽 예술가의 만남에서야 비로소

---

28 Strauß: Die Zeit und das Zimmer. München 1995, S. 16.

실현될 수 있다. 1막 끝부분에서 '초조해하는 여인'은 마리 슈토이버에게 이전의 사랑스러운 밝은 얼굴은 사라지고 차갑고 계산적인 얼굴만이 남았다며, 마치 인도의 여신이 그녀의 미소, 사랑의 지혜를 잃은 것처럼 보인다고 말한다. 질서와 혼돈, 역사적 시간과 순환적 시간을 내재적으로 결합시킨 마리 슈토이버는 신화적 세계 자체를 상징한다. 그녀가 인도의 여신에 비유되는 것은 결코 우연이 아니다. 그러나 신화나 신과 같은 이러한 신성한 세계는 근대 이후 점차 파손되고 자취를 감춘다. 그녀의 사랑스러운 모습이 냉정하고 차갑게 변해 버린 것은 합리적인 근대의 세계에서 파손된 신화의 모습을 보여 준다.

그러나 이러한 신화의 세계는 현대에 결코 완전히 사라진 것은 아니며 단지 파손되었을 뿐이다. 마리 슈토이버는 한 남자가 겨울밤에 어떤 여자를 불타는 호텔에서 구해 내 집으로 데려간 꿈을 이야기한다. 여기에서 그는 자신이 그녀의 꿈이라는 것을 알게 된다. 이것은 이 여자가 신화의 세계를 상징하며, 인간은 이러한 신화적인 꿈의 세계에서 살고 있다는 것을 의미한다. 이러한 해석은 바로 뒤에 나오는 장면에서 입증된다. '겨울 외투를 입은 남자'가 거의 벌거벗은 채로 잠자고 있는 한 여성을 안고 방으로 들어온다. 그는 아주 혐오스러운 호텔에 불이 났을 때 거기에 투숙한 손님 중 유일하게 잠에서 깨지 못한 이 여인을 구해서 그녀의 주머니에 적힌 율리우스의 집 주소를 보고 이리로 데려온 것이다. 그가 안고 온 여자의 이름은 '디나Dinah' (또는 '우리의 디아나unsere Diana')다. 신화에 따르면 카드모스의 손자인 악타이온은 사냥하다 수렵의 여신이자 처녀 신인 '디아나'의 목욕하는 모습을 보게 된다. 그녀는 자신의 나체를 보인 수치심에 악타이온을 사슴으로 변하게 한 후 사냥개에게 갈기갈기 찢겨 죽게끔 한다. 상대방을 관찰하고 지배하는 근대인이 사냥꾼에 비유될 수 있다면, 이러한 근대인은 오직 관찰에서 벗어나 잘못 보는 순간 아무런 옷도 걸치지 않은 디아나, 즉 기표의 세계에서 벗어나 있는 실재로서의 미의 영역을 볼 수 있다. 그러한 신성한 미의 영역에 들어선 근대인은 갈기갈기 찢겨 죽게 되는데, 이것은 정체성의 해체와 근대적 자아의 죽음을 의미한다. 그 대신 그는 이러한 죽음을 통해 신화적인 세계로 들어갈 수 있는 것이다. 그러나 이 작품에서 디아나는 전라의 모습이 아니라 '거의' 다 벗은 상태이며, 또한 그녀와의 사랑을 두려워하는 율리우스의 망설임으로 인해 잠에서 깨어난다. 이로써 근대인은 신화적인 세계에서 빠져나오게 되는 것이다. 그러나 마리 슈토이버의 꿈은 작품 마지막에서 다시 한 번 실현될 수 있는 기회를 맞이한다.

자기 집에서 쫓겨나 혐오스러운 호텔에서 자고 있는 여신은 다시 근원적인 세계를 상징하는 집으로 귀환해야 한다.[29] 그러나 그 귀환에 앞서 부패하고 해체 중인 타락한 세계는 불에 완전히 전소되어야 한다. 마치 아이온(영겁)의 회귀나 메시아의 재림에 앞서 불로 세계가 파괴되듯이 말이다. 이러한 맥락에서 이 극이 2월의 겨울을 배경으로 삼고 있다는 것은 의미심장하다. 왜냐하면 고대에는 봄의 신년제를 통해 신성한 세계에서 이탈한 부패하고 쇠락한 세계를 갱신함으로써 새로운 우주 창조를 하고 신성한 세계로 회귀했기 때문이다. 이러한 맥락에서 마리 슈토이버가 올라프에게 부활절에 마드리드로 같이 여행하자고 제안한 것은 의미심장하다. 부활절은 혼돈 후 신성한 세계로 귀환하는 것을 의미하기 때문이다. 그러나 올라프는 그녀에게 입을 찡그린 모습이 담긴 비디오테이프를 보낼 뿐이다. 탈역사주의를 상징하는 매체적 세계와 연관을 맺으며 신성한 세계로 여행하는 것에 무관심한 올라프를 그녀는 더 이상 신성한 세계를 열어

---

29 슈트라우스의 작품에서 '집' 모티브가 갖는 의미에 대해서는 다음을 참조하시오. 정항균: 타자와의 만남, 단독자로서의 예술가. 보토 슈트라우스의 『커플들, 행인들』 분석. 실린 곳: 뷔히너와 현대 문학 제29호 (2007), 135~136쪽.

줄 꿈속의 남자로 간주하지 않는다. 오히려 그러한 임무를 실현할 인물은 1막에 등장하는 '완전히 미지의 남자'가 변신한 그래픽 예술가다. 그는 '봄철 안내장'의 초안을 만든 인물로, 현대 매체에 의해 쇠퇴한 탈역사주의의 시대를 갱신할 예술가의 모습으로 등장한다.

마리 슈토이버와 그래픽 예술가의 "첫 만남은 예기치 않은 재회다."[30] 그들이 서로 얼굴을 바라보며 아주 아득한 옛날의 무언가를 회상할 수 있다면 목적 지향적이고 사물화된 일상 세계에서 벗어나 신화적인 세계를 다시 만날 수 있을 것이다. 그들은 역사적인 차원에서는 처음 만났지만 신화적인 차원에서는 신화적 원형을 반복하는 재회를 하고 있는 셈이다. 그래픽 예술가는 올라프와 달리 과거의 회상에 관심을 가지고 있다. 그가 회상하려는 신화적 세계는 역사적 시간에서 벗어나 있는 초시간적인 세계이지만, 동시에 최초의 시작이자 출발점으로 직선적인 시간과 완전히 결별하고 있지는 않다. 이와 같이 순환적인 동시성과 직선적인 시간이 결합한 '요동하는 동시성'의 세계가 슈트라우스가 역사적 시대와 탈역사적 시대에 맞서 내세우는 신화적 유토피아라고 할 수 있다.

---

30 Strauß: Beginnlosigkeit. S. 108: "(Jede) erste Begegnung ist ein unverhofftes Wiedersehen."

반복이라는 현상을 통시적인 관점에서 살펴보면 그 의미가 끊임없이 변화해 왔음을 알 수 있다. 신화적인 세계상이나 종교적인 믿음이 지배하던 시대에 반복은 항상 초월적인 것과 연관성을 갖는다. 인간이 자신의 조건, 즉 인간으로서의 조건을 잊고 자신의 행동을 항상 초월적이고 신적인 영역에 위치시킬 때, 그는 신의 행동을 반복하는 것이다. 이로써 반복은 신성한 것이 되며 절대적이고 초월적인 의미를 갖는다. 반면 인간이 이러한 초월적인 시간 차원에서 벗어나 세속적인 시간 차원으로 들어와 행동할 때, 즉 그의 행동이 더 이상 신성과의 연관성을 갖지 않을 때, 그는 타락한다. 따라서 인간이 인간성을 잊고 신의 행동을 반복할 때 그 순간은 세속적인 선형적 시간을 넘어서서 시간의 흐름을 초월한 영원을 의미하게 된다. 그러나 사회가 점차 세속화되고 실증으로 중반부 종교적 질서가 더 이상 자명하지 않게 되면서 반복에 대한 평가 역시 변화한다.

근대에 들어서면서 신화적이고 종교적인 세계상은 물러난다. 아울러 물해 초월적이고 신성한 시간 대신 세속적인 시간이 들어선다. 즉 과거에서 현재를 거쳐 미래로 흘러가는 선형적인 시간의 흐름이 초월적이고 신성한 시간을 대신하는 것이다. 이러한 시간적인 관념에서 순간은 더 이상 영원과 동일한 것이 될 수 없을 뿐만 아니라, 오히려 그것과 정반대되는—격경에 위치하게 된다. 인간은 신적인 절서에서 빠져나옴으로써 자신을 지켜주고 구원해 줄 버팀목을 잃었지만, 그 대신 이성이라는 새로운 수단에 의해 진보와 발전에 대한 믿음을 갖게 된다. 즉 더 이상 신과 같이 그 자체로 완벽하고 불변하지는 않더라도 이성에 의해 일직선으로 흘러가는 시간 속에서 무한히 진보할 수 있다고 믿게 된 것이다.

이와 더불어 근대의 또 다른 특징을 살아라고 할 수 있다. 이제 신에게서 자신에게로 시선을 돌린 인간은 자신이 누구인지에 관심을 갖고 자아 탐구에 몰두한다. 이러한 맥락에서 내가 누구인지를 파악하고 나의 정체성을 확립하기 위해 자신의 과거를 돌이켜보고 그것을 현재의 차원에서 해석하는 작업이 필요하게 된다. 다른 한편 회상은 개인적인 정체성의 확립이라는 차원을 넘어서 집단적인 차원으로서 민족의 정체성을 수립하기 위한 수단이 되기도 한다. 근대에 들어서 역사에 대한 관심은 더욱 커지고 있으며, 민족 국가 수립을 기도하는 여러 국가가 자기들의 과거를 회상하며 민족적 정체성을 수립하려고 시도한다. 이제 멀고먼 과거를 기억에 담아 현재와 연결함으로서 자신의 개인적, 민족적 정체성을 수립해 내는 것이 근대의 목표가 되는 것이다.

그러나 근대에 가지고 있었던 이상을 통한 무한한 진보에 대한 믿음과 신의 조화를 이루며 발전하는 자아의 이상은 점점 환상임이 드러난다. 19세기 후반 유럽 소설에서 비합리적인 운명의 힘이나 유전적인 조건이 강조되는 것은 자유롭게 행동하고 사회를 발전시키는 인간성에 대한 회의를 반영한다. 반면 비합리적인 운명이나 유전은—그것이 신적인 구상으로서는 생물학적인 구상으로서든—이마 계획되어 있는 것이 다시 나타난다는 의미에서 반복을 의미한다. 자주 의지를 지니고 있다고 믿은 인간은 이러한 운명으로서서 반복을 더 이상 피할 수도 없고 극복할 수도 없다. 이로써 반복은 인간의 한계를 지적하고 인간의 오만을 경고하는 의미를 지니게 된다. 그러나 여기에서 반복은 이미 감제에 있던 것이 다시 나타난다는 의미에서의 반복으로, 동일한 것의 반복을 지시한다.

프로이트Sigmund Freud에 이르면 기억과 망각은 더 이상 대립적인 관계에 놓이지 않는다. 그는 완전히 망각된 것이란 없으며, 우리가 흔히 망각된다고 생각하는 것은 기억의 흔적으로 무의식 어딘가에 남아 있다고 말한다. 이에 따라 무의식적으로 억압된 것 즉 완전히 잊혀지지 않지만 그렇다고 기억될 수도 없는 것이 신경증에서 반복적으로 나타난다. 이러한 반복 강박증은 잠병으로서의 반복이 가진 부정적 측면을 부각하며, 극복의 대상이 된다. 그러나 다른 한편 이것은 인간의 자유 의지로 극복할 수 없는 무의식 차원에서 일어나는 반복 환상을 가정하게 한다.

여기 전환기에 들어서면서 특히 빈을 중심으로 세기말적인 분위기가 지배적이 된다. 이제 덧없는 인생에서 순간의 쾌락을 누리며 즐기는 태도가 만연하다. 키르케고르Søren Kierkegaard가 말한 미학적인 인간 유형이 이 시기를 통일한 것이다. 과거에 얽매이지 않고 현재의 순간에 빠져 살아가는 미학적 인간 유형은 슈니츨러Arthur Schnitzler의 작품에 자주 등장한다. 가령 그의 연극 작품 『사랑의 유희Liebelei』에 등장하는 부유한 가문 출신의 두 젊은이, 프리츠와 테오도르는 영원불변의 사랑 대신 찰나적인 만남을 추구한다. 사랑을 위해 목숨을 걸 심각함도 무거운 사랑 대신 구속력이 없는 가벼운 유희적 관계가 지배한다. 이렇게 만남과 헤어짐을 반복하

는 것은 이전의 관계를 모두 잊고 찰나적인 순간에 빠져 살 때 비로소 가능하다.

이러한 찰나적인 순간은 보들레르Charles Baudelaire가 말한 것처럼 현대의 중요한 특징이다. 모든 것이 고정되어 있고 변화지 않는 고대적인 속중함에 비해 현대에는 속도의 미

3장

죽음과 반복

| 1 |
반복과 변형

반복이 갖는 의미와 그것에 대한 가치 평가는 시대에 따라 달라진다. 신화적인 세계상이 지배하는 원시 사회와 합리적인 이성이 지배하는 근대 사회에서 반복에 대한 평가는 극명한 대비를 이룬다. 이러한 상반되는 평가를 이해하기 위해서는 반복의 본질적인 의미 및 반복과 변형의 관계가 시대적으로 어떻게 변해 왔는지에 대한 이해가 선행되어야만 한다.

아스만^{Jan Assmann}은 구술 문화와 문자 문화에서 반복과 변형 중 어떤 범주가 우세하게 나타나는지를 연구한다. 첫눈에 보기에는 구술 문화에서 변형이, 문자 문화에서는 반복이 지배적인 범주라고 생각할 수 있다. 왜냐하면 제의나 신화와 같은 구전 문화의 전통을 지닌 사회에서는 정해진 원문이 없기 때문에 제의의 내용이나 신화의 이야기가 매번 달라지는 반면, 문자 문화에서는 정해진 텍스트가 필사나 인쇄를 통해 동일한 형태로 반복되기 때문이다. 그러나 아스만은 한 문화권에서 반복과 변형 중 어느 것이 우세하게 나타나는지를 텍스트 자체가 아닌 정보의 동일성 여부에 따라 판단한다. 쉽게 말하자면, 구술문화의 세계에서는 텍스트를 새롭게 혁신하고 새로운 정보를 추가할 수 있는 가능성이 적으며, 전반적으로 이미 알려져 있는 내용만을 문화적 기억으로 전수하는 반면, 문자 문화의 세계에서는 이전과 구분되는 새로운 내용을 담은 텍스트가 끊임없이 생산된다. 구술 문화에서 혁신은 망각을 의미하며 전통을 파괴할 것이기 때문에 반복이 사회의 보존에 필수적인 요소라면, 정반대로 문자 문화에서는 문자의 선형적인 특성처럼 이전의 텍스트와 구분되는 새로운 텍스트의 끊임없는 창조, 즉 변형이 필수적인 요소가 된다.[1]

신화적인 전통이 지배적인 사회에서 역사적인 흐름은 아직까지 의미를 갖지 못하며, 그 대신 반복이 사회 보존의 필수적인 기능을 떠맡는다. 반복은 특히 제의를 통해 두드러지게 나타나는데, 그것의 표현 형태는 두 가지다. 아스만은 이집트 문화를 예로 제의에 나타나는 상이한 반복의 두 형식을 언급한다.

이집트 문화 전체는 제의적인 반복과 신성한 해석에 의한 신화적인 현재화라는 두 가지 차원에 토대를 두고 있다. 제의적인 반복은 의미를 보존하고 현재화하기 위한 형식일 뿐이다. 이렇게 지시하고 현재화하는 의미 차원이 없다면 우리가 관계하는 것은 제의가 아니라 의례적인 행사, 즉 목적 합리성이라는 이유에서 철저하게 그 진행 과정이 규정된 행위에 지나지 않을 것이다.[2]

여기서 아스만이 언급하는 반복은 두 가지다. 첫째로 그것은 특정한 형

---

1 Jan Assmann: Das kulturelle Gedächtnis. Schrift, Erinnerung und politische Identität in frühen Hochkulturen. München 2005⁵, S. 97~98.

식에 따라 진행되는 절차로서의 제의적 반복이다. 제의는 매번 특정한 규칙에 따라 반복된다. 그러나 이러한 제의적 반복은 그것을 실행할 때마다 조금씩 차이가 나기 마련이며, 따라서 엄격한 재현의 차원에서 볼 때 완벽한 반복이 되지는 못한다. 또한 신화적 세계에서 중요한 의미를 갖는 반복은 이러한 절차상의 반복을 의미하는 것도 아니다. 오히려 반복의 본질은 일상적인 삶 속에서 신화적 세계를 불러내어 그것을 반복하는 데 있다. 이러한 의미에서 둘째 유형의 반복은 흘러가는 역사적 시간과 일상의 시간에 맞서 절대적인 과거로서의 신화를 현재의 순간에 불러내는 것을 의미한다. 제의 역시 이러한 신화적 과거를 불러내는 기능을 할 때만 진정한 반복의 의미를 지니며, 그것이 그러한 신화적, 종교적 맥락과 분리될 때는 기계적으로 행하는 형식적 반복에 지나지 않는다. 오늘날 현대인들이 제사나 종교적 의식을 치를 때 본래적인 맥락에서 벗어나 있기 때문에 그러한 반복은 그들에게 신성한 체험으로서의 의미를 잃게 되며 그저 형식적인 절차의 반복에 그치고 만다.

삶에서 신화와 종교가 갖는 의미가 점점 줄어들고 그에 비례하여 역사적인 시간이 그 속으로 점점 더 많이 침투해 들어오면서 반복의 의미도 달라진다. 이제 인간은 신화적인 시대와 달리 과거의 전통을 단순히 반복하고 전수하는 데 의미를 두는 것이 아니라, 오히려 '근원 텍스트Urtext'가 사라진 상황에서 이에 대한 새로운 해석과 함께 끊임없이 이를 대체할 텍스트를 양산해 낸다. 종교적인 전통이 많이 남아 있던 시기에만 해도 근원

---

2 Assmann: Das kulturelle Gedächtnis. S. 90f.: "Der gesamte ägyptische Kult beruht auf den beiden Dimensionen der rituellen Wiederholung und der mythischen Vergegenwärtigung durch sakramentale Ausdeutung. Die rituelle Wiederholung ist nur die Form für den Sinn, der in ihr bewahrt und vergegenwärtigt wird. Ohne diese Sinndimension der Verweisung und Vergegenwärtigung hätten wir es nicht mit Riten, sondern nur mit ritualisierten Routinen zu tun, Handlungen, die aus Gründen der Zweckrationalität in ihrem Ablauf strikt festgelegt wurden."

텍스트의 부재를 메워 줄 '경전Kanon'을 만들려고 노력하며 그러한 경전을 신성을 반복하는 것으로 간주했다. 하지만 이미 이때에도 이러한 경전의 위치를 둘러싼 치열한 경쟁이 있었음을 간과해서는 안 될 것이다. 그러다가 점차 경전이 '고전Klassik'의 위치로 전락하고 고전의 지위가 유동적인 것으로 변해 가면서 이제 새것을 통한 옛것의 극복은 진보 내지 발전 개념과 연결되고 긍정적인 의미를 함축하게 된다. 그 대신 반복은 정체停滯를 의미하며 점점 부정적인 것으로 간주되기 시작한다.

반복의 의미 변천은 반복과 죽음과의 관계를 살펴봐도 뚜렷하게 드러난다. 죽음은 삶과의 근본적인 단절을 의미하며 과거와 현재 사이의 시간적 차이를 의식하게 만든다. 따라서 제사는 망자를 회상함으로써 이러한 시간적 간극을 메우고 죽음에 대한 두려움을 극복하는 수단으로서 의미를 갖는다.

태음력적인 관점에서 보자면 인간의 죽음이나 인류의 주기적인 멸망은 필연적이라고 할 수 있다. 달과 마찬가지로 인간 역시 갱신을 위해서는 죽음이 불가피한 것이다. 여기서 원형의 반복과 순환적인 시간 구조가 생겨난다. 망자 숭배와 신년 의례 사이의 밀접한 연관성은 죽음으로 인해 생길 혼돈을 창조 신화로 극복할 수 있음을 보여 준다. 이로써 죽음은 삶과 분리되지 않고 긴밀한 연관을 맺게 되며, 만물 갱신을 위해 필연적인 과정으로 인식된다.

죽음이 부활, 우주 갱신과 연결되면서 인간은 죽음에 대한 공포를 극복하고 희망을 가질 수 있게 된다. 세계를 무화하고 다시 창조하는 순간 죽은 자는 다시 돌아오고 산 자와 동일한 시간에 있을 수 있는 것이다. 이와 같이 신화적인 시대에는 반복이 죽음과 연결되기보다는 오히려 죽음과 부활, 멸망과 창조라는 주기적인 운동과 연결된다.[3]

신화와 종교가 지배하던 시기에 창조 신화와 연관해 죽음이 긍정적 의미에서의 반복 과정의 일부분으로 간주될 수 있었다면, 이러한 형이상학적 맥락이 약화된 역사 시대에 죽음은 달리 해석되며, 반복과 다른 연관 관계에 놓인다. 역사가 신화를 대신하면서 시간은 흘러가면 돌이킬 수 없는 것으로 간주된다. 초기 기독교에서만 해도 아직까지 세속적인 시간의 불가역성에도 불구하고 예수의 부활과 최후의 심판을 통해 만물의 갱신이라는 이념이 유지될 수 있었던 반면, 근대 이후에는 더 이상 이러한 믿음을 지속시키기가 어려워졌다. 이러한 상황에서 죽음은 삶과의 연관성을 상실하고 돌이킬 수 없는 단절을 의미하게 된다. 개인의 삶으로서의 전기와 집단의 삶으로서의 역사가 변화와 생성의 의미를 가진다면, 죽음은 더이상 변화를 허용하지 않는 똑같은 상황의 반복을 의미한다. 이러한 의미에서 죽음은 종종 아무런 변화도 없는 진부한 일상의 삶에 대한 비유의 의미를 갖기도 한다. 즉 죽음은 근대적인 맥락에서 부정적인 의미의 반복과 연결되며 두려움의 대상이 되는 것이다.

물론 근대에 대한 비판과 함께 죽음과 반복의 관계, 그리고 이에 대한 평가 역시 변화한다. 예를 들면 말년의 프로이트는 쾌락 원칙을 넘어서며 죽음 본능을 근원적인 것으로 간주하는 동시에 이러한 죽음 본능의 반복적 성격을 강조한다. 여기에서 반복은 부정적인 의미에서 벗어나며 근원적인 성격을 부여받는다. 이러한 생각은 라캉^Jacques Lacan과 같은 포스트구조주의자들에게서 더욱 급진화된다. 즉 확고한 의미가 해체되고 실체로서의 진리가 포착될 수 없는 영역인 죽음은 의미를 찾으려는 인간의 헛된 노력을 끊임없이 유발하는 근원지로 작용하며, 도달할 수 없는 것에 도달하려는 시도로서의 반복을 낳는다. 이러한 반복은 근원적인 법칙으로 간주된

---

3 엘리아데는 죽음과 삶, 몰락과 창조 사이의 연관성을 강조하고 우주 창조의 주기성을 언급한다. 이에 대한 자세한 내용은 다음을 참조하시오. 엘리아데: 영원 회귀의 신화, 71~72쪽.

다는 점에서 프로이트의 반복 개념과 연관되지만, 물리적이고 실체적인 의미에서의 반복 개념을 넘어선다는 점에서는 그것과 구분된다.

이와 같이 반복의 의미와 평가는 신화 시대, 역사 시대, 탈역사 시대에 각각 달라진다. 외관상 탈역사 시대의 반복 개념은 근원적인 법칙으로서의 의미를 되찾았다는 점에서 신화 시대와 유사성을 지니며 역사 시대의 부정적인 반복 개념과 구별되지만, 다른 한편 그러한 반복이 더 이상 신적인 것의 현현과 욕망 충족의 장소가 아니라는 점에서 신화적 반복과 구분된다.

다음 장에서는 프리쉬와 프로이트를 중심으로 반복과 죽음의 관계를 보다 자세히 살펴보며 신화 시대와 구분되는 반복의 위상과 의미 변화를 규명하고자 한다.

|2|

프리쉬
『세 폭짜리 성화상』

같은 것의 반복으로서의 죽음

프리쉬^{Max Frisch}는 『내 이름을 간텐바인이라고 하자^{Mein Name sei Gantenbein}』에서
'나를 ……라고 한번 상상해 보자'라는 가정의 형식으로 정체성을 실험
해 본다. 이 작품의 주인공은 다른 사람들의 편견이나 사회적인 역할에 의
해 부여된 정체성을 파괴하고, 자신의 새로운 정체성을 미학적인 실험을
통해 찾아 나간다. 이 작품은 이미 일어난 사건의 연쇄로서의 현실을 재현
하려는 사실주의 재현 미학에서 벗어나서 현실에서 실현되지 못한 가능성
의 영역을 탐구해 보는 가능성의 미학을 추구한다.

새로운 것에 대한 추구, 실험 같은 개념에서 드러나듯이 프리쉬가 표방
하는 가능성의 미학은 전통과 단절하고 혁신을 추구하는 모더니즘 미학을
계승한다. 이렇게 새로움을 추구하는 미학에서는 과거에 존재했던 것이

무가치하고 의미 없는 것으로 여겨진다.[4] 바로 이러한 맥락에서 이미 존재했던 것을 반복하는 것 역시 부정적인 의미를 얻는다. 프리쉬가 자신의 작품에서 죽음을 형상화할 때, 그것은 신체의 죽음이라는 물리적인 의미를 띤다기보다는 아무런 변화를 낳지 못하고 똑같은 것을 반복하는 비유적인 의미에서의 죽음을 의미한다.

이러한 죽음을 주제와 형식의 차원에서 본격적으로 다룬 작품이 바로 『세 폭짜리 성화상Triptychon』이다. 제단화의 형식을 빌린 이 극은 죽음에 관한 세 개의 장으로 구성되어 있다. 1장은 고인이 된 마티스 프롤의 장례식에 조문객들이 방문하는 내용으로 되어 있다. 2장은 지하 세계에서 죽은 사람들이 서로 나누는 대화로 구성되어 있다. 이 장에서는 1장에 등장한 프롤과 새로 등장한 카트린이라는 여성이 중심 인물로 등장한다. 3장은 1장에서 등장한 미망인 프롤과 죽은 그녀의 남편의 관계를 역전시키고 있다. 즉, 여기에서는 로제라는 살아 있는 인물이 그의 죽은 옛 애인 프란신을 그리워하며 대화를 시도한다. 3장에 나오는 로제와 프란신은 1장에서 조문객으로 등장하여 서로를 처음 알게 되는데, 이것은 언뜻 보기에 연관성이 없어 보이는 두 장이 서로 연관성을 가지고 있다는 것을 보여 준다.

이상에서 살펴본 것처럼 이 극에서는 모든 장면이 죽음이라는 주제를 중심으로 전개된다. 프리쉬는 『1966년~1971년 일기Tagebuch 1966~1971』에서 죽음에 대해 이렇게 말한다.

더 이상 어떤 변주도 허용하지 않는 유일한 사건이 바로 죽음이다.[5]

---

4 비록 프리쉬가 역사적인 과거를 반복하는 것을 비판적으로 묘사하며 모더니즘 미학의 실험을 수행하고 있다 하더라도, 『내 이름을 간텐바인이라고 하자』에서 절대적인 현재의 순간에 신화적 체험을 하는 것을 최고의 순간으로 묘사하고 있다는 사실을 간과해서는 안 될 것이다. 따라서 여기서 부정적으로 반복되는 과거란 현실적인 역사적 시간으로서의 과거를 의미한다고 할 수 있다.
5 Max Frisch: Tagebuch 1966~1971(Gesammelte Werk VI). Frankfurt a.M. 1976, S. 75: "Der einzige Vorfall, der keine Variante mehr zuläßt, ist der Tod."

죽은 후에 새로 일어나는 것이 아무것도 없기 때문에 변화에 대한 기대나 희망 역시 존재하지 않는다. 그 때문에 지하 세계에 있는 프롤은 이렇게 말한다.

이곳에서는 사람들이 더 이상 기대를 갖지 않아요. 그게 차이지요 (······) 살아 있는 동안에는 계속해서 무언가를 기대하게 되지요. 매 시간마다요······ 하지만 이곳에는 기대란 것이 더 이상 존재하지 않아요. 두려움이나 미래라는 것도 마찬가지고요. 그것이 바로 어떤 것이 영원히 끝이 나 버리면 모든 것이 그렇게 무의미하게 여겨지는 이유예요.[6]

죽음이라는 시간은 또한 영원과 연결된다. 삶의 시간이 흘러가는 시간이라면, 이러한 지속적인 흐름으로서의 시간은 사후 세계에는 더 이상 존재하지 않는다. 그러나 이러한 영원은 이 작품에서는 기독교에서와 같이 구원의 의미를 갖지 않는다. 이 작품에 등장하는 목사는 미망인 프롤에게 우리가 사후 세계에서 아무런 고통이나 죽음에 대한 공포도 없이 영원 속에서 육체라는 껍질을 벗어던지고 다시 태어난다고 말한다. 그러나 이러한 말은 어떠한 진지한 반향도 불러일으키지 못한다. 또한 부활절 역시 종교적 의미를 상실하고 단지 사람들이 붐비는 이유로 전락하고 만다.

종교적인 차원에서 영원이라는 개념은 현재를 비롯해 과거와 미래를 모두 내포하는 초시간적인 의미를 띤다. 또한 키르케고르에게서는 순간이 세속적인 시간에서 벗어나며 영원과 동일한 것으로 간주되기도 한다. 그

---

6 Frisch: Triptychon. Drei szenische Bilder. Frankfurt a.M. 1979, S. 80 [이하 (Triptychon 쪽수)로 표시]: "Hier gibt's keine Erwartung mehr. Das ist Unterschied (······) Irgend etwas erwartet man unentwegt, solange man lebt, von Stunde zu Stunde······ Hier gibt's keine Erwartung mehr, auch keine Furcht, keine Zukunft, und das ist's, warum alles in allem so nichtig erscheint, wenn es zu Ende ist ein für allemal."

러나 이러한 영원의 긍정적이고 초월적인 의미는 프리쉬의 작품에서는 더이상 엿보이지 않는다. 오히려 영원은 이미 존재했던 것이 변함없이 계속해서 반복되는 지루하고 진부한 것으로 간주된다. 2장에서 부랑자는 "존재했던 것은 바꿀 수 없으며, 그것이 바로 영원이다"[7]라고 말하고, 카트린은 "영원은 진부하다"[8]라고 말한다.

이와 같이 죽음은 프리쉬의 작품에서는 부정적인 맥락에서 사용된다. 그러나 프리쉬가 부정적으로 생각하는 것은 죽음 자체라기보다는 오히려 죽음이 가지고 있는 특성이라고 할 수 있다. 즉 아무런 변화도 허용하지 않고 항상 똑같은 것만이 반복해서 일어나는 죽음이 문제적인 것이다. 따라서 죽음 모티브는 그에게서 비유적으로 사용되며, 그가 진정으로 비판하고자 하는 것은 아무런 변화도 없는 죽은 삶으로서의 '삶'이라고 할 수 있다. 프리쉬는 이렇게 말한다.

하데스는 메타포입니다. 이 극에서는 우리의 의학적인 죽음 이전의 죽음 상태가 문제가 됩니다. 그리고 그것은 일찍부터 시작됩니다. 얼굴들을 한번 보세요. 죽음이라는 것은 누군가가 더 이상 생각을 전환할 수 없을 때 시작됩니다.[9]

로제와 프란신은 생각을 전환할 수 있다는 믿음하에 있을 때는 잘 지내다가 큰 집으로 이사하여 '질서' 있는 삶으로 들어온 이후 서로 멀어진

---

7 (Triptychon 81): "was gewesen ist, das läßt sich nicht verändern, und das ist die Ewigkeit."
8 (Triptychon 84): "Die Ewigkeit ist banal."
9 Fritz J. Raddatz: Ich singe aus Angst. Das Unsagbare: Ein ZEIT - Gespräch mit Max Frisch. In: Die Zeit(Hamburg). 17. 4. 1981, S. 38: "Der Hades ist eine Metapher. Es geht in diesem Stück um das Tödliche vor unserem klinischen Tod. Und das fängt eben schon früh an. Schauen Sie sich Gesichter an. Das Tödliche beginnt, wenn jemand nicht mehr umdenken kann."

다. 이와 함께 이들의 사랑 역시 깨지고 서로 이별하게 된다. 진부한 일상적 삶과 편견으로 가득 찬 사고에서 벗어나지 못한 채 같은 생각과 같은 행동의 굴레에서 벗어나지 못한다면 그것은 살아 있다 해도 죽은 것과 별반 다르지 않다. 반복은 이러한 의미에서 죽음과 연결되며, 극복되어야할 대상이 된다.

죽은 언어로서의 반복의 미학

2장에 등장하는 지하 세계의 인물들은 모두 이미 죽은 인물들이다. 이들의 삶은 과오와 실패로 점철되어 있지만, 사후에 그것을 바꿀 수는 없다. 또한 3장에 등장하는 로제는 프란신이 죽은 이후, 그녀를 그리워하며 대화적인 성격을 띤 독백에서 그녀와의 관계를 성찰하고 변화를 모색해본다. 하지만 그녀는 이전에 했던 말을 되풀이할 뿐, 과거와 다른 새로운 말을 하지 못한다. 왜냐하면 이미 죽은 그녀에게 새로운 말과 행동을 할수 있는 가능성이 배제되어 있기 때문이다. 이에 로제는 절망하며 자살한다. 이와 같이 죽은 인물들은 이전에 일어났던 일을 똑같은 형태로 회상하고 반복할 뿐, 그 어떤 변화도 추구하지 못한다.

동일한 것을 반복하는 행위로서의 존재했던 것에 대한 회상은 『세 폭짜리 성화상』을 구성하는 주된 형식 요소이기도 하다. 이 작품에서는 일직선적인 사건 전개로서의 이야기가 펼쳐지지도 않고, 『내 이름을 간텐바인이라고 하자』에서처럼 다양한 서사의 가능성을 펼치는 미학적 실험이 일어나지도 않는다. 그 대신 여기에서는 죽음이라는 테마가 계속해서 반복된다. 전체적으로 이 극의 세 장 모두 죽음이라는 주제를 다룬다. 또한 각각의 장 내에서도 어떤 새로운 변화가 있다기보다는 파트너의 죽음이라는 결핍의 상황이나 이전에 했던 말 또는 이전의 상황이 반복해서 나타난다. 물론 1장과 3장에서는 살아 있는 인물들이 등장함으로써 최소한의 사건과 줄거리가 전개된다. 그러나 '세 폭짜리 성화상'의 중심이 중간 그림에 있다는 점을 고려한다면 이 극의 핵심적인 장면 역시 사후 세계가 묘사되는 둘째 장이라고 할 수 있을 것이다.

이 작품에서 반복이라는 현상과 관련하여 주의 깊게 살펴볼 인물은 플루트를 연주하는 이웃 남자와 부랑자다. 2장에 등장하는 플루트를 연주하는 이웃 남자는 죽기 전에 경찰로 근무했다. 원래 그는 사격 명령을 직접 내릴 필요가 없었지만, 혼란스러운 상황에서 사격 명령을 내려 무고한 사람을 죽게 한 책임이 있다. 또한 그는 이전에 플루트 대신 곤봉으로 부랑자를 때린 적도 있다. 이러한 일로 인해 그는 무의식적으로 양심의 가책에 시달린다. 그는 시간이 날 때마다 플루트를 연주한다. 그가 플루트를 연주하는 이유는 곤봉을 휘두르며 폭력을 행사했던 현실의 삶을 잊고 감추기 위해서다. 그러나 그는 연주를 할 때마다 같은 구절에서 끊임없이 실수를 하여 다시 처음부터 반복해서 연주를 해야만 한다. 연주를 할 때마다 반복되는 실수는 그의 도덕적 과실이 결코 완벽히 감추어질 수 없으며 끊임없이 연상적인 기억에 의해 드러날 수밖에 없다는 것을 상징적으로 보여 준다. 발상의 전환과 새로운 삶의 가능성을 찾지 못한 채 플루트를 연주하는 이웃 남자는 과거에 저지른 잘못에 얽매여 그 굴레를 빠져나오지 못한다. 여기에서 반복되는 플루트 연주는 또한 삶의 오류와 이에 대한 회상의 반복을 미학적 차원에서 보여 주는 것으로 해석할 수 있을 것이다.

이러한 반복 모티브는 부랑자에게서는 조금 변형된 형태로 나타난다. 2장의 지하 세계에 등장하는 부랑자는 원래 연극을 했지만 구걸하는 부랑자로 전락했다. 그 역시 플루트를 연주하는 이웃 남자와 마찬가지로 예술의 영역과 연관을 맺고 있다. 그런데 연극배우란 자신이 아닌 다른 사람의 역할을 수행하는 사람이다. 이와 마찬가지로 전직 연극배우였던 부랑자 역시 자신의 생각이나 감정을 진실하게 표현하기보다는 배우처럼 연극 대사나 위대한 인물들의 말을 끊임없이 암송한다. 그러나 기억은 소진될 수밖에 없고 한계가 있기 때문에 그는 결국 다른 사람들이 자신의 역할을 떠맡게 될 것이라고 예측한다. 부랑자의 기억이나 암송은 프리쉬가 강조한 인용으로서의 삶을 상기시킨다. 프리쉬는 새로운 가능성을 시험하지 못한 채 동일한 형태로 끊임없이 반복되는 삶을 '인용'에 비유한다. 프리쉬에게 인용은 창조적인 사고를 전개하지 못하고 이전에 남들이 생각하거나 말한 것을 또다시 동일하게 반복하는 것을 의미한다. 디드로에서 스트린드베리에 이르는 여러 인물들의 말을 끊임없이 반복하는 부랑자는 배우와 부랑자 사이의 연관성을 잘 보여 준다. 남의 역할을 모방하고 재현할 뿐인 배우는 새로운 삶의 가능성을 다양하게 시험하며 실존적 의미를 찾아 나서지 못한다. 언제나 똑같고 어떠한 변화의 전망도 제시하지 못하는 삶은 진부함으로 가득 찬 죽은 삶이라고 할 수 있다. 그러한 죽은 삶을 살아가는 배우가 영락한 부랑자로 전락한 것은 어쩌면 당연한 결과라고 할 수 있을 것이다.

이러한 부랑자 배우의 미학이 바로 인용이다. 그리고 인용은 바로 죽음의 세계에서 사용되는 죽음의 언어다. 슈미츠^{Walter Schmitz}는 죽음의 언어와 인용, 그리고 회상 간의 연관성에 대해 언급한다.[10] 이전의 말이나 사건에서 벗어나지 못하고 그것을 끊임없이 회상하며 인용하는 언어는 바로 죽은 언어인 동시에 죽음의 언어라고 할 수 있을 것이다. 이러한 죽은 언어로서

---

10 Walter Schmitz: Max Frisch: Das Spätwerk(1962~1982). Eine Einführung. Tübingen 1985, S. 131f.: "세 폭짜리 성화상은 망자들을 전적으로 죽은 언어, 인용, 자기 인용과 회상을 이용해 말하게 해야만 한다. Das Triptychon muß die Toten vollends in einer toten Sprache, in Zitaten, Selbstzitaten und Reminiszenzen sprechen lassen."

의 인용은 『세 폭짜리 성화상』을 구성하는 기본적인 형식으로 기능한다. 그것은 인물들이 같은 말이나 행동을 되풀이하는 것에서만 드러나는 것이 아니다. 더 나아가 프리쉬는 자신이 이전에 쓴 작품의 형식이나 내용을 이 작품에서 다시 반복하는 '자기 인용'의 형식도 사용한다.

우리는 이 극에서 『안도라Andorra』에서 나왔던 남겨져 있는 신발을 발견한다. 프란신은 『내 이름을 간텐바인이라고 하자』에 등장하는 죽음을 알리는 여자 전령인 엘케와 동일한 인물이다. 생존자들 사이의 대화, 죽은 사람들 사이의 대화, 그리고 살아 있는 사람들과 죽은 사람들 사이에 벌어지는 일련의 대화로 이루어진 이 극의 전체 구성은 『이제 그들이 다시 노래를 부른다』의 구도를 떠오르게 한다. 영원한 회귀가 프리쉬 작품 자체에서도 일어나고 있는 것이다.[11]

그렇다고 프리쉬가 죽음의 언어로 구성된 반복의 미학에 안주하는 것은 아니다. 오히려 그는 부정적인 삶의 형태에 대한 성찰을 통해 사고의 전환을 촉구한다. 『전기: 한 편의 연극Biografie: Ein Spiel』에서 실패로 끝나고 만 실존 실험은 그 자체로 불가능한 프로젝트는 아니다. 다시 한 번 살 수 있는 기회가 부여되었을 때 퀴어만이 자신의 삶을 바꾸지 못한 이유는 그가 매번 결정을 내릴 때마다 현재의 다양한 가능성 속에서 판단하지 못하고 자꾸 과거를 회상하며 그 결과를 예상하기 때문이다. 즉 과거에 매여 있기 때문에 새로운 삶의 가능성을 발견하지 못하는 것이다. 따라서 과거에 대한 회

---

11 Heinz Gockel: Max Frisch. Drama und Dramturgie. München 1989, S. 116: "Da finden wir stehengebliebene Schuhe aus *Andorra*; Francine ist identisch mit Elke, der Todesbotin im *Gantenbein*. Die gesamte Anlage des Stückes mit der Aufeinanderfolge von Gesprächen zwischen Überlebenden, Toten untereinander und zwischen Lebenden und Toten erinnert an die Konzeption von *Nun singen sie wieder*. Der ewige Kreislauf auch im Werk von Max Frisch selber"

상에 얽매이지 않고 현재라는 순간에 충실하며 새로운 삶의 가능성을 찾
는다면 이전의 삶과 다른 형태의 삶을 실현할 수 있을 것이다. 비록 『세 폭
짜리 성화상』에서 죽음의 언어와 반복의 미학이 지배적으로 나타난다고
할지라도 사고의 전환과 현재의 진실한 체험을 통해 풍부한 가능성과 생
명력이 넘치는 삶을 살 수 있으리라는 유토피아적 믿음은 여전히 남아 있
는 것이다.[12]

이러한 유토피아적 믿음은 프리쉬의 자서전이라고 할 수 있는 『몬토크
Montauk』에 잘 나타난다. 『몬토크』는 노년의 작가가 자신의 죽음을 생각하며
삶을 결산하는 자전적인 작품이다. 여기에서 작가는 반복에 대한 자신의
두려움을 표현하며,[13] 과거의 삶을 반복하는 "인용 속의 삶"[14]에서 벗어나
려고 시도한다. 프리쉬는 이 작품에서 작가로 살아남기 위해 반복되는 삶
의 특정한 상황을 끊임없이 다르게 다루어야 한다고 말한다.[15] 즉 반복을
피해 끊임없이 변형되는 새로운 삶을 만들어 내는 것이 작가의 임무라는
것이다. 『몬토크』에서 반복에서 벗어나는 이상적인 순간은 프리쉬가 린과
몬토크에서 보내는 현재의 시간이다. 물론 이러한 시간은 연상적으로 떠
오르는 과거의 잘못에 대한 기억으로 중단되기도 하지만, 그럼에도 이상
적인 시간으로 남아 있다. 프리쉬는 린과 헤어지고 스위스로 돌아가는 수
요일에 자신이 처형당하는 꿈을 꾼다. 이것은 역으로 말하자면 반복되는

---

12 Iris Block: "Dass der Mensch allein nicht das Ganze ist!" Versuche menschlicher Zweisamkeit im Werk Max Frischs. Frankfurt a.M. 1998, S. 294: "그(프리쉬-필자 주)가 사고의 전환과 개방성, '영 구적인 즉흥성과 형성, 변형 의지라는 유토피아'를 위해 적극적으로 노력하는 모습을 확인할 수 있다 (……) Was erkennbar bleibt, ist sein Engagement fürs Umdenken, für die Offenheit, für die 'Utopie einer permanenten Spontaneität und Bereitschaft zu Gestaltung-Umgestaltung (……)'"
13 Frisch: Montauk. Frankfurt a.M. 1975, S. 18: "나의 가장 큰 두려움: 반복 MY GREATEST FEAR: REPETITION"
14 Frisch: Montauk. S. 103: "Leben im Zitat."
15 Frisch: a.a.O., S. 122: "Er muß gewisse Tatbestände, wenn sie in seinem Leben wiederkehren, anders verarbeiten—um Schriftsteller zu bleiben……"

일상으로의 회귀가 곧 죽음을 상징한다는 것을 의미한다. 노년의 프리쉬는 자신의 죽음을 의식하고 이에 대해 끊임없이 성찰하지만, 그 속에서도 여전히 반복이라는 삶 속의 죽음을 넘어설 수 있는 유토피아를 포기하지 않고 있다. 비록 그러한 순간이 죽음이 다가오면서 점점 줄어들고 있을지라도 말이다.

|3|

프로이트

생명 본능과 죽음 본능

본능이란 육체의 내부에서 생겨나서 정신 기관에 전달되는 모든 힘의 표상체다. 유기체는 외부에서 자극을 받기도 하지만, 내부에서 생겨나는 흥분을 받아들이기도 한다. 이러한 내적 흥분의 가장 큰 원천이 본능이다.

정신 분석학자로서 프로이트는 본능을 우선 '성 본능^{Sexualtrieb}'과 '자아 본능^{Ich-Trieb}'으로 구분한다. 정신 분석학 이론에 따르면 유기체는 불쾌를 피하고 쾌를 추구하는 쾌락 원칙을 지향한다. 그러나 다른 힘이나 외부적인 환경의 영향 때문에 쾌락 원칙만을 추구하면서 살 수가 없고, 자신을 보존하기 위해 쾌락 추구를 억제해야 하기도 한다. 이와 같이 자기를 보존하려는 유기체의 현실적 성향을 현실 원칙이라고 부른다. 프로이트는 쾌락 원칙과 현실 원칙을 대립시키면서 성 본능과 자아 본능 역시 대립적인 것으로 파악한다. 그러나 이러한 생각은 후기 저작 『쾌락 원칙을 넘어서』에 이르러서는 바뀐다.

이 책에서 프로이트는 리비도가 대상뿐만 아니라 자아에게도 향한다는 점에 주목한다. 프로이트는 이전에는 정신 분석학적인 관점에서 리비도가 자아에게 집중되는 것, 즉 자기애를 퇴행과 고착의 징후로 간주했다. 그런데 말년의 프로이트는 일정한 정도의 자기애가 지속되어야만 자아에 응집성이 생겨나서 정신이 안정된다며 기존의 견해를 바꾼다.[16] 자아 본능 역시 리비도적인 성격을 띠게 됨으로써 나르시시즘적인 자기 보존 본능은 리비도적인 성 본능에 포함된다. 그리하여 프로이트는 자아 본능과 대상 본능을 모두 포괄하는 리비도적인 본능을 보다 포괄적인 개념인 생명 본능이라는 개념으로 부르며, 성 본능과 자아 본능을 대립적으로 파악하는 이전의 견해를 철회한다.

생명 본능은 에로스라고 불리기도 한다. 프로이트는 플라톤의 『향연 Symposion』을 언급하며 에로스 개념을 설명한다. 이 책에 나온 이야기에 따르면, 인간은 원래 남녀로만 구분되어 있는 것이 아니라 또한 남녀 결합체로서도 존재했다. 그런데 제우스가 이 남녀 결합체를 둘로 갈라놓은 후, 두 성은 결핍을 인식하고 서로 다른 반쪽을 갈망하게 되었다는 것이다. 이를 통해 결합에 대한 열망이 생겨나는데, 이것이 바로 에로스다.

그렇다면 과연 인간을 비롯한 유기체의 욕망에는 에로스로 상징되는 생명 본능만이 존재하는 것일까? 이에 대한 해답을 찾기 위해 프로이트는 동시대의 생물학 이론을 살펴보면서 생명 본능 외의 또 다른 본능, 즉 죽음 본능이 있다고 주장한다. 이러한 주장을 뒷받침하는 것은 바이스만 August Weismann의 이론이다. 바이스만은 살아 있는 것을 죽을 부분과 죽지 않을 부

---

16 이창재: 프로이트와의 대화. 학지사 2006³, 268쪽.

분으로 구분한 첫 번째 사람이다. 여기에서 죽을 부분이란 좁은 의미에서의 육체, 즉 체세포를 의미하고, 죽지 않을 부분이란 생식질(오늘날의 개념으로는 DNA)을 가리킨다. 생식질은 조건이 좋으면 새로운 개체로 발전할 수 있다. 달리 표현하자면 자신을 새로운 체세포로 둘러싸이게 함으로써 일종의 불멸성을 가지게 된다. 이와 같은 생식질의 불멸성은 프로이트의 생명 본능에 상응하는 개념이다. 반면 자연사할 운명에 있는 체세포는 프로이트의 죽음 본능 개념을 뒷받침한다.

그러나 바이스만은 체세포를 지닌 유기체의 자연사에 대한 주장은 다세포 생물에만 한정되며, 단세포 생물은 끊임없는 결합과 재생의 과정을 거쳐 불멸을 누릴 수 있다고 생각했다. 그는 죽음을 유기체가 외부 환경에 적응하는 과정에서 생긴 현상, 즉 후천적으로 획득된 현상으로 간주하는 반면, 번식은 생명체의 근원적 특성으로 간주한다. 이와 달리 프로이트는 단세포 생물에서도 죽음이 나타난다고 말하면서 죽음을 유기체의 근원적 특성으로 간주한다. 그는 단세포 생물도 일정한 수의 자기 분열을 한 후 물질대사의 산물을 제대로 치워 주지 않고 회복을 위한 조치를 취하지 않으면 죽고 만다는 모파스Maupas와 캘킨스Calkins의 실험 결과를 받아들인다. 이러한 물질대사의 산물을 치워 주면 단세포 생물이 불멸이 되지 않겠냐는 전제는 옳지 못하다. 왜냐하면 고등 생물 역시 결국은 단세포 생물과 마찬가지로 특정한 환경을 바꿀 수 없는 자신의 무능력함 때문에 죽는 것이기 때문이다. 프로이트는 이로부터 생물학 역시 죽음 본능을 반박할 수 있는 이론을 만들어 내지 못했다고 주장한다.

헤링Karl Ewald Konstantin Hering은 살아 있는 물질 속에서 진행되는 두 가지 상반된 과정에 주목한다. 그 하나는 건설적이고 동화적인 과정이고, 다른 하나는 파괴적이고 이화적인 과정이다. 프로이트는 생명 과정에서 나타나는 이와 같은 상반된 두 과정에서 생명 본능과 죽음 본능을 대립시킨 자신의 이론이 입증되었다고 생각한다. 즉 결합을 추구하는 과정이 생명 본능을 보여 준다면, 파괴하고 해체하려는 과정은 죽음 본능을 보여 준다는 것이다.

이상에서 프로이트가 기존의 정신 분석학적인 견해에 수정을 가하며, 생명 본능 외에 죽음 본능의 존재를 가정하고 있다는 것을 확인할 수 있었다. 다음 장에서는 이와 같은 죽음 본능이 구체적으로 어떤 모습으로 나타나고 있는지와 그 현상 형식을 살펴보면서 죽음 본능의 본질적인 의미를 밝혀 보고자 한다.

반복 강박과 죽음 본능

일반적으로 기억과 반복은 대립적인 것으로 파악된다. 우리가 어떤 실수를 저지르고 나서 그것을 제대로 기억하지 못하면 우리는 그 실수를 반복해서 저지르게 된다. 따라서 반복은 기억보다는 망각과 더 가까운 것처럼 보인다. 기억과 반복의 이러한 일반적인 관계는 프로이트의 이론에서는 어떻게 나타날까?

프로이트의 정신 분석학 이론에서 기억은 중요한 핵심 요소다. 프로이트는 「신비한 글쓰기 판에 관한 소고^{Notiz über den 'Wunderblock'}」에서 완전한 망각은 없으며, 우리가 잊었다고 믿고 있는 것이 실제로는 무의식 속에 기억의 흔적으로 영원히 남아 있다고 말한다. 정신 분석 치료의 핵심은 이와 같이 잊힌 기억의 흔적을 무의식의 차원에서 끌어내어 의식의 차원으로 전환하여 치료하는 것이다. 물론 기억 그 자체가 성공적인 치료를 보장하는 것은 아니지만, 억압되었거나 잊힌 무의식적인 기억을 떠올리는 것은 치료를 위한 기본 전제 조건을 이룬다고 할 수 있다.

반면 반복은 이와 같은 성공적인 치료를 가로막는 장애 요인으로 나타난다. 프로이트는 「회상, 반복, 그리고 심화 작업^{Erinnern, Wiederholen und Durcharbeiten}」이라는 논문과 『쾌락 원칙을 넘어서』에서 반복이 지닌 저항적 성격에 대해 언급한다. 프로이트에 따르면 초창기 정신 분석학은 환자의 무의식 상태만을 해석해 내는 것을 목표로 삼았다. 하지만 그것은 치료의 임무를 제대로 수행할 수 없었다. 그리하여 의사는 환자에게 자신의 내면에서 억압된 것을 회상하게 함으로써 스스로 자신의 과거를 기억하고 구성해 낼 수 있도록 도와야 하는 과제를 갖게 된다. 하지만 환자는 억압된 것을 기억해 내는 대신, 오이디푸스적인 단계에서 보여 주었던 반항을 현재의 상황에서 다시 반복한다. 예를 들면 그는 부모에게 보여 주었던 저항을 의사에게 전이시키면서 의사의 치료 노력에 저항한다. 아이들은 자신의 성과 반대되는 부모에게 애정을 기대하지만, 동생이 태어나면서 배신감을 느낀다. 게다가 점점 커 가면서 부모의 애정이 줄어들고 교육에 대한 요구가 증가하고 이따금씩 처벌도 체험하면서 오이디푸스기의 갈등을 겪는다. 그런데 환자는 성년이 되어서 또다시 치료를 받는 과정에서 의사의 치료에 저항하면서 의사가 자신을 욕하고 심하게 다루도록 행동한다. 이것은 오이디푸스기의 행동을 반복하는 것이다. 따라서 치료를 성공적으로 이끌기 위한 의사의 과제는 환자의 저항 행위로서의 반복을 최소화하고 환자에게 억압된 무의식을 기억하도록 유도하는 것이다. 하지만 그러한 시도가 늘 완전히 성공을 거두는 것은 아니다.

이와 같이 프로이트에게서 회상과 반복은 서로 대립한다. 여기에서 말하는 반복이란 억압된 것을 현재적인 것으로 반복해서 체험하는 것을 말한다. 신경증 환자의 심리 분석 치료에서 나타나는 이러한 '반복 강박^{Wiederholungszwang}'은 양면적인 성격을 띤다. 한편으로 자아는 억압된 무의식이 떠오르면서 생길 불쾌함을 피하기 위해 그것을 다시 억압하며 반복 강박적인 행동을 한다. 이러한 측면에서 볼 때 반복 강박은 쾌락 원칙을 따른다. 그러나 다른 한편으로 자신의 내면적인 욕망을 억압하고 오이디푸스적인 갈등 상황을 반복하는 것은 불쾌를 낳기도 한다. 그럼에도 이러한 행동이 반복되는 것에는 운명[17]에 가까운 어떤 강압적인 힘이 작용하고 있다고 추정하게 한다.

프로이트는 정신 분석학자로서 반복 강박을 정신 질환적인 의미에서 바라보면서 회상과 이를 토대로 한 심화 작업을 통한 치료를 강조한다. 하지만 말년에 들어서면서 이와 같은 견해에 변화가 생긴다. 그러면서 반복은 이제 단순히 정신 질환적인 성격을 띠는 것을 넘어서 보다 근원적인 원칙으로서의 의미를 갖게 된다.

프로이트는 또 다른 예에서도 쾌락 원칙과 반복의 관계에 대해 성찰한다. 반복이 과연 쾌락 원칙의 지배를 받고 있는지 아니면 쾌락 원칙에서 독립해 작용하는지의 문제와 쾌락 원칙과 대립적인 관계에 있는지 아닌지가 그의 주요 논의 대상이다.

프로이트는 이전의 불쾌한 체험을 놀이를 통해 반복하는 반복 강박에 대해 살펴본다. 그는 한 살 반 된 어린아이가 고안해 낸 놀이에 주목한다. 이 아이는 어머니를 좋아하고 어머니에게 큰 애착을 가지고 있으면서도 어머니가 몇 시간씩 그의 곁을 떠나 있어도 울지 않는다. 그 대신 그 아이는 자기 손에 잡히는 작은 물건을 구석이나 침대 밑으로 내던지는 습관이 있다. 한번은 실이 감긴 나무실패를 커튼을 쳐 놓은 침대 가장자리로 집어 던지면서, 그것이 사라질 때 '오—' 하는 소리를 냈다가 그 실을 다시 잡아당

---

17 프로이트는 한 개인의 특별한 성격과 이에 따른 능동적인 행위로서의 반복과 구분되는, 숙명적인 성격을 띤 일상에서 일어나는 반복을 언급한다. 그리고 이로부터 혹시 반복 강박에도 쾌락 원칙을 넘어서는 어떤 운명적인 힘이 작용하고 있는 것은 아닌지 자문한다. 이러한 생각은 죽음 본능에 대한 생각으로 귀결된다. Sigmund Freud: Jenseits des Lustprinzips. In: ders.: Gesammelte Werke. Bd. 13. Frankfurt a.M. 1976, S. 20~21 참조.

겨 실패가 나타나자 '여기 있다^{da}' 라고 외친 적이 있었다. 이 장면을 목격한 프로이트는 '오—' 하는 소리가 '떠났다^{fort}' 라는 의미를 가지고 있으며, 어머니가 집을 떠난 상황을 상징적으로 나타낸다고 해석한다. 반면 '여기 있다' 라는 외침은 다시 어머니가 집으로 돌아온 상황을 상징적으로 보여 준다. 이와 같이 아이는 실패를 던졌다가 다시 집어 올리는 행위의 반복을 통해 어머니와의 헤어짐과 만남을 상징적으로 연출한다.

아이의 놀이는 일단 쾌락 원칙의 지배를 받지 않는 것으로 간주할 수 있다. 왜냐하면 어머니와 헤어지는 고통을 반복하는 것은 불쾌를 피하고 쾌락을 추구하는 쾌락 원칙에 어긋나기 때문이다. 그러나 이러한 놀이를 통한 반복이 쾌락 원칙과 대립되며 불쾌를 낳는 것은 아니다. 왜냐하면 여기에서는 또 다른 종류의 쾌락이 생겨나기 때문이다. 그러나 이러한 쾌락은 실패 놀이를 통해 헤어진 어머니와의 재회를 재현하는 데서 생겨나지는 않는다. 왜냐하면 이 아이는 물건을 단순히 구석으로 던져 버리기만 하고 다시 감아 올리지는 않는 놀이를 더 자주 해 왔기 때문이다. 따라서 이 아이가 놀이를 통해 쾌락을 얻는 것은 놀이를 통해 쾌락을 주는 긍정적인 결말을 연출하는 데서 생겨나지 않는다. 쾌락이 생겨나는 진정한 이유는 이 아이가 이전에 수동적으로 경험했던 상황을 이제 놀이의 능동적인 주체로서 반복함으로써 그 상황을 지배할 수 있게 된 것에 있다. 이와 같은 놀이 상황은 실제 체험에서 얻은 불쾌한 인상의 강도를 소산시켜 버리며, 아이가 그 상황의 주인이 될 수 있도록 돕는다.

또한 아이가 물건을 내던지는 행위를 떠나가는 어머니에 대한 공격욕의 표출로 해석할 때도 위의 놀이에서 쾌락이 생겨날 수 있다. 왜냐하면 아이는 놀이를 통해 자신을 버리고 떠난 어머니에 대한 복수의 욕망을 충족시킬 수 있기 때문이다. 이로써 놀이 자체의 내용에 불쾌한 경험이 들어 있을지라도 그러한 놀이는 또한 일정 양의 쾌락을 만들어 낼 수 있다.

실제로 반복이 쾌락을 줄 수도 있다는 것은 일상적인 생활에서도 많은 예를 찾을 수 있다. 우리는 일반적으로 새로움이 즐거움을 낳는 원인이라고 생각한다. 하지만 어린아이들을 살펴보면 그러한 생각이 반드시 옳은 것만은 아니라는 사실을 알 수 있다. 똑같은 책을 얼마 안 돼 다시 읽으면 지루해하는 어른들과 달리, 아이들은 이미 한 번 보거나 들었던 것을 똑같은 형태로 다시 한 번 재현해서 보거나 듣기를 원한다. 이와 같은 측면에서 볼 때 동일한 것을 다시 한 번 경험하는 반복은 쾌락의 한 요소가 될 수 있다.

하지만 어린아이의 놀이에 나타나는 반복적 특성이 쾌락 원칙을 넘어서는 또 다른 본능에 의해 생겨난다고도 추정할 수 있다. 놀이를 통해 불쾌한 체험을 반복함으로써 불쾌한 상황을 극복해 내는 것은 복수심이나 지배욕과 같은 특정한 종류의 쾌락 추구와 관련되는 것만이 아니라, 오히려 그러한 불쾌함을 만들어 내는 '자극 전체'에서 '완전히' 벗어나기를 소망하는 본능에서 비롯될 수 있는 것이다.

이러한 또 다른 본능의 존재는 외상성 신경증의 예에서 보다 분명하게 알 수 있다. 유기체는 외부 세계에서 들어오는 자극을 지각하고 수용한다. 그런데 이러한 무수한 자극을 모두 받아들일 수는 없으며, 보호막을 통해 외부의 자극이 다 들어오는 것에 대한 방어를 하게 된다. 외상이란 이러한 보호막을 뚫을 정도로 외부 자극이 강해서 그 방어벽이 파열된 상태를 가리킨다. 이로 인해 유기체의 에너지 기능에 대혼란이 생겨 모든 방어 장치가 가동되며 쾌락 원칙은 당분간 중단된다.

이전에는 외상성 신경증을 쇼크 이론으로 설명했다. 쇼크 이론에서는 쇼크의 본질을 신경 요소의 조직 구조 내지 분자 구조의 직접적인 손상을 통해 설명하려고 시도한다. 반면 프로이트는 정신 기관을 위한 보호막이 뚫리는 것을 통해 외상을 설명한다. 특히 외상성 신경증은 전혀 준비되지 않은 상황에서 어떤 위험에 부딪힘으로써 놀라게 되는 '경악^{Schreck}'에 의해 발생한다.

프로이트는 '경악', '공포^{Furcht}', '불안^{Angst}'을 그것들이 위험과 맺는 관계에 따라 구분한다. 공포가 두려움의 대상을 반드시 갖는 반면, 불안은 그 대상이 알려져 있지 않을 수도 있다. 또한 불안이 위험을 기대하고 그것을 대비하는 것과 같은 상태를 가리킨다면, 경악은 전혀 준비하지 않은 상태에서 위험에 부닥치는 상태를 지시한다. 여기에서 특히 중요한 것은 불안과 경악의 구분이다. 프로이트는 불안이 외상성 신경증을 낳지는 않을 것이라고 말한다. 불안은 미리 자극을 받아들일 수 있도록 리비도 과잉 집중을 통해 자극을 묶어 두고 억제할 수 있도록 '대비'하기 때문에 외상성 신경증을 막을 수 있다. 따라서 불안처럼 대비하는 태도가 결여되어 있다는 것이 바로 경악이 생겨나는 원인이자 동시에 외상성 신경증이 발생하는 조건이 된다.

외상성 신경증에서 나타나는 꿈은 환자를 사건이 일어났던 현장으로 계속 반복해서 데리고 간다. 프로이트는 이전에는 꿈이 자신의 소망을 충족시키는 소원 성취의 장소로 간주하며, 거기에서는 쾌락 원칙이 지배하고 있다고 주장했다. 그러나 『쾌락 원칙을 넘어서』에서는 이전의 주장을 수정한다. 왜냐하면 외상성 신경증 환자들이 꾸는 악몽이 쾌락 원칙에 부합할 수는 없기 때문이다. 그러나 다른 한편 이 환자들은 안전한 수면 상황에서 외상 장면을 거듭 직면함으로써 낯설고 무기력했던 상황에 모종의 적응을 시도하고 대비할 수 있게 된다.[18] 이것은 어린아이가 놀이 상황에서 불쾌를 지배하는 경우와 비슷하다. 외상성 신경증의 경우에 꾸는 꿈은 —그것이 악몽이라 할지라도— '불안감'을 발전시킴으로써 이전에 자극

---

18 이창재: 프로이트와의 대화: 272~273쪽.

통제에 실패한 것을 만회하려고 한다. 왜냐하면 이와 같은 불안감을 발전시키지 못한 것이 외상성 신경증 발발의 원인이었기 때문이다. 여기에서 꿈은 쾌락 원칙에 어긋나는 것 같아 보이지는 않지만, 쾌락 원칙에서 벗어나 독립적으로 작용하는 보다 근원적인 어떤 원칙이나 본능의 지배를 받고 있는 것으로 보인다. 즉 여기에서는 쾌락의 획득이나 불쾌의 회피라는 쾌락 원칙의 의도를 넘어서 있는, 우리를 모든 자극에서 벗어나게끔 만들려는 근원적인 본능이 작용하고 있는 것으로 보인다.

위에서 살펴본 것처럼 어린아이의 놀이와 외상성 신경증의 경우에서 나타나는 반복 강박은 쾌락 원칙과 독립적으로 진행되면서도 쾌락 원칙에 완전히 대립되지는 않는 어떤 본능의 존재를 지시한다. 프로이트에 따르면 지나친 외부 자극이나 이로 인한 불쾌의 감정을 줄이고 반복을 통해 그러한 상황에 적응하며 그것을 극복하게 만들고자 하는 것은 궁극적으로 죽음 본능이다.

프로이트는 본능 일반의 보수적인 성향을 언급한다. 본능은 이전 상태를 복원하려고 하는 유기체 내에 존재하는 충동이다. 유기체는 생명체를 위협하는 외부적인 압력 때문에 이전 상태에서 벗어났지만, 다시 원래 상태로 돌아가려는 관성적인 본능을 가지고 있다. 그럼에도 유기체가 다시 발전하며 진화하는 것은 외부적인 환경의 영향이며, 유기체 자체에는 그러한 변화 의지가 존재하지 않는다. 이와 같은 회귀 본능은 산란기에 태어난 곳으로 돌아가는 물고기나 철새의 이동에서 확인할 수 있다. 보다 근원적으로는 무기물에서 비롯된 모든 생명체가 다시 무기물의 상태, 즉 죽음의 상태로 되돌아가려는 회귀 본능을 가지고 있다. 비록 외부 환경의 영향으로 고등 생물체의 경우 그러한 회귀 과정이 복잡해지고 보다 먼 우회로를 거쳐야 하게 되었을지라도 회귀 본능으로서의 죽음 본능은 여전히 살아남아 있다는 것이다.

죽음 본능의 궁극적인 목적은 삶의 과정에서 생긴 모든 긴장과 자극에서 벗어나는 것이다. 정신 생활과 신경 생활 전반의 지배적인 경향은 자극 때문에 생긴 내적 긴장을 줄이고 그것을 일정한 상태로 유지하거나 제거하는 것이다. 이것이 바로 '열반 원칙Nirvanprinzip'이다. 이와 같은 열반 원칙은 쾌락 원칙에서도 발견된다. 왜냐하면 쾌락은 정신 기관을 자극에서 해방시켜 주고 자극의 양을 항상 일정 수준 내지 낮은 수준으로 유지하는 것을 주요 업무로 삼고 있기 때문이다. 이러한 '항상성 원칙Konstanzprinzip' 19은 생명체가 무생물이라는 정지 상태로 돌아가는 것과 연결된다. 그래서 성행위에서 쾌락 역시 강화된 흥분의 순간적 방출 및 소멸과 연관되어 있다. 따라서 쾌락 원칙은 궁극적으로는 죽음 본능에 봉사한다고 할 수 있다. 프로이트는 바로 이 열반 원칙을 근거로 쾌락 원칙과 죽음 본능의 연관 관계를 설명하며, 이로부터 다시 죽음 본능의 존재 근거를 제시할 수 있다고 믿는다.

프로이트의 죽음 본능이 갖는 현재적 의미와 그 한계

프로이트의 반복 개념은 여러 가지 측면에서 의미가 있다. 새로운 것과 진보의 개념은 근대의 핵심적인 범주라고 할 수 있다. 반면 반복이라는 범주는 근대적인 직선적 발전의 관념에서 보았을 때, 부정적인 것으로 간주된다. 그런데 프로이트는 이와 같은 원형적인 순환과 회귀로서의 반복 개

---

19 프로이트는 정신 기제가 '안정성Stabilität'을 추구하는 경향이 있다는 페히너의 견해를 받아들이며, 쾌락 원칙이 항상성의 원칙에서 도출된다고 말한다. 그래서 정신 기제는 항상성의 원칙에 따라 가능하면 자극의 양을 줄이려고 노력한다는 것이다. 하지만 현실적으로는 외부적인 상황에 의해 현실 원칙이 가동되거나 신경증을 유발하는 상황이 나타나면 자극의 양이 상승하기 시작하면서 쾌락 원칙은 중단되고 불쾌의 감정이 생겨나기도 한다.

념을 부정적인 맥락에서 끄집어내었을 뿐만 아니라, 죽음 본능과 연관시켜 유기체의 근원적인 속성으로까지 끌어올렸다. 또한 그가 반복 강박을 쾌락 원칙의 지배를 받는 것으로 여기지는 않았지만 쾌락 원칙과의 연관성을 설명함으로써 '반복이 지닌 즐거움'을 설명할 수 있는 이론적 토대를 마련했다는 점 역시 높이 평가할 수 있을 것이다.

그러나 프로이트의 반복 개념을 비판적으로 살펴볼 수도 있을 것이다. 특히 들뢰즈는 프로이트의 반복 개념이 동일성의 반복을 추구하고 있다는 점과 죽음 본능에서 죽음 개념을 지나치게 좁게 물질적인 죽음으로 파악하는 것을 비판한다.[20] 실제로 프로이트의 반복 개념이 동일성의 반복이라는 측면을 띠고 있다는 것을 확인할 수 있다. 그가 어린아이의 실패 놀이나 외상성 신경증의 예를 들 때, 그것은 동일한 상황이나 장면의 반복적 재현을 의미한다. 또한 무기물에서 나온 유기체가 다시 무기물로 되돌아가는 상황 역시 동일성의 반복으로 볼 수 있다. 하지만 역동적인 과정으로서의 하나의 사태가 과연 그 자체로 동일성을 지니는 것으로 간주할 수 있는지와 정확한 의미에서 똑같은 상황의 반복적 재현이 가능한지라는 의문이 제기될 수 있다. 또한 프로이트가 죽음 본능을 근원적인 것으로 설명하는 방식 역시 그 스스로 여러 차례 인정하고 있듯이 과학적이라기보다는 사변적인 성격을 띤다. 그리고 죽음과 삶을 지나치게 물질적인 측면에서만 파악하여 삶과 죽음의 관계를 대립적인 것으로 파악하는 것 역시 과연 적절한 것인지 살펴볼 필요가 있다.

---

20 Gilles Deleuze: Differenz und Wiederholung. München 1997, S. 34: "쾌락 원칙의 피안에서조차 헐벗은 반복이라는 형식이 보존되어 있다. 왜냐하면 프로이트는 죽음 충동을 전적으로 물리적 내지 물질적인 반복을 고수하는 무생물의 상태로 회귀하려는 경향으로 해석하기 때문이다. Selbst im Jenseits des Lustprinzips bleibt die Form einer nackten Wiederholung erhalten, da Freud den Todestrieb als eine Tendenz zur Rückkehr in den Zustand unbelebter Materie interpretiert, die am Modell einer gänzlich physischen oder materiellen Wiederholung festhält."

라캉과 들뢰즈는 프로이트의 죽음 본능 개념을 차용하되 그것이 지닌 물질적인 성격을 제거한다. 이에 따라 죽음은 유기체의 물질적인 죽음이라는 직접적인 의미를 넘어선다. 라캉에 따르면 주체는 언어라는 상징계의 세계에서 존재와 직접적으로 만날 수 없다. 왜냐하면 언어는 사물을 상징적인 기호로 대체함으로써 사물을 '살해'하기 때문이다. 이와 같이 상징계의 질서에 의해 구멍이 난 실재는 동시에 상징계를 끊임없이 위협하는 죽음으로 남아 주체에게 죽음 충동을 갖게끔 만든다. 물론 언어가 없으면 욕망은 발생하지 않는다. 왜냐하면 언어는 결여의 장소이기 때문이다. 그러나 바로 언어가 결여의 장소이기 때문에 욕망은 언어 속에서 완전히 해소될 수 없다. 언어의 장소인 대타자는 주체가 원하는 진리의 답을 제공할 수 없다. 그 때문에 주체는 상징계에만 머무르려 하지 않고 언어의 한계를 뛰어넘으려고 한다. 주체는 대타자에게 나타나는 결여를 무의식의 환상 대상 a를 놓음으로써 극복하려고 하지만, 이를 통해 결여가 감추어질 수는 있어도 완전히 극복될 수는 없다. 그리하여 주체는 언어의 한계를 뛰어넘어 그 이면의 세계인 죽음(또는 무의미의 심연이 벌어져 있는 실재)으로 나아가려고 하는 '주이상스^{jouissance}'를 발전시킨다. 이와 같이 인간은 도달할 수 없는 존재에 도달하려는 역설적인 운동을 추구하는 주이상스, 즉 죽음 충동을 지니고 있는데, 바로 이러한 죽음 충동이 라캉의 반복 개념의 핵심이라고 할 수 있다.

들뢰즈에게서도 반복 개념은 죽음 충동과 맞닿아 있다. 들뢰즈는 죽음을 물질적인 모델과 관계가 없는 것으로 간주하며 가면, 변장과 맺고 있는 정신적인 관계 속에서 죽음을 이해할 것을 촉구한다. 죽음은 결코 단순히 파괴와 두려움의 대상이 아니라, 인간을 표상과 재현 세계의 속박에서 해방시켜 주는 것으로 이해된다. 죽음 충동은 동일한 것의 반복으로 재현의 차원에서 나타나는 헐벗은 반복의 환상을 부수며, 시뮬라크르의 유희로 헐벗은 반복의 심층에서 펼쳐지는 변장한 반복을 생겨나게 한다. 즉 동일성을 지니지 않으며 끊임없이 생성 중에 있기 때문에 파악할 수 없는 차이 자체는, 우리가 그것을 동일성의 법칙하에 재현하기를 포기할 때 끊임없이 새로운 허상으로 모습을 바꿔 가며 반복되는 것이다. 이와 같이 들뢰즈는 죽음 충동을 정신적인 차원에서 해석하며, 그것의 근원적이고 긍정적인 특성을 부각한다. 죽음 충동은 헐벗은 반복의 심층에 있는 변장한 반복과 연관을 맺으며, 변장한 반복을 유발한다는 점에서 근원적이다. 또한 죽음 충동은 재현의 법칙을 넘어섬으로써 자유로운 선택으로 향한 운동의 길을 열어 준다는 점에서 긍정적이다. 즉 죽음은 삶의 일상적인 법칙의 경계를 예기치 않게 넘어섬으로써 '경악'을 불러일으키지만, 동시에 이를 통해 우리를 동일성의 재현이라는 속박에서 벗어나게 함으로써 긍정성을 획득하게 되는 것이다.

이와 같이 라캉과 들뢰즈 모두 프로이트처럼 죽음 충동을 근원적인 원칙으로 끌어올리지만, 재현적인 차원과 물질적인 해석을 극복했다는 점에서 프로이트를 넘어섰다고 할 수 있다. 이렇게 재해석된 죽음 충동이 라캉과 들뢰즈의 반복 개념과 구체적으로 어떻게 연결되고 있는지는 라캉과 들뢰즈의 반복 개념을 다루는 장에서 상세히 다루도록 하겠다.

반복이라는 현상을 통시적인 관점에서 살펴보면 그 의미가 끊임없이 변화해 왔음을 알 수 있다. 신화적인 세계 상이나 종교적인 믿음이 지배하던 시대에 반복은 항상 초월적인 것과 연관성을 갖는다. 인간이 자신의 조건, 즉 인간으로서의 조건을 잊고 자신의 행동을 항상 초월적이고 신적인 맥락에 위치시킬 때, 그는 신의 행동을 반복하는 것이다. 이로써 반복은 신성한 것이 되며 절대적이고 초월적인 의미를 갖는다. 반면 인간이 이러한 초월적인 시간 차원에서 벗어나 세속적인 시간 차원으로 들어와 행동할 때, 즉 그의 행동이 더 이상 신성과의 연관성을 갖지 않을 때, 그는 타락한다. 따라서 일견이 인간성을 잃고 신의 행동을 반복할 때, 그 순간은 세속적인 선형적 시간을 넘어서서 시간의 흐름을 초월한 영원을 의미하게 된다. 그러나 사회가 점차 세속화되고 산성으로 충만한 종교적인 질서가 더 이상 자명하지 않게 되면서 반복에 대한 평가 역시 변화한다.

근대에 들어서면서 신화적이고 종교적인 세계상은 붕괴된다. 이를 통해 초월적이고 신성한 시간 대신 세속적인 시간이 들어선다. 즉 과거에서 현재를 거쳐 미래로 흘러가는 선형적인 시간의 흐름이 초월적이고 신성한 시간을 대신하는 것이다. 이러한 시간적인 관점에서 순간은 더 이상 영원과 동일한 것이 될 수 없을 뿐만 아니라 오히려 그것과 정반대되는 지금에 위치하게 된다. 단, 인간은 선형적인 질서에서 빠져나옴으로써 자신을 지켜주고 구원해 줄 버팀목을 잃었지만 그 대신 이성이라는 새로운 수단에 의해 진보와 발전에 대한 믿음을 갖게 된다. 즉 더 이상 신과 같이고 그 자체로 완벽하지는 않더라도 이성에 의해 일직선으로 흘러가는 시간 속에서 무한히 진보할 수 있다고 믿게 된 것이다.

이성과 더불어 근대의 또 다른 특징은 자아라고 할 수 있다. 이제 신에게서 자신에게로 시선을 돌린 인간은 자신이 누구인지에 관심을 갖고 자아 탐구에 몰두한다. 이러한 맥락에서 내가 누구인지를 파악하고 나의 정체성을 확립하기 위해 자신의 과거를 돌이켜보고 그것을 현재의 지점에서 재정비하는 작업이 필요하게 된다. 다른 한편 회상은 개인적인 정체성의 확립이라는 차원을 넘어서 집단적인 것이로서 민족의 정체성을 수립하기 위한 수단이 되기도 한다. 근대에 들어서 역사에 대한 관심은 더욱 커졌으며, 민족 국가 수립을 기도하는 여러 국가가 자신들의 과거를 회상하며 민족적 정체성을 수립하려고 시도했다. 이제 망각된 과거를 기억해 내어 현재와 연결함으로써 자신의 개인적, 민족적 정체성을 수립해 내는 것이 근대의 목표가 되는 것이다.

그러나 근대에 가지고 있었던 이성을 통한 무한한 진보에 대한 믿음과 사회와 조화를 이루며 발전하는 자아의 이상은 곧 점점 환상임이 드러난다. 19세기 후반 유럽 소설에서 비합리적인 운명의 힘이나 유전적인 조건이 강조되는 것은 자유롭게 행동하고 사회를 발전시키는 인간성에 대한 회의를 반영한다. 반면 비합리적인 운명이나 유전은 ― 그것이 신적인 구상으로서든 생물학적인 구상으로서든 ― 이미 계획되어 있는 것이 다시 나타난다는 의미에서 반복을 의미한다. 자유 의지를 지니고 있다고 믿은 인간은 이러한 운명으로서의 반복을 더 이상 피할 수도 없고 극복할 수도 없다. 이로써 반복은 인간의 한계를 자각하고 인간의 오만을 경고하는 의미를 지니게 된다. 그러나 여기에서 반복은 이미 잠재해 있던 것이 다시 나타난다는 의미에서의 반복으로, 동일한 것의 반복을 지시한다.

프로이트Sigmund Freud에 이르면 기억과 망각은 더 이상 대립적인 관계에 놓이지 않는다. 그는 완벽한 망각이란 것이 없으며, 우리가 흔히 망각이라고 생각하는 것은 기억의 흔적으로 무의식 어딘가에 남아 있다고 말한다. 이에 따라 무의식으로 억압된 것, 즉 완전히 잊혀지지 않지만 그렇다고 기억될 수도 없는 것이 신경증에서 반복적으로 나타난다. 이러한 반복 강박증은 질병으로서 의 반복이 가진 부정적인 측면을 부각하며, 극복의 대상이 된다. 그러나 다른 한편 이것은 인간의 자유 의지로 극복할 수 없는 무의식 차원에서 일어나는 반복 현상을 가정하게 한다.

세기 전환기에 들어서면서 특히 빈을 중심으로 퇴폐적인 분위기가 지배적이 된다. 이제 덧없는 인생에서 순간의 쾌락을 누리며 살려는 태도가 만연한다. 키르케고르Søren Kierkegaard가 말한 미학적인 인간 유형이 이 시기를 풍미한 것이다. 과거에 얽매이지 않고 현재의 순간에 빠져 살아가는 미학적 인간 유형은 슈니츨러Arthur Schnitzler의 작품에 자주 등장한다. 가령 그의 연극 작품 '사랑의 유희Liebelei』에 등장하는 부유한 가문 출신의 두 젊은이, 프리츠와 테오도르는 영원불변의 사랑 대신 찰나적인 만남을 추구하며, 사랑을 위해 목숨을 건 심각하고 무거운 사랑 대신 구속력 없이 가벼운 유희적 관계가 지배한다. 이렇게 만남과 헤어짐을 반복하는 것은 이전의 관계를 모두 잊고 찰나적인 순간에 빠져 살 때 비로소 가능하다.

이러한 찰나적인 순간은 보들레르Charles Baudelaire가 말한 것처럼 현대의 중요한 특징이다. 모든 것이 고정되어 있고 변하지 않는 고대적인 육중함에 비해 현대에는 속도와 미

경계와 반복

|1|

키르케고르
『반복』

경계 넘어서기와 반복

1990년대에 한국에서 벌어진 모더니즘-포스트모더니즘 논쟁에서만
해도 포스트모더니즘이 개념만 있고 실체는 없는 유령이 아닌가 하는 의
심이 있었다. 하지만 오늘날 포스트모더니즘은 하나의 정신적 태도이자
문화적 현상으로 자리 잡은 것처럼 보인다. 물론 포스트모더니즘은 사람
들마다 상이하게 정의하고 그 때문에 정확한 개념 규정이 어려운 것도 사
실이다. 만약 포스트모더니즘을 개념적으로 규정하는 대신 사회적, 문화
적 현상으로 설명하고자 한다면 그것을 가장 잘 설명할 수 있는 범주는 경
계와 반복이 될 것이다.

경계, 정확히 말하면 경계 넘어서기는 포스트모더니즘 문화의 특징적인
현상이다. 어떤 대상을 정확히 규정하고 정의 내리는, 즉 경계를 긋는 것

은 포스트모더니즘의 시대에 더 이상 가능하지 않다. 자연 과학과 인문 과학의 경계 넘어서기, 예술 간의 장르 경계 넘어서기는 물론 일상생활에서도 퓨전 음식이나 사무용 복합기기 등에서 드러나듯이 어떤 영역에서도 더 이상 확고한 경계는 존재하지 않는다.

포스트모더니즘 문화의 또 다른 중요한 특징은 반복이다. 과거 전통에 대한 새로운 관심이나 음악과 문학 등의 분야에서 나타나는 리메이크와 인용은 끊임없는 혁신을 추구하는 모더니즘에서 창조적 반복을 추구하는 포스트모더니즘으로 변화하는 모습을 여실히 보여 준다. 여기에서 중요한 것은 포스트모던적 반복이 이전의 것이 현재에 동일한 형태로 반복되는 것이 아니라 규정될 수 없는 것, 즉 확고한 경계 안에 들어가 있지 않은 것이 다양한 형태로 반복되는 것을 의미한다는 사실이다. 이로써 포스트모더니즘에서의 반복 개념은 우리가 이전에 가졌던 반복 개념, 즉 동일한 것 내지 유사한 것의 반복과 근본적으로 구분된다.

포스트모던적 사고와 문화의 확장은 이에 대한 연구의 활성화로 이어졌다. 특히 유목민이라든지 네트워크 개념에서 알 수 있듯이 포스트모던적 경계 넘어서기에 관한 연구가 활발히 진행되었다. 이에 반해 반복은 경계와 밀접한 연관 관계를 가지고 있으며 포스트모더니즘 문화의 핵심 범주임에도 불구하고 이에 합당한 연구는 아직까지 이루어지지 않고 있는 실정이다. 특히 반복은 망각과 긴밀히 연결되어 있고 기억의 반대 지점에 위치해 있기 때문에 최근에 활발히 벌어지고 있는 문화적 기억 연구를 보완 내지 심화할 수 있는 영역이기도 하다. 기존의 연구 상황에 대한 이러한 진단과 반성을 바탕으로 이 장에서는 반복을 철학의 중심 테마로 삼았던 키르케고르와 니체를 살펴보고자 한다. 특히 이들의 주요 텍스트인 『반복』과 『자라투스트라는 이렇게 말했다』(이하 『자라투스트라』)가 전통적인 철학서의 '경계'에서 벗어나는 점을 감안한다면, 이러한 장르 경계 넘어서기와 반복이 어떤 내적 연관성을 가지고 있는지 밝히는 것은 흥미로운 작업이 될 것이다. 물론 이 경우 키르케고르와 니체가 가지고 있는 여러 가지 공통점에도 불구하고 이들 사이의 근본적인 차이점이 간과되어서는 안될 것이다. 키르케고르가 아직까지 전통적인 종교적 관점을 유지하고 있는 반면, 니체는 모든 형이상학적 전통과 단절하고 포스트모더니즘의 선구자 역할을 하고 있기 때문이다. 이러한 차이점은 두 철학자의 미학적 텍스트를 분석하는 가운데 밝혀질 것이다.

키르케고르의 반복

'반복'은 키르케고르의 독창적인 범주다. 키르케고르 이전에 유럽 철학사에서 반복이라는 현상을 윤리적으로 중요한 개념이나 실존적인 범주의 지위에까지 올려놓은 예는 없었다.[1]

키르케고르는 콘스탄틴 콘스탄티우스라는 가명으로 『반복 Wiederholung』을 출간했다. 콘스탄티우스는 이 작품의 서술자일 뿐만 아니라 주인공인 청년을 관찰하고 있는 인물로도 등장한다. 이 작품에서 인물로서의 콘스탄티우스와 이름이 밝혀지지 않은 청년은 성격이나 견해 면에서 대조를 이룬다. 콘스탄티우스가 객관적인 거리를 두고 관찰하는 이성적 인물인 반

---

1 Dorothea Glöckner: Kierkegaards Begriff der Wiederholung. Eine Studie zu seinem Freiheitsverständnis. Berlin u. New York 1998, S. 12: "Die >>Wiederholung<< ist Kierkegaards originelle Kategorie. Es gibt keine Vorbilder in der europäischen Geschichte der Philosophie, die das Phänomen der Wiederholung in den Rang eines ethischen relevanten Begriffes oder einer Existenzkategorie erhoben hätten." Victor Guarda: Die Wiederholung. Analysen zur Grundstruktur menschlicher Existenz im Verständnis Sören Kierkegaards. Hanstein 1980, S. 30도 참조.

면, 이 청년은 열정적이고 감정적인 인물이다. 작품 초반에서 중반까지 주로 콘스탄티우스의 개인적인 체험과 이에 대한 성찰이 나타난다면, 작품 중반에서 후반까지는 주로 청년의 개인적인 감정을 토로하는 편지가 등장한다. 이 두 인물은 각기 현실적인 산문 작가와 종교적 성향을 지닌 시인의 대립되는 모습을 보이지만, 작가 키르케고르 자신의 상반되는 두 자아를 반영하며 서로 연결되기도 한다.[2] 그 때문에 이들은 상대방에 대해 비판적인 거리를 견지함에도 불구하고 끊임없이 서로 관심을 가지고 자신을 상대방이라는 거울에 비춰 볼 수 있다. 아래에서는 아이러니의 정신을 지닌 현실적 인물로서의 콘스탄티우스와 종교적인 성향을 지닌 시인으로서의 청년이 반복에 대해 가지고 있는 상이한 관점을 살펴보면서 키르케고르가 의미하는 진정한 반복이 무엇인지 밝히고자 한다.

반어적인 산문 작가와 반복

회상 대 반복

작품 서두에서 콘스탄티우스는 반복과 회상의 특성을 비교하며 이렇게 말한다.

반복과 회상은 같은 운동인데, 다만 반대 방향으로 움직일 뿐이다. 왜냐하면 거기서 회상되는 것은 존재했던 것이고 뒤로 반복되는 반면, 진정한 반복은 앞으로 회상하기 때문이다. 그 때문에 반복이 가능하다면 그것은 사람을

---

2 슈트로비크는 콘스탄티우스가 청년에 대해 갖는 거의 동성애적인 감정으로부터 그가 콘스탄티우스의 문학적 피조물인 동시에 콘스탄티우스의 타자라고 주장한다. Elisabeth Strowick: Passagen der Wiederholung. Kierkegaard—Lacan—Freud. Stuttgart 1999, S. 82 참조.

행복하게 만드는 반면, 회상은 사람을 불행하게 만든다.[3]

　콘스탄티우스는 신이 반복을 원하지 않았더라면 세상은 결코 생겨나지
도 않았을 것이며, 단지 희망의 계획으로만 남거나 아니면 만들어진 후 다
시 철회되어 회상 속에서나 남아 있었을 것이라고 말한다. 여기에서 이전
의 것과 연관되면서도 새로운 것을 만들어 내는 반복의 창조적 성격이 강
조된다.

　이와 같은 반복에 대한 일반적인 성찰은 어느 처녀와 사랑에 빠진 한 청
년의 연애사와 연관되어 보다 구체화된다. 콘스탄티우스는 우선 일반적인
성찰의 차원에서 희망의 불안함이나 회상의 애수와 달리 반복은 순간의
행복을 가져다주는 안정된 것이라고 말하면서, 반복의 사랑만이 유일하게
행복한 사랑이라고 주장한다. 이러한 견해는 위의 청년의 경우에도 적용
된다. 콘스탄티우스가 보기에 이 청년은 사랑을 한 지도 얼마 안 돼 벌써
자신의 사랑을 회상하며 우울함에 빠진다. 즉 그는 매 순간 사랑의 행복을
반복적으로 체험하는 대신 과거의 사랑했던 순간을 회상하며 애수에 빠지
는 것이다. 콘스탄티우스에 따르면 그러한 열정적 사랑은 분명 진정한 사
랑의 일부이지만, 사랑은 그 외에 또한 반어적 유연성을 지녀야만 한다.
바로 이러한 아이러니를 통해서만 사랑은 죽음에서 다시 삶의 영역으로
되돌아올 수 있다는 것이다.

　콘스탄티우스는 청년이 이미 그녀를 더 이상 사랑하지 않으며, 단지 자
신의 시적 상상력의 계기로 이용하고 있을 뿐이라고 말한다. 청년은 그녀

---

3 Sören Kierkegaard: Die Wiederholung. Die Krise und eine Krise im Leben einer Schauspielerin.
Hamburg 1991, S. 7: "Wiederholung und Erinnerung sind dieselbe Bewegung, nur in entgegenge-
setzter Richtung. Denn was da erinnert wird, ist gewesen, wird nach rückwärts wiederholt,
wohingegen die eigentliche Wiederholung nach vorwärts erinnert. Deshalb macht die
Wiederholung, wenn sie möglich ist, einen Menschen glücklich, während die Erinnerung ihn
unglücklich macht (……)"

를 이상화하면서 그녀는 물론 그 자신도 괴롭히고 있다는 것이다. 라캉은 궁정에서의 사랑은 사랑의 주체가 사랑의 대상을 이상화해 현실적 실체가 없는 것으로 만든다고 말한다. 이로써 사랑받는 여성은 현실에서는 고귀한 이상화의 희생양이 되며 손이 미치지 않는 먼 곳에 고립된 채 상징적 존재로만 남는다. 이러한 점에서 궁정에서의 사랑은 여성의 실제 욕망을 고려하지 않는 억압적인 성격을 띠고 있다. 작품 마지막에서 이 여자가 이른바 지조라는 도덕적 이상을 어기고 자신의 욕망에 따라 다른 사람과 결혼할 때 비로소 그녀의 행동은 해방된 모습을 띠게 된다.[4]

이 청년은 자신이 그녀를 사랑하지 않는다고 콘스탄티우스에게 고백하면서도 그녀와의 관계를 끝내지는 못한다. 현실적인 인물인 콘스탄티우스는 가짜 애인을 만들어 그녀가 그 청년에게서 마음이 돌아서게 만드는 연극을 함으로써 그 상황에서 벗어나라고 제안하지만, 그 청년은 이 계획을 실행에 옮기지 못한다. 왜냐하면 그에게는 앞에서 언급한 반어적 유연성이 결여되어 있기 때문이다. 콘스탄티우스는 그 청년의 이야기를 회상하는 사랑이 어떻게 사람을 불행하게 만들 수 있는지에 대한 예로 제시한다. 그는 이 청년이 반복을 믿지 않았기 때문에 그것을 힘껏 추구할 수도 없었다고 말한다.

콘스탄티우스는 청년의 사랑에 이념이 함께하기 때문에 비록 그것에 동조할 수는 없더라도 그에 대한 애정과 관심을 끊을 수 없다. 그러나 콘스탄티우스의 이러한 생각은 역설적으로 그 자신의 반어적 특성에 의해 곧 뒤집히고 만다. 이것과 함께 반복에 대한 그의 생각 역시 180도 뒤바뀐다. 슈트로비크 Elisabeth Strowick 는 키르케고르가 반복을 직접적으로 정의하지 않고 반어적인 방식으로 단지 부정적 형태로만 제시한다는 점에서 소크라테스

---

4 Strowick: Passagen der Wiederholung, S. 89~91 참조.

의 산파술과 유사성을 지닌다고 말한다. 나중에 콘스탄티우스의 베를린 여행은 반복의 불가능성을 제시하지만, 이것 역시 중간에 '반복'이라는 소제목이 등장하는 부분 이후 다시 아이러니에 맡겨져 반복의 움직임을 역설적으로 가속화한다. 작가로서의 콘스탄티우스(또는 키르케고르)는 반복이 무엇인지 직접 이야기하지 않고서도 나중에 사랑에 빠진 청년과 욥의 이야기를 통해 반복의 존재와 의미를 제시할 수 있다. 그러나 이 경우에도 그는 반복에 대한 청년의 생각에 또다시 반어적 거리를 유지함으로써 반복을 언어적으로 재현, 즉 정의될 수 없는 것으로 보여 준다.[5]

플라톤의 상기론想起論에서 '(근원) 회상 (또는 상기)Anamnese'은 이전에 존재했지만 지금은 망각된—그러나 완전히 사라지지는 않은—진리를 다시 인식하는 것을 의미한다. 이러한 의미에서 회상은 진리를 인식하기 위한 도구로서 긍정적인 것으로 간주된다. 그러나 키르케고르는 고대 그리스 철학의 이러한 관점과 거리를 두며, 회상을 부정적인 것으로 이해한다. 플라톤의 상기론에서와 달리 키르케고르에게 진리는 회상에 의해 재발견되고 인식될 수 있는 것이 아니라, 시간의 흐름 속에서 완전히 상실되어 돌이킬 수 없는 것이 되어 버린다. 키르케고르에게 인간에게 행복을 선사하고 세상과 자신에 대한 이해를 가져다주는 것은 회상이 아니라 반복이다. 태어나는 순간, 유한한 시간 속으로 들어와 원죄를 지게 되는 개별적 존재자는 살아가면서 갑자기 닥쳐 온, 설명할 수 없는 시련의 순간, 또다시 피할 수 없는 필연적인 신의 섭리를 경험한다. 하지만 개별적 존재자(단독자)는 이러한 반복을 단순히 수동적으로 운명이나 필연성으로만 받아들이는 것이 아니라, 그러한 시련을 신과의 관계 속에서 이해하고 자신의 의지로 받아들임으로써 신과 화해하고 신적인 자유를 반복한다.[6] 이로써 반복은 자신

---

5 Strowick: a.a.O., S. 53~54 und S. 62 참조.

에게 닥친 사건을 주체의 적극적인 의지로 받아들이고 새롭게 세계와 자기에 대한 이해를 도모하는 긍정적인 행위가 된다. 물론 그러한 행위는 자신의 의지에 따라 모든 것을 실행할 수 있다는 주관적인 의지의 실천이 아니라, 신적인 의지와 필연성을 인정하되 그것을 적극적으로 자신의 의지로 받아들이는 행위다. 이러한 의미에서 반복은 키르케고르의 종교적인 실존을 이해하기 위한 핵심 개념이 된다.

우편 마차용 나팔과 반복의 불가능성

콘스탄티우스는 반복이 현대적인 세계관이며 현대에 발견되어야 할 새로운 범주라고 강조한다. 그는 반복에 대한 이러한 자신의 생각을 확인하고 반복의 의미와 가능성을 시험해 보기 위해 베를린으로 여행을 떠난다. 그런데 그가 베를린에 도착해서 겪은 일은 그의 생각과 정면으로 대치된다. 그가 이전에 체류했던 베를린의 숙소는 자신의 기대와 달리 집주인이 결혼하고 나서 가구 배치가 완전히 바뀌어 있고, 도시 자체도 지난번 방문 때와는 달리 바람 때문에 먼지로 뒤덮여 있다. 또한 그가 좋아하는 연극배우 베크만 역시 지난번과 달리 이번에는 그에게 웃음을 선사하지 못한다. 이와 같이 그가 이전에 체험했던 것은 이제 더 이상 이전 그대로의 모습으로 남아 있지 않다. 그는 이러한 모습에 실망하며 반복에 대한 이전의 견해를 철회하고 반복이라는 것은 존재하지 않는다고 결론을 내린다.

---

6 Glöckner: Kierkegaards Begriff der Wiederholung, S. 125: "물론 클리마쿠스의 진술에 맞서 반복이라는 개념에 의거해 다음과 같이 주장할 수 있을 것이다. 즉 죄의식은 외부에서(영원이 시간 안으로 들어옴으로써) 야기되어 필연적으로 생겨나는 것을 넘어서 주체 자신의 자유로운 결정을 전제할 때만 자유의 표현이 될 수 있다고 말이다. Gegen diese Aussage des Climacus (……) läßt sich vom Begriff der Wiederholung her allerdings argumentieren, daß das Sündenbewußtsein nur dann Ausdruck der Freiheit sein kann, wenn dieses Bewußtsein nicht nur von außen–durch das Eintreten des Ewigen in die Zeit–verursacht und notwendig herbeigeführt wird, sondern daß es darüber hinaus einen freiheitlichen Entschluß des Subjektes selbst voraussetzt."

콘스탄티우스가 반복의 존재와 의미를 확인하기 위해 베를린으로 떠났을 때, 이것은 사실 운동과 변화의 피안에 있는 동일한 것의 재생산으로서 반복을 찾기 위한 것이었다. 그러한 반복은 이전의 베를린 체험에 대한 회상 이후에 똑같이 재생산되는 것을 의미한다. 그러나 키르케고르는 체험 주체와 무관하게 나타나는 일반적 법칙으로서의 반복을 불가능한 것으로 간주한다. 왜냐하면 끊임없는 변화의 물결 속에 있는 세계에서 동일한 것의 반복은 불가능하기 때문이다. 그 때문에 이 작품의 제목인 '반복. 콘스탄틴 콘스탄티우스의 실험 심리학적 시도'는 사실은 작가의 반어적인 의도를 담고 있다고 볼 수 있다. 왜냐하면 콘스탄티우스가 자신을 객관적인 관찰자로 간주하고 객관적 법칙으로 존재하는 반복을 베를린 여행이라는 실험을 통해 발견하려는 시도는 실패로 돌아가기 때문이다. 그의 의도와 달리 이 여행은 지속적인 것은 아무것도 없다는 사실만을 확인시켜 줄 뿐이다. 이로써 지속적이라는 의미를 담고 있는 콘스탄티우스라는 이름 자체가 역설적으로 그 자신의 특성이기도 한 아이러니의 정신에 의해 희화된다.[7]

콘스탄티우스는 자신이 어떤 이념이나 원칙을 갖고자 했기에 반복이 있다는 생각을 가졌지만, 사실은 삶이 흘러가는 강물 같은 것이기 때문에 어떤 이념에 빠져 반복을 믿은 것이 잘못이라고 후회한다. 그러면서 자신이 부정했던 청년의 생각에 동조하면서, 이제 자신이 소유하고 있는 우편 마차용 나팔을 자신의 상징으로 삼겠다고 다짐한다. 왜냐하면 이 나팔은 불 때마다 항상 다른 음을 내며 이로써 반복을 피하기 때문이다.[8]

---

[7] Strowick: a.a.O, S. 58~59: "반복이 지닌 아이러니는 이 작품의 제목에서 입증된다 (……) 키르케고르에게 중요한 반복은 실험의 도움으로 발견할 수 있는 지속성과는 거리가 멀다. 오히려 그것은 우리가 단지 생각할 수 있을 모든 가변성을 지시한다. Die Ironie der Wiederholung bezeugt sich im Titel (……) Die Wiederholung, um die es Kierkegaard zu tun ist, beschreibt alles andere als eine Konstanz, die sich mit Hilfe des Experiments (……) entdecken ließe. Vielmehr zeigt sie jede nur denkbare Unbeständigkeit/Inkonstanz."

종교적인 시인과 반복

초월성과 반복

앞에서 말한 청년은 자신이 사귄 처녀를 사랑하지 않는다는 것을 깨닫지만 콘스탄티우스의 조언에 따라 그녀를 기만하면서 헤어지려고 하지는 않는다. 현실적인 콘스탄티우스와 달리 종교적인 성향을 지닌 그는 그렇게 행동할 수 없기 때문이다. 다른 한편 그는 그녀를 사랑하지 않기에 그녀와 계속 사랑하는 것처럼 속이고 관계를 유지할 수도 없다. 이러한 진퇴양난의 상황에서 그는 자신이 살던 곳을 떠나 도피한다. 이 작품의 중반 이후는 이렇게 도피한 청년이 콘스탄티우스에게 보낸 편지들로 구성되어 있다.

청년의 도피는 사회적으로 도덕적인 비난을 받을 수도 있지만, 정작 이 청년은 위에서 말한 것처럼 헤어지든 계속 사귀든 그 선택이 사회적인 관점에서 볼 때 기만적 행위가 될 수밖에 없는 곤경에 처해 있다. 이러한 상황에서 그에게 정신적 위안을 가져다준 것은 성경에 나오는 〈욥기〉의 이야기다.

욥은 처음에 자신의 재산과 자식들을 잃는 고통에도 불구하고 신을 찬양한다. 하지만 청년이 보기에 욥의 진정한 위대함은 이렇게 신을 반복해서 찬양하는 데 있는 것이 아니다. 욥이 이후에 참을 수 없는 욕창에 시달리게 되었을 때, 그의 태도는 돌변한다. 그는 더 이상 시련을 그냥 받아들이지 않고 자신의 죄를 인정하거나 용서를 구하기보다는 하느님에게 이러한 부당한 벌을 내리는 이유를 묻는다. 그는 자신의 시련과 도덕적인 잘못

---

8 그러나 사실 인물로서의 콘스탄티우스에게 반어적 거리를 두는 작가 키르케고르의 관점에서 우편 마차용 나팔은 오히려 반복을 상징하는 악기로 간주된다. 왜냐하면 그것은 그 자체 내에 차이를 내포하는 단일한 음을 지닌 악기로, 항상 새롭게 나타나는 반복을 들려주기 때문이다. Strowick: a.a.O., S. 17 참조.

의 연관성을 부인하며, 신에게 도전하고 근거 없는 이러한 처벌에 대한 답변을 요구한다. 물론 이 경우 욥이 신을 부정하는 것은 아니다. 하지만 그는 무조건적으로 신에 대한 믿음을 고수하는 노예적인 신자가 아니라 신에 대한 믿음과 개인적인 욕망 사이에서 갈등하는 인간적 면모를 갖춘 신자로 등장한다.

현실적인 인물인 콘스탄티우스는 종교적인 것이 자신의 성향에 맞지 않으며, 반복이 자신에게는 너무 초월적인 것이라서 그것을 이론적으로만 접근할 뿐 직접 실천하기를 포기하는 반면, 종교적 성향을 지닌 청년은 욥의 이야기를 통해 초월적인 문제로서의 반복에 새롭게 접근하기 시작한다.

욥의 시련은 신과 사탄 사이의 내기에 기초한 시험의 성격을 띤다. 즉 그것은 욥이 올바로 인식한 것처럼 욥의 도덕적인 잘못과는 아무런 상관이 없다. 청년은 이러한 인식을 자신의 상황에 적용해 생각한다. 이에 따르면 그가 그 처녀와 연인 관계를 맺은 것이나 지금 방황하고 어떤 결정도 내릴 수 없는 상황 역시 사실은 사회적인 시각에서 내리는 도덕적인 판결과 무관하다. 그는 이제 욥과 마찬가지로 자신의 무죄를 주장한다. 그는 애인과 마찬가지로 자신도 그녀에게 충실했는데, 왜 인간의 언어는 자신만을 사기꾼으로 간주하는지 이의를 제기하고 이러한 상황을 제대로 재현하고 설명할 수 없는 언어의 무능력을 지적한다. 이로써 청년이 갈등 상황에서 벗어나 자신을 새롭게 체험하려는 반복은 언어적으로 재현 불가능한 초월적 영역에서 이루어지고 있다는 것을 알 수 있다.

그럼에도 이 청년에게 나타나는 자유나 반복의 개념은 한계를 가지고 있다. 그는 자신의 행위를 도덕적인 과오로 여기지 않으며, 그 때문에 욥처럼 자신의 무죄를 항변한다. 이러한 항변은 그의 외면적인 자유를 보여주지만, 다른 한편으로 종교적인 맥락에서 죄가 없이 죄를 짓게 되는 상황에 놓일 수 있는 종교적인 조건을 고려하지 못한다.[9] 〈욥기〉에서 욥은 신에게 저항하면서도 신만이 이 모든 상황을 설명해 줄 수 있다는 믿음을 가짐으로써 전능한 신을 인정한다. 또한 〈욥기〉의 마지막 부분에서 자신의 죄를 받아들이고 인간의 도덕적인 판결을 넘어서는 초월적인 상황을 인정한다. 반면 이 청년은 죄의 의미를 지나치게 좁게 파악하며 신과 맞서며 자신의 무죄만을 주장할 뿐이다. 따라서 그가 얻게 되는 자유는 사실은 외면적인 자유일 뿐, 진정한 종교적인 필연성, 보편성과 조화를 이루는 자유가 아니다. 이에 따라 그가 갈등과 고민에서 벗어나서 다시 자신으로 돌아오게 되는 반복 역시 진정한 의미의 반복과는 거리가 있다는 것이 분명해진다. 이것은 특히 그의 내적인 안정과 행복이 그 스스로 쟁취하는 것이 아니라, 자신의 옛 애인이 사회적인 이상과 도덕적인 규범에 맞서 다른 남자와 결혼함으로써 얻는 것이라고 할 때 더욱 뚜렷이 드러난다.

이와 같이 수동적으로 얻게 된 행복이 지닌 문제성 외에 그가 능동적으로 행동할 때도 문제성이 드러난다. 청년은 자신의 애인과 결혼하여 문제를 해결할 생각을 한다. 그러나 이러한 선택은 앞에서 자신의 무죄를 항변할 때와 정반대로 그의 개인적 욕망을 보편적인 의무에 희생시키는 것을 의미한다. 이와 같이 보편성을 위해 예외성을 희생시키는 결혼이라는 해결책은 콘스탄티우스에 의해 문제시된다.

종교적 성향을 지닌 '시인' 청년은 자신의 미학적 특성에 따라 윤리적 책임과 더불어 종교적인 연관성도 받아들이지 못함으로써 초월성으로 향하는 길에 이르지 못한다. 따라서 이 청년의 종교적 성향은 본질적으로 펼

9 Glöckner: Kierkegaards Begriff der Wiederholung, S. 62: "인간이 신과의 관계 속에서 이해될 때만 죄의 규정이 인간의 실존 전반을 의미한다는 것을 인식한 이 청년은 이러한 신과의 관계를 명확히 이해하기를 의식적으로 거부한다. Der junge Mann, der eingesehen hat, daß die gesamte Existenz des Menschen nur dann unter der Bestimmung der Schuld verstanden werden kann, wenn der Mensch im Verhältnis zu Gott begriffen wird, spricht sich bewußt die Fähigkeit ab, Klarheit über dieses Gottverhältnis zu gewinnen."

쳐지지 못한 채 진정한 반복을 실현하지 못하고 있다는 것을 알 수 있다.[10]

물질적 반복 대 정신적 반복

객관적인 대상의 영역에서 이루어지는 반복, 즉 물리적 반복은 법칙적인 성격을 가지고 있다. 그것은 동질성을 지닌 어떤 현상이 똑같은 상태로 다시 나타나는 것을 의미한다. 이러한 반복의 영역에는 자유나 새로움의 개념이 들어설 자리가 없다.

그렇다면 키르케고르의 『반복』에서 형상화되는 반복은 어떤 모습을 띠고 있는가? 욥의 이야기로 다시 돌아가면 하느님과 욥은 맨 마지막에 서로 화해하고 욥은 축복을 받으며 모든 것을 두 배로 돌려받는다. 이렇게 재산과 자식을 다시 돌려받는 것도 반복이다. 그러나 이러한 물질적 반복은 불완전하다. 왜냐하면 욥의 자식들의 죽음은 새로 태어난 그의 자식들에 의해 상쇄되지 않는, 돌이킬 수 없는 것이기 때문이다. 그 때문에 청년은 〈욥기〉에서 문제되는 것이 물질적 반복이 아니라 정신적 반복이라고 주장한다.

이 청년은 예기치 않게 자기 애인의 결혼 소식을 듣고 모든 내적 분열 상태에서 벗어나 안정을 찾는다. 그는 이제 자신이 다시 자신으로 돌아왔음을 인식하며 이것을 정신적 반복으로 간주한다. 그러나 이러한 '자아의 되찾음'이라는 정신적 반복 역시 문제를 가지고 있다. 왜냐하면 여기에서 청년은 또다시 동일성의 반복을 전제하고 있으며, 자아 속에 들어 있는 타자로서의 신의 존재를 배제하기 때문이다. 비록 이러한 정신적 반복의 개념이 반복이 객관적 대상의 반복이 아니라 주관적 체험의 영역에서 일어

---

10 Strowick: a.a.O., S. 112: "청년은 예외적인 시인으로 종교적인 예외로 넘어가는 '이행 과정'을 나타내지만, 그 자신은 반복의 운동을 실행할 능력이 없다. Der junge Mensch, der als Dichter-Ausnahme den Übergang zu den religiösen Ausnahmen darstellt, d.h. selbst nicht die Bewegung der Wiederholung zu vollziehen vermag (……)"

나는 것임을 보여 줄지라도, 그것은 동일성을 지닌 주체 및 이와 함께 재현의 개념을 끌어들이는 한계를 드러낸다. 이로써 청년이 말하는 정신의 반복은 일반성의 범주에 의해 재현 가능한 것이 되고 만다.

물질적 반복이 외적인 상황의 변화를 의미한다면, 정신적 반복은 주관적인 실존, 즉 내면적인 상태의 변화를 의미한다. 그러나 이러한 내면적인 변화는 아직까지 자신 안에서만 이루어지는 것일 뿐, 자신을 넘어서서 초월적인 존재와 아무 연관을 맺지 못한다. 시간의 흐름 속에 존재하는 유한자인 인간은 자신이 이해할 수 없는, 신이 주는 고통과 시련에 내맡겨지고 그것으로부터 도전을 받는다. 하지만 인간이 그러한 시련을 단순히 체념하며 받아들이지 않고 그것을 적극적으로 신과의 관계 속에서 자기를 이해하는 계기로 삼을 때 가장 높은 단계의 반복이 일어난다. 즉 자신의 죄와 고통을 신과의 관계 속에서 이해하고 그러한 의식을 계속해서 유지하고 반복하는 것이야말로 진정한 반복인 것이다.

물질적인 반복을 넘어서 정신적인 반복을 추구하는 청년은 키르케고르가 지닌 반복의 이상이라고 할 수 있는 욥의 시련을 해석한다. 그러나 그의 〈욥기〉 해석은 예외의 반복을 보여 주는 욥의 행위가 지닌 의미를 올바로 이해하지 못하는 한계에 부딪히고 만다.

키르케고르와 예외의 반복

키르케고르가 생각하는 진정한 반복은 어떤 것인가? 그것은 일반성의 법칙에서 벗어나 있는 예외의 반복이다.

콘스탄티우스는 베를린 방문 때 '소극^{Posse}' 공연을 보러 가기 전에 소극이라는 장르에 대해 성찰한다. 소극은 비극이나 희극과 달리 어떤 사전 기대에 부합하지 않으며, 늘 예기치 못한 상황으로 관객을 몰아넣는다. 그래서 이러한 공연에서는 일반적인 미학적 평가가 적용될 수 없고, 매 공연은 모든 관객에게 그때그때마다 상이한 수용과 평가를 낳는다. 따라서 소극의 성공 여부는 보편적으로 결정될 문제가 아니라 개개인의 주관적 체험과 판단에 맡겨진다. 소극의 연기 역시 어떤 사색이나 준비보다는 즉흥성에 따라 순간적으로 웃음을 자아낸다. 이처럼 소극에서는 어떤 구체적인 상황의 주관적 체험이 중요한 구실을 한다.

그렇다고 해서 소극에서 추상성과 일반성의 범주가 전혀 무의미한 것은 아니다. 오히려 인물, 줄거리, 대화, 상황 등은 지극히 추상적이고 일반적인 것으로 제시된다. 다만 이러한 추상적이고 일반적인 것이 구체적인 공연 상황에서 항상 순간적, 즉흥적으로 연기되고 또 수용됨으로써 구체성은 단순히 추상성 내지 일반성의 적용 이상의 의미를 갖게 되는 것이다.

소극이 지닌 이러한 불완전함 때문에 오히려 인간이 소극과 같은 것에 향하게 되는 현상은 삶의 도처에서 발견된다. 가령 현실에 대한 많은 체험을 통해 원숙해진 개인은 시골 풍경에 대한 일반적인 생각을 예술적으로 구체화한 완벽한 예술적 그림보다는 오히려 순간적으로 시골 풍경을 떠올리게 만드는 어떤 우연한 구체화의 산물인 그림에서 보다 깊은 인상을 받는다.

풍경화가가 충실한 재현이나 이상적인 재생산을 통해 무엇을 추구하든 간에 그것은 어쩌면 개인에게 아무런 반응을 불러일으키지 못할지도 모른다. 반면 그러한 그림은 그 사람이 웃어야 할지 울어야 할지 모르게 함으로써 말로 형용할 수 없는 영향력을 행사한다. 그것이 끼치는 영향력은 전부 관찰자의 기분에 달려 있다. 풍부한 언어와 열정적인 감탄사로 충분하지 못하고 어떤 표현이나 제스처도 만족을 주지 못하며, 단지 가장 기이한 높이뛰기나 공중제

비둘기로 자신을 발산하는 것만이 자신을 만족시켜 주던 시기를 갖지 않은 사람은 아마 없을 것이다.[11]

이와 같이 어떤 성찰에 앞선 순간적인 강렬한 체험의 순간은 말로 포착할 수 없는 재현 불가능한 순간이다. 이러한 순간은 예측 불가능하지만 주관적인 체험으로 반복해서 나타날 수 있으며, 매 순간 새롭게 느껴지는 '특이한 사건singuläres Ereignis' 이다. 이러한 반복은 키르케고르의 반복 개념에 매우 근접해 있지만, 종교적 체험의 성격이 결핍된 한계가 있다.

작품 마지막에서 작가인 콘스탄티우스는 익명의 독자에게 보낸 글에서 예외의 반복에 대해 성찰한다. 그는 일반성과 예외의 관계를 설명하는데, 여기에서 예외는 일반성을 부정하는 것이 아니라 오히려 일반성을 가장 잘 설명하는 것으로 간주된다. 아흔아홉 명의 정당한 사람보다 한 명의 죄인을 하느님이 더 사랑하신다는 사실을 그 죄인은 처음에는 알지 못하고 단지 하느님의 분노만 인지하지만, 나중에 하느님의 목소리를 듣고 큰 사랑을 깨닫게 되듯이, 예외와 일반성의 관계도 마찬가지다. 단순하게 반복되는 일반성은 사람들을 지겹게 만드는 기계적인 단조로운 반복에 지나지 않는다. 이러한 추상적 일반성이 일반성에 대한 표면적 이해만을 가능하게 해 준다면, 예외는 일반성을 도발하고 그에게 답변을 요구함으로써 일반성을 보다 잘 이해하게 만든다. 마치 욥이 하느님이라는 이념과 일반성을 그에 대한 도전과 대결을 통해 더 잘 이해하고 체험할 수 있게 된 것처럼 말

---

11 Kierkegaard: Die Wiederholung, S. 31: "Ein Landschaftsmaler, was auch immer er zu wirken strebt durch treue Wiedergabe oder durch ideale Reproduktion, läßt vielleicht das Individuum kalt, ein solches Bild (dagegen) bringt eine unbeschreibliche Wirkung hervor, indem man nicht weiß, ob man lachen oder weinen soll, und die ganze Wirkung beruht auf der Stimmung des Betrachters. Es gibt wohl keinen Menschen, der nicht eine Periode gehabt hat, da kein Reichtum der Sprache, keine Leidenschaft der Interjektion ihm genug war, da kein Ausdruck, keine Gestikulation zufriedenstellte, da ihn nur der Ausbruch in die sonderbarsten Sprünge und Purzelbäume befriedigte."

이다. 이를 통해 일반성은 보다 구체적이고 강렬한 주관적인 체험 속에서 이루어진다. 그것은 이제 추상적이고 재현 가능한 일반성의 체험이 아닌 특이한 사건으로서의 예외의 체험 내지 반복이 된다.

끝으로 다시 한 번 욥의 이야기로 돌아가 보자. 욥은 친구들의 충고에도 불구하고 신의 시험에 굴복하지 않으며 자신의 도덕적 잘못을 인정하지 않는다. 오히려 그는 신에게 왜 이유 없이 자신을 괴롭히는 부조리한 시험을 하는지 묻고 그에게 대항한다. 그러나 역설적으로 그는 신에게 대항하고 신의 부조리한 행위를 고발함으로써 모든 의미와 인과적 설명에서 벗어나 있는 신의 존재를 올바로 이해한다. 만일 그가 신에게 복종하고 자신의 죄를 인정했더라면 그는 신을 도덕적인 인과율에 따라 행동하는 존재로 오해함으로써 역설적으로 신의 존재를 부정하는 것이 되었을 것이다. 욥에 대한 하느님의 답변 역시 인과론적 맥락을 벗어난다. 하느님은 사탄과의 내기에 따라 욥을 시험한 것이라고 대답하는 대신, 자신의 전능함만을 강조한다. 이것은 언뜻 보기에 욥의 질문에 대한 동문서답처럼 들릴 수도 있지만, 사실은 인과율을 넘어서 있는 하느님의 논리로는 수미일관된 답변이다. 왜냐하면 그는 전지전능한 존재이기에 인간의 이치를 넘어선 행동을 할 수 있다는 답변을 준 것이기 때문이다. 인과론적인 도덕적 해석을 한 욥의 친구들이 신에게 신임받지 못하는 이유가 바로 여기에 있다. 이와 달리 욥은 자신이 처한 상황의 부조리함을 느끼고 이에 자유 의지를 가지고 열정적으로 대항함으로써 신의 존재를 가장 강렬히 체험할 수 있다. 신이 욥을 예외적인 인간으로 선택했다면, 욥 역시 신이라는 보편성과 그가 내린 운명적 상황 속에서 그것에 저항함으로써 역설적으로 신을 인정(자신의 의지로 선택)하는 예외적인 행동을 한다. 이것은 운명과 자유, 보편성과 예외가 갈등하며 공존하는 예외적인 순간이다. 이러한 예외적인 강렬한 주관적 신의 체험 순간이 바로 키르케고르가 말한 진정한 반복의 순간이다.

키르케고르는 자유와 반복의 관계를 고찰하면서 하위 단계에서 자유와 반복은 상반되지만, 최고 단계에서는 반복이 곧 자유가 된다고 말한다. 기분 전환이나 영리한 행동의 차원에서 쾌락을 추구하는 자유는 반복을 피하고 변화를 지향함으로써 반복과 대립적인 관계에 놓인다. 그러나 최고 단계의 자유는 끊임없이 반복될 수 있을 뿐만 아니라 그 자체로 반복이라고 할 수 있다. 비록 자유가 끊임없는 변화의 조건하에 있더라도 자신(자유 자체)에게서 완전히 벗어나지는 않으며 지속적으로 동일한 것으로 남아 있기에 자신에 대해 반복 가능한 관계를 형성하게 된다. 자유의 이러한 객관적인 정의에 상응하게 개인은 주관적인 차원에서 자유를 반복적으로 실행함으로써 그때마다 종교적 실존을 체험할 수 있다.[12] 자유와 반복의 상보적인 관계는 특히 자유 의지를 가지고 신의 일반적인 법칙에 저항하나 결국 그것을 가장 강렬하게 체험하고 수용하게 되는 종교적인 예외의 인간에게서 가장 뚜렷하게 드러난다.

키르케고르가 『반복』에서 추구하는 인간은 예외적인 종교적 인간이다. 즉 아무런 의문과 갈등 없이 하느님을 믿고 따르는 일반적인 종교인 대신 인간으로서 신의 의지와 갈등 관계에 놓이며 그러한 경험을 통해 보다 강렬히 신을 체험할 수 있는 예외적인 종교적 인간을 제시한 것이다. 시인은 진정한 종교적인 예외로 가는 과도기에 있는 존재다. 왜냐하면 그는 현실적인 삶과 늘 투쟁 중에 있기 때문이다. 그 때문에 그 스스로 산문적이고 현실적인 콘스탄티우스는 시인 청년을 작중 인물로 만들어 낸다. 이 시인은 자신의 편지에서 드러나듯이 종교적 분위기를 간직하고 있지만, 작품 마지막에서 애인의 결혼으로 다시 자신을 되찾고 화해적이 될 때 진정한

---

12 Glöckner: Kierkegaards Begriff der Wiederholung, S. 43~45 참조.

갈등과의 대결 속에서 펼쳐지는 종교성을 상실하고 만다. 바로 이때 반어적 정신을 지닌 현실적인 산문가로서의 콘스탄티우스의 역할이 전개될 수 있다. 왜냐하면 아이러니의 정신은 이렇게 재현과 일반성의 정신에 안주하는 것을 끊임없이 회의하게 만들기 때문이다. 반복을 재현 불가능한 초월적인 것으로 본 키르케고르가 이와 같이 열린 결말로 작품을 끝맺는 것은 수미일관적인 것으로 보인다.[13] 예외적인 것의 반복은 결코 언어적으로 완전히 설명될 수 없고 단지 시련을 통한 개개인의 열정적인 체험으로서만 경험될 수 있기 때문이다.

---

13 부허는 키르케고르의 『반복』이 반복이라는 주제를 내용적 차원뿐만 아니라 문학 텍스트처럼 형식적 차원에서도 구현하고 있음을 지적한다. 이에 따르면 키르케고르는 글쓰기 차원에서 반복을 실현하고 있으며, 독자는 이러한 복잡한 구조를 지닌 텍스트를 반복적인 독서를 통해 이해하도록 요구받는다. 즉 키르케고르가 일반 철학 텍스트에서처럼 반복이라는 개념을 명확한 개념적인 언어로 설명하지 않은 것 자체가 개념적 언어를 통해 완전한 설명을 추구하는 추상적인 일반성 대신 매번 새로운 이해를 추구하는 특별한 독법으로서의 반복을 요구하고 있음을 보여 준다는 것이다. Barbara Sabel Bucher: Poetik der Wiederholung. Søren Kierkegaards "Gjentagelsen". In: Klaus Müller-Wille u.a.(Hrsg.): Wunsch-Maschine-Wiederholung. Freiburg im Breisgau 2002, S. 49~62 참조.

| 2 |

니체

『자라투스트라는 이렇게 말했다』

미학적 창조로서의 반복

니체의 영원 회귀 사상

니체의 어록 중 "운명을 사랑하라^{amor fati}"라는 유명한 말이 있다. 이 말은 마치 인간의 삶은 이미 정해져 있으니 그렇게 정해진 운명(의 반복)을 있는 그대로 받아들이며 순응하라는 말처럼 들린다. 니체 철학의 중심 사상 중의 하나인 '영원 회귀'도 이러한 맥락에서 이해할 수 있을까? 만일 그렇다면 같은 것의 영원한 반복이라는 니체의 사상이 어떻게 새로운 것을 창조하는 초인의 상과 연결될 수 있을지 하는 의문이 제기될 수 있다. 즉 같은 것의 반복이 어떻게 창조적일 수 있는지 설명되어야 하는 것이다.

흥미로운 것은 니체가 자신의 영원 회귀 사상을 『자라투스트라』에서 여러 가지 형태로 반복하며 보여 주고 있다는 사실이다. 2부 후반부의 〈예언자^{Der Wahrsager}〉에 등장하는 예언자는 인간에게 거대한 슬픔이 닥쳐 오고 있으며, '모든 것이 공허하고 똑같으며 이미 존재했던 것이다'라는 생각을 피력한다. 자라투스트라는 이 말을 듣고 나서 슬픔에 빠지고 그의 제자들도 그가 이러한 충격에서 회복될 수 있을지 걱정한다. 이와 유사한 상황이 얼마 안 있다가 3부 초반과 후반부의 〈환영과 수수께끼에 대하여^{Vom Gesicht und Räthsel}〉와 〈회복기의 환자^{Der Genesende}〉에서 반복되어 나온다. 니체의 영원 회귀 사상은 반복을 강조하며 원을 상징하는 모티브로 끊임없이 등장한다. 그런데 흥미로운 것은 〈환영과 수수께끼에 대하여〉에서 '모든 직선은 거짓이며 시간은 원'이라고 주장하는 중력의 영인 난쟁이의 말에 자라투스트라가 반박하고 있다는 점이다. 앞에 등장한 예언자와 마찬가지로 중력의 영은 세계를 어떤 변화도 허용하지 않는 똑같은 것의 지루한 반복으로 간주하는 무거운 정신을 상징한다. 자라투스트라는 이 중력의 영이 지닌 생각에 반대하면서도 그 반대의 이유를 직접적으로 제시하지는 않는다. 그 대신 그 이후에 일어나는 사건은 그의 영원 회귀 사상이 중력의 영의 회귀 사상과 어떤 차이를 가지고 있는지를 간접적으로 보여 준다. 한 젊은 목동의 목구멍 안으로 '검고 무거운 뱀'이 들어가자 자라투스트라는 그 목동에게 뱀의 머리를 물라고 명령한다. 목동은 충고대로 뱀의 머리를 깨물고는 그것을 내뱉는다. 그리고 나서 그는 더 이상 목동도 인간도 아닌 자로 변신한다. 나중에 〈회복기의 환자〉에서 밝혀지듯이 이 목동은 다름 아닌 자라투스트라 자신이다. 그런데 자라투스트라가 여기서 검고 무거운 뱀의 머리를 물어뜯은 것은 비관적인 반복의 허무주의를 극복하는 것으로 볼 수 있다. 검고 무거운 뱀은 영원 회귀 사상의 부정적 측면인 비관주의적인 숙명적 반복을 상징한다. 자라투스트라 역시 이러한 생각의 영향으로 괴로워하지만 그것을 극복하고 이러한 생각에서 '회복'된다.

〈옛 표들과 새 표들에 대하여^{Von alten und neuen Tafeln}〉에서 다시 이러한 '환상의

수레바퀴das Rad dieses Wahns' 가 비판된다. 이에 따르면 이전에는 사람들이 '예언 가' 와 점성가를 믿었고, 그 때문에 '모든 것은 운명이다. 너는 해야 한다. 왜냐하면 너는 그렇게 할 수 밖에 없기 때문이다' 라는 말을 믿었다. 그런 데 그 후 사람들은 모든 예언가와 점성가를 불신하면서 이제 '모든 것은 자유다. 너는 할 수 있다. 왜냐하면 너는 하고자 하기 때문이다!' 라는 생각 을 갖게 되었다는 것이다. 그러나 자라투스트라는 단순한 숙명론적 반복 과 마찬가지로 개인의 자유나 의지도 믿지 않는다. 또한 그에 따르면 개인 적 의지는 과거에 일어난 일을 돌이킬 수 없고 미래에 그것의 개선을 약속 할 수밖에 없는 무력감에 시달린다. 자라투스트라는 〈구원에 대하여Von der Erlösung〉에서 운명적 반복과 자유로운 의지의 한계를 비판하고 외견상 결합 될 수 없는 두 현상을 연결해 새로운 (권력에 대한) 의지 개념과 (창조적) 반 복의 개념을 만들어 내고자 한다.

여기에서 반복은 단순한 운명적 반복을 의미하지 않는다. 그는 인간이 시인이자 수수께끼를 푸는 사람이며 '우연의 구원자' 가 아니라면 어떻게 인간임을 견뎌 낼 수 있겠느냐고 말하면서, 세계는 결코 필연적인 운명으 로만 구성된 것이 아니라 우연을 포괄하는 필연이라고 주장한다.[14] 더 나 아가 자라투스트라에게 구원의 문구는 "과거의 일을 구제하고 모든 '그러 했다' 를 '내가 그러길 원했다' 로 바꿔 놓는 것"[15]이다. 과거를 현재 속에 서 반복하되 그것을 자신의 의지로 받아들이는 것이 바로 자라투스트라에 게 구원을 의미하는 것이다. 그러나 여기에서 의지는 결코 개인의 의지를

---

14 같은 맥락에서 들뢰즈는 이렇게 말한다. "니체가 필연(운명)이라고 부르는 것은 결코 파괴가 아니며 우 연 그 자체의 조합이다. 필연은 우연이 그 자체로 긍정되는 한에서 우연에 의해서 긍정된다. 그 이유는 우연 그 자체의 유일한 조합, 우연의 모든 부분들을 조합하는 유일한 방식, 다수 중의 하나, 즉 수나 필연과 같은 방식만이 존재한다는 데 있다." 질 들뢰즈(이경신 역): 니체와 철학. 민음사 1998, 63쪽.
15 Friedrich Nietzsche: Also sprach Zarathustra. Stuttgart 1994 (이하 (Zarathustra 쪽수)로 표시), S. 145: "Die Vergangenen zu erlösen und alles 'Es war' umzuschaffen in ein 'So wollte ich es!' "

의미하는 것은 아니다.[16] 왜냐하면 〈신체를 경멸하는 자들에 대하여^{Von den} ^{Verächtern des Leibes}〉에서 자라투스트라는 '자아^{Ich}'와 작은 이성을 부정하고, 그 보다 더 큰 이성으로 '신체^{Leib}'와 '자신^{Selbst}'(Zarathustra, S. 33)을 내세우기 때문이다. 자아의 지배자인 알려지지 않은 현자인 '자신'은 '자아'를 비웃 는다. 3부에서 행복의 섬을 떠나 방랑 중인 자라투스트라는 영원 회귀의 대상이 무엇인지에 대한 힌트를 제공한다.

내게 우연이 닥칠 수 있었던 시간은 흘러갔다. 그러므로 이제 나 자신의 것 이 아니었던 그 어떤 것이 내게 더 닥쳐올 수 있겠는가! 단지 되돌아오는 것뿐 이며, 무한히 내게로 귀향하는 것이다. 나 자신의 자신이 그리고 그 자신으로 부터 오랫동안 낯선 곳에 나가 있었으며 모든 사물과 우연 속에 흩어져 있던 것이.[17]

무한히 반복되는 것은 정체성을 가지고 있고 항상 자신과 동질적인 '자 아'가 아니라, 다른 모든 사물과 우연 속에 흩어져 있으며 우연을 포괄하 는 필연으로서의 '자신'이다. 이러한 '자신'의 의지는 개인적인 의지와 구 분되는 의지, 즉 '권력에 대한 의지^{Will zur Macht}'이다. 들뢰즈는 신체 속에서 항상 지배하는 힘(적극적 힘)과 지배받는 힘(반응적 힘) 간의 불균등한 힘의 관계가 형성되며, 권력 의지는 하나의 힘이 다른 힘보다 우세하고 지배하

16 Günter Wohlfart: Nachwort. Wille zur Macht und ewige Wiederkunft. Die zwei Gesichter des Aion. In: Nietzsche: Die nachgelassenen Fragmente. Stuttgart 1996, S. 304: "의지란 존재하지 않는다. 하지만 권력에 대한 의지는 존재한다. 모든 것이 권력에 대한 의지다. 즉 종합해 보면 권력에 대한 의지는 의지 없는 의지요, 무언가를 하고자 하는 자아가 없는 의지다. Es gibt keinen Willen. Aber es gibt den Willen zur Macht; alles ist Wille zur Macht. D.h. zusammen: Der Wille zur Macht ist ein Wille ohne Willen, ein Wille ohne ein Ich, das will."
17 (Zarathustra 157): "Die Zeit ist abgeflossen, wo mir noch Zufälle begegnen durften; und was könnte jetzt noch zu mir fallen, was nicht schon mein Eigen wäre! Es kehrt nur zurück, es kommt mir endlich heim—mein eigen Selbst, und was von ihm lange in der Fremde war und zerstreut unter alle Dinge und Zufälle."

도록 만들고 다른 힘이 복종하도록 만드는 힘의 생성 요소이자 종합 원리라고 정의한다. 그리고 바로 이러한 종합이 영원 회귀를 형성한다는 것이다.[18] 따라서 영원 회귀는 생성의 존재다. 그런데 이러한 생성은 이중적 성격을 띤다. 한편으로 그것은 반응적 힘을 파괴하는 적극적 생성이지만, 다른 한편 적극적 힘을 분해 내지 해체하는 반응적 생성이기도 하다. 그러나 반응적 생성은 무의 의지로 향하며, 근본적으로 보존을 지향하는 것이므로 생성, 즉 되어 가는 것과 모순된다. 이에 반해 적극적 생성은 차이를 만들어 내고 끝까지 생성을 추구할 뿐만 아니라, 반응적 힘을 파괴하여 그것마저 적극적 힘으로 전환되도록 만든다.[19] 그 때문에 그것은 규정되어 있는 개념적 질서와 재현의 질서를 파괴하고 끊임없이 새로운 상을 창조할 수 있는 힘을 내포하고 있다. 따라서 니체에게 진정한 생성은 적극적인 생성이라고 할 수 있다.

이와 같이 니체의 '자신' 개념은 정지 중인 존재로서의 확정된 '자아'와는 거리가 멀며, 항상 운동, 생성 중인 존재를 의미한다. 그러한 생성의 존재로서의 '자신'은 힘들의 우연적인 결합에 의해 생성된 것이지만, 그것들이 맺고 있는 종합은 필연적인 것이다. 따라서 그것은 우연을 내포한 필연이며 혼돈을 내포한 질서라고 할 수 있다. 이러한 생성의 존재로서 '자신'의 영원 회귀는 질서의 개념을 통해 우리가 이해하는 반복과는 차이가 있다. 정체성과 질서의 개념에서 반복은 동일자의 반복을 의미하며, 결코 새로움과 차이를 낳을 수가 없다. 그러나 니체에게 같은 것(의 반복)은 결코 그 자체로 통일된 일자一者가 아니다. 그것은 생성 중인 존재로서 그 자체가 차이이며, 완전히 규정될 수 없는 질서 있는 다자를 의미한다. 생성

---

18 들뢰즈: 니체와 철학, 105쪽.
19 들뢰즈: 같은 책, 126쪽 및 135~138쪽.

은 운동 중인 상태를 의미하며 이렇게 운동 중인 것은 결코 포착될 수 없다. 만일 그것을 정지시켜 포착하고 정체성을 지닌 일자로 규정한다면 그렇게 생겨난 상은 허상에 불과할 것이다.

니체의 자라투스트라가 자신을 시인으로 인식하고 시인은 항상 거짓말을 할 수밖에 없는 존재라고 말하는 것이나, 니체 스스로 『자라투스트라』를 쓴 시인이라는 사실은 진리에 대한 니체의 관점을 잘 말해 준다. 즉 진리는 시뮬라크르(허상)로만 나타날 수 있을 뿐이다. 따라서 니체의 '자신'은 사실은 동일자가 아닌 '차이 자체'를 의미한다. 이러한 차이 자체는 그 자체로 결코 본질적으로 포착될 수 없는 것이기에 우리에게 매 순간 상이한 시뮬라크르로서만 반복되어 나타난다.

지금까지의 내용을 종합해 보자. 넓은 의미에서의 권력에 대한 의지는 적극적인 생성뿐만 아니라 반응적인 생성까지 포함한다. 그런데 자라투스트라가 "권력에 대한 낡은 의지"(Zarathustra 117)를 언급할 때, 그가 권력에 대한 의지를 비본래적인 것과 본래적인 것으로 구분 짓고 가치 평가를 내리고 있다는 것을 알 수 있다. 이에 따르면 초인의 개념에 상응하는 것은 좁은 의미에서의 권력 의지, 즉 적극적 생성이라고 할 수 있다. 이와 마찬가지로 넓은 의미에서의 영원 회귀 개념은 허무주의적인 숙명적 반복과 동일한 것의 반복까지 포함하지만, 좁은 의미에서의 진정한 영원 회귀는 끊임없이 새로운 상을 만들어 내는 차이의 유희, 즉 창조적인 반복[20]만을 의미한다.

---

20 자라투스트라는 〈일곱 개의 봉인〉에서 영원 회귀를 결혼 반지에 비유한다. 고병권은 이것이 사랑과 생식을 나타내기 위한 것이라고 해석하며, 계속해서 새로운 미래를 낳는 것이 영원 회귀라고 말한다. 고병권: 니체의 위험한 책, 차라투스트라는 이렇게 말했다. 그린비 2006, 385쪽.

들뢰즈의 니체 해석과 차이의 반복

〈세 가지 변신에 대하여^{Von den drei Verwandlungen}〉에서 초인의 모델인 놀이하는
아이는 동시에 존재의 수레바퀴로 묘사되기도 한다. 이것은 선과 악, 진리
와 거짓의 피안에서 모든 것을 미학적 놀이의 관점에서 바라보는 초인이
동시에 영원 회귀라는 것을 의미하기도 한다. 이와 같이 초인(또는 적극적
생성으로서의 권력 의지) 사상과 영원 회귀 사상은 동전의 양면 같은 밀접한
관계를 맺고 있다.[21] 그런데 끊임없이 새로운 것을 창조해 내는 놀이하는
아이로서 초인이 어떻게 같은 것의 반복으로서 영원 회귀 개념과 연결될
수 있을지 하는 의문이 생길 수 있다. 이미 앞 장에서 살펴본 것처럼 사실
'같은 것의 반복'이라는 개념에서 같은 것은 동일성 내지 정체성을 의미
하기보다 혼돈과 우연을 내포한 질서, 다자로서의 일자를 의미한다. 그럼
에도 니체의 영원 회귀 개념은 이에 걸맞은 차이로서의 반복 개념을 발전
시키지는 못했다. 『자라투스트라』텍스트가 자라투스트라의 세 번째 하산
(죽음)과 곧 도래할 아이의 시대에 대한 암시로 끝맺을 때, 창조적인 영원
회귀 사상의 발전은 자라투스트라(또는 니체)가 아닌 미래의 아이들의 과제
로 남겨진다. 들뢰즈는 니체의 영원 회귀 사상을 해석하고 더욱 발전시키
면서 미래의 아이가 수행해야 하는 과제를 떠맡는다. 이를 통해 들뢰즈는
니체의 영원 회귀 사상에 내재된 '차이의 반복' 사상을 발견해 낸다.

들뢰즈에 따르면 니체는 시간을 어떤 휴지부를 중심으로 양쪽으로 불균
등하게 나뉘는 텅 빈 순수한 형식의 시간으로 이해한다. 이에 따르면 미래
와 과거는 경험적, 역동적 시간의 규정이 아니라, 시간의 정태적 종합에

---

21 볼파르트는 헤라클레이토스 단장 52번에 나오는 아이 신 아이온이 〈세 가지 변신에 대하여〉에 나오는 아이
의 모델이 되었다고 주장한다. 영원을 의미하는 시간의 신인 아이온은 여기서 또한 장기 놀이하는 아이 신으로
등장하기도 한다. 그 때문에 아이온은 영원 회귀와 권력에 대한 의지를 동시에 체현하고 있다고 할 수 있다.
Wohlfart: Nachwort. Wille zur Macht und ewige Wiederkunft. Die zwei Gesichter des Aion, S. 313~314
참조.

해당하는 선험적 순서에서 유래한다. 전체로서의 시간의 집합은 다음과 같이 이해할 수 있다. 시간이 휴지부(이전과 이후 사이) 및 이전과 이후로 구분될 때, 이 휴지부(사이)는 시간 전체에 부합하는 어떤 행위의 이미지, 유일무이한 엄청난 사건의 이미지 속에서 규정되어야 한다. 이 이미지 자체는 어떤 분열된 형식을 통해 동등하지 않은 두 부분, 즉 휴지부의 전과 후로 나뉜다. 이러한 시간의 상징적인 이미지에서 이전은 자아가 그 행위를 하기에 너무 벅찬 것으로 느낄 때 내맡겨지는 시간 차원으로 규정된다. 이전의 차원에서 행해지는 반복은 자아 의식과 행위 능력이 결핍된 이드(무의식)의 부정적 반복이다. 그러다가 이러한 무의식이 행위를 할 수 있게 되고 자신의 행위에 이상적 자아를 투사(자아와 행위의 이미지의 동일화)하며 자아로 변신하면서 그것은 사이의 시간 차원에 들어서게 된다. 이러한 사이의 시간 차원에서 반복은 동일한 것 내지 유사한 것의 반복이 된다. 하지만 니체는 이러한 이상적 자아의 영웅적 행위에 만족하지 않는다. 그는 이전의 시간 차원에서 나타나는 신과 부정적인 결핍의 반복뿐만 아니라, 사이의 시간 차원에서 나타나는 자아와 동일성 내지 유사성의 반복도 문제시한다. 이로부터 생겨난 이후의 시간 차원을 통해 시간은 직선적 성격을 띠게 되고, 진정한 반복인 영원 회귀의 반복은 이 직선의 끝에 위치하게 된다. 이전과 사이의 시간 차원에서 반복이 어떤 결정적인 한순간에만 반복되는 것이라면 이제 이러한 반복은 매 순간 일어나는 이후의 반복에 의해 가차 없이 배제된다. 이러한 반복은 동일성과 유사성에서 벗어나는 과잉으로서의 차이의 반복이다.[22] 이러한 반복이 바로 니체의 영원 회귀 사상이 지닌 미래 지향적 메시지인 것이다.

위에서 추상적으로 설명된 니체의 시간 개념을 들뢰즈가 제시한 보다

---

22 Deleuze: Differenz und Wiederholung, S. 122~125 und S. 365~368 참조.

구체적인 예를 들어 설명하면 다음과 같다.

〈환영과 수수께끼에 대하여〉에서 난쟁이가 표방하는 허무주의적인 반복
은 모든 것의 순환으로서의 반복 개념을 의미한다. 여기에서는 난쟁이와
가장 작은 인간마저 회귀한다. 행복한 섬을 떠나 바다를 항해하는 영웅적
변신을 한 자라투스트라는 난쟁이의 반복, 즉 부정적 반복을 몰아낼 수 있
지만, 그러한 변신을 통해 행위와 자신의 동일성을 상정함으로써 또한 동
일한 자아를 전제한다. 〈회복기의 환자〉의 장에서 자라투스트라의 동물들
은 이러한 동일한 것의 반복을 언급하는데, 미래의 새로운 반복을 예감하
는 자라투스트라는 동물들의 말에 귀 기울이지 않고 잠자는 척한다. 그는
모든 것이 반복되는 것도 아니고 동일한 것이 반복되는 것도 아니라는 것
을 인식하며, 영원 회귀를 선별적 사유로 생각하고 영원 회귀에서 반복을
선별적 존재로 이해한다. 선별이란 부정적 반복과 정체성의 반복이라는 첫
째, 둘째 반복 유형을 모두 내던져버리고 단지 셋째 반복만을 선별해서 영
원히 일어나는 반복으로 간주하는 것을 말한다. 따라서 난쟁이나 영웅, 병
든 자라투스트라나 회복된 자라투스트라가 반복되는 것이 아니라, 오히려
자라투스트라의 몰락과 죽음, 즉 그의 죽음을 통한 해체와 이로부터 생기
는 차이가 셋째 단계에서 반복된다. 여기에서는 동일성과 자아 대신 아무
개가 영원히 반복되며, 이때 이 아무개란 비인격적인 개체들과 전[前]개체적
인 특이성으로 이루어진 세계, 즉 '자신'을 의미한다. 이제 영웅의 모습을
던져 버린 자라투스트라가 자신의 허위적 정체성을 벗어 버리고 몰락할
때, 진정한 차이의 반복이 가능하게 된다.[23]

잠재적인 영역에 머물러 있는 생성의 존재는 그 자체로 정체성을 지니
지 않는 차이 자체다. 이러한 잠재적인 존재는 다양한 모습으로 변신하며

---

23 Deleuze: a.a.O., S. 369~371 참조.

시뮬라크르라는 사건[24]으로 일어난다. 따라서 존재의 다양한 변신으로서의 반복은 끊임없이 새로운 허상을 창조해 내는 생산적이고 창조적인 반복이다. 들뢰즈는 니체의 영원 회귀가 가지고 있는 이러한 창조적 성격을 읽어 냄으로써 차이와 반복의 대립을 극복하고 차이를 만들어 내는 반복의 본질을 인식한 것이다.

영원 회귀의 미학적 형상화

니체는 『자라투스트라』를 체계적인 개념어로 구성된 철학서로 기획하지 않았다. 오히려 그는 앞 장에서 언급한 것처럼 자신을 시인으로 생각했고, 이에 따라 『자라투스트라』를 허구적인 소설의 구조 속에서 비유적인 언어를 사용하며 저술했다. 그는 개념어의 영역인 철학을 은유와 허구의 영역인 문학의 세계로 끌어들이면서 문학과 철학의 경계를 넘나드는데, 이러한 경계 넘어서기는 창조적인 영원 회귀의 토대이기도 하다. 시각적으로 표현하자면 개념어는 그것이 지시하는 대상 주위에 경계를 그어 그 대상을 포착하려는 시도다. 그러나 니체는 그렇게 그어진 경계가 그 대상을 포착할 수 없다는 것을 인식하며, 그러한 경계를 뛰어넘으려고 시도한다. 장르 간의 경계 넘어서기는 대상의 본질을 포착하고 재현할 수 있으리라는 생각을 파괴하며, 이러한 파괴를 통해 새로운 창조로 넘어가는 다리를 놓으려는 시도다. 자라투스트라는 동물과 초인 사이에 팽팽하게 놓인 인간이라는 밧

---

24 니체에게 사건은 현실 차원에서 벌어지는 상황의 변화를 의미하는 것이 아니라, 운동 중인 생성의 존재(잠재적인 것)가 전개되는 사건을 의미한다. 〈위대한 사건들에 대하여 Von grossen Ereignissen〉에서 자라투스트라가 비생산적인 떠들썩한 사건에 거리를 두고 가장 위대한 진정한 사건은 가장 고요한 시간에 일어난다고 말한 이유가 바로 여기에 있다. 왜냐하면 순간적으로 재현의 질서에서 벗어나 잠재적인 것을 다양한 시뮬라크르의 유희로 펼쳐 내는 창조의 시간은 가장 고요한 깨달음의 시간이기 때문이다.

줄과 관련하여 인간은 자신의 몰락을 통해서만 초인으로 넘어갈 수 있다고 생각한다. 즉 동일성을 지닌 자아의 사망을 선고할 때에야 비로소 시뮬라크르의 세계에서 차이의 놀이가 펼쳐지고 그러한 차이가 끊임없이 생산적이고 창조적으로 반복될 수 있는 것이다.

이제 이 작품에서 영원 회귀라는 주제가 언어, 줄거리의 차원에서 각기 어떻게 구체적으로 실현되고 있는지 살펴보기로 하자.

먼저 언어적인 측면에서 '뛰어넘다^{(über jn) hinwegspringen}' 라는 말의 반복적인 사용을 살펴보자. 〈자라투스트라의 서설^{Zarathustra's Vorrede}〉에서 자라투스트라는 시장에서 줄 타는 광대가 두 탑 사이에 팽팽히 걸린 줄 위를 건너다가 그 뒤를 재빨리 쫓아온 어릿광대가 그를 '뛰어넘자^{hinwegspringen}' (Zarathustra 17) 아래로 추락하여 죽는 광경을 목격한다. 자라투스트라는 땅에 떨어져 죽고 만 줄 타는 광대를 불쌍히 여겨 그를 나무 밑에 묻어 주지만, 그 이후에 이 사건에 대해 성찰하며 자신의 목표를 향해 가지 못하고 주저하는 사람을 '뛰어넘겠다며^{hinwegspringen}' (Zarathustra 22) 줄 타는 광대에게 거리를 두기도 한다. 이로써 그는 주저하고 머뭇거리는 줄 타는 광대를 뛰어넘는 어릿광대의 태도를 지지하는 듯한 모습을 보여 준다. 그러나 어릿광대가 그 앞 장면에서 죽은 줄 타는 광대를 등에 매고 가는 자라투스트라에게 모든 사람들이 자라투스트라를 증오하고 비웃고 있으며 그가 빨리 이 도시를 떠나지 않으면 죽은 광대처럼 그를 '뛰어넘어 버리겠다^{hinwegspringen}' (Zarathustra 19)고 엄포를 놓을 때, 이 어릿광대라는 인물과 '뛰어넘다' 는 말 모두 긍정적 의미를 제약받게 된다.

어릿광대와 '뛰어넘다' 는 말의 부정적 의미는 이들에 대한 자라투스트라 자신의 직접적 언급보다는 외관상 그것과 무관해 보이는 맥락에서 간접적으로 드러난다. 〈산 위의 나무에 대하여^{Vom Baum am Berge}〉에서 한 제자가 자라투스트라를 피해 어느 날 밤 얼룩소라고 불리는 도시를 떠나 혼자 산으로 올라간다. 이 소년은 점점 더 높이 올라갈수록 고독감과 외로움에 떨며 그 높이를 감당하지 못한다. 그는 올라갈 때 계단을 종종 '건너뛰는데 überspringen' (Zarathustra 42), 그로 인해 자신의 오늘이 자신의 어제를 부인하게 된다. 자라투스트라가 설파한 초인을 향한 정신의 변신 과정과 달리, 여기에서는 변신의 각 단계를 차근차근 밟아 가며 이전 단계를 극복하는 것이 아니라 지나치게 빨리 앞으로나 위로만 나아가 결국은 그렇게 도달한 높이를 감당할 수 없게 되는 것이다. 이로써 '건너뛰다'는 '어떤 단계를 생략하고 넘어가다'라는 부정적 의미를 갖는다. '건너뛰다'는 의미의 부정적 함의는 〈시장의 파리 떼에 대하여Von den Fliegen des Marktes〉에서도 잘 드러난다. 자라투스트라는 고독이 끝나고 소음이 시작되는 시장에서 대중이 위대한 배우들을 떠받든다고 말한다. 대중과 마찬가지로 이 배우들은 내일은 새 신앙을, 모레는 더 새로운 신앙을 믿으며, 신속한 감각과 변하기 쉬운 기질을 보인다. 이러한 배우들은 다름 아닌 앞에서 언급된 바 있는 '어릿광대'(Zarathustra 52)들이다. 이에 따르면 어릿광대란 대중의 우상으로 시장의 기호에 맞춰 느림의 미학과 고독의 의미를 간과한 채 끊임없이 새로운 것만을 추구하는 사람들이다. 그들은 지나치게 빨리 변신하기 때문에 과거의 것을 진정으로 극복하지 못한 채 그냥 건너뛰고 만다.

이에 반해 '뛰어넘다'의 긍정적 의미는 시장에서 줄타기가 막 벌어지기 직전의 장면에서 이루어지는 자라투스트라의 성찰에 잘 나타난다. 심연 위에 팽팽히 매인 줄의 양 끝이 동물과 초인을 각각 상징한다면 그 줄은 인간을 상징한다. 자라투스트라에 따르면 인간은 목적이 아니라 다리이며, 그것은 이행이자 몰락이라는 데 의미가 있다. 이 말은 초인에 대한 정의와 관련해 '인간은 극복되어야 할 어떤 것'이라는 말과 연결될 수 있다. 즉 인간을 극복하고 뛰어넘어 그것을 몰락시킬 때 비로소 인간의 단계에서 초인으로 이행할 수 있다는 말이다. 여기에서 '뛰어넘기hinwegspringen'는 미래로의 '이행^{Übergang}'을 위한 현재의 필연적인 '몰락^{Untergang}'을 수반하는 '자기 극복^{Selbstüberwindung}'의 뛰어넘기다. 즉 여기에서 뛰어넘기는 생략의 의미를 내포한 건너뛰기보다는 극복의 의미를 내포한 넘어서기의 의미를 가지고 있다.

이와 같이 '뛰어넘기'라는 말은 똑같은 상황에서 사용되더라도 그것을 어떻게 받아들이고 해석하느냐에 따라 상이한 의미를 갖는다. 어릿광대는 이 말로 일종의 빠른 유행의 의미에서 과거를 추월하고 맹목적으로 새로운 것, 미래를 추구하는 직선적 사고를 의미하는 반면,[25] 자라투스트라는 같은 말로 차이의 미학이 펼쳐질 미래로 나아가기 위해 재현의 질서를 추구하는 현재를 몰락시킴으로써 역설적으로 과거를 구하고자 한다. 왜냐하면 과거란 재현의 질서가 파괴된 상황에서 앞으로 일어날 것과 마찬가지로 사실은 차이 자체인 잠재적인 것이 영원히 회귀한 것이 되기 때문이다. 이로써 자라투스트라는 과거, 현재, 미래라는 직선적 사고와 영원 회귀라는 순환적 사고를 서로 결합할 수 있게 된다.

'뛰어넘기'라는 단어의 예에서 살펴보았듯이 니체는 같은 단어를 여러 가지 맥락에서 사용함으로써 그 단어의 확정된 동질적 의미를 파괴하고 새로운 차이를 창조해 낸다. 비록 같은 단어가 반복되어 사용될지라도 그것은 사용자가 그것을 적극적 생성을 통해 의미를 형성해 나갈 때 단순한 기계적 반복을 넘어 항상 새로운 의미를 창출할 수 있는 창조적인 반복을 낳을 수 있다.[26]

둘째로 줄거리의 차원에서 반복의 미학적 형상화를 살펴보자. 이 작품

---

25 이러한 직선적 사고는 표면적인 순환적 사고와 쉽게 연결될 수 있다. 즉 이러한 가치 추월이 결국 모든 가치를 등가적인 것으로 만들어 버릴 때, 모든 것은 동일하고 동일한 것만이 일어난다는 비관적 사고로 이어질 수 있는 것이다.
26 이 작품에 등장하는 여러 비유, 가령 하늘, 땅, 위, 아래, '몰락(또는 하강)' 등은 모두 하나의 고정된 의미의 비유로 사용되지 않는 창조적 반복의 예를 보여 준다.

에서는 일어난 사건이 자라투스트라의 성찰에서 반복되기도 하고, 이와 반대로 그의 설교와 생각이 나중에 사건으로 일어나며 반복되기도 한다. 그뿐만 아니라 이 작품의 전체 구조 자체도 반복의 구조를 가지고 있다. 이것은 『자라투스트라』가 영원 회귀 사상을 소설적인 구조 내에 편입시키고 있다는 것을 보여 준다. 따라서 역으로 이러한 소설 구조에 나타난 반복의 구조를 자세히 분석함으로써 영원 회귀 사상의 의미를 살펴보는 것도 가능하다.

이 작품은 크게 4부로 구성되어 있다. 눈에 띄는 것은 자라투스트라가 자신이 머무르고 있는 동굴을 중심으로 인간들의 세계로 내려왔다가 다시 동굴로 올라오는 운동을 반복하고 있다는 점이다. 1부는 자라투스트라의 서설과 설교로 구성되어 있다. 서른 살에 집을 떠나 10년이라는 세월을 산속 동굴에서 보낸 자라투스트라는 이제 자신의 지혜를 인간들에게 선사하기 위해 하산한다. 그는 시장에서 군중의 몰이해를 체험한 후, 소수의 제자들에게 자신의 지혜를 가르친다. 여기에서 이 책의 핵심적인 내용이 함축적인 비유로 담겨 있는 〈세 가지 변신에 대하여〉가 나오는데, 이로부터 자라투스트라가 이미 상당히 정신적인 완성의 단계에 다가가 있음을 알 수 있다. 그는 여러 가지 내용의 연설을 한 후 1부 마지막 장인 〈선사하는 미덕에 대하여^{Von der schenkenden Tugend}〉에서 정오가 되었을 때 자신의 제자들과 작별을 고한다. 그는 이제 자신을 찾기 위해 동굴로 돌아가려고 하며, 제자들에게도 그를 믿지 말고 혼자 힘으로 자신을 발견하라고 말한다. 또한 언젠가는 그들이 희망의 아이들이 되어야 하며, 그렇게 되면 그가 세 번째로 그들을 방문하여 위대한 정오를 함께 축하하겠다고 말한다. 이렇게 하여 1부가 끝나면서 자라투스트라는 자신의 동굴로 다시 올라가고—이 경우 동굴로 돌아가는 장면은 생략된다—2부는 그의 동굴 장면으로 시작된다. 자신의 동굴에서 그의 지혜는 다시 늘어 가며 풍요로운 지혜를 선사하기를 갈망하던 중 어느 날 아침 꿈속에서 거울에 자신의 얼굴이 악마의 모습으로 비친 것을 보고 그는 자신의 지혜가 위기에 빠졌음을 알게 된다. 그리하여 그는 다시 제자들이 있는 지복의 섬으로 내려간다. 이것이 그의 두 번째 하산이다. 1부에서 전달되는 핵심 내용이 초인 개념이라면, 2부에서는 주로 권력에 대한 의지 사상이 다루어진다. 2부 마지막 장인 〈가장 고요한 시간^{Die stillste Stunde}〉에서 자라투스트라는 또 한 번 자신의 친구들과 작별을 고한다. 이번에는 자신의 의지에 반하여 '가장 고요한 시간'이 자신에게 작별을 명했기에 떠난다. 작별의 이유는 자라투스트라의 열매는 무르익었지만, 그 자신은 아직 그러한 과실을 따기에 미숙했기 때문이다. 이 말은 자라투스트라가 사상적으로는 무르익었지만, 아직 그것을 행동으로 실천하기에는 부족하다는 것을 의미한다.[27] 실제로 그는 3부와 4부에서 두 차례 중요한 위기를 겪는다. 그는 한밤중에 지복의 섬을 떠나 고향으로 향하는데, 3부의 상당 부분은 이러한 귀향 과정을 묘사하고 있으며, 3부 중반에 이르러서야 그의 (두 번째 상승 운동으로서) 귀향이 이루어진다. 3부에서는 1부와 2부에서 암시만 된 영원 회귀 사상이 〈환영과 수수께끼에 대하여〉와 〈회복기의 환자〉를 통해 본격적으로 다루어진다. 여기에서 자라투스트라는 앞에서 이미 여러 차례 암시된 허무주의적인 반복의 유혹을 받고 위기를 겪은 후 그 충격에서 힘겹게 회복된다.

이 작품의 3부와 4부는 자라투스트라의 위기 체험을 다루고 있다는 공통점을 가지고 있다. 그 밖에도 3부의 〈옛 표들과 새 표들에 대하여〉는 이미 이 작품의 마지막 결말을 선취하고 있다.

---

27 자라투스트라의 불완전함은 여러 구절에서 발견된다. 가령 그는 〈구원에 대하여〉에서 자신을 창조하는 자이자 미래로 부르지만, 동시에 미래를 위한 다리이자 그 다리 옆에 있는 불구자로 부르기도 한다. 또한 〈학자들에 대하여 Von den Gelehrten〉에서도 자신이 대중을 상징하는 양들에게는 더 이상 (남의 지식을 그냥 수동적으로 받아들이는) 학자가 아니지만, 미학적 삶을 지시하는 아이나 엉겅퀴 또는 빨간 양귀비에게는 여전히 학자라고 말하면서 자신의 미성숙함을 인정한다.

나는 여기 앉아 기다리고 있다. 내 주변에는 파괴된 옛 표들과 반쯤 쓴 새 표들도 있다. 나의 시간은 언제 올 것인가?

—나의 하강, 몰락의 시간. 왜냐하면 나는 다시 한 번 인간들에게 내려가고 자 하기 때문이다.

나는 그때를 기다리고 있다. 왜냐하면 우선 나의 시간이 왔다는 신호를 기 다려야 하기 때문이다. 즉 비둘기 떼와 함께 웃는 사자가 와야 하는 것이다.[28]

4부의 마지막 장인 〈신호^Das Zeichen〉에서 같은 내용이 다시 한 번 반복된다. 4부는 이미 자신의 산속 동굴에 있는 자라투스트라가 이제 백발의 노인이 된 상태에서 시작된다. 이 4부에서 처음으로 그의 동굴을 중심으로 사건 이 벌어지는데, 이제 '보다 높은 사람들^höhere Menschen'이라는 다양한 유형의 인간들이 그를 찾아 동굴로 온다. 여기에 등장하는 다양한 사람들, 즉 왕 들, 거머리, 마술사, 퇴직자, 가장 추악한 인간, 자원한 거지, 그림자는 사 실은 이미 2부에서 자라투스트라가 자신의 설교 내용으로 삼았던 인간 유 형, 즉 고귀한 사람, 교양인, 결백한 인식의 인간, 학자, 시인들이 육화된 것으로 볼 수 있다. 또한 이들은 이미 자라투스트라 자신이 극복했던 이전 의 자기 모습이기도 하다.[29] 따라서 이제 이들이 비명을 지르고 구원을 청 할 때, 이것은 동정심의 유혹이라는 최대의 시험이며 자라투스트라는 이 위기를 극복함으로써 자신이 이미 극복한 이전의 단계로 되돌아가지 않는 다. 1부와 2부에서는 자라투스트라가 제자들에게 자신의 지혜를 선사하

---

28 Nietzsche: Zarathustra, S. 204: "Hier sitze ich und warte, alte zerbrochene Tafeln um mich und auch neue halb beschriebene Tafeln. Wann kommt meine Stunde?—die Stunde meines Niederganges, Unterganges: denn noch Ein Mal will ich zu den Menschen gehn. Dess warte ich nun: denn erst müssen mir die Zeichen kommen, dass es meine Stunde sei,—nämlich der lachende Löwe mit dem Taubenschwarme."
29 Rüdiger Schmidt u. Cord Spreckelsen: Nietzsche für Anfänger. Also sprach Zarathustra. München 1999, S. 129~130.

고 가르침을 주는 입장이라면, 이제 4부에서는 자신을 찾아온 제자들의 시험에 그가 자신을 지키며 자신의 지혜를 행동으로 실천하는 과정을 보여 준다. 보다 높은 사람들을 동굴에 남겨 둔 채 홀로 밖으로 나온 자라투스트라는 이렇게 외친다.

사자가 왔고 나의 아이들도 가까이 있으며 자라투스트라는 원숙해졌고 내 시간이 다가왔다. 이것이 내 아침이다. 나의 대낮이 시작된다. 솟아오르라, 솟아오르라, 너 위대한 정오여![30]

2장의 마지막에서 아직까지 자신의 열매를 따기에 미숙하여 가장 고요한 시간의 명령으로 동굴로 되돌아가야 했던 자라투스트라는 이제 마침내 자신의 과업, 즉 아이로 상징되는 초인의 도래를 위해 마지막 자신의 몰락, 즉 하산을 준비한다. 이 하산은 바로 그가 제자들에게 약속한 위대한 정오를 같이 축하하기로 한 세 번째 하산이다. 따라서 아침 동 틀 무렵 자라투스트라의 동굴에서 시작된 이 소설은 비록 역시 같은 시간에 그의 동굴에서 끝이 날지라도 결코 폐쇄적인 완결된 구조의 반복을 보여 주지는 않는다. 특히 그가 작품 마지막에서 강렬하게 빛나는 태양처럼 자신의 동굴을 떠나가는 모습은 그의 마지막 하산이 자신의 몰락을 통해 초인으로 넘어가는 이행 과정임을 암시한다.

이러한 상승과 하강의 운동 과정은 자신의 몰락을 통해 자신을 넘어서는 초인의 상을 반영한다. 또한 등산과 하산의 반복 속에 암시된 몰락과 초인으로의 이행 과정은 작품 초반 자라투스트라의 서설에 나온 줄 타는

---

30 Nietzsche: Zarathustra, S. 344: "Der Löwe kam, meine Kinder sind nahe, Zarathustra ward reif, meine Stunde kam:—Dies ist mein Morgen, mein Tag hebt an: herauf nun, herauf, du grosser Mittag!"

광대의 추락 일화가 작품 끝까지 반복되며 구조화되고 있음을 보여 주기도 한다.

그러나 이러한 상승과 하강이라는 작품의 반복 구조가 단순히 같은 것의 동일한 반복을 의미하지는 않는다. 1부와 2부에서 자라투스트라의 하산 과정과 지상과 섬에서의 그의 삶이 묘사되고 그가 자신의 제자들과 만나 그들에게 설교한다면, 3부와 4부에서는 동굴로의 그의 귀환이라는 상승 과정과 동굴 주변의 삶, 그리고 보다 높은 사람들의 방문이 서술된다. 특히 3부와 4부에서 영원 회귀 사상의 경험에서 얻은 충격과 회복 과정, 그리고 보다 높은 사람들의 방문과 이로 인한 연민의 유혹은 이미 사상적으로 성숙한 자라투스트라를 행동하는 사람으로 더욱 발전시킨다. 그리하여 그는 마지막 하산을 준비할 때 이전보다 더 발전된 모습을 보여 줄 수 있는데, 이러한 마지막 하산과 그 후의 이야기는 열린 구조 속에 암시될 뿐이다. 바로 여기에서 이러한 상승과 하강의 운동이 단순한—처음과 끝의 시간과 장소가 같은—순환적 반복 구조를 갖는 것이 아니라 직선적 발전의 과정까지 내포하고 있음을 알 수 있다.[31] 이러한 순환적 반복과 직선적 시간의 연결은 자라투스트라가 표명하는 영원 회귀 사상 자체에 상응한다.

---

31 고병권도 이러한 맥락에서 하강과 상승의 반복이 영원 회귀의 반복과 연관성이 있다고 강조한다. "반복이라는 형식 자체는 동일해 보이지만 반복이 있을 때마다 자라투스트라에게 차이가 나타난다는 것은 놀라운 사실이다. 그는 반복을 거칠 때마다 건강한 신체로 변신해 간다. 또 하강과 상승을 반복하면서 고도를 자유롭게 조절할 수 있게 된 점도 눈여겨볼 대목이다. 그것은 중력으로부터 자유로워지고 있음을 의미하며, 세계를 여러 가지 시각에서 통찰할 수 있게 되었음을 의미하기도 한다." 고병권: 니체의 위험한 책, 자라투스트라는 이렇게 말했다, 338쪽.

키르케고르 대 니체 또는 종교적 예외의 반복 대 미학의 창조적 반복

키르케고르의 『반복』과 니체의 『자라투스트라』는 여러 가지 공통점을 가지고 있다. 우선 두 텍스트는 전통적인 철학 장르를 넘어선다는 점에서 닮아 있다. 『반복』은 소설적인 구성과 철학적 성찰, 편지, 시 등 다양한 장르의 경계를 가로지르는 텍스트다. 그것은 일반적인 철학 텍스트의 체계성이나 선형적인 글쓰기와 거리가 멀며, 오히려 장르의 경계를 초월하고 순차적인 사건 전개를 끊거나 상이한 사건이나 사고 또는 텍스트 유형을 서로 연결시킨다. 이것은 순간적인 진정한 체험으로서의 반복에 대한 키르케고르의 생각이 작품 형식에 반영된 것으로 볼 수 있다. 이와 마찬가지로 니체 역시 전통적인 철학 텍스트와 거리가 먼 미학적인 철학 텍스트를 구성한다. 그가 자신의 철학을 허구적인 소설의 형태로 구성한 이유는 소설 구조를 통한 다원적인 시점의 제공과 진리의 인식 불가능성을 강조하기 위해서다.[32]

장르 경계의 파괴라는 이러한 텍스트 유형상의 공통점 외에 두 텍스트는 또한 반복에 대한 관점에서도 많은 유사점을 보인다.

첫째로 키르케고르와 니체 모두 반복의 '특이성Singularität' 을 강조한다. 반복에 대한 전통적인 관점과 달리 이들은 반복을 같은 것의 기계적이고 단조로운 반복으로 간주하지 않으며, 그것이 특별한 새로운 체험을 가능하게 만든다고 강조한다. 들뢰즈는 일반성과 반복을 구분하는데, 그 기준은 관계되는 두 항이 서로 대체 가능한가 아닌가의 여부다. 즉 일반성의 경우에는 유사성과 등가성의 원칙에 따라 하나의 항이 다른 항에 의해 교환 내지 대체 가능하다면, 반복의 경우에는 그것이 불가능하다는 것이다.[33] 반

---

32 정항균: Wenn Der Stechlin-Leser Zarathustra läse. 실린 곳: 카프카 연구 제14집(2005), 229~230쪽.

복은 유사성의 원칙을 따르는 법칙—그것이 자연 법칙이든 아니면 윤리 법칙이든—을 넘어서는 대체 불가능한 '특이성'의 사건이라고 할 수 있다. 그것이 신에 대한 강렬한 체험이든 아니면 동일성을 파괴하는 차이의 생성 체험이든 키르케고르와 니체 모두에게 반복은 매번 일어날 때마다 새로운 독특하고 특별한 체험이라고 할 수 있을 것이다.

이들에게 반복은 자연 법칙이나 윤리 법칙 또는 습관과 뚜렷이 구분된다. 키르케고르는 자연 내에서의 반복에 대해 언급조차 하지 않으며, 니체도 자연의 순환적 법칙 위에 있는, 모든 변화를 넘어서 있는 반복(영원 회귀)을 전제한다. 또한 욥의 예에서 살펴보았듯이 키르케고르의 반복은 도덕적인 보편 법칙을 벗어나 있다. 니체에게서도 영원 회귀는 선과 악의 피안에서 일어나는 무한한 반복을 의미한다. 이들에게서 자연 법칙이나 습관은 결코 영원불변한 동일한 것이 아니라 변화의 흐름에 내맡겨진 것이다. 당위로서의 윤리 법칙 역시 칸트에게서와 달리 보편타당한 법칙성을 띠는 것이 아니라 상대적이고 불완전한 것으로 나타난다. 윤리 법칙은 진정한 반복일 수 없다. 왜냐하면 우리가 같은 의도를 가지고 있어도 행동이 달라질 수 있고, 반대로 의도가 달라지거나 상황 맥락이 바뀌어도 행동은 변하지 않고 똑같을 수 있기 때문이다.[34] 따라서 자연 법칙이나 윤리 법칙은 키르케고르나 니체가 추구하는 반복과는 거리가 있다. 그들에게 반복은 법칙적인 것을 넘어서 있으며, 개념적인 언어를 통해 매개될 수 없고 간접적으로 재현 불가능한 것을 가리킨다.

둘째로 이들에게서 반복은 운명이나 필연의 개념을 나타내기보다는 자유와 운명의 개념을 상호 연결한다. 욥은 신의 질서를 벗어날 수 없지만

---

33 Deleuze: Differenz und Wiederholung, S. 15 참조.
34 Deleuze: a.a.O., S. 18~19 참조.

그것에 저항함으로써 신의 존재를 체험하며 자유와 운명을 내적으로 연결한다. 마찬가지로 니체의 초인 개념 역시 숙명적 반복과 개인의 의지를 부정하면서도 필연적 반복을 보다 높은 의지, 즉 적극적 생성으로서의 권력의지의 대상으로 삼음으로써 의지를 모든 족쇄에서 해방시킨다. 이로써 여기에서도 자유와 운명이 조화롭게 공존할 수 있게 된다.

셋째로 텍스트 형식의 측면에서 볼 때도 『반복』과 『자라투스트라』는 공통점을 가지고 있다. 『반복』의 주인공인 청년은 자신의 연애 사건에 휘말려 고통을 받지만 〈욥기〉를 읽고 나서 회복된다. 물론 이러한 회복이 키르케고르가 의미하는 종교적 예외로 나아갈 수 있을 정도로 그가 완전히 성숙했다는 것을 의미하지는 않는다. 마찬가지로 자라투스트라 역시 〈환영과 수수께끼에 대하여〉에서 뱀의 머리를 깨물어 뱉은 후 그 충격으로 일주일 동안 쓰러졌다가 영원 회귀 사상을 체득하고는 회복된다. 그럼에도 자라투스트라 자신은 결코 초인이 아니며 단지 초인으로 넘어가는 다리를 놓는 자 내지 미래의 선구자일 뿐이다. 이처럼 두 텍스트는 완결된 구조를 갖지 못한 채 열린 텍스트의 성격을 띠고 있다. 이것은 그들의 가르침이 결코 언어적으로 재현될 수 없는 것임을 형식적으로 보여 주는 것으로 해석할 수 있다.

위에서 언급한 일련의 공통점들에도 불구하고 반복이라는 현상에 대한 키르케고르와 니체의 관점 사이에는 근본적인 차이가 존재한다. 그 차이는 무엇보다 신앙에 대한 관점 차이에서 비롯된다. 키르케고르가 논리의 운동에 맞서 신앙의 운동을 내세우며 신과의 갈등 속에서 진정으로 신을 체험할 것을 주장했다면, 니체는 자신의 영원 회귀 사상을 신의 죽음과 자아의 해체를 기반으로 정립한다. 그 때문에 키르케고르가 『반복』에 등장하는 소극 배우 베크만이 보여 준 아이러니와 미학적 반복을 높이 평가하면서도 그를 뛰어넘어 종교적 예외의 반복을 지향하는 반면, 니체는 바로 키르케고르가 극복하려고 한 아이러니와 미학적 반복을 자신의 최종 목표로 삼는다.[35] 또한 키르케고르에게 반복이 근본적으로 동일한 것의 반복이라는 성격을 지닌다면, 니체에게 반복은 끊임없는 차이의 반복을 나타낸다는 차이점을 가지고 있다.

---

35 Deleuze: a.a.O., S. 27 참조.

행복이라는 현상을 통시적인 관점에서 살펴보면 그 의미가 끊임없이 변화해 왔음을 알 수 있다. 신화적인 세계상이나 종교적인 믿음이 지배하던 시대에 반복은 항상 초월적인 것과 연관성을 갖는다. 인간이 자신의 조건, 즉 인간으로서의 조건을 잊고 자신의 행동을 항상 초월적이고 신적인 맥락에 위치시킬 때, 그는 신의 행동을 반복하는 것이다. 이로써 반복은 신성한 것이 되며 절대적이고 초월적인 의미를 갖는다. 반면 인간이 이러한 초월적인 시간 차원에서 벗어나 세속적인 시간 차원으로 들어와 행동할 때, 즉 그의 행동이 더 이상 신성과의 연관성을 갖지 않을 때, 그는 타락한다. 따라서 인간이 인간임을 잊고 신의 행동을 반복할 때, 그 순간은 세속적인 선형적 시간을 넘어서서 시간의 흐름을 초월한 영원을 의미하게 된다. 그러나 사회가 점차 세속화되고 신성으로 충만한 종교적 질서가 더 이상 자명하지 않게 되면서 반복에 대한 평가 역시 변화한다.

근대에 들어서면서 신화적이고 종교적인 세계상은 붕괴된다. 이를 통해 초월적이고 신성한 시간 대신 세속적인 시간이 들어선다. 즉 과거에서 현재를 거쳐 미래로 흘러가는 선형적인 시간의 흐름이 초월적이고 신성한 시간을 대신하는 것이다. 이러한 시간적인 관점에서 순간은 더 이상 영원과 동일한 것이 될 수 없을 뿐만 아니라 오히려 그것과 정반대되는 지점에 위치하게 된다. 인간은 신적인 질서에서 빠져나옴으로써 자신을 지켜주고 구원해 줄 버팀목을 잃었지만, 그 대신 이성이라는 새로운 수단에 의해 진보와 발전에 대한 믿음을 갖게 된다. 즉 더 이상 신과 같이 그 자체로 완벽하지는 않다. 이성에 의해 일직선으로 흘러가는 시간 속에서 무한한 진보를 할 수 있다고 믿게 된다.

이성과 더불어 근대의 또 다른 특징은 자아라고 할 수 있다. 이제 신에게서 자신에게로 시선을 돌린 인간은 자신이 누구인지에 관심을 갖고 거기에 담구에 몰두한다. 이러한 맥락에서 내가 누구인지를 파악하고 나의 정체성을 확립하기 위해 자신의 과거를 돌이켜보고 그것을 현재의 차원에서 해석하는 작업이 필요하게 된다. 다른 한편 자아는 개인적인 정체성의 차원이라는 차원을 넘어서 집단적인 자아로서 민족의 정체성을 수립하기 위한 수단이 되기도 한다. 근대에 들어서 역사에 대한 관심은 더욱 커졌으며, 민족국가 수립을 기도하는 여러 국가가 자신들의 과거를 회상하며 민족적 정체성을 수립하려고 시도했다. 이제 망각된 과거를 기억해 내어 현재와 연결함으로써 자신의 개인적, 민족적 정체성을 수립해 내는 것이 근대의 목표가 되는 것이다.

그러나 근대에 가지고 있었던 이성을 통한 무한한 진보에 대한 믿음과 사회와 조화를 이루며 발전하는 자아의 이상은 점점 환상임이 드러난다. 19세기 후반 유럽 소설에서 비합리적인 운명의 권능이 유전적인 조건이 강조되는 것은 자유롭게 행동하고 사회를 발전시키는 인간상에 대한 회의를 반영한다. 반면 비합리적인 운명이나 유전은 — 그것이 신적인 구상으로써든 생물학적인 구조로써든 — 이미 계획되어 있는 것이 다시 나타난다는 의미에서 반복을 의미한다. 자유의지를 지니고 있다고 믿은 인간은 이러한 운명으로서의 반복을 더 이상 비밀 수도 없고 극복할 수도 없다. 이로써 반복은 인간의 한계를 자처하고 인간의 오만을 경고하는 의미를 지니게 된다. 그러나 여기에서 반복은 이미 잠재해 있던 것이 다시 나타난다는 의미에서 반복으로, 동일한 것의 반복을 지시한다.

프로이트Sigmund Freud에 이르면 기억과 망각은 더 이상 대립적인 관계에 놓이지 않는다. 그는 완전한 망각이란 것이 없으며, 우리가 흔히 망각한다고 생각하는 것은 기억의 흔적으로 무의식 어딘가에 남아있다고 말한다. 이에 따라 무의식적으로 억압된 것, 즉 완전히 잊히지 않지만 그렇다고 기억할 수도 없는 것이 신경증에서 반복으로 나타난다. 이러한 반복 강박증은 질병으로서의 반복이 가진 부정적 측면을 부각하며, 극복의 대상이 된다. 그러나 다른 한편 이것은 인간의 자유 의지로 극복할 수 없는 무의식 차원에서 일어나는 반복 현상을 가정하게 한다.

세기 전환기에 들어서면서 특히 빈을 중심으로 세기말적인 분위기가 지배적이 된다. 이제 덧없는 인생에서 순간의 쾌락을 누리며 살려는 태도가 만연한다. 키르케고르Søren Kierkegaard가 말한 미학적인 인간 유형이 이 시기를 풍미한 것이다. 과거에 얽매이지 않고 현재의 순간에 빠져 살아가는 미학적 인간 유형은 슈니츨러Arthur Schnitzler의 작품에 자주 등장한다. 가령 그의 연극 작품 「사랑의 유희Liebelei」에 등장하는 부유한 가문 출신의 두 귀공자, 프리츠와 테오도르는 영원불변의 사랑 대신 찰나적인 만남을 추구한다. 사랑을 위해 목숨을 건 심각하고 무거운 사랑 대신 구속력 없이 가벼운 유희적 관계가 지배한다. 이렇게 만남과 헤어짐을 반복하는 것은 이전의 관계를 모두 잊고 찰나적인 순간에 빠져 살 때 비로소 가능하다.

이러한 찰나적인 순간은 보들레르Charles Baudelaire가 말한 것처럼 현대의 중요한 특징이다. 모든 것이 고정되어 있고 변화지 않는 고대적인 육중함에 비해 현대에는 속도의 미

5장

부조리와 반복

| 1 |

카뮈
『시시포스의 신화』

부조리한 인간의 반복: 키르케고르 및 니체와의 비교

적어도 니체가 등장한 이후로는 인간의 이성에 의해 세계가 단선적으로 진보할 것이라는 믿음이 사라지기 시작한다. 특히 1차 세계 대전 이후로는 심지어 이성의 힘을 믿는 사람들조차 계몽이 갖는 부정적이고 파괴적인 속성을 간과하기 어렵게 되었다. '부조리'의 사상가인 카뮈^{Albert Camus} 역시 이성이 가지고 있는 한계를 명확히 인식하며, 이성을 통해 세계를 설명할 수 있다는 믿음이 허구임을 강조한다. 그러나 그는 이러한 이성에 대한 비판과 함께 비합리주의로 나아가 구원을 찾는 경향에 대해서도 거리를 둔다. 이성에 대한 비판이 그 어느 때보다 활발했던 자신의 시대에 비합리주의가 판을 치는 것을 보면서 그는 이성에 대한 열망을 갖는다. 자신이 이해할 수 없는 비합리적인 것으로 둘러싸인 세계와 이성에 의해 세계를 투명하게 내다보고자 열망하는 자아가 서로 부딪침으로써 생겨나는 부조리는 『시시포스의 신화』의 핵심적인 주제라고 할 수 있다.

부조리란 자신의 의도와 자신을 기다리고 있는 현실 사이의 불균형, "어떤 행동과 그것을 초월하는 세계 사이의 비교"[1]에서 생겨난다. 부조리는 본질적으로 "단절"이고 "대비"이며, 따라서 "인간 안에 있는 것도 아니며 (……) 세계 안에 있는 것도 아닌, 이 양자의 공통적인 현존 안에 있다고 말할 수 있다."[2] 가령 자신이 파악할 수 없는 세계를 파악하고자 노력하는 인간의 행동은 세계와 인간 간의 단절을 보여 주며 부조리를 낳는다고 말할 수 있다.

이러한 부조리의 문제는 합리성의 한계가 명확해지고 이에 대한 의식이 싹트기 시작하면서 생겨나기 시작한다. 그러나 이러한 부조리를 인식하고 수용하는 방식은 다양한데, 카뮈는 이러한 부조리의 상황 자체를 긍정하며 거기서 희망과 구원을 발견하는 비합리주의적인 철학에 대해서는 비판적인 관점을 취한다. 그가 〈철학적 자살〉이라는 장에서 이러한 범주 하에 포함시키는 작가와 철학자로 야스퍼스[Karl Theodor Jaspers], 셰스토프[Lev Isakovich Shestov], 키르케고르, 후설[Edmund Husserl]이 있다. 여기서는 앞 장과 연관시켜 간략히 부조리에 대한 키르케고르의 이해와 이에 대한 카뮈의 비판을 살펴보고자 한다.

카뮈에 따르면 키르케고르는 자신이 어렸을 때 그렇게 무서워했던 기독교의 엄격함으로 자진해서 되돌아간다. 앞 장에서 살펴본 것처럼 키르케고르에게 신은 합리적으로 설명할 수 없는 모순과 이율배반, 불가해성을 띠고 있으며, 그 때문에 인간에게 부당하게 느껴지고 원망의 대상이 되기

---

1 알베르 카뮈(이가림 역): 시지프의 신화. 문예출판사 1999, 44쪽.
2 같은 곳.

도 하지만 동시에 바로 그 때문에 인간이 세계에 대한 합리적인 설명을 뛰어넘어 한 단계 비약할 때 인간에게 진리와 구원을 줄 수 있는 것으로 간주된다. 부조리의 문제와 관련해서 중요한 것은 카뮈에게서와 달리 키르케고르에게서는 부조리가 (세상과 인간의) 비교 자체에서 생겨나는 것이 아니라 비교의 한 대상에게서 생겨난다는 것이다. 즉 신이라는 비교의 한 대상 자체가 부조리의 속성을 자신 안에 가지고 있는 것이다. 따라서 인간이 이러한 부조리한 신을 받아들이고 그와 타협할 때 끊임없는 투쟁으로서의 부조리는 중단되고 만다. 키르케고르가 "그의 반항의 외침을 열정적 동의로 바꾸어 놓을 때, 그는 지금까지 그에게 비치던 부조리를 잊고 이제부터 그가 가지게 될 유일한 확실성, 즉 비합리를 신격화하기에 이른다."[3] 이와 같이 인간이 자신의 부조리한 상황에서 벗어나 신과 타협하는 것은 카뮈가 보기에는 결코 진정한 부조리가 될 수 없다.

또한 카뮈는 키르케고르가 이성을 일방적으로 부정하고 비합리적인 종교의 세계로 돌아서서 구원을 찾는 것도 비판한다. 그는 이성을 절대적으로 부정하는 것을 비판하며 인간의 경험 영역에서 이성이 가지고 있는 효력을 인정한다. 그래서 인간은 천상으로 비약하기 전에 지상으로 향해야 한다는 것이다. 부조리한 인간은 "절대적으로 이성을 경멸하지 않으며 비합리를 받아들인다. 이리하여 그는 경험에 부여된 모든 것을 주시하고 알기 전에 비약하려고 하지 않는다. 그는 다만 이 주의 깊은 의식 가운데서 희망을 위한 장소가 없다는 것을 알고 있을 따름인 것이다"[4] 이렇게 희망과 구원에 대한 약속이 없다는 것을 알면서도 포기하지 않고 부조리한 상황을 의식하며 끊임없이 투쟁해 나가는 인간이 바로 부조리한 인간이다.

---

3 카뮈: 같은 책, 54~55쪽.
4 카뮈: 같은 책, 53쪽.

키르케고르와 달리 니체는 『시시포스의 신화』에서 긍정적인 맥락에서 인용된다. 카뮈는 『시시포스의 신화』의 부록으로 발표한 〈프란츠 카프카의 작품에서 희망과 부조리〉라는 글에서 니체를 다음과 같이 묘사한다.

니체는 부조리 미학의 궁극적인 결과를 끌어낸 유일한 예술가처럼 보인다. 왜냐하면 그의 최종적인 가르침은 정복적인 불모의 명석함과 초자연적인 위안에 대한 집요한 부정 속에 존재하기 때문이다.[5]

부조리의 양극인 나와 세계의 불확실성에 대한 니체의 확신을 카뮈도 공유한다. 카뮈는 세상을 설명할 수 없다고 말하며 이성의 한계를 지적할 뿐만 아니라 "나는 나 자신에 대한 이방인"[6]이라고 말하면서 자아의 불확실성을 강조하기도 한다. 또는 그는 니체를 인용하며 예술의 창조성을 강조한다.[7]

그러나 니체에 대한 카뮈의 다양한 긍정적인 언급에도 불구하고 니체와 카뮈의 사상에 놓인 근본적인 차이를 간과해서는 안 된다. 카뮈는 이성의 한계와 세상의 불확실성을 여러 차례 언급함에도 불구하고 자아와 세계의 대립이라는 이분법적 구도를 포기하지 않는다. 즉 자아가 세계를 대상화하여 객관적으로 파악하려는 시도가 불가능해짐으로써 자아와 세계 사이의 경계가 불분명해졌음에도 불구하고 카뮈는 이러한 경계를 허물어뜨리려고 하기보다는 오히려 이러한 경계를 확고히 하는 가운데 이러한 경계 지점에서 벌어지는 투쟁과 부조리에 초점을 맞춘다. 니체가 통일적인 자아의 허구성을 폭로하고 인간에서 '초인^{Übermensch}'으로 넘어갈 것을 가르칠

---

5 카뮈: 같은 책, 182쪽.
6 카뮈: 같은 책, 30쪽.
7 카뮈: 같은 책, 125쪽 참조.

때, 자아와 세계 사이의 경계는 더 이상 확고하게 존재하지 않는다. 세계의 법칙으로서의 '권력에 대한 의지'와 '초인'이 동전의 양면 같은 것이라고 한다면, 자아와 세계 사이의 경계 붕괴와 양자의 상호 침투는 더욱 분명해진다. 이에 반해 카뮈는 "내가 나의 존재에 대해 가지고 있는 확실성과 이 확실성에 내가 부여하고자 하는 내용 사이의 구렁은 결코 메울 수 없을 것이다"[8]라고 말하면서 낯설어진 '자아의 존재'를 '확인'한다. 이것은 세계에 대한 그의 관점에서도 드러난다. 경험적인 세계에 대한 그의 집착은 역사에 대한 강조로 이어진다. 그는 내세적인 영원을 부정하면서 현세의 역사에 대한 자신의 관심과 확신을 표명한다.

역사와 영원 사이에서 나는 확실성을 사랑하기 때문에 역사를 선택했다. 적어도 역사에 대해서 나는 확신을 가지고 있다. 나를 짓누르는 이 힘을 어떻게 부정할 수 있겠는가?[9]

이에 반해 니체가 '영원 회귀Ewige Wiederkunft' 사상에서 순간과 영원을 동일한 것으로 간주하며 역사를 넘어서는 '초시간Überzeit'을 내세운다는 사실은 니체와 카뮈의 차이를 분명히 해 준다. 카뮈는 일상적인 생활과 습관의 반복에서 벗어나 그것의 무의미성을 의식하는 순간 부조리가 시작된다고 말한다. 삶의 무의미성에 대해 무릎 꿇지 않고 반항하며 열정적으로 대결하는 가운데 자유를 누리는 순간은 바로 현재다. 카뮈는 내세적인 미래에 대한 희망이나 수집적인 과거의 회상에 모두 거리를 두며 현재에 대한 열망을 표시한다. 그러나 이러한 현존의 순간은 니체에게서처럼 초시간으로

---

8 카뮈: 같은 책, 30쪽.
9 카뮈: 같은 책, 115쪽.

넘어가지 않으며 시간 속에 있게 되고 그리하여 역사적 시간이 된다.

카뮈의 이상인 부조리한 인간이 행하는 반복은 부조리를 끊임없이 의식하면서 현재에서 현재로 끝없이 이어지는, 자유로운 인간의 열정적인 반항의 순간으로서의 반복이다. 그것은 부조리한 신을 강렬하게 체험하는 종교적인 예외의 반복(키르케고르)이나 '권력에 대한 의지'가 끊임없이 생성적인 반복을 낳는 영원 회귀의 반복(니체)과 구분된다. 키르케고르가 내세우는 반복의 영웅이 욥이고 니체가 내세우는 반복의 영웅이 자라투스트라라면, 카뮈에게서 반복의 영웅은 바로 시시포스다. 다음 장에서는 시시포스의 비유를 통해 카뮈의 부조리한 인간의 반복이 갖는 의미를 좀 더 자세히 살펴보기로 하겠다.

부조리한 반복의 영웅 시시포스

『시시포스의 신화』에서 시시포스라는 반복의 영웅이 등장하기 전에 먼저 작은 반복의 영웅으로서 등장하는 인물이 하나 있다. 그 인물은 다름 아닌 색마로 잘 알려진 돈 후안이다. 돈 후안은 신화적인 인물만큼이나 문학 작품에서 많이 다루어져 왔는데, 그 모습은 그를 소재로 다룬 작가들의 상이한 성향만큼이나 다양하게 나타난다.

카뮈가 자신의 돈 후안 상을 만들어 내기 위해 대결하는 대상은 돈 후안을 종교적인 관점에서 비판하는 해석이다. 그는 돈 후안을 여자들을 유혹하고 자신의 정욕을 만족시키는 호색한으로 비판하는 종교적, 윤리적 해석과 거리를 두며, 돈 후안의 진정한 본질을 다른 곳에서 찾는다. 그것은 바로 돈 후안이 자신의 사랑이 완전하지 못한 것을 인식하고 있고 완전한 사랑에 대한 희망이나 환상을 가지고 있지 않으면서도 좌절하지 않고 매번 똑같은 열정으로 반복해서 사랑을 한다는 점이다. 이러한 행위는 보기에 따라서는 도덕적인 의식 없이 순간의 쾌락을 좇는 것처럼 여겨질 수도 있지만, 사실은 완전한 사랑을 할 수 없다는 사랑의 부조리에 대한 인식하에서 매번 그러한 좌절을 극복하는 반항적이고 열정적인 사랑을 하는 현존을 의미한다. '모든 것이 허용되고' 더 이상 '깊이가 존재하지' 않는 세상에서, 즉 더 이상 절대적 도덕과 진리가 사라진 세상에서 돈 후안이 실천하려는 것은 "양의 윤리학"[10]이다. 카뮈에 따르면 인간에게는 같은 세월을 살면 같은 경험의 양을 갖게 된다. 이러한 경험의 양을 실제로 살아가는 것은 우리에게 달려 있는 것이지 결코 상황에 달려 있는 것이 아니다. 즉 인간이 자신의 부조리를 인식하고 그것을 경험할 때(살아갈 때) 그는 최대한으로 많이 살아가는 것이다. 돈 후안은 바로 이러한 부조리한 삶을 매 순간 살아가며 경험의 양을 늘리는 양의 윤리학을 실천하고 있는 것으로 묘사된다.

인생의 무의미에 좌절하여 자살하지 않고 오히려 자기를 극복하는 "정복자"[11]로서의 인간은 신과 동등하다고 느끼며 자신의 위대함을 확인한다. 이렇게 신에 맞서며 부조리의 삶을 살아가는 전형적인 인물이 바로 신화에 등장하는 시시포스다. 시시포스는 신들에 의해 끊임없이 아래로 다시 떨어지는 바위를 산꼭대기까지 굴려 올리는 형벌을 받는다. 이러한 형벌이 카뮈의 부조리 개념과 관련해 갖는 의미를 이해하기 위해 우선 시시포스가 이러한 형벌을 받게 된 배경을 살펴볼 필요가 있다. 그가 형벌을 받게 된 이유에 대해서는 다양한 설명이 있다. 첫째로 시시포스가 제우스가 납치한 딸의 행방을 묻는 어느 아버지에게 코린토스의 성에 물을 대어 준

---

10 카뮈: 같은 책, 98쪽.
11 카뮈: 같은 책, 118쪽.

다는 조건으로 그 행방을 가르쳐 줘서 제우스의 노여움을 사서 형벌을 받았다는 설이 있다. 또 다른 설은 다음과 같다. 시시포스가 죽어 가면서 아내의 사랑을 시험하기 위해 자기 시체를 파묻지 말고 광장 한복판에 던지라고 했는데, 아내가 정말 그렇게 하자 그녀에게 복수하기 위해 잠시 지상으로 되돌아온다. 그러나 그는 자신의 목적을 이루고 나서 지하 세계로 다시 내려가야 하지만, 속세의 삶에 빠져 신의 경고에도 불구하고 세상에서 여러 해를 보낸다. 결국 신들은 강제로 그를 지옥으로 끌고 가 버린다.

시시포스가 지옥에서 형벌을 받게 된 원인을 설명하는 위의 두 가지 설은 내용적으로는 상이하지만, 둘 다 신에게 도전한 시시포스에 대한 처벌이라는 공통점을 가지고 있다. 자신의 욕망을 억누르고 신에게 복종하며 내세에서 구원을 기대하고 희망을 갖는 삶에 맞서 카뮈는 시시포스처럼 현존하는 삶 속에서 행복을 찾을 것을 요구한다. 이러한 행복은 빠져나올 수 없는 운명에 맞서 그것을 멸시함으로써 생겨난다. 카뮈는 시시포스를 "신들의 프롤레타리아"[12]로 부른다. 현대 사회의 노동자들은 매일 똑같은 일에 종사하며 의미 없는 삶을 살고 있는데, 그들이 이러한 운명을 의식할 때만 부조리의 감정이 생겨난다. 신들의 프롤레타리아인 시시포스는 벗어날 수 없는 자신의 운명을 의식하고 있는 부조리한 인간이다. 그러나 바로 그러한 인식의 순간 그는 고통과 동시에 그것에 도전하고 그것을 매번 의식 속에서 이겨 내면서 자신의 승리를 완성한다. 카뮈는 "행복과 부조리는 같은 땅의 두 아들"[13]이라고 말한다. 부조리를 인식하며 포기하지 않고 끊임없이 노력함으로써 세상에 들어온 신을 세상에서 다시 몰아내는 시시포스적인 인간은 운명을 신에 의해 결정된 것이 아닌 자신의 것으로 만든다.

---

12 카뮈: 같은 책, 161쪽.
13 카뮈: 같은 책, 162쪽.

그 때문에 산꼭대기로 바위를 밀어 올리며 헛된 노력을 끊임없이 수행하는 시시포스의 반복은 매 순간 행복한 반복이다.

시시포스적인 부조리한 인간에게 중요한 것은 문제적인 상황의 해결이 아니다. 비합리적인, 즉 파악할 수 없는 운명적인 세계의 법칙을 들여다보는 것은 더 이상 가능하지 않다. 그러나 문제는 이러한 세계의 객관적인 법칙을 이해하는 것이 아니다. 중요한 것은 자신과 세계 사이의 메울 수 없는 간극을 인식하며 그것을 주관적인 내면적 의식 속에서 극복하는 행위다. 그것은 그러한 간극을 메워 줄 미래에 대한 희망이 아니라 비합리와 운명의 힘을 매 순간 자신의 의지와 힘으로 극복하는 현재의 충만함을 의미한다. 『시시포스의 신화』의 서두에서 카뮈는 철학의 근본적인 질문이 "세계가 삼차원을 가지고 있는가"와 같은 인식의 문제가 아니라 "인생이 살 만한 가치가 있는가 없는가"[14]라는 실존적인 문제임을 강조한다. 의미의 부재와 세상에 대한 통찰 불가능성에 좌절하여 삶을 포기하는 대신 그러한 부조리를 의식적으로 받아들이고 그럼에도 운명에 맞서 투쟁함으로써 자신의 운명을 만들어 가는 것이 부조리의 철학이 제시하는 철학적 해답이다. 이러한 투쟁에서 반복은 끊임없는 자기 극복의 순간이자 자신의 힘을 느끼고 자신의 운명을 만들어 가는 행복의 순간을 의미한다.

---

14 카뮈: 같은 책, 9쪽.

| 2 |

그라스

『광야』

인도 체류 중에 그라스^{Günter Grass}는 쉐트리히^{Hans Joachim Schädlich}의 소설 『탈호퍼 Tallhover』를, 그의 아내 우테 그라스는 폰타네^{Theodor Fontane}의 작품을 읽는다. 그라스가 질투할 정도로 폰타네 독서에 열중한 그의 아내의 영향으로 그라스는 이후 집중적으로 폰타네 연구에 몰두한다. 그 결과 1995년 폰타네의 『에피 브리스트^{Effi Briest}』에서 에피의 아버지가 한 말을 제목으로 한 『광야^{Ein weites Feld}』[15]가 출간된다. 이러한 생성사적 배경을 살펴보면 이 작품은 폰타네에 대한 그라스의 오마주[16]라고 할 수 있을 것이다.

---

[15] 원래 브리스트 씨가 말한 'Ein weites Feld'는 한마디로 대답하기 힘들다라는 '난제'의 의미로 사용되었지만, 이 작품의 마지막 부분에 등장하는 폰티의 엽서에서는 비유적인 함의를 담고 있는 넓은 들판의 의미로 쓰였으므로 '광야'로 번역했다.

[16] 그러나 여기서 오마주는 그라스가 폰타네를 맹목적으로 숭배하고 따른다는 의미가 아니라, 그에 대한 열광을 생산적인 창조로 발전시킨 것을 의미한다. Walter Hinck: Günter Grass' Hommage an Fontane. Zum Roman "Ein weites Feld". In: Sinn und Form. Beiträge zur Literatur. Hrsg. v. der Akademie der Künste. Heft 6 (2000), S. 787 참조.

『광야』는 그라스가 이전부터 가지고 있던 미학 원칙에서 벗어나지 않는
다. 그라스가 단치히 3부작의 공통적인 특징 중 하나로 언급한 환상을 통
한 현실 이해의 확장은 이 작품에서도 나타난다.[17] 그는 역사를 직선적으
로 흘러가는 것으로 이해할 경우, 현재가 과거와 분리됨으로써 과거를 망
각하게 될 것을 우려한다. 이로부터 그가 『두뇌의 산물 혹은 독일인의 멸
종Kopfgeburten oder Die Deutschen sterben aus』에서 언급한 제4시제, 즉 '과현미過現未,
Vergegenkunft' [18]의 개념이 생겨난다. 이 시간 개념에서 현재는 더 이상 과거와
단절되지 않고 과거와 미래를 연결하는 기능을 함으로써 과거를 망각하지
못하도록 막아 준다. 동시에 여기서는 실제로 일어난 것뿐만 아니라 허구
로서의 가능성이 실현되며, 이를 통해 실제로 일어난 과거와 비판적으로
대결하고 미래에 대한 발전적 지향을 가능하게 함으로써 현실에 대한 이
해의 폭을 넓혀 준다. 그라스는 『광야』에서 허구적 인물인 부트케로 하여
금 역사적 인물인 폰타네의 삶을 반복하여 살도록 하는데, 이때 허구적 현
재와 역사적 과거의 매개 역할을 하기 위해 폰티로서 역할을 수행하는 것
이 필요하게 된다.[19] 폰티는 폰타네의 시대인 과거와 부트케의 시대인 현

---

17 그라스는 단치히 3부작의 공통점으로 첫째 죄에 대한 의식의 글쓰기, 둘째 시간과 장소, 셋째 환상을 통
한 현실 이해의 확장을 들었다. Heinz Ludwig Arnold (Hrsg.): Gespräche mit Günter Grass. München
1978, S. 10~11 참조.

18 Günter Grass: Kopfgeburten oder die Deutschen sterben aus. Frankfurt a.M. 1982, S. 102: "그
모든 것이 옳다. 우리는 '과거 다음에 현재가 오고, 현재 다음에 미래가 온다'고 배웠다. 그러나 내게는 이
보다는 제4의 시제, 즉 '과현미'가 더 친숙하다, Das ist alles richtig. Wir haben das so in der Schule
gelernt: nach der Vergangenheit kommt die Gegenwart, der die Zukunft folgt. Mir aber ist eine
vierte Zeit, die Vergegenkunft geläufig."

19 Edgar Platen: Kein "Danach" und kein "Anderswo": Literatur mit Auschwitz. Bemerkungen zur
ethischen Dimension literarischen Erinnerns und Darstellens (am Beispiel von Günter Grass' "Ein
weites Feld"). In: ders.(Hrsg.): Erinnerte und erfundene Erfahrung. Zur Darstellung von
Zeitgeschichte in deutschsprachiger Gegenwartsliteratur. München 2000, S. 138: "따라서 폰티는 폰
타네와 부트케를 연결한다. 그는 이들 중 어느 한 사람이 아니라, 이들의 결합으로서의 '제3자' 다. 폰타네
가 폰티 안에서 '계속 살고 있고' 그렇게 현존한다면, 부트케는 자신을 폰티로 상상하면서 폰타네와 직접
관련을 맺고 그를 그렇게 다시 살아나게 한다. Fonty verbindet also Fontane und Wuttke. Er ist nicht
der eine oder der andere, sondern als ihre Verbindung ein 'Drittes'. Fontane wird in ihm 'fort-
gelebt' und bleibt so präsent, während Wuttke sich als Fonty imaginierend in direkte Beziehung
zu Fontane setzt und ihn so belebt."

재를 동시에 살아감으로써 과거의 역사를 회상하고 이를 통해 현재에 대한 비판적 인식을 가능하게 한다. 따라서 폰티는 결코 폰타네의 복제물이 아니라 허구적인 공간을 이용해 폰타네를 넘어서서 현재를 반성할 수 있는 미학적 기능을 지닌 인물이 된다.

기존의 연구는 그라스의 『광야』와 폰타네의 연관성을 지적하면서도 이에 대한 심층적인 연구를 수행하지는 못했다.[20] 따라서 여기서는 폰타네의 전기와 소설의 인용과 폰티를 통한 폰타네 삶의 허구적 반복이 어떤 기능을 갖는지, 또한 폰타네의 서술 미학이 이 작품에서 어떻게 사용되며 기능 변화를 겪는지 살펴볼 것이다. 이를 통해 『광야』가 폰타네 소설의 어설픈 모방이 아니라 창조적 변형임을 보여 줄 것이다.

역사의 반복

폰타네의 삶과 문학에 정통하고 그의 삶을 모방하기 때문에 폰티라고 불리는 테오 부트케의 독일 통일에 대한 생각은 그의 친구인 법학 교수 프로인트리히의 말에서 잘 드러난다.

제2제국 초의 창업 시대가 다시 반복되고 있다는 당신의 테제는 전형적인

---

20 두 작가의 비교는 주로 통일에 대한 견해와 문학적 형식과 연관되어 있다. 이에 대한 국내 연구로는 허영재: 독일 문학에 나타난 통일과 재통일. 테오도르 폰타네와 귄터 그라스를 중심으로 실린 곳: 독일언어문학 제10집 (1998), 335~365쪽을 들 수 있다. 그러나 이 경우 폰타네의 문학적 기법과 이와 연관된 세계관 내지 역사관이 어떻게 그라스에 의해 변형되는지는 구체적으로 연구되지 않고 있다. 그 밖에 『광야』에서 제목으로 인용된 브리스트 씨의 말 'ein weites Feld'를 중심으로, 주체와 객체를 분리하여 세계를 객관적으로 해석하려는 리얼리즘개념에 폰타네가 어떻게 거리를 두고 있으며 그라스가 이러한 생각을 어떻게 수용하는지에 대한 비교 연구도 있다. Rolf Geißler: Ein Ende des "weiten Feldes"? In: Weimarer Beiträge. H.1 (1999), S. 65~81 참조.

부트케식 평가입니다. 그러한 평가에 따르면 모든 점을 다 고려해 볼 때 트라이벨 가문과 그 밖의 신흥 부자들은 파산할 때조차 이윤을 얻게 됩니다.[21]

폰타네가 자신의 사회 비판적인 소설에서 세 차례의 전쟁에 의한 통일과 그 이후 벌어진 투기와 주식 시장 붕괴를 비판적으로 형상화한 것처럼, 그의 분신인 폰티 역시 1990년 통일을 제2제국의 통일에 비유하며 신랄하게 비판한다. 대부분의 국민들이 장벽 붕괴와 독일 통일의 순간에 도취되어 있던 반면, 폰티는 냉철함을 잃지 않고 이러한 통일이 가져올 경제적, 사회적 문제를 지적하고 또 경고한다.

통일을 반대하고 격렬히 비판한다는 점에서 폰티는 『광야』의 작가 그라스를 대변한다고 볼 수 있다. 그라스는 흔히 독일 민족 개념과 통일 독일에 반대한다는 점에서 같은 세대의 작가인 발저Martin Walser와 많이 비교되지만, 이들 사이에도 공통점은 있다. 예를 들면 서독의 천박하고 비인간적인 자본주의와 동독의 억압적인 정치 체제와 비효율적인 경제 체제를 모두 비판하고 어느 한 체제를 일방적으로 지지하지 않는다는 점에서 두 작가는 공통된 생각을 드러낸다. 그러나 이로부터 끌어내는 결론에서는 큰 차이가 난다. 이 작품에서 폰티를 통해 언급되고 있듯이, 그라스가 '우리는 국민이다Wir sind das Volk'에서 '우리는 한 민족이다Wir sind ein Volk'로 구호가 바뀐 것을 통일에 의한 민주주의 억압으로 본 반면, 발저는 같은 현상을 1848년처럼 1990년에도 민주주의에 대한 열망과 통일에 대한 열망이 긍정적으로 동시에 표출된 것으로 간주한다. 이러한 관점의 차이는 역사와 민족

---

21 Günter Grass: Ein weites Feld. München 1999³, S. 346 [이하 (wF, 쪽수)로 표기]: "Ihre These von der Wiederkehr der Gründerjahre ist eine typische Wuttkesche Rechnung, bei der unterm Strich die Treibels und weitere Neureiche selbst dann Gewinn einstreichen, wenn sie in Konkurs gehen."

에 대한 두 작가의 이해의 차이에서 비롯된 것으로 볼 수 있다. 이 작품에서 폰티는 독일에서 역사적으로 통일이 항상 민주주의에 대한 억압을 가져왔고 독일 민족이라는 개념 역시 허구라고 지적하며, 독일 통일보다는 이성적으로 규정된 헌법이 더 중요하다고 주장한다. 이러한 폰티의 주장은 여러 에세이나 정치적인 글에서 그라스가 밝힌 '국가 연합^{Konföderation}'의 이념에 상응한다.

독일 역사의 순환적 반복은 이 소설에서 여러 모티브를 통해 나타난다. 그중 대표적인 것이 폰티가 일하는 건물 내에 설치된 '자동 순환식 엘리베이터^{Paternoster}'이다. 앞문이 열린 채 도르레처럼 순환하여 움직이는 이 엘리베이터는 제3제국부터 동독 시절을 거쳐 통일 후 동독 국유 재산 신탁 관리청이 그 건물에 들어설 때까지 그 엘리베이터를 사용한 역사적 인물의 상승과 하강의 과정을 반복해서 보여 주었다. 그래서 이 엘리베이터는 "영원 회귀의 상징"[22] 내지 "시시포스"[23]의 작업으로 비유된다. 이러한 순환식 엘리베이터는 신탁 관리청으로 대변되는 새로운 통일 독일 역시 결국은 비극적 하강을 맞이할 수밖에 없음을 암시하며, 이로써 지금 통일 독일이 그려 내고 있는 청사진은 허구라는 것이 밝혀진다. 처음에 신탁 관리청 건물이 들어섰을 때 이 순환식 엘리베이터를 없애자는 제안이 나왔는데, 이것은 서쪽의 진보에 대한 믿음을 보여 준다. 폰티가 적극적으로 이 엘리베이터 보존 지지 운동을 펼쳐 우선은 없어지지 않지만, 나중에 신탁 관리청 화재 사건으로 인해 결국 사라지고 만다. 이 순환식 엘리베이터의 소멸이 무비판적인 진보에 대한 환상을 의미하지는 않지만, 다른 한편 끊임없이 반복되는 역사의 회귀에 맞서 설령 '게걸음'이라 하더라도 역사의 발

---

22 (wF, 526): "Symbol der ewigen Wiederkehr"
23 (wF, 526): "Sisyphos"

전에 대한 희망을 보여 주는 것으로 해석할 수 있을 것이다. 상승과 하강만을 기계적으로 반복하는 순환식 엘리베이터가 숙명적인 역사의 흐름에서 이탈할 수 있는 제3의 가능성을 열어 두지 않는 반면,[24] 그라스는 이 소설에서 이 엘리베이터의 소멸을 통해 유토피아에 대한 희망을 보여 준다. 이때 그가 취하는 자세는 운명처럼 반복되는 역사의 순환 고리를 끊어 내되, 단선적인 역사의 진보에 거리를 취하는 비판적 자세다.

그라스가 폰티라는 인물을 중심으로 폰타네의 제2제국 비판을 현재의 상황에 그대로 적용하며 반복하는지에 대해서는 이중적인 거리를 두고 살펴볼 필요가 있다.

첫째로 그라스가 제2제국에 대한 폰타네의 평가를 통일 독일에 대한 자신의 평가[25]와 동일시하고 있는 것으로 해석하는 것이 과연 합당한가 하는 질문을 제기할 수 있다. 물론 폰타네는 『간통한 여자^{L'Adultera}』에서 비스마르크를 '행운의 기사^{Glücksritter}' 로 비꼬고, 전쟁에 국운을 건 비스마르크의 성공 및 주식 투자가인 상업 고문관 판 데어 슈트라텐의 자본주의적 사고

---

24 Gerd Labroisse: Zur Sprach-Bildlichkeit in Günter Grass' *Ein weites Feld*. In: ders. u. Dick van Stekelenburg (Hrsg.): Das Sprach-Bild als textuelle Interaktion. Amsterdam u. Atlanta 1999, S. 363: "자동 순환식 엘리베이터는 여러 차례 소설에 등장하고 있지만, 아주 단순한 메타포다. 기계적이고 정기적인 상승과 하강의 메타포, 위와 아래라는 두 '전환점' 은 한 운동 방향에서 다른 운동 방향으로 기계적으로 전환하는 장소일 뿐, 결코 그것에서 벗어나는 제3의 가능성이 아니다. Trotz seines mehrfachen Auftauchens im Roman ist er (der Paternoster, v. Verf.) eine sehr einfache Metapher: die für eine mechanische-regelmäßige Bewegung von Auf und Ab, die beiden 'Wendepunkte' oben und unten sind lediglich Orte einer mechanischen Änderung der einen Bewegungsrichtung in die andere, niemals die Möglichkeit für Drittes, Abweichendes."

25 그라스는 『광야』를 저술했을 때까지 아우슈비츠의 부활에 대한 우려를 표명하며 독일 통일을 근본적으로 반대했으며, 이에 대한 대안으로 국가 연합으로서의 연방제를 제안했다. 그러나 그는 2001년의 한 인터뷰에서 자신이 통일에 대해 근본적으로 반대한 적은 없으며, 단지 그것이 수행되는 방식, 즉 서독의 동독 흡수 통일에 반대했을 뿐이라고 말한다. Günter Grass: So bin ich weiterhin verletzbar. In: Zeitliteratur (Literaturbeilage der Zeitung Die Zeit) 4.10. 2001, S. 65: "나는 한 번도 독일 통일에 반대한 적이 없다. 한 번도 그런 말을 한 적이 없다. 내가 반대한 것은 통일이 집행되는 방식이다. 그리고 이에 대한 비판적 생각은 지금도 변함없다. Ich bin nie gegen die Wiedervereinigung gewesen, mit keinem Wort. Ich bin gegen die Form gewesen, in der sie vollstreckt worden ist, und diese Kritik bleibt" 그러나 통일에 대한 자신의 근본적인 생각이 바뀌지 않았다는 그의 주장에도 불구하고 필자가 보기에는 통일 이후의 시대적인 흐름과 함께 그가 통일에 대한 반대에서 통일에 대한 조건부 찬성으로 생각을 전환한 것으로 보인다.

를 풍자적으로 묘사했다. 그러나 다른 한편 그라스의 소설에 등장하는 폰티가 비스마르크와 콜 수상을 모두 사기꾼이라고 부르며 통일에 대한 비판적 견해를 드러낸 것과 달리, 통일과 비스마르크에 대한 폰타네의 견해는 양면적이라고 할 수 있다. 실제로 그는 비스마르크의 지도력을 높이 평가했고 그의 사후에 추도시를 쓰기도 했다. 자유를 추구하면서도 현실적인 질서의 의미를 강조했던 폰타네는 비스마르크로 대변되는 군국주의적 사회를 비판하면서도 그의 공적에 대해 일방적인 비판을 하지만은 않았던 것이다. 따라서 그라스는 이 작품에서 제2제국의 통일에 비판적이었던 폰타네의 상만을 자신의 목적에 맞게 수용한 것으로 보인다. 민족 개념과 이방인에 대한 생각에서도 폰타네와 그라스 사이에는 차이가 존재한다. 물론 폰타네가 한편으로 『슈테힐린 호수^{Der Stechlin}』에서 런던과 같은 국제적인 도시의 영향으로 프로이센적 지역주의를 극복하기를 바라거나 『에피 브리스트』의 중국인에 대한 서술에서처럼 이방인에 대한 배척을 비판했음에도 불구하고, 다른 한편으로 마르크브란덴부르크 여행기나 베를린을 무대로 한 사회 소설에서처럼 고향과 민족적인 것에 대한 애정이 있었고 그러한 개념 자체를 부정하지 않았으며, 이방인에 대한 이해에도 불구하고 유대인에 대해 이해와 동시에 편견을 품기도 했다. 그라스는 이 소설에서 민족이나 비스마르크에 대한 폰타네의 양가적 이해를 직접적으로 언급하지 않고 있으며, 단지 유대인에 대한 폰타네의 편견만을 지적하고 그것에 대한 극복의 필요성을 언급한다. 폰티는 유대인이 보다 훌륭한 프로이센인이었고 또한 현재에 베를린에 많이 거주하고 있는 터키 인이 새로운 위그노들로서 새로운 질서와 체제의 변화를 가져오리라고 기대한다. 이것은 좁은 민족 개념의 틀을 부수고 민족의 허구성을 폭로하며 범유럽적인 자유로운 공동체를 기대하는 작가의 이상을 반영한 것으로 볼 수 있다. 이러한 측면에서 그라스는 통일과 민족에 대한 폰타네의 견해를 단순히 반복하고 있다기보다는 자신의 의도에 맞춰 해석하거나 부분적으로는 비판적으로 수용하고 있음을 알 수 있다.

둘째로 제2제국의 통일을 1990년의 독일 통일과 일대일 대응시키는 것이 과연 얼마나 합당할지에 대한 비판적 물음을 제기할 필요가 있다. 통일이 항상 민주주의를 억압하고 민족주의가 자유를 억압한다는 생각은 민족주의의 역사적 발전을 고려하지 못한 지나친 단선적인 해석이라고 할 수 있다. 여러 역사학자들이 지적한 것처럼 민족주의는 1848년 독일의 경우처럼 자유주의와 결합하기도 했고, 20세기에도 여전히 제3세계의 저항에서 드러나듯이 해방과 자유 이념의 결합으로 나타나기도 했다.[26] 따라서 민족주의를 보수주의 혹은 정치적 우파와 직결시키는 해석에는 문제가 있다. 또한 이 작품에서는 직접적으로 언급되지 않았지만, 통일 독일의 과거사에서 통일 독일의 미래에 대한 비관적 전망을 내놓은 것 역시 그라스의 의도와 반대로 한 민족의 성격을 미리 규정짓는 민족적 편견을 드러낸다. 통일 독일을 제2제국 통일의 역사적 반복으로 해석하는 그라스의 관점은 이런 점에서 현실에 대한 올바른 진단과 성급한 예견을 모두 내포한 양면성을 지니고 있다고 하겠다.

역사적 인물 폰타네의 반복으로서의 허구적 인물 폰티

고등학생으로서든, 푸른 공군 제복을 입고서든 젊은 시절 부트케는 이미 폰타네의 의미심장한 삶을 그의 사후에 매우 그럴듯하게 체득했다. 그래서 문화

---

26 민족주의와 좌파적인 투쟁의 연계에 대해서는 다음을 참조하시오. E. J. 홉스봄 (강명세 역): 1780년 이후의 민족과 민족주의. 창비 2005⁷, 191쪽.

연맹 시절 순회 강연을 시작한 이후 '폰티' 라는 호칭을 달고 다니게 된 노년의 부트케는 폰타네의 많은 글을 언제든지 인용할 수 있었다.[27]

1919년 12월 30일 노이루핀에서 태어난 테오 부트케는 100년 전 같은 날짜에 같은 장소에서 태어난 폰타네의 삶을 적극적으로 모방하며 살아간다. 폰타네에 대한 그의 지식은 폰타네 문서 보관소 직원의 지식보다 더 생생하고 더 풍부하다. 나이가 들면서 그는 점점 폰타네의 외모를 닮아 갈 뿐만 아니라 과거의 폰타네의 삶 자체를 체현하는 듯한 모습을 보여 준다.

그렇다면 그가 폰타네에 열광하고 그의 삶을 적극적으로 모방하며 살게 된 이유는 무엇일까? 그것은 단순히 이들의 출생 장소나 날짜 등이 같은 개인적 환경 때문만은 아니다. 이에 대한 답변에 앞서 우선 그가 항상 폰티로 등장하거나 의식하는 것은 아니며, 경우에 따라 부트케로 행동하기도 한다는 점에 주목할 필요가 있다. 가령 그가 부처 건물에서 서류 심부름을 하거나 노동자 농민의 국가에 찬성하며 토지 개혁을 지지할 때는 부트케로 행동한다. 또 베를린 장벽이 세워져 서쪽 고모를 방문한 아들 셋이 모두 그곳에 머물러야 했을 때도 그는 부트케로 충격을 받는다. 하지만 그가 공식적인 당 노선을 상대화하며 거리를 둘 때는 '폰티'로 등장한다. 또한 그가 폰타네 문서 보관실을 찾아와 이야기를 나눌 때도 역시 '폰티'로 행동한다. 이것은 그가 동독 국민으로 현실적이고 실제적인 삶을 살아갈 때는 테오 부트케의 모습을 보여 주지만, 그것에 거리를 두고 자유로운 삶을 추구할 때는 폰타네 역할을 수행한다는 것을 의미한다. 다시 말해 그는

---

27 (wF, 9): "(……) übte sich schon der junge Wuttke—sei es als Gymnasiast, sei es in Luftwaffenblau—so glaubhaft ein bedeutendes Nachleben ein, daß der bejahrte Wutteke, dem die Anrede 'Fonty' seit Beginn seiner Vortragsreisen für den Kulturbund anhing, eine Fülle von Zitaten auf Abruf hatte."

자신과 출생적으로 연관되어 있으며 자신에게 현실에 대해 거리를 두는 것을 가능하게 만드는 폰티를 통해 억압적인 질서 속에서의 삶을 견뎌 내는 것이다. 부트케가 모범으로 삼으며 자신과 동일시하는 폰타네라는 역할은 그 자신의 현실적인 모습을 상쇄할 수 있는 기회를 제공한다. 그 때문에 폰티는 폰타네의 삶에 나타나는 여러 가지 약점을 은폐하고 감추려고 한다. 폰타네는 드레스덴의 살로모니스 약국에서 일하던 약사 시절, 자신의 손님이던 막달레나 슈트레레노와의 사이에서 아이를 갖는데, 이러한 사실을 약혼녀인 에밀리에 루아네트-쿠머에게는 감춘다. 폰티는 호프탈러가 주는 적포도주를 억지로 마시는 처벌을 감수하고서 폰타네에게 부담이 가는 연애편지, 지불 지시나 양육비를 암시하는 편지를 소파 밑에 감춘다. 또한 그는 폰타네가 만토이펠 내각 시절 간첩 활동을 했다는 호프탈러의 주장에 대해서도 그것이 과장되었다며 그 사실을 부인한다. 이처럼 폰티는 폰타네의 약점을 감추고 그의 긍정적인 면을 강조함으로써 어느 정도 그를 이상화한다. 물론 예외적으로 그가 유대인에 대한 폰타네의 양면적 태도를 언급할 때는 의식적으로 폰타네가 지닌 편견과 한계를 극복하려는 모습을 보이기도 한다. 하지만 전체적으로 볼 때 폰타네는 현실과 타협하여 살아가는 부트케에게 이상적인 모범으로 제시되며, 그 때문에 폰타네가 지닌 많은 약점과 단점을 의식적으로 은폐하게 되는 것이다.

흥미로운 현상은 폰티가 폰타네의 작품을 인용하고 그의 삶을 의식적으로 모방할 뿐만 아니라, 운명처럼 그의 삶이 폰타네의 삶을 닮아 간다는 것이다. 폰티는 2차 대전 중 전쟁 포로가 되고 프랑스에서 한 처녀를 알게 되어 그녀와의 사이에 딸을 남긴다.[28] 또한 그가 갑자기 기력을 잃고 쓰러

---

28 허구적인 인물 폰티와 유사하게 폰타네는 1870년 프랑스와의 전쟁에서 스파이로 오인되어 전쟁 포로가 된 적이 있으며, 또 사생아를 남기기도 했다.

졌을 때는 폰타네와 마찬가지로 어린 시절을 회상하며 글을 씀으로써 회복되기도 한다. 폰티 역시 폰타네와 마찬가지로 젊은 시절에 저지른 실수 때문에 계속 고통을 받고 감시를 당하기도 한다. 이처럼 폰티의 삶이 운명처럼 폰타네의 삶을 반복할 때, 이것은 인간의 삶의 숙명적 성격을 강조한 폰타네의 인생관을 그라스가 이 작품에 수용하여 형상화한 것처럼 보이기도 한다. 특히 그가 제2제국의 통일과 그 운명이 통일 독일의 운명으로 반복되는 것처럼 묘사할 때, 이러한 역사적 묘사는 운명적 성격을 띤다.

하지만 그라스는 폰타네와 달리 숙명주의적 세계관을 고수하지는 않는다. 이것은 폰타네와 폰티의 삶의 행적을 비교해 보면 명확히 드러난다. 역사적 인물인 폰타네는 슈트레레노와의 관계와 그들 사이에 자식이 있었다는 사실을 철저히 비밀로 숨겼으며, 단지 그의 절친한 친구인 레펠에게 양육비를 빌리는 편지에서만 그 사실을 암시했을 뿐이다. 그래서 그의 아내는 평생 이러한 사실을 모르고 살았다. 그러나 그라스의 소설에 등장하는 허구적 인물인 폰티의 삶은 이와는 다르게 전개된다. 폰티 자신은 폰타네와 같은 실수를 저지르고 그와 마찬가지로 똑같이 그러한 사실을 은폐하려고 시도하지만, 그의 의도와 달리 호프탈러의 주선으로 프랑스에 남겨진 그녀의 외손녀 마들렌²⁹이 그를 방문함으로써 그의 과거가 모두 폭로되고 만다. 그런데 이러한 과거의 폭로보다 더 중요한 것은 폰티가 이후 그러한 삶과 관련하여 어떤 결단을 내리는가 하는 것이다.

폰티는 2차 대전 중 프랑스 리옹에 머무는 동안 음식점 주인집 아들 장 필리프와 딸 마들렌을 알게 된다. 그는 그곳에서 그들과 함께 저항군을 위한 라디오 방송을 하는데, 나중에 이 사실이 밝혀져 장 필리프는 처형당한다. 전쟁이 끝난 후 마들렌이 저항군을 위해 활동한 사실은 아무도 믿지

---

29 그녀의 원래 이름은 나탈리지만 외할머니의 이름을 본떠 자신을 마들렌이라고 부른다.

않고 단지 그녀가 독일군과 관계를 가져 아이를 낳은 사실만이 밝혀져 결국 자신이 살던 곳을 떠나 스반으로 도망치게 된다. 그 후 지금까지 그녀는 그곳에서 은둔하여 살고 있다. 폰티는 항상 이러한 자신의 과오에 대한 죄책감에 시달리면서도 그것을 은폐하며 살아간다. 그는 이러한 점에서 폰타네와 비슷하다. 그러나 그는 작품 마지막 부분에 이르면 폰타네와 다른 삶의 행로를 걷게 된다.

통일 후 교수직에서 쫓겨난 프로인트리히가 반유대주의 경향의 확산을 우려하며 자살한 후, 폰티는 자신마저 실직 상태가 되자 독일을 떠나 런던으로 도피를 시도한다. 그러나 폰티의 도피 시도는 여느 때와 마찬가지로 그를 그림자처럼 쫓아다니며 감시하는 호프탈러 때문에 좌절된다. 그리고 다시 쓰러진 그를 간호하던 아내와 딸마저 병이 든다. 그러나 병든 모녀는 딸의 남편인 그룬트만의 갑작스러운 사고 소식을 접한 후 슈베린으로 간다. 그곳에서 이들은 곧 건강을 회복하고는 부유한 사업가로 변신해 살아간다. 반면 그리로 오라는 아내와 딸의 권유를 뿌리친 폰티는 자신을 간호하러 온 손녀 마들렌의 극진한 간호로 건강을 회복한 후 문화주점에서 강연을 한다. 이 강연에서 그는 준비해 온 원고에서 벗어나 열변을 토한다. 이때 그는 신탁 관리청이 1000번째 청산 작업을 한 기념으로 연 축제에 폰타네의 소설에 나오는 허구적 인물을 등장시키는 방식으로 허구적인 내용의 연설을 한다. 이 연설에서는 가령 신탁 관리청 총수로 제니 트라이벨이 등장한다. 그는 『나의 어린 시절Meine Kinderjahre』에서 『돌이킬 수 없음Unwiederbringlich』에 이르기까지 작품에 등장하는 방화와 화재 장면을 생생하게 묘사하는데, 이 순간 정말 신탁 관리청에 화재가 발생한다.[30] 사람들은 이

---

30 여기서처럼 허구적인 소설의 내용이 현실로 나타날 경우, 허구적인 것의 현실적, 역사적 힘이 강조됨을 알 수 있다. 즉 허구적인 소설은 현실과 무관한 것이 아니라, 현실의 억압을 타파하고 자유로 향한 길을 열어 줄 수 있는 힘을 내포하고 있는 것이다.

러한 화재 사건의 묘사로 강연이 끝났다고 생각하며 폰티의 말에 동조하고 정말 그러한 슈타지나 신탁 관리청 건물을 불태워야 한다고 소리치며 밖으로 나간다. 그러나 폰티의 연설은 사실 이러한 방화의 묘사로 끝난 것이 아니라, 신탁 관리청 총수인 트라이벨 여사가 불멸의 폰타네를 환영하며 춤의 개회를 선언하는 장면으로 이어져야 하는데, 폰티가 이와 같은 내용을 혼잣말한 것은 문서 보관소 사람들과 마들렌만이 듣게 된다. 여기서 폰티는 폰타네가 사회 비판적이면서도 동시에 현실의 질서 틀 내에서 벗어나지 못하며 통일 후의 새로운 질서에 갇혀 있는 것으로 묘사한다. 그것은 동시에 폰타네를 모범으로 삼는 자신의 상황에 대한 성찰을 의미하기도 한다. 신자유주의와 더불어 새로운 투기 세력이 통일 독일을 지배하는 상황에서 그로부터 자유롭지 못한 자신의 모습이 허구적인 내용의 폰타네에 관한 연설에서 잘 드러난다.

그러나 폰티는 폰타네와 달리 단순히 체념하고 현실 질서에 편입되려고 하기보다는 자신의 과거를 반성하고 새로운 정체성을 모색하기 위해 노력한다. 문화주점에서의 강연 후 그와 마들렌은 갑자기 사라진다. 그를 찾으려는 노력은 실패하지만, 작품 마지막에서 문서 보관소 사람들은 그가 보내온 편지를 한 통 받는다.

우리가 읽은 내용은 다음과 같았다. "행운이 좀 따라 주어서 우리는 지금 아주 인적이 드문 지역에 살고 있습니다. 문서 보관소에 인사를 전하라는 손녀딸의 지시를 기꺼이 따르며 이렇게 편지를 쓰고 있습니다. 우리는 종종 버섯을 채집하러 갑니다. 날씨가 좋을 때면 멀리까지 내다보는 것도 가능합니다. 덧붙여 말하자면 브리스트 씨는 착각하고 있습니다. 어쨌든 들판에도 끝이 있다는 것은 분명합니다."[31]

이 편지에서 폰티가 지금 있는 곳이 바로 자신의 옛 애인 마들렌이 살고 있는 스반이라는 사실을 알 수 있다. 이전에 그녀의 외손녀 마들렌이 그를 처음으로 방문했을 때 할머니가 계신 곳을 인적이 드문 고요한 마을이며 집 뒤에 언덕이 이어지고 그 언덕은 신록으로 푸르다고 묘사한 적이 있다. 그녀의 이러한 묘사는 위의 편지에서 폰티가 묘사한 것과 일치한다. 그렇다면 폰티가 맨 마지막에 자신의 자유를 찾아간 곳은 왜 하필 프랑스의 스반일까? 그가 작품 마지막에 머무른 곳은 그가 사는 베를린의 집도, 그의 아내와 딸이 사업가로 변신해 살고 있는 슈베린도 아니다. 오히려 그는 자신의 외손녀와 옛 애인이 사는 프랑스의 외딴 마을을 마음의 안식처로 선택한 것이다.

폰티가 이렇게 선택한 배경을 이해하려면 우선 그의 가족들에 대한 묘사를 살펴볼 필요가 있다. 폰티는 자신의 아내 에미에 대해 한편으로 애착을 지니면서도 다른 한편으로 그녀를 끔찍스럽게 생각하며 항상 그녀와 결별해야 한다고 생각한다. 에미는 폰티의 불안정한 생활 방식에 불만을 가졌고 그가 안정된 직장을 갖지 못한 것을 책망한다. 또한 그녀는 그의 문학 세계를 잘 이해하지 못한다. 이러한 이유에서 폰티는 폰타네와 마찬가지로 아내의 배려를 느끼면서도 불행한 결혼 생활을 영위한다. 역사적 인물인 폰타네는 이러한 불만에도 불구하고 결혼이라는 현실 질서에 순응하고 현실과 타협하며 살아간다. 그가 자신의 과거에 대한 행복을 표출할 수 있는 곳은 문학이라는 허구적 공간뿐이다. 그래서 그는 소설 『미혹과 혼란Irrungen, Wirrungen』에서 자신과 슈트레레노의 관계를 보토와 레네의 관계로

---

31 (wF, 781): "Wir lasen: 'Mit ein wenig Glück erleben wir uns in kolossal menschenleerer Gegend. La petite trägt mir auf, das Archiv zu grüßen, ein Wunsch, dem ich gerne nachkomme. Wir gehen oft in die Pilze. Bei stabilem Wetter ist Weitsicht möglich. Übrigens täuschte sich Briest; ich jedenfalls sehe das Feld ein Ende ab……' "

전이시켜 놓은 바 있다. 반면 그라스의 소설에 등장하는 허구적 인물인 폰티는 새로운 자본주의적 현실에 영합하며 투기 세력으로 전락한 아내 대신 자신에 대한 사랑을 여전히 간직하고 있는 과거의 애인을 찾아 떠난다. 역사 속 인물 폰타네가 체념하며 받아들였던 운명을 소설 속 인물 폰티는 거부하며 자유를 찾아 떠나는 것이다. 그는 자신의 전 애인과 그녀의 손녀 마들렌에게서 마음의 상처를 치유하고 보다 자유로운 세계를 발견할 수 있다.

폰타네는 자신의 소설에서 특히 여성 인물들의 신경 쇠약 증세를 억압적인 전근대 사회의 산물로 묘사했다. 그의 소설에 등장하는 여성 인물들뿐만 아니라 폰타네 자신이 이러한 신경 쇠약에 시달렸고 그의 딸 역시 같은 증세를 보였다. 그라스는 『광야』에서 폰티와 그의 딸 역시 신경 쇠약에 시달리는 것으로 묘사한다. 이때 폰티의 신경 쇠약 증세는 매번 정치적 위기가 있을 때마다 나타남으로써 개인적 질병을 넘어서 시대적인 상황에서 비롯된 질병이라는 의미를 얻는다. 가령 그는 1951년 형식주의 논쟁에서 공식적 견해에 적대적인 발언을 하여 초등학교 교사직을 잃었을 때나 노동자 봉기 후에 대응했을 때, 혹은 베를린 장벽으로 자식들이 서독에 남게 되었을 때나 동독이 몰락했을 때와 같이 억압적인 사회 질서나 정치적 조치 때문에 시달릴 경우 정신적인 충격을 입는다. 이로 인해 생긴 그의 신경 쇠약 증세는 음악에 대한 적대적인 태도로 발전한다. 마르타도 피아노에 관심이 있었지만 신경 쇠약 때문에 피아노 연주를 그만둔다. 그런데 폰티가 마들렌에 의해 브람스의 음악도 즐겨 듣고 음악에 대한 거부 증세를 극복하는 것이다. 폰티 자신이 놀랄 정도의 이러한 변화는 마들렌이라는 존재가 폰티의 신경증을 완화시키고 자유와 마음의 평정을 되찾는 데 큰 기여를 했다는 것을 보여 준다.

폰티는 자신의 딸 마르타를 폰타네의 『제니 트라이벨Jenny Treibel』에 등장하는 재기 넘치고 발랄한 코리나 슈미트와 비교한다. 폰티의 세 아들과 달리 그녀는 아버지의 이러한 폰타네 모방에 보조를 맞춰 주며 자신의 역할을 수행한다. 실제로 그녀는 폰타네의 딸 마르타와 마찬가지로 신경 쇠약에 시달리기도 하고 건축가와 결혼도 한다. 그러나 문서 보관소 직원인 서술자 나는 폰티가 딸을 코리나 슈미트와 비교하는 것이 타당하지 않다고 생각한다. 왜냐하면 그녀에게는 타고난 가벼움이나 임기응변의 재치가 결여되어 있기 때문이다. 따라서 그녀에게 부여된 것은 기껏해야 현실적인 차원에서 폰타네의 딸 마르타가 가지고 있는 몇 가지 특성일 뿐이다. 이에 반해 폰타네가 매우 긍정적으로 묘사한 멜루지네나 코리나 슈미트와 같은 소설 인물의 모습은 폰티의 손녀딸 마들렌에게서 잘 나타난다. 마들렌은 학문적인 진지함과 논리적인 판단 외에 풍부한 감성도 지닌 것으로 묘사된다. 이를 통해 폰티가 마지막으로 찾아가 자유와 마음의 평정을 누린 가정은 역사적인 현실에 나타나는 폰타네 가정의 복사판이 아니라 허구적으로 가공된 이상화된 가정임을 알 수 있다. 이를 통해 그라스는 폰티가 통일 독일 후 천박한 자본주의의 영향하에 속물화되는 부르주아 세계에서 벗어나 자신의 자유와 사회에 대한 비판적 거리를 유지할 수 있는 공간을 마련해 준다. 작품의 결말부에서 폰티가 폰타네의 자손이라는 사실이 밝혀진 후 스반 지방을 찾아간 것은 자신의 뿌리를 찾으려는 행위로 해석할 수 있을 것이다. 왜냐하면 그가 찾아간 옛 애인의 집 뒤 언덕 너머에는 위그노들의 무덤이 있기 때문이다. 더 나아가 폰티가 독일 민족의 정체성과 이를 바탕으로 한 민족 통일에 반대하며 민족적 경계를 넘어선 자유로운 사회를 갈망한다면, 그가 프랑스를 마지막 정착지로 결정한 것은 협소한 민족주의에 대한 간접적 비판으로 해석할 수도 있을 것이다.[32]

『에피 브리스트』에서 작가의 견해를 대변하는 것처럼 보이는 브리스트 씨의 "그것은 한마디로 대답할 수 없는 난제요 Das ist ein weites Feld"라는 말은 『광야」의 마지막 부분에 나오는 폰티의 편지에서 그 의미가 상대화된다. 폰티는 이 편지에서 "브리스트 씨는 착각하고 있습니다. 어쨌든 들판에도 끝이 있다는 것은 분명합니다"라고 말함으로써 브리스트, 아니 더 나아가 폰타네의 견해와 거리를 둔다. 한마디로 대답할 수 없는 난제라는 폰타네의 말은 한편으로 세상의 섭리는 인간이 파악할 수 없는 운명적 성격을 띠고 있다는 숙명주의를 보여 주기도 하고,[33] 다른 한편으로 그 때문에 현실적 차원에서 문제를 다양한 시각에서 담론적으로 접근해야 한다는 생각을 보여 주기도 한다.[34] 이러한 난제의 비유적 표현으로서의 광야에 제한을 가한다는 것은 운명론적 해석에 거리를 두고 다양한 해석의 가능성에도 불구하고 근본적으로 진리라는 의미 지평을 포기하지 않으려는 것으로 해석할 수 있다. 여기에서 비록 작가가 단선적인 역사의 발전을 믿지 않는다고 할지라도 마치 운명처럼 반복되는 독일의 역사적 순환을 막고 보다 나은 방향으로의 발전을 갈망하고 있다는 것을 확인할 수 있다. 이와 같이 그라스는 폰타네의 작품과 전기를 자신의 작품 토대로 삼으면서도 폰타네의 관점을 단순히 반복하기보다는 그를 뛰어넘어 역사적 방향을 제시한다.

---

32 유사한 맥락에서 자비네 모저는 작품 마지막의 폰티의 편지에 나오는 '들판 Feld'을 민족 통일을 이루려는 독일인의 시도와 연결시키며, 폰티가 그러한 들판의 끝을 언급할 때 이것은 유럽 통합의 확산에 의한 민족 국가의 종말을 암시하는 것으로 해석한다. Sabine Moser: Günter Grass. Romane und Erzählungen. Berlin 2000, S. 178. 호프탈러 역시 라틴 아메리카로 떠나가는 것으로 추정되는데, 비록 그의 첩보 활동이 계속될지라도 이것 역시 독일적인 상황이 유럽 내지 보다 포괄적인 상황 속에서 해체되는 것을 암시하는 것으로 해석할 수 있을 것이다. Per Ørgaard: Günter Grass. Wien 2005, S. 174~175 참조.
33 Blé Richard Lorou: Erinnerung entsteht auf neue Weise. Kiel 2003, S. 237 참조.
34 Hang-Kyun Jeong: Dialogische Offenheit. Eine Studie zum Erzählwerk Theodor Fontanes: Würzburg 2001, S. 83: "비록 폰타네의 소설에 등장하는 다중 시점이 우리가 통찰할 수 없는 신의 법칙을 전제하는 것에서 생겨난다는 사실을 시인하지 않을 수 없더라도, 폰타네의 추측 기법과 거기서 생겨나는 다중 시점성은 의사소통 이론의 관점에서 더 잘 이해할 수 있으리라 생각된다. Ich gehe davon aus, daß man Fontanes Mutmaßungstechnik und die dadurch entstehende Polyperspektivik aus der kommunikationstheoretischen Sicht besser verstehen kann, selbst wenn man zugeben muß, daß diese Polyperspektivik in Fontanes Roman aus der Unterstellung eines undurchschaubaren göttlichen Gesetzes entsteht."

문학적 형식의 반복

많은 비평가들이 『광야』에서 그라스가 폰타네 톤을 흉내 냈지만, 궁극적으로 실패하고 말았다고 혹평했다. 그러나 이러한 성급한 진단에 앞서 우선 과연 '폰타네 톤'이란 무엇인지, 그라스가 자신의 소설에서 이 톤을 단순히 모방하고 있는지 아니면 자신의 의도에 맞춰 변형하여 사용하고 있는지를 자세히 살펴볼 필요가 있다. 이 장에서는 이를 위해 폰타네의 소설에 사용되는 주요 기법인 생략, 잡담, 전조를 살펴보며 폰타네 톤의 그라스적인 사용과 그 의미를 밝히고자 한다.

생략

생략은 폰타네의 소설에 사용되는 가장 중요한 핵심적인 서술 기법 중 하나다. 폰타네는 어떤 사건이나 인물에 대해 필요한 정보를 제한함으로써 독자에게 인물과 관련된 비밀이나 어떤 사건의 원인과 전개에 대해 추측하도록 만든다. 이러한 생략 기법은 사건의 전개 과정을 건너뛰거나 아니면 갑자기 화제를 중단하거나 전환하는 방식으로 이루어진다.

그렇다면 폰타네가 이러한 생략 기법을 통해 의도하는 바는 무엇인가?

첫째로 생략 기법의 의미는 자연주의의 상세한 디테일 묘사와 비교하여 살펴볼 수 있다. 폰타네의 리얼리즘이 사회 비판적인 태도를 가지고 있는 것은 사실이지만, 그의 소설에서 하층민의 적나라한 삶이나 성적인 묘사 등은 나타나지 않는다. 『광야』에서도 언급되고 있듯이 폰타네의 소설은 졸라의 소설과 달리 사회적 궁핍을 포함한 모든 추한 것의 묘사를 피하고 있는데,[35] 이는 그가 자연 그대로 적나라하게 묘사하는 방식 대신 미학적인 필터를 통해 변용된 현실을 보여 주고자 했기 때문이다. 이러한 추한 것의 범주에는 직접적인 성적인 묘사 역시 포함된다. 그래서 그는 『미혹과 혼란』에서 보토와 레네가 보낸 밤을 전혀 언급하지 않았고, 『샤흐 폰 부테노^{Schach von Wuthenow}』에서도 샤흐와 빅투아르가 함께 보낸 밤을 문단 사이를 한 줄 건너뜀으로써 생긴 여백으로 대신했다.

둘째로 생략 기법은 암시의 기법과 연결하여 이해되어야만 한다. 폰타네의 소설에서 생략은 필요한 정보를 제한하는 것이지 완전히 정보 제공을 거부하는 것은 아니다. 그래서 이렇게 생략을 통해 생겨난 '빈자리'를 다시 암시의 기법을 통해 추측할 수 있도록 만든다. 다시 말해 독자는 소설에 등장하는 인물들과 함께 (의미의) 빈자리를 소설에 흩어져 있는 다양한 암시를 통해 메우려고 노력하게 되는데, 이러한 추측 과정은 인물들의 다양한 시점을 통해 담론적인 성격을 띠게 된다.[36] 가령 『샤흐 폰 부테노』에서 주인공 샤흐가 왜 죽었는지 그 원인이 명확히 밝혀지지 않고 그의 사후에 뵐로나 빅투아르와 같은 인물이 그의 자살 원인을 해석함으로써 독자는 그러한 추측의 과정에 함께 참여하도록 유도된다. 이로써 독자는 담론적인 과정을 통해 생략된 진실을 추측하게 되는데, 이것은 특히 폰타네의 소설이 지닌 또 다른 핵심적인 서술 기법인 인물들의 대화를 통해 강화된다.

그렇다면 그라스의 『광야』에서 이러한 생략 기법은 어떤 방식으로 나타나는가? 문서 보관소 직원인 서술자 '나'[37]는 관찰자로 사건을 서술하고 있기 때문에 사태를 정확히 파악할 수 없어 항상 추측하는 모습을 보여 준다. 사건에 직접적으로 참여하지 못하는 관찰자 신분의 '나'는 자신의 제

---

35 폰티가 독백을 하며 들떠 자신을 폰타네와 동일시하여 표현하는 장면에서 폰타네의 생략 기법이 언급된다. (wF, 400f.): "그 시기에 나는 졸라를 읽으면서 공포와 경탄의 감정 사이를 오갔다. 그러한 졸라와 달리 나는 이때 모든 추한 것, 모든 열정의 부산물, 심지어 사회적인 궁핍을 생략했고 심지어는 거의 지나칠 정도로 그것을 두려워하며 회피했다. Dabei habe ich, anders als Zola, der mir in jener Zeit Lektüre zwischen Grausen und Bewunderung gewesen ist, alles Häßliche, jeden Auswurf der Leidenschaft, sogar die soziale Misere ausgespart und fast zu ängstlich gemieden (……)"
36 Jeong: Dialogische Offenheit, S. 85 참조.

한된 시점으로 사건을 바라보거나 다른 사람의 정보에 의존하기 때문에 근본적으로 진실에서 늘 떨어져 있다. 독자 역시 이러한 불완전한 서술자의 시각을 통해 사건을 전해 듣기 때문에 항상 이러한 추측의 과정에 참여하지 않을 수 없다.

서술자 '나'는 폰타네 문서 보관소에 근무하지만 폰타네에 관해서 폰티보다 아는 바가 적으며, 그 때문에 그를 통해 새로운 사실을 알게 되기를 늘 희망한다. 그런데 서술자의 추측은 폰타네라는 역사적 인물과 관련된 과거의 사실에 국한되지 않는다. 그는 더 나아가 베를린을 떠나 영국으로 탈출하려는 폰티의 도피 원인이나 그러한 시도가 좌절된 이유를 다른 인물들의 해석을 제시하면서 함께 추측한다. 또한 작품 마지막에 벌어지는 신탁 관리청장 살인 사건이나 신탁 관리청 방화 사건의 범인 역시 소설에서 밝혀지지 않은 채 독자의 추측(내지 추리)을 유발한다. 그리고 작품 마지막에서 폰티가 베를린을 떠나 어디로 도피했는지 역시 다양한 인물들의 시각이 제공되는 가운데 추측거리로 남겨진다. 이러한 사건은 마지막 폰티의 도피처럼 비교적 쉽게 해답이 나오는 경우에서부터 신탁 관리청장 살인이나 신탁 관리청 방화처럼 추리가 미궁에 빠지는 경우까지 다양한 스펙트럼으로 제시된다.

이에 비해 폰타네와 폰티의 과거사에 대한 비밀은 비교적 명확하게 해

---

37 모저는 이 작품의 서술자를 문서 보관소의 직원들인 '우리'로 간주하며, 단지 가끔만 '내'가 이 집단으로서의 우리로부터 빠져나올 뿐이라고 말한다. 그는 이 작품의 대화적 성격으로 인해 화자가 '내'가 아닌 '우리'로 등장한다고 말한다. 물론 그가 말한 것처럼 서술자 내가 '내'가 아닌 우리로 글을 쓰는 것은 약한 자아를 숨기고 집단 뒤에 숨으려는 성향과 관련이 있다. 이것은 사회주의 감시 체제하에 권력의 지배를 받고 있는 동독인들의 시각을 표현하기 위한 것이다. Moser: Günter Grass, S. 166 u. Dieter Stolz: Nomen est omen. "Ein weites Feld" von Günter Grass. In: Zeitschrift für Germanistik. Neue Folgen II (1997), S. 324 참조. 그러나 이 작품의 서술자는 개인으로서의 나이며, 이러한 나는 문서 보관소라는 집단 (우리) 뒤에 숨는 개성을 상실한 동독인을 보여 주고 있는 것으로 해석하는 편이 더 적합할 것이다. 작품의 대화적 구조 역시 폰티와 호프탈러를 포함한 다양한 인물들의 대화와 편지 등에 의해 형성되는 것이며, 서술자가 집단으로 등장해야 하는 것과는 아무런 관련이 없다.

명된다. 먼저 드레스덴 시절 폰타네가 애인과의 사이에 사생아를 두었다는 사실은 그것과 관련된 문서를 숨겨 놓은 소파에 대한 언급으로 간간히 암시되다가 결국은 명확하게 밝혀진다. 흥미로운 것은 폰타네 스스로 자신의 과거를 아내에게 평생 비밀로 감추려 했으면서도 역설적으로 자신의 소설 『혼란과 미혹』이나 『슈테힐린 호수』 등에서 그것을 허구적인 인물을 통해 끊임없이 암시하고 있다는 사실이다. 그 때문에 독자는 허구적인 소설을 읽고 해석함으로써 작가와 관련된 전기적 사실을 짐작할 수 있게 된다. 폰타네는 추리 소설의 형식을 띠고 있는 『배나무 밑에서^{Unterm Birnbaum}』에서 "모든 진실은 밝혀지기 마련이다"[38]라고 썼는데, 어쩌면 자신이 밝히기 곤란한 실제 사실을 허구적인 암시를 통해서나마 밝히고 싶었는지도 모른다. 이와 동시에 폰타네는 이러한 암시를 통해 현실에 의해 억압된 자신의 꿈과 소망을 허구적인 공간에서 다시 표현함으로써 위안을 얻고 현실을 체념하며 받아들이려고 시도한 것으로 보인다.

『광야』에서도 허구적인 인물인 폰티의 과거가 처음에는 비밀로 암시되다가 점차적으로 밝혀진다. 폰티는 2차 대전 중 알게 된 프랑스 여자 마들렌과의 사이에 아이가 있었는데, 이제 과거 애인의 외손녀가 그를 찾아온 것이다. 폰티는 이러한 과거를 끊임없이 감추려고 노력하지만, 그를 그림자처럼 쫓아다니는 비밀 정보원 호프탈러에 의해 모든 것이 밝혀진다. 이를 통해 왜 폰티가 소설 처음에 프랑스가 아닌 스코틀랜드로 도피하려 했다가 소설 마지막에 프랑스 스반으로 도피처를 옮기는지 이해할 수 있다. 그가 처음에 프랑스로 떠나지 않은 이유는 자신이 버리고 떠난 애인에 대한 죄책감과 그러한 과거를 회피하고 싶은 마음 때문이지만, 마들렌을 알

---

38 Theodor Fontane: Unterm Birnbaum. In: ders.: Romane und Erzählungen in acht Bänden. Hrsg. v. Peter Goldammer, Gotthard Erler, Anita Golz und Jürgen Jahn: Berlin 1993 (Bd 4), S. 295: "'s kommt doch alles an die Sonnen."

게 되면서 자신의 과거와 대결하며 자신의 뿌리이자 행복이 깃든 장소를 다시 찾게 되는 것이다.

폰타네가 과거의 비밀을 현실에서 감추고 그 대신 허구적인 소설에서 암시했다면, 그라스는 허구적인 인물의 비밀을 점차적으로 밝히고 그것과 대결하게 함으로써 허구를 통해 현실을 반성하고 현실에서 각자의 행동을 촉구한다. 그라스는 나치 친위대 요원이었던 과거의 비밀을 『양파 껍질을 벗기며』[Beim Häuten des Zwiebels]에서 밝혔는데, 이에 앞서 폰타네라는 역사적 인물을 허구의 차원에서 다루면서 이미 마음의 준비를 한 것으로 보인다. 이러한 점에서 현실의 오점을 숨기고 허구적인 현실에서만 그러한 과거와 대결했던 폰타네와 달리, 그라스는 그러한 약점을 극복하고 허구적 세계를 통해 현실에 대한 반성을 길을 열어 나간 것으로 평가할 수 있을 것이다. 허구를 통한 이러한 현실 확장은 그라스의 미학으로까지 연결된다.

마찬가지로 그라스에게 리얼리즘은 현실을 사실 그대로 재현하는 것이 아니라, 표면에 드러나지 않지만 그럼에도 인간의 생활 세계를 규정하는 힘과 연관해 현실을 확장하는 것을 의미한다. 그라스의 리얼리즘 개념에서 '진정한 것'은 허구적인 것의 상상력을 거쳐 고유하고 '보다 진정한' 현실을 창조하는 보다 심층적인 구조인 것이다.[39]

그라스가 『광야』에서 폰타네와 그의 작품을 다룬 것은 폰타네의 섬세한 사회 관찰과 현실의 미학적 재현을 높이 평가했기 때문이다. 다만 그라스

---

39 Moser: Günter Grass, S. 170: 'Für Grass bedeutet Realismus ebenfalls nicht die faktentreue Abbildung von Wirklichkeit, sondern die Erweiterung von Realität in Hinblick auf jene nicht an der Oberfläche sichtbaren Kräfte, die dennoch menschliche Lebenswelten prägen. Das 'Wahre' sind in Grass' Realismuskonzeption die tieferliegenden Strukturen, die erst über die Imaginationskraft des Fiktiven eine eigene und 'wahrere' Realität schaffen."

와 폰타네 사이에 차이가 있다면 폰타네가 미학적 필터를 거친 현실 재현에 만족하고 '체념^{Resignation}'을 내세우는 반면, 그라스는 허구적 상상력을 통해 현실의 단순한 재현을 넘어서서 현실을 풍자하고[40] 이를 통해 유토피아적 가능성을 살펴본다는 것이다.

폰티가 자신의 개인사와 대결함으로써 마침내 심리적 위안과 정신적 안정을 찾고 자유의 가능성을 엿볼 수 있는 것처럼, 그라스의 견해에 따르면 독일 역시 독일의 과거사에 대한 충분한 성찰과 비판적 인식을 토대로 해서만 자유로운 사회에 대한 미래를 열어 갈 수 있다. 바로 이러한 생각에서 그라스는 1990년을 진단하고 미래를 내다보기 위해 1871년의 과거를 다룬 것이다.

생략 기법을 통해 독자의 추측을 유발하는 폰타네는 세상의 법칙을 인간이 파악할 수 없음을 강조하면서도 그것에 대한 인간의 담론적 접근을 요구한다. 폰타네의 작품에서는 작가 서술자가 등장하는데, 이것은 다양한 추측을 유발하고 세상을 완전히 파악할 수 없다는 인식이 자신의 생각임을 보여 준다. 이에 반해 그라스의 『광야』에서 서술자는 문서 보관소의 직원으로 등장하는 '나' 다. 이에 따라 독자는 한 인물의 관찰과 시점을 통해 인물과 사건에 대한 제한적인 정보만을 얻게 되는데, 그 결과 세상에서 제기되는 해결하기 어려운 여러 난제는 세상의 인식 불가능성에서 비롯되기보다는 그것을 전달하는 인물의 제한된 시점에서 비롯되는 것으로 해석할 수 있다. 이러한 맥락에서 그라스가 작품 마지막에 브리스트 씨의 (난제라는 의미에서의) '광야'라는 말에 이의를 제기하며 광야가 끝나는 지점이 있음을 주장하는 것을 이해할 수 있을 것이다. 왜냐하면 독자는 서술자의

---

40 로루는 자신의 박사 논문에서 『광야』의 환상적인 서술 기법이 독일 통일 과정의 인위적 성격과 허구성을 드러내고 이를 통해 그것의 신뢰성을 의문시하는 데 그 기능이 있다고 말한다. Lorou: Erinnerung entsteht auf neue Weise, S. 190.

제한된 시점을 넘어서 대답하기 어려운 난제에 대한 해답을 찾아내고 그 것으로부터 진실에 접근할 수 있기 때문이다.

잡담

폰타네의 소설에서 중요한 주제는 직접적으로 언급되기보다는 사소한 것을 둘러싼 대화를 통해 부차적으로 암시되는 경향이 있다. 이것은 앞에서 자연주의와 비교한 것처럼 폰타네가 대상을 직접적으로 묘사하거나 서술하는 대신 특정한 필터를 거쳐 간접적으로 표현하는 방식을 선호하는데서 비롯된다. 바로 이러한 간접성이 폰타네 미학의 중요한 핵심 요소인것이다. 부차적이고 사소한 것은 간접적인 서술 방식으로 인해 중요한 의미를 획득하며, 이로써 중심과 주변, 거대 담론과 일상적 대화의 대립은사라진다.

폰타네가 노벨레적인 사건보다 인물들의 대화를 서술의 중심에 내세우는 이유도 바로 여기에 있다. 그의 소설에서 인물들의 대화는 역사적, 정치적인 거대 담론을 직접적인 주제로 다루기보다는 주로 잡담이나 수다의형태로 이루어진다. 그 때문에 폰타네의 소설에서 빈번히 산책이나 소풍또는 식사 장면이 등장한다.

『광야』에서도 폰티가 베를린이나 인근 도시를 산책하며 마주치는 다양한 공간과 건물은 역사의 흔적을 간직하고 있어 과거를 떠올리고 미래에대해 성찰하는 계기가 된다. 특히 특정한 목적지를 정하지 않고 걷는 산책은 일상의 사물을 평소와 다르게 관찰하고 예기치 않은 발견을 할 수 있는계기가 된다. 그래서 "산책은 지금까지 숨겨져 왔거나 이미 다시 봉쇄되어버린 역사의 가능성을 보여 줄 수 있는 발견의 기능을 가지고 있다."[41] 또한 산책을 매개로 하여 다양한 시간 차원이 동시적으로 존재하게 되어 거침없이 흘러가는 역사의 흐름을 차단할 수 있게 된다. 이로써 망각된 과거의 역사가 현재와 다시 관련을 맺고 의미를 가지며, 새로운 역사적 발전 가능성을 도모할 수 있는 것이다.[42] 또한 산책에서 주고받는 사소한 일상에 관한 대화는 잡담으로 시작해 역사적인 성찰로 자연스럽게 이어질 수 있는 자유로운 담론의 장으로 기능하고 있다. 그라스는 이러한 이유에서 폰타네의 소설에 자주 등장하는 산책 장면을 자신의 소설에서도 적극적으로 활용하고 있다.

『광야』에 등장하는 인물들이 나누는 잡담은 산책 장면에 국한되지 않는다. 폰티는 호프탈러와 산책을 하며 장황한 대화를 나눌 뿐만 아니라 문서 보관소를 방문해서 그곳 직원들과 수다를 떨기도 한다. 또한 폰티의 딸 마르타의 결혼식 피로연 장소인 오펜바흐-슈투벤 식당에서 폰티의 가족과 그룬트만 가족이 모여 대화를 하는 장면은 폰타네의 소설 『제니 트라이벨』의 식사 장면이나 『슈테힐린 호수』에서의 대화 장면을 떠올리게 만든다.[43] 피로연 식사에서 사돈처녀 마르티나 그룬트만이 폰티에게 1차 문헌보다 그것에 대한 해설이 더 중요하고 소설을 다 읽을 필요가 없이 그 내용 요약을 읽는 것으로 충분하다고 말하자, 폰티는 폰타네의 『슈테힐린 호수』를 예로 들며 500쪽가량 되는 이 소설에 고작 전개되는 줄거리라곤 한 노인이 죽고 두 젊은이가 결혼하는 것이 전부라며 만일 그런 식 논리라면 이 소설도 훨씬 줄일 수 있을 것이라고 답변한다. 그러나 폰타네가 그렇게 하지 않은 이유는 인물들이 서로 나누는 사소한 일상적 대화

41 Ewert Michael: Spaziergänge durch die deutsche Geschichte. *Ein weites Feld* von Günter Grass. In: Sprache im technischen Zeitalter 37 (1999), S. 413: "Der Spaziergang hat die heuristische Funktion, bislang verborgene oder schon wieder verschlossene Möglichkeiten der Geschichte sichtbar werden zu lassen."
42 Ebd.
43 비록 그라스의 소설에 나오는 결혼식 피로연 장면에서 인물들이 주고받는 대화가 폰타네의 인물들이 보여 주는 재기 넘치는 잡담의 수준에 이르지는 못하더라도 전환기 시대의 갈등과 대립, 동독인과 서독인의 시각차, 통일에 대한 다양한 관점을 포괄적으로 제시하는 데는 성공을 거두었다. Hinck: Günter Grass' Hommage an Fontane, S. 784 참조.

가 현실을 보다 잘 드러내고 현실에 대한 다양한 관점을 보여 줄 수 있다고 믿기 때문이다. 그라스 역시 절대적으로 우월한 시점을 갖지 못한 서술자를 통해 사건을 서술하고 다른 사람들의 대화를 간접적으로 전달하게 함으로써 하나의 지배적인 관점이 등장하지 못하게 한다. 물론 폰티가 때때로 통일이나 민족에 대해 언급할 때 작가의 대변인 역할을 하기도 하지만, 그 역시 현실의 질서와 갈등하며 때로는 이에 타협하고 때로는 그로 인해 쓰러지기도 하는 결함을 지닌 인물이다. 더 나아가 지성과 감성을 모두 겸비한 그의 손녀 마들렌 역시 독일 통일의 밤에 열광하며 통일에 찬성하듯이 완벽한 인물이 아니다. 이러한 다양한 인물들의 시선을 통해 폰타네와 마찬가지로 그라스 역시 진리를 담론을 통해 찾으려고 한다. 이 경우 앞에서 언급한 것처럼 그라스가 폰타네보다 진리에 대한 확신이 더 크다고 할 수 있다.

그라스는 『나의 세기^{Mein Jahrhundert}』에서 역사적 인물이나 지식인뿐만 아니라 역사의 중심부에 서 있지 못한 사람들, 즉 역사의 거대 담론에 참여하지 못한 일반인들의 목소리에도 귀를 기울이며, 역사를 재해석하려고 시도했다. 이러한 원칙은 『광야』에서도 이어진다. 이 작품에서 그라스는 사소하고 부차적인 것을 통해 본질적인 것을 언급하는 폰타네의 기법을 차용하여 일상적인 대화와 수다에서 독일의 과거사와 현대사를 해석하려고 시도한다. 이러한 잡담 내지 수다는 결코 『미혹과 혼란』에 나오는 케테식의 공허한 언어 유희나 의미 없는 잡담이 아니라, 섬세한 감각으로 작은 것에서 본질적인 것을 감지하려는 '의미 있는' 잡담이다. 생략이 필요한 정보를 제한하면서도 암시를 통해 해석의 실마리를 남겨 놓음으로써 의미 추구와 동시에 재미를 보장하듯이, 의미 있는 내용을 함축한 잡담 역시 지나치게 엄숙한 대화와 의미 없는 말장난의 한계를 모두 지양하며 재미와 의미를 동시에 보장한다. 800쪽에 달하는 그라스의 장편 소설의 재미는 사건 중심적 서술과 진지한 거대 담론이 제공하는 것과 구분되는 재미를 추구할 때 비로소 발견될 수 있을 것이다. 또한 산책이나 소풍에서 나누는 잡담은 지나가다 마주치게 되는 건물 및 장소와 관련된 과거의 역사를 떠오르게 함으로써 현재와 과거를 이어 주는 기능을 하기도 한다. 이로써 잡담은 작품의 재미를 보장하고 역사를 망각에서 구해 내며 과거와 현재의 소통과 미래에 대한 성찰에 기여하는 문학 기법으로서의 의미를 갖는다.

전조

폰타네는 자연 풍경이나 집 묘사, 작품에 삽입된 연극이나 소설 등을 통해 자신의 작품에서 앞으로 일어날 사건을 미리 암시하는 '전조Vorausdeutung' 기법을 사용한다. 가령 『에피 브리스트』에서 주인공 에피가 과일 껍질을 연못에 버리며 매장 놀이를 하는 것은 훗날 그녀의 죽음을 선취하고 있다. 이러한 전조는 여러 가지 상징, 그림 또는 작품에 등장하는 다른 문학 작품을 통해 반복해서 나타남으로써 독자에게 미래의 사건이 필연적으로 일어날 수밖에 없었다는 인상을 불러일으킨다. 다시 말해 전조 기법은 폰타네의 숙명주의를 표현하는 대표적인 기법인 셈이다.[44]

전조 기법은 그라스의 『광야』에서도 사용된다. 『광야』에서는 특히 폰티가 언급하는 폰타네의 작품이 앞으로 일어날 사건을 미리 암시하는 기능을 한다. 예를 들면 폰티는 결혼식 날 딸 마르타와 사위 그룬트만을 위한 식전 연설에서 원래 『간통한 여자』의 줄거리를 이야기하며 이들 부부 간

---

44 이에 관한 연구로는 다음을 참조하시오. Dietrich Sommer: Prädestination und soziale Determination im Werk Theodor Fontanes. In: Theodor Fontanes Werk in unserer Zeit. Symposion zur 30-Jahr-Feier des Fontane-Archivs der Brandenburgischen Landes-und Hochschuhlbibliothek. Potsdam 1966, S. 37~52 u. Heinz Schlaffer: Das Schicksalsmodell in Fontanes Romanwerk. Konstanz und Auflösung. In: Germanisch-Romanische Monatsschrift Bd. XVI(1966), S. 392~409 u. Karl Richter: Resignation. Eine Studie zum Werk Theodor Fontanes. Stuttgart u.a. 1966.

에 일어나게 될 결혼 생활의 갈등 내지 외도를 암시하려다가 『페퇴피 백작
Graf Petöfy』을 언급하는 것으로 계획을 바꾼다. 그는 이 소설에 등장하는 페퇴
피 백작 부부의 예를 통해 자기 딸과 사위 간의 많은 나이 차를 암시할 뿐
만 아니라 그 소설의 등장인물인 어느 목사의 '체념하라'라는 말을 인용
하기도 한다. 실제로 『광야』에서 마르타와 그룬트만은 결혼 생활에서 나
타나는 갈등으로 인해 외도하거나 이혼하지는 않지만, 마르타가 가톨릭으
로 개종하며 그룬트만의 갑작스러운 죽음으로 과부가 된다. 이러한 사건
전개는 『페퇴피 백작』에서 백작 부인이 된 프란치스카가 페퇴피 백작의
죽음 후 가톨릭으로 개종한 것과 유사하다. 또한 신탁 관리청장은 폰티에
게 『청산Quitt』에서 왜 밀렵꾼이 산림 관리인을 죽였는지 이유를 묻는데, 나
중에 산림 관리인과 마찬가지로 사회적 질서를 대변하는 신탁 관리청장
역시 의문의 죽음을 당한다. 여기서도 폰타네의 소설 『청산』의 줄거리가
『광야』의 줄거리를 미리 선취하고 있음을 알 수 있다.

　위에서 살펴본 것처럼 『광야』에서는 이 작품에 등장하는 폰타네의 작품
이 앞으로 일어날 사건을 미리 암시하며 그러한 사건의 발생이 필연적인
듯한 인상을 준다. 이것은 제2제국이 통일 독일의 운명을 선취하고 그것
을 미리 암시하는 듯한 인상을 강화한다. 그렇다면 그라스 역시 이러한 전
조의 기법을 통해 폰타네와 같은 숙명주의의 세계관을 표현하고 있는 것
일까? 런던으로 탈출하려는 시도가 실패로 끝난 후 폰티는 높은 열에 시
달리며 헛소리를 하기 시작한다. 그는 비몽사몽 상태에서 『페퇴피 백작』
에 등장하는 젊은 백작 부인이 가톨릭에 귀의하는 대신 루터교에 따라 선
장 내지 극장 감독과 결혼하고, 『미혹과 혼란』에서는 보토가 레네와 결혼
한다고 말한다. 또한 『에피 브리스트』에서는 크람파스와 인스테텐이 결투
로 모두 사망하고 에피는 중국 여행 중에 레네와 보토를 만나며 나중에 코
에네만을 만나 다시 약혼한다고 말한다. 이러한 내용은 억압적인 질서에

서 벗어나 자유를 갈망하는 폰티의 소망을 간접적으로 표현하고 있는데, 이를 위해 폰타네의 소설 내용이 원본과 달라진다. 이것은 폰티가 허구적인 선행 텍스트의 논리를 그대로 따르지 않고, 다시 말해 반복하지 않고 그러한 것에 맞서 텍스트의 내용을 새롭게 씀으로써 자신의 자유를 실현하는 것을 의미한다. 이러한 소망은 우선은 열에 들뜬 환자의 무의식적 소망으로 나타나지만, 작품 마지막에 가서 실제로 그가 옛 애인인 마들렌을 찾아갈 때는 현실로 실현된다. 이로써 보토가 레네와 헤어지고 케테와 결혼한다는 『미혹과 혼란』의 소설 줄거리는 현실 차원에서 보토 역의 폰티와 레네 역의 마들렌이 다시 만나는 것으로 변형된다. 선행 텍스트를 단순히 반복하지 않고 그것을 자유롭게 상상을 통해 변형할 때 그것은 억압적인 현실의 고리를 끊고 개인의 자유를 보장할 수 있다. 이처럼 허구적인 텍스트의 창조적 변형은 전조의 기법에 수반되는 숙명주의를 극복하며 미래 지향적인 행위를 가능하도록 만든다.

복장 도착증으로서의 반복

자유를 억압하는 현실에 괴로워하고 끊임없이 탈출을 시도하는 폰티의 계획을 번번이 좌절시키는 사람은 바로 호프탈러이다. 폰티가 폰타네의 삶을 반복해서 다시 살아가듯이, 호프탈러 역시 쉐트리히의 소설 『탈호퍼』에 등장하는 첩보원 탈호퍼의 삶을 현재에 다시 살아가고 있다. 폰티와 호프탈러는 과거 인물들의 삶을 다시 반복해서 살아간다는 점에서는 서로 공통점을 갖고 있지만, 그 밖의 점에서는 정반대되는 대조적인 인물들인 것처럼 보인다.

개인적인 비밀을 숨기며 현실에서 탈출하려는 폰티가 범인과 같은 인상을 풍긴다면, 첩보원으로서 비밀을 밝혀내고 항상 도주자를 잡아들이는 호프탈러는 형사처럼 보인다. 외모나 성격상으로도 이들은 대조적인 모습으로 나타난다. 폰티는 키가 크고 큰 걸음으로 걷는 반면, 호프탈러는 작고 땅딸막하며 종종걸음으로 걷는다. 또한 폰티가 산책용 지팡이를 들고 다니며 방랑자의 특성을 보여 준다면, 호프탈러는 늘 서류 가방을 들고 다니며 첩보원의 모습을 드러낸다. 그 밖에도 폰티의 모습이 인상적이고 뚜렷한 개성이 있어 남이 쉽게 모방할 수 있는 인물이며 그래서 누군가를 닮았다는 인상을 주어 불멸의 모습을 보인다면, 호프탈러는 아무런 개성이 없는 인물로 등장한다. 이러한 모든 대조적인 특성은 두 인물 사이의 넘을 수 없는 간극을 입증하는 것처럼 보인다.

하지만 역설적으로 이 두 인물은 항상 같이 붙어 다니며, 첫인상과 달리 전적으로 대조적인 면만 갖는 것은 아니다. 오히려 이들은 서로 닮은 커플처럼 보이기도 한다.

맞은편 역까지는 멀지 않았다. 걸어가는 모습에서 그들은 다시 한 쌍이 되었다. 두 벌의 외투는 함께 얽혀 있었다. 뒤에서 보면 그들은 똑닮은 모습을 보여 주었다. 그들은 하나가 되어 북서풍에 맞서 버티었다.[45]

이들은 앞에서 보면 서로 대조되는 모습이지만, 뒤에서 보면 퍼즐 조각처럼 서로 잘 어울린다. 또한 폰티도 현재 서류 심부름꾼으로 일하고 있기 때문에 어떻게 보면 첩보원으로 항상 서류 관련 업무를 보는 호프탈러와 연결되기도 한다. 이로써 처음의 대조적인 인상과 달리 이들은 서로 긴밀

---

45 (wF, 44): "Bis zum gegenüberliegenden Bahnhof war es nicht weit. Indem sie gingen, wurden sie wieder zum Paar. Beide Mäntel miteinander verwebt. Von hinten gesehen, gaben sie ein einträchtiges Bild ab. Und übereinstimmend lehnten sie sich gegen den Wind aus Nordwest."

한 연관을 지니고 있음을 알 수 있다.

이와 관련해 중요한 모티브로 그림자 모티브를 들 수 있다. 호프탈러는 폰티를 그림자처럼 쫓아다니며, 그래서 그는 폰티를 '밤낮으로 쫓아다니는 그림자Tagundnachtschatten'로 불린다. 또한 탈호퍼의 전기 작가는 그에 대해 아무런 기록도 남기지 않아 그의 모습을 보여 줄 그림이나 사진은 존재하지 않는다. 그래서 그는 폰티의 그림자로만 모습이 암시될 수 있을 뿐이다. 더욱이 그가 '우리'라는 복수형으로 이야기하길 좋아하며 특별한 개성을 보여 주지 못할 때 그림자로서의 그의 존재는 더욱 부각된다. 따라서 호프탈러는 탈호퍼의 복제일 뿐만 아니라 폰티의 복제[46]이기도 하다.

그렇다면 서로 상반되는 유형의 인간들 사이에 나타나는 이러한 근친성은 어떻게 설명될 수 있을까? 이와 관련해서 슈트라우스의 『커플들, 행인들』에 등장하는 다음의 구절은 매우 흥미롭다.

주네는 이전에 우리에게 정치적 도덕이 지닌 충동적 면모, 정치적 도덕의 본질로 간주할 수 있는 복장 도착증, 대립적인 것이 지닌 강한 동성애성을 묘사한 바 있다. 영화감독 멜빌은 자신의 영화에서 특히 우상화된 냉정한 인물이나 미국에서의 남성 간의 사랑을 다루며 주네가 다루었던 그런 측면을 따른다. 우리는 형사가 자신의 충실한 스파이인 여성 복장을 한 매력적인 남자를 두들겨 패고 부당하게 그의 배반을 질책할 때, (동일한 제목의 영화에 등장하는) 그 '형사'를 혐오한다. 하지만 그와 동시에 그 형사의 멜랑콜리한 얼굴이 우리의 뇌리를 떠나지 않으며, 주인공인 알랭 들롱은 우리의 영원한 우상으로

---

46 DVD판 책의 표지는 똑같은 모자를 쓰고 똑같은 외투를 걸친 채 걸어가고 있는 이 두 사람의 뒷모습을 보여 주는데, 여기서 이들의 복장도착증이 잘 드러난다. 에베르트는 그라스에게 있어 그림과 문학이 갖는 긴밀한 상호연관성을 지적하며, 이 표지가 내포하는 다양한 의미 가능성을 제시한다. 이에 대해서는 다음을 참조하시오. Ewert: Spaziergänge durch die deutsche Geschichte, S. 402~404.

남는다. 그리고 그는 자신이 맞서 싸워야 했던 범죄 집단에 대해 복장 도착적인 소속감을 느끼는데, 우리가 보기에는 바로 이것이 그에게 필요한 고독한 영웅의 모습을 부여한다. 그는 자신의 진영에서 멀리 떨어져 나와 이미 너무 깊이 다른 진영으로 넘어가 있다. 그래서 우리는 그가 결정적인 순간에 여전히 형사로 활약할 수 있을지 의심하지 않을 수 없다. 그리고 나서 우리는 실제로 영화 말미에 아주 충격적인 장면을 보게 된다. 만일 그가 마지막에도 자신의 전형적인 모습을 유지하며 과실과 죄로 인해 위대한 침묵과 위대한 고통을 얻지 못했더라면 우리의 주인공은 주인공으로서의 자격을 거의 완전히 박탈당했을 것이다. 그 형사는 추적해 온 범인을 마침내 개선문 옆에 있는 스플랜디드 호텔 앞에서 체포했다. 추적당하던 범인이 총을 꺼내지만 사실은 그런 척했을 뿐이다. 왜냐하면 그는 총을 전혀 소지하고 있지 않기 때문이다. 형사인 알랭 들롱은 즉시 그를 사살한다. 그 작고 하찮은 범인은 사무라이처럼 용기 있는 모습을 보였고, 그가 우리의 주인공을 잔혹한 경찰의 위치로 몰아넣고 더욱이 비겁한 살인자가 되게 함으로써 그의 최대의 적인 주인공에게 복수했다. 그는 형사에게 자신의 죽음에 대한 책임을 전가한다.[47]

슈트라우스는 위의 인용문에서 형사와 범인 간의 차이와 대립이 점차 사라지며 형사가 범인으로 넘어가는 상황과 이렇게 서로 대립되는 것 사이에 생겨나는 강한 동성애성을 언급한다. 이러한 생각은 폰티와 호프탈러의 관계를 설명하는 데도 어느 정도 유효하다. 앞에서 언급한 것처럼 폰티와 호프탈러의 관계 역시 비밀을 감추며 도망치는 범인 역의 폰티와 그를 쫓고 비밀을 밝혀내는 형사 역의 호프탈러의 관계로 환원할 수 있다. 그런데 폰티와 호프탈러의 관계는 단순히 적대적인 관계로 설명될 수는 없다. 호프탈러가 폰티를 그림자처럼 쫓아다니는 것은 그를 단순히 감시하기 위해서만이 아니다. 오히려 그림자로서 호프탈러의 삶은 그의 실존

적인 조건인 것처럼 보인다. 왜냐하면 감시 대상으로서의 폰티 없이는 첩
보원인 그도 존재할 수 없기 때문이다. 그는 혼자 있으면 무슨 일을 해야
할지 몰라 안절부절못하며 그래서 혼자 휴가를 떠나지도 않는다. 작품 마
지막 부분에서 마들렌이 할아버지 폰티를 간호하고 그와 단둘이 다니자
그들 뒤를 쫓아다니며 그저 관찰만 해야 하는 호프탈러는 슬픈 신세로 묘
사된다. 호프탈러는 한편으로 폰티를 억압적인 현실에 눌러 앉히고 그의
자유를 방해하는 존재처럼 나타나기도 하지만, 다른 한편으로 2차 대전
때 그에게 편안한 보직을 마련해 주고 그 이후에도 생계의 위협이 닥치면
일자리를 찾아 주는 등 폰티에게 호의를 베풀기도 한다. 비록 문서 보관소
사람들이 마지막에 슈프레 공원에서 호프탈러와 폰티가 헤어지기 전에 폰
티가 그를 안아 주었다는 말을 믿지 않을지라도 호프탈러에 대한 폰티의
감사와 애정 표현은 충분히 상상할 수 있다. 폰티는 자신의 손녀인 마들렌
에게 보낸 편지에서도 호프탈러를 너무 나쁘게 생각하지 말라며 그의 도
움으로 마들렌을 만났고 그가 탈호퍼보다 낫다며 그를 옹호한다. 더욱이

---

47 Strauß: Paare, Passanten, S. 187f.: "Genet hat uns einst das Triebgeschehen der politischen
Moral, ihren transvestitischen Kern, die starke Homosexualität der Gegensätze dargestellt. Melville,
der Filmregisseur, ist ihm darin gefolgt, mit kälteren, idolverhangenen Figuren und amerikanischer
Männerliebe. Wir verabscheuen den <Flic> (im gleichnamigen Film), wenn er seinen getreuen
Spitzel, einen wunderschönen Transvestiten, prügelt und ihn zu Unrecht des Verrats bezichtigt.
Gleichzeitig läßt uns desselben Polizisten melancholisches Gesicht nicht los, bleibt er unsere
Leitfigur, Alain Delon, der Held. Und gerade seine eigene transvestitische Zugehörigkeit zum
Verbrecher ‑ Clan, den er zu bekämpfen hat, verleiht ihm in unseren Augen die nötige heroische
Vereinsamung. Er hat sich weit von seiner Behörde entfernt, ist bereits so tief ins andere Lager
vorgedrungen, daß man zweifeln muß, ob er im entscheidenden Augenblick noch als Bulle in
Aktion treten kann. Tatsächlich kommt es dann am Ende des Films zu einer empfindlichen
Überraschung, die unseren Helden beinahe vollständig zu disqualifizieren droht, wäre da nicht
sein zuletzt unanstastbarer Typus, der durch Verfehlung und Schuld an stummer Größe, an
Leidensgröße noch dazu gewinnt. Der Flic nämlich hat den verfolgten Ganoven endlich vor dem
Hotel Splendid am Arc de Triomphe gestellt—der Verfolgte zieht, doch nur zum Schein, denn er
trägt gar keine Waffe bei sich und der Kommissar, Delon, schießt ihn sofort nieder. Der kleine
bedeutungslose Verbrecher hat sich mutig wie ein Samurai gezeigt und sich an seinem großen
Feind, unserem Helden, gerächt, indem er ihn in die Rolle des brutalen Bullen zurückverwies und
ihn dazu noch zum feigen Mörder werden ließ."

첩보원 호프탈러와 폰티의 마지막 만남에서 호프탈러가 폰티의 아들 테디에 관한 비밀 문서를 찢을 때, 그는 형사의 지위에서 범인과 공조하는 범인의 지위로 넘어가게 된다. 이로써 대립적인 것 간의 간극은 없어지고 이들 간의 강한 동성애성이 나타난다.

폰타네가 "불멸의 존재^{der Unsterbliche}"(wF, 73)로 간주되고 폰티가 그의 후예로 살고 있어 마찬가지로 불멸로 간주된다면 이러한 작가 못지않게 첩보원들도 불멸의 존재[48]로 나타난다. 호프탈러는 자신 같은 사람들이 어느 정권하에서도 필요한 존재이기 때문에 영원히 살아남을 수 있다고 말한다. 비록 폰티가 작가를 검열하는 첩보원을 열등한 불멸의 존재로 간주하며 호프탈러를 비난하더라도 그렇게 격렬히 비난한 후 온몸을 떠는 폰티를 호프탈러는 포옹으로 맞아 준다.

폰티가 혐오하는 호프탈러적 특성은 사실은 그 자신에게 존재하는 것이기도 하다. 작가와 첩보원 모두 정권 교체와 체제의 변화와 관련 없이 어떤 이데올로기에 좌우되지 않고 '현실주의자^{Realist}'로서 세상을 바라보고 기록하는 점에서 분명 서로 닮은 점이 있다. 그래서 폰티와 호프탈러는 독일이 통일되었을 때 어떤 환상에도 빠지지 않고 냉정하게 현실을 진단하고 미래를 전망할 수 있는 것이다.

폰티와 가장 가까운 친구를 두 명 들라고 한다면 아마 호프탈러와 프로인트리히 교수를 들 수 있을 것이다. 폰티의 아내 에미는 프로인트리히는 너무 반어적이어서, 호프탈러는 너무 속을 알 수 없어서 싫다고 말한다.[49] 유대인인 프로인트리히 교수가 마르크스주의를 신봉하는 이상주의자라

---

48 쉐트리히의 소설 『탈호퍼』에서 작가가 그를 죽음으로 내몬 것과 달리, 『광야』에서 호프탈러는 첩보원을 체제를 뛰어넘어 살아남는 불멸의 존재로 간주하며 탈호퍼의 삶을 이어 살아간다.
49 그에 관한 정보는 극히 제한되어 있다. 가령 그의 집이 어딘지 그가 업무 외 나머지 시간에 무엇을 하는지는 전혀 알려져 있지 않으며, 이로써 그는 항상 비밀스러운 모습을 간직할 수 있다. 작품 마지막에서도 그가 독일을 떠나 어디로 가는지 그 목적지가 정확히 밝혀지지 않는다.

면, 호프탈러는 현실에 대한 냉정한 시선을 잃지 않는 현실주의자다.[50] 폰티는 사회 비판적이며 반어적인 프로인트리히 교수의 이상주의와 호프탈러의 현실성을 모두 지니고 있다. 뼛속까지 서로 대립되는 두 인물인 프로인트리히 교수와 호프탈러가 서로 어울리지 못하고 적대적인 관계를 형성한 반면, 폰티는 두 사람과 모두 우호적인 관계를 유지한다. 마치 폰타네가 자유와 질서 사이에서 양가적인 태도를 취한 것처럼 폰티 역시 그러한 태도를 견지하는 것이다. 다시 말해 그는 프로인트리히식의 반어적 태도로 사회를 날카롭게 비판하고 사회와 역사의 개선에 대한 의지를 가지고 있으면서도 현실을 망각한 단순한 이상주의에 빠지지 않지만, 호프탈러식으로 단순히 냉혹한 현실의 원칙에만 따르기보다는 자유로운 사회에 대한 희망을 간직하며 살아간다. 서독의 동독 흡수 통일과 점증하는 반유대주의 분위기에 절망한 프로인트리히 교수는 결국 이상을 포기하고 자살하고 말지만, 현실에 대한 예리한 감각을 견지한 폰티는 그러한 난관에 부딪혀 좌절하지 않고 개인적인 차원에서나마 보다 나은 방향으로의 삶을 모색한다.

다른 한편 호프탈러 역시 항상 변함없이 흔들리지 않는 존재는 아니다. 그는 한번은 폰티에게 이렇게 토로한다.

아, 폰티, 때때로 나는 당신들 불멸의 인간들처럼 이렇게 자문하곤 해. '이 모든 게 대체 무엇을 위한 것인가?' 그러고는 지쳐 버리지. 힘이 약해지고…… 일종의 의미의 위기 같은 거야…… 그래서 반드시 도움이 필요해…….[51]

---

50 물론 이러한 현실주의자로서의 호프탈러의 속성은 그가 전체주의적이고 강력한 국가의 이념을 가지고 있다는 사실에 의해 어느 정도 제한된다고 할 수 있다. Moser: Günter Grass, S. 176: "따라서 호프탈러는 가장 순수한 '이상주의자'다. 그의 이상은 국가 그 자체다. Hoftaller ist also ein 'Idealist' reinsten Wassers, sein Ideal ist der Staat als solcher."

어떤 체제에서든지 국가의 질서를 지키기 위해 임무를 수행하는 호프탈러가 작품 마지막에 어딘지 알 수 없는 곳으로 떠나고 그 직전에 가진 폰티와의 만남에서 폰티의 아들 테디의 비밀 문서를 비롯해 여러 다른 서류마저 찢어 버린 데서 냉혹한 현실주의자로서의 그의 모습에 약간은 변화가 나타나고 있다는 것을 확인할 수 있다. 전복적인 내용을 담고 있는 말을 찾아내고 사건 전모를 밝히는 '해명Aufklärung' 작업을 수행하는 호프탈러는 '계몽주의Aufklärung'가 지닌 부정적 이면을 보여 준다. 어둠을 밝혀 주는 계몽이 인간을 어둠에서 끌어내 주고 진실의 빛으로 이끌어 주리라고 믿었다면, 이제 그 빛은 사람을 감시하고 통제하는 억압의 기제로 변질된 것이다. 이러한 첩보 활동[52]으로서 해명 작업을 수행하는 호프탈러가 작품 마지막에서 은폐를 용인하고 첩보원으로서의 임무를 방기할 때, 그에게서 인간적인 면모를 엿볼 수가 있다.

폰티와 호프탈러 모두 외관상 서로 대립되는 인물로 나타남에도 불구하고 서로에게 복장 도착적인 동성애를 느낀다. 또한 이들은 불멸성을 지닌다는 점에서도 서로 닮았다. 하지만 이들의 불멸성[53]과 복장 도착적인 동성애는 고착적인 의미에서가 아니라 변화 가능한 역동적인 것으로 제

---

51 (wF, 397): "Ach, Fonty, manchmal frage ich mich wie Ihr Unsterblicher: 'Wozu das alles?' Werde müde… Lasse nach… Ist wie ne Sinnkrise… Brauche unbedingt Hilfe…" 이후에도 호프탈러는 자신의 삶과 직업에 대한 회의와 실존적 위기를 문서 보관소 사람들에게 토론한다. (wF, 483f) 참조.

52 모저는 첩보 활동의 세 가지 측면을 언급한다. 첫째는 전체주의 정치 체제에 의한 국민의 감시이고, 둘째는 작가의 사생활을 밝혀내려는 2차 연구자들의 관음증적인 관심이며, 셋째는 그라스가 독문학자 디터 슈톨츠의 도움으로 폰타네 연구에 필요한 자료를 찾아낸 것과 같은 긍정적인 측면이다. Moser: Günter Grass, S. 168 참조.

53 불멸성은 이 작품의 중요한 주제다. 여기서는 작가로서 폰타네, 하우프트만, 하이너 뮐러, 클라이스트의 불멸성이 언급되고, 그 밖에도 문서 보관실의 불멸성이나 첩보원의 불멸성 등이 언급되기도 한다. 이 경우 불멸성은 클라이스트의 경우에서 드러나듯이 고정 불변의 것이 아니라 그 목록이 변화 가능한 것으로 나타난다. 또한 베를린 장벽의 붕괴와 함께 '영원한 것은 없다'라고 이야기 될 때 여기서도 역사와 연관하여 불멸성의 테마가 다루어지고 있다. 불멸성은 작가에게 기념비를 세우며 그것을 영구불변의 고전으로 만드는 것과 같은 부정적 의미도 지니지만, 폰티가 과거의 작가를 생생하게 현재화하여 과거, 현재, 미래를 하나로 묶는 경우에서처럼 긍정적인 의미도 가지고 있다. Moser: Günter Grass, S. 171~172 참조.

시된다.

모저는 폰티와 호프탈러의 공생 관계를 정치적 차원에서 이렇게 해석
한다.

절대 국가는 국민의 지지 없이는 생각할 수 없다. 폰티가 자신을 '밤낮 쫓아
다니는 그림자'를 기회가 있을 때마다 여러 차례 돕는다는 사실이 이를 입증
한다 (……) 도처에 존재하는 국가는 시민의 협력에 대해 그에 대한 배려와 그
의 생계 보장으로 보답한다. 호프탈러가 병들어 열에 시달리는 폰티를 다정하
다고 할 수 있을 정도로 간호하는 것은 이러한 맥락에서 이해할 수 있다.[54]

그림자 같은 호프탈러의 모습은 절대 국가가 그것을 지지하는 국민의
협조 없이 혼자서는 존재할 수 없다는 것을 보여 준다. 그라스의 견해에
따르면 절대주의 국가와 이에 협력하는 국민은 민주주의에 대한 억압과
독일의 통일을 낳았다. 이러한 의미에서 볼 때 서로 어울릴 것 같지 않은
폰티와 호프탈러가 '통일'[55]된 모습의 한 쌍으로 등장할 경우, 그 뒤에는
작가의 희화적 비판이 숨겨져 있다고 할 수 있다.

하지만 작품 마지막에서 호프탈러가 폰티를 위협할 수 있는 서류를 찢
고 독일을 떠나고 폰티가 그를 포용한 후 독일을 떠나 프랑스로 갈 때, 이
러한 이별은 복장 도착적인 동성애를 극복하고 보다 발전적인 미래로 나

---

54 Moser: a.a.O., S. 174f.: "Der absolute Staat ist nicht denkbar ohne die Unterstützung seiner
Bürger. Für eine solche Deutung spricht, daß Fonty seinem 'Tagundnachtschatten' bei ver-
schiedenen Anlässen behilflich ist; (……) Die Kooperation der Bürger dankt der allgegenwärtige
Staat mit Fürsorge und Existenzsicherung. In diesen Kontext gehört Hoftallers schon liebevoll zu
nennende Pflege des kranken, fiebernden Fonty."
55 (wF, 688): "서로 연결되어 통일을 이루는 대립. 짐꾼과 짐. 압축적인 그림자를 내던진 그들 자신의 변
화하는 기념비. Der zur Einheit gekoppelte Gegensatz. Lastenträger und Bürde. Ein wandelndes
Denkmal ihrer selbst, das einen kompakten Schatten warf."

아가기 위한 시금석이 된다. 폰티와 호프탈러의 이별이 단순히 이들의 개인적인 발전을 의미하는 것만은 아니다. 오히려 이것은 독일이 협소한 민족주의에서 벗어나 자유로운 유럽으로 발전하기를 기약하는 작가의 소망과 기대를 담고 있는 정치적인 알레고리로 해석할 수 있을 것이다.[56]

역사의 반복과 시시포스의 저항

그라스는 1870/1871년의 독일 통일과 1989/1990년의 독일 통일 과정을 나란히 병렬적으로 서술함으로써 독일 역사의 숙명적인 반복을 묘사하고 있는 것처럼 보인다. 만프레트 슈투버는 이렇게 썼다.

이렇게 병렬적으로 비교하는 것은 그라스의 회의적인 역사상에 상응한다. 폰타네는 동일한 것의 영원한 회귀를 믿는다. 역사에 회의적인 그라스는 인간이 역사에서 근본적으로 아무것도 배우지 못한다며 역사를 부조리하고 의미없는 과정으로 간주한다. 직선적인 진보란 존재하지 않으며 항상 똑같은 아둔함만이 반복해서 일어난다. 그 때문에 그는 19세기 독일 시민사를 20세기 독일 시민사와 동일시하는 것이다.[57]

---

56 폰티가 티어가르텐에서 즐겨 바라보던 물새는 잠시 한 장소에 머물렀다가 곧 다시 사라지는 잠적의 명수다. 폰티가 이 새처럼 자신도 억압적인 현실을 피해 잠적해 버리고 싶은 욕망을 지니는 것이 이 소설에서는 현실 회피라는 부정적 맥락에서 묘사되지 않는다. 따라서 순환식 엘리베이터와 물새를 상호 대립시켜 파악하고 있는 랍롸스의 해석은 타당하다고 하겠다. Labroisse: Zur Sprach-Bildlichkeit in Günter Grass' Ein weites Feld, S. 365~366.
57 Karl Birkenseer u. Manfred Stuber: Simpel oder Simplizianisch? Langweiliger Zettelkasten oder literarische Urkunde der Einheit? In: Mittelbayerischer Zeitung, 26.8. 1995.: "Diese Parallelsetzung hat ihre Entsprechung im skeptischen Geschichtsbild von Grass. Fontane glaubt ja an die ewige Wiederkehr des Gleichen. Der Geschichtsskeptiker Grass sieht in der Historie einen absurden sinnlosen Prozeß, aus dem der Mensch eigentlich nichts lernt. Es gibt keinen linearen Fortschritt, immer wieder passieren die gleichen Dummheiten. Darum setzt er die deutsche bürgerliche Geschichte im 19. Jahrhundert mit der des 20. gleich."

그러나 역사가 영원히 반복된다는 말이 폰타네적인 숙명주의를 의미하지는 않는다. 왜냐하면 현재의 순간에 과거의 역사를 생생히 떠올리며 이러한 역사의 잘못된 순환을 기억한다면 이러한 역사의 고리를 끊을 수 있는 유토피아적 전망이 생겨나기 때문이다. 이를 통해 허무주의적이고 염세적인 역사관을 극복할 수 있는 가능성이 생긴다. 비록 그라스가 사회의 직선적인 진보나 이상적인 사회를 믿지 않는다 할지라도 순환식 엘리베이터처럼 영원히 반복되는 역사의 순환에 맞서 끊임없이 돌을 굴려 올리는 시시포스처럼 저항하기를 포기하지 않는다.[58] 이러한 의미에서 그라스는 카뮈의 부조리 개념을 자신의 소설에서 실현하고 있는 셈이다. 신탁 관리청 건물의 전소와 함께 순환식 엘리베이터도 불타 버렸지만, 역사적인 반복의 위험은 완전히 사라지지 않은 것처럼 보인다. 그럼에도 작품 마지막에 호프탈러가 슈프레 공원 유원지에서 마들렌과 함께 있는 폰티를 만나 단둘이 잠시 동안 "대회전차^{Riesenrad}"(WF, 775)를 같이 탄 후 어디로 갈지 묻지 않고 서로 다른 방향으로 떠나가는 장면에서 '역사의 영원한 대회전'으로부터 벗어날 수 있는 가능성이 암시된다. 그러한 가능성은 아직 현실에서 실현되지는 않았지만 문학적인 공간에서는 상상할 수 있다. 문학이라는 허구적 공간에서 문학은 현실을 단순히 반복하는 것이 아니라, 허구적인 상상력을 통해 그러한 현실을 비판하고 새로운 가능성을 제시함으로써 유토피아의 장소가 될 수 있기 때문이다.

---

[58] 같은 맥락에서 김누리는 『알레고리와 역사』에서 다음과 같이 썼다. "이처럼 그라스의 역사관은 매우 모순적이다. 한편으로는 '역사의 숙명적인 순환' 앞에서 막막한 체념을 느끼면서도 동시에 이러한 순환을 기억을 통해 끊어 버리려는 힘겨운 쟁투를 벌인다. 따라서 그라스에게 어울리는 모습은 숙명론자의 모습이 아니라 시시포스의 모습이다. 그라스는 모든 회의에도 불구하고 계속해서 돌을 굴리는 불굴의 시시포스다." 김누리: 알레고리와 역사. 귄터 그라스의 문학과 사상. 민음사 2003, 31쪽.

반복이라는 현상을 통시적인 관점에서 살펴보면 그 의미가 끊임없이 변화해 왔음을 알 수 있다. 신화적인 세계상이나 종교적인 믿음이 지배하던 시대에 반복은 항상 초월적인 것과 연관성을 갖는다. 인간이 자신의 조건, 즉 인간으로서의 조건을 잊고 자신의 행동을 항상 초월적이고 신적인 맥락에 위치시킬 때, 그는 신의 행동을 반복하는 것이다. 이로써 반복은 신성한 것이 되며 절대적이고 초월적인 의미를 갖는다. 반면 인간이 이러한 초월적인 시간 차원에서 벗어나 세속적인 시간 차원으로 들어가 행동할 때, 즉 그의 행동이 더 이상 신성과의 연관성을 갖지 않을 때, 그는 타락한다. 따라서 인간이 인간임을 잊고 신의 행동을 반복할 때, 그 순간은 세속적인 선형적 시간을 넘어서서 시간의 흐름을 초월한 영원을 의미하게 된다. 그러나 사회가 점차 세속화되고 신성으로 충만한 종교적 질서가 더 이상 자명하지 않게 되면서 반복에 대한 평가 역시 변화한다.

근대에 들어서면서 신화적이고 종교적인 세계상은 붕괴된다. 이를 통해 초월적이고 신성한 '닫' 대신 세속적인 시간이 들어선다. 즉 과거에서 현재를 거쳐 미래로 흘러가는 선형적인 시간의 흐름이 초월적이고 신성한 시간을 대신하는 것이다. 이러한 시간적인 관점에서 순간은 더 이상 영원과 동일한 것이 될 수 없을 뿐만 아니라 오히려 그것과 정반대되는 것들에 위치하게 된다. 인간은 신적인 질서에서 빠져나옴으로써 자신을 지켜 주고 구원해 줄 버팀목을 잃었지만, 그 대신 이성이라는 새로운 수단에 의해 진보와 발전에 대한 믿음을 갖게 된다. 즉 더 이상 신과 같이 그가 제로 완벽하지는 않더라도 이성에 의해 일직선으로 흘러가는 시간 속에서 무한히 진보할 수 있다고 믿게 될 것이다.

이성과 더불어 근대의 또 다른 특징은 자아라고 할 수 있다. 이제 신에게서 자신에게로 시선을 돌린 인간은 자신이 누구인지에 관심을 갖고 자아 탐구에 몰두한다. 이러한 맥락에서 내가 누구인지를 파악하고 나의 정체성을 확립하기 위해 자신의 자서전을 돌이켜보고 그것을 현재의 차원에서 해석하는 작업이 필요하게 된다. 다른 한편 회상은 개인적인 정체성을 확립하려는 차원을 넘어서 집단적인 자아로서 민족의 정체성을 수립하기 위한 수단이 되기도 한다. 근대에 들어서 역사에 대한 관심은 더욱 커졌으며, 민족 국가 수립을 기도하는 여러 국가가 자신들의 과거를 회상하며 민족적 정체성을 수립하려고 시도했다. 이제 명료한 과거를 기억해 내어 현재와 연결함으로써 자신의 개인적, 민족적 정체성을 수립해 내는 것이 근대의 목표가 되는 것이다.

그러나 근대에 가지고 있었던 이성을 통한 무한한 진보에 대한 믿음과 '나'의 한 조화를 이루며 발전하는 자아의 이상은 점점 환상임이 드러난다. 19세기 후반 유럽 소설에서 비합리적인 운명의 힘이나 유전적인 조건이 강조되는 것은 자유롭게 행동하고 시대를 발전시키는 인간상에 대한 회의를 반영한다. 반면 비합리적인 운명이나 유전은 — 그것이 신적인 구상으로서가 아닌 생물학적인 구상으로서든 — 이미 계획되어 있는 것이 다시 나타난다는 의미에서 반복을 의미한다. 자유 의지를 지니고 있다고 믿은 인간은 이러한 운명으로서의 반복을 더 이상 피할 수도 없고 극복할 수도 없다. 이로써 반복은 인간의 한계를 지적하고 인간의 오만을 경고하는 의미를 지니게 된다. 그러나 여기에서 반복은 이미 잠재해 있던 것이 다시 나타난다는 의미에서의 반복으로, 동일한 것의 반복을 지시한다.

프로이트Sigmund Freud에 이르면 기억과 망각은 더 이상 대립적인 관계에 놓이지 않는다. 그는 완전히 망각되는 것이란 없으며, 우리가 흔히 망각된다고 생각하는 것은 기억의 흔적으로 무의식 어딘가에 남아 있다고 말한다. 이에 따라 무의식적으로 억압된 것, 즉 완전히 잊혀지지 않았기에 그렇다고 기억할 수도 없는 것이 신경증에서 반복적으로 나타난다. 이러한 반복 강박증은 질병으로서의 반복이 가진 부정적 측면을 부각하며, 극복의 대상이 된다. 그러나 다른 한편 이것은 인간의 자유 의지로 극복할 수 없는 무의식 차원에서 일어나는 반복 현상을 가정하게 한다.

세기 전환기에 들어서면서 특히 빈을 중심으로 세기말적인 분위기가 지배적이 된다. 이제 덧없는 인생에서 순간의 쾌락을 누리며 즐기려는 태도가 만연한다. 키르케고르Søren Kierkegaard가 말한 '미학적인' 인간 유형이 이 시기를 풍미한 것이다. 과거에 얽매이지 않고 현재의 순간에 빠져 살아가는 미학적 인간유형은 슈니츨러Arthur Schnitzler의 작품에 자주 등장한다. 가령 그의 연극 작품 『사랑의 유희Liebelei』에 등장하는 부유한 가문 출신의 두 글은이 프리츠와 테오도르는 영원불변의 사랑 대신 찰나적인 만남을 추구한다. 사랑을 위해 목숨을 건 심각하고 무거운 사랑 대신 구속력 없이 가벼운 유희적 관계를 기대한다. 이렇게 만났다 헤어짐을 반복하는 것은 이전의 관계를 모두 잊고 찰나적인 순간에 빠져 살 때 비로소 가능하다.

이러한 찰나적인 순간은 보들레르Charles Baudelaire가 말한 것처럼 현대의 중요한 특징이다. 모든 것이 고정되어 있고 변하지 않는 고대적인 속중함에 비해 현대에는 속도의 미

|1|

라캉

라캉^Jacques Lacan의 이론은 한마디로 말하면 기표의 이론이라고 할 수 있다. 여기서 기표란 변별적인 체계를 통해 작용하는 의미 없는 순수한 차이를 의미하는데, 이러한 기표들이 서로 결합하여 의미의 세계인 상징계를 만든다. 그런데 상징계에서 만들어지는 기의는 고정된 기의로 존재하지 않고 기표 밑으로 미끄러져 들어가며 끊임없이 변화한다. 기표의 연쇄로 이루어져 있는 상징계는 의식과 무의식의 담론을 포괄하며, 좁은 의미에서의 언어 영역을 넘어선다. 이러한 상징계는 서로 구분되는 기표들의 교환과 연결을 통해 끊임없이 의미의 발생과 이동을 낳는다. 주체는 이러한 상징계의 주인이 아니라 상징계를 이루는 여러 항 중 하나에 불과하다. 역으로 말하면 상징계가 주체에 선행하여 존재하며 기표들의 연쇄 사슬에서 주체를 발생시킨다. 이러한 주체의 자리는 기의 일반과 마찬가지로 고정된 것이 아니며, 기표의 결합이 변화함에 따라 끊임없이 변화한다. 근본적으로 상징계에서 기표는 기의에 대한 우위를 지니며, 순수 기표의 자리는 완전히 채워지지 않는다. 그 때문에 이러한 결여를 메우기 위한 시도가 끊임없이 이루어지는데, 바로 이러한 반복은 상징계의 근본적 특징이라고 할 수 있다.

상징계에 진입하기에 앞서 어린아이는 상상계의 거울 단계를 거친다. 거울 단계에서 아이는 거울에 비친 자기의 완벽한 모습을 보고 기뻐하며 나르시시즘에 빠지는데, 이것을 상상적 동일시라고 한다. 아직까지 신체적으로 미숙한 아이는 거울 속의 완벽하고 통일된 이미지에 빠져 그것을 자신의 이상적 자아로 삼는다. 그러나 아이는 이러한 이미지에도 불구하고 자신의 신체가 불완전하고 조각날 수 있다는 불안을 계속 가지고 있으며, 이것의 그의 공격성을 유발하기도 한다. 그리하여 아이는 상상계를 떠나 상징계로 진입을 시도한다. 상징계에서 아이는 자신을 아버지를 상징하는 기표와 동일시하려고 시도한다. 즉 아이는 기표들의 연쇄에 의해 생겨나는 사회적인 가치를 자아 이상으로 삼으며, 상징계 내에서 주체로 자리 잡는다. 그러나 이러한 상징적 동일시 역시 완전한 존재를 보장하지 못하며 존재의 결여를 경험하게 만든다. 주체는 사물과 직접 접촉할 수 없고 항상 언어적 상징을 거쳐 관계한다. 인간이 살고 있는 현실 세계인 상징계에서 언어적 질서에 들어오지 않는 부분은 찌꺼기로 배제되어 버린다. 이와 같이 기표들의 질서인 상징계 내에는 존재하지 않지만 그럼에도 자신의 존재를 끊임없이 드러내는, 상징화를 벗어나는 영역이 바로 실재다. 이러한 실재는 상징계의 질서에 내포된 결여를 보여 주며 상징계의 한계를 드러내지만, 동시에 그러한 결여를 메우도록 요구하면서 주체의 욕망을 낳는다. 실재는 아무런 구분도 없는 무한하고 절대적인 영역이지만, 상징계는 그 안에 차이를 통한 의미의 세계를 만들어 내면서 실재에 구멍을 낸다. 이와 같이 상징계 내에 텅 빈 구멍처럼 벌어져 있는 결여의 존재인 실재에 대한 욕망과 실재에 도달하려는 시도의 좌절 사이에서 끊임없이 이루어지는 반복 운동이 바로 상징계와 실재의 본질적 관계를 규정한다.

프로이트와 라캉

라캉의 저작 곳곳에 프로이트가 언급되고 있으며, 그의 이론이 프로이트의 사상을 보완, 발전시킨 이론이라는 데는 이견이 없다. 물론 라캉은 프로이트의 이론을 토대로 자신의 독자적인 생각을 전개해 나가는데, 그것이 바로 욕망과 기표의 이론이다.

프로이트는 의식의 표면 아래 감추어져 있는 무의식의 의미를 강조하면서도 이러한 무의식을 분석적인 작업을 통해 의식의 표면으로 끌어올릴 수 있다고 믿었다. 그는 「신비한 글쓰기 판에 관한 소고」에서 영원한 망각이란 없으며, 망각되는 것은 기억의 흔적이 되어 무의식 속에 남아 있다고 주장한다. 따라서 정신 분석은 이렇게 흔적으로 남아 있는 무의식적 기억을 의식의 표면으로 끌어올려 정신 질환을 치료하는 것을 목적으로 해야 한다. 「유아기 신경증에 관한 이야기 ^{Aus der Geschichte einer infantilen Neurose}」에서도 소위 '늑대 인간'이라고 불리는 한 청년의 유년기 꿈을 분석하여 그 (늑대에 관한) 꿈의 원상이 되는 체험을 밝혀내려고 시도한다. 여기에서도 궁극적으로 무의식 속에 감추어진 과거에 대한 기억의 흔적을 찾아내는 것이 프로이트의 목표다. 이처럼 프로이트의 이론에서 기억은 핵심적인 범주이고, 정신 질환을 치료하기 위한 중요한 전제라고 할 수 있다. 이에 반해 반복은 「회상, 반복 그리고 심화 작업」이라는 글에서 드러나듯이 무의식적으로 억압되어 잊힌 것이 현재에 다시 반복해서 나타나는 것을 의미한다. 프로이트는 회상 작업을 통해 이러한 반복 강박의 지배에서 벗어나는 것을 치료의 궁극적인 목적으로 설정한다. 그는 과거의 무의식적인 기억을 현재에 재현하는 것이 가능하다는 생각을 가지고 있다. 이에 따라 회상에 의한 과거 재현은 '심화 작업^{Durcharbeiten}'을 거친다면 반복(강박)을 극복하기 위한 수단으로서 긍정적인 의미를 갖게 된다.

이에 반해 라캉은 회상 작업으로 본원적인 것(원상)을 재현할 수 있다는 프로이트의 믿음을 공유하지 않는다. 이에 따라 반복과 회상에 대한 그의 평가 역시 프로이트의 평가와 대립된다. 라캉은 회상으로 원상을 재현할 수 있다는 생각에 회의를 표명하면서 반복을 회상보다 우위에 둔다. 물론 이러한 생각 역시 프로이트에게 어느 정도 빚을 지고 있다고도 할 수 있다. 왜냐하면 프로이트는 『쾌락 원칙을 넘어서』에서 자신의 이전 이론과 대립되는 생각을 펼쳐 나가며 반복에 대해 새로운 평가를 내리고 있기 때문이다. 프로이트는 이제 '사라짐-다시 나타남 놀이^{Fort-da-Spiel}'라고 불리는 실패 놀이의 예에서처럼 반복의 긍정적인 성격을 강조하고 있을 뿐만 아니라, 심지어 이러한 놀이의 밑바닥에 깔려 있는 죽음 본능, 즉 근원으로 회귀하려는 충동을 근원적인 원칙으로까지 끌어올리고 있다. 반복에 대한 이와 같은 인식 전환은 라캉에게도 많은 영향을 미친다. 실제로 라캉이 반복에 대한 자신의 견해를 피력할 때, 프로이트의 개념을 많이 차용하고 있는 것은 이를 잘 보여 준다. 그럼에도 반복과 관련해서 라캉과 프로이트 사이에는 분명한 차이점이 존재한다. 라캉은 프로이트가 『쾌락 원칙을 넘어서』에서 가정한 죽음 본능이 지나치게 생물학적인 방식으로 설명되고 있음을 지적한다.[1] 라캉이 죽음 본능에 대한 프로이트의 해석에 어떻게 거리를 두고 있는지는 프로이트가 언급한 바 있는 실패 놀이에 대한 라캉의

---

1 Henning Schmidgen: Das Unbewußte der Maschinen. Konzeptionen des Psychischen bei Guattari, Deleuze und Lacan. München 1997, S. 102 참조.

해석을 통해 잘 드러난다.

어머니가 집을 떠나 있는 동안 아이는 실패 놀이를 반복하면서 어머니의 부재로 야기될 수 있는 고통과 공포를 극복한다. 아이는 실패를 침대 모퉁이로 던져 그것이 사라지면 '사라졌다^{Fort}'라고, 그것을 잡아당겨 다시 눈앞에 나타나면 '다시 나타났다^{da}'라고 말한다. 프로이트에 따르면 아이는 이와 같은 놀이를 통해 일하러 나간 어머니가 다시 돌아오리라는 희망과 확신을 갖는다. 즉 아이는 놀이를 통해 어머니의 부재와 귀환을 반복함으로써 부재의 고통을 이겨 내는 것이다.[2] 이러한 실패의 사라짐과 다시 나타남을 라캉식으로 이해해 볼 수도 있을 것이다. 라캉은 프로이트와 달리 실패를 던지는 사람을 아이가 아니라 어머니와 연결시킨다. 실패는 어머니의 일과 관련이 있는 물건이며, 따라서 그 실패를 던지는 사람은 어머니라는 것이다. 그리고 실패는 어머니의 손에 있는 아이를 의미한다. 이로써 부재하는 어머니의 귀환을 원하는 아이의 욕망은 이제 실패처럼 사라진 아이의 귀환을 원하는 어머니의 욕망, 즉 타자의 욕망으로 바뀐다. 이제 '내가 어머니를 원한다'에서 '어머니가 나를 원한다'로 욕망의 형태가 변한 것이다.

놀이 속에서 어머니가 된 아이는 실패[3]를 다시 발견하고 기뻐한다. 아이의 기쁨은 실제로는 아이를 재발견하고 기뻐하는 어머니라고 하는 타자의 기쁨인 것이다. 이 놀이의 기쁨 속에는 이미 '진짜' 어머니도 아이도 없다. 그 속에 있는 것은 타자(즉, 부재하는 어머니)가 되어 버린 아이와 버림받은 아이 자

---

[2] 물론 3장에서 언급한 것처럼 때로는 실패를 던지기만 하고 끌어올리지 않는 경우도 있기 때문에 실패 놀이를 통해 위안을 얻는 것은 실패의 돌아옴과 이를 통한 엄마의 귀가에 대한 확신보다는 놀이 상황을 통해 현실에 대한 지배력을 획득하는 것에 기인한다고 보는 것이 더 타당할 것이다.

[3] 인용문에는 '실타래'로 번역되어 있지만, 독일어 Fadenspule는 '실패'로 번역하는 것이 더 타당하다고 여겨져 인용문의 번역을 '실타래'에서 '실패'로 바꾸었다.

신인 대상 a뿐이다. (……) 실패가 구현하고 있는 것은 괴로워하는 존재, 즉 근원의 무력한 수난이다. 아이는 괴로워하는 자신을 나타내는 대상 a를 몇 번이고 사라지게 했다가 다시 끌어내는 행위를 반복한다.[4]

버려진 대상으로서 통일된 주체로서의 모습이 흔들리고 심지어 해체될 위험에 직면하여 아이는 타자의 모습과 욕망을 자신의 것으로 삼으며, 그러한 해체의 위기를 극복하려고 한다. 주체는 주체로서의 자신의 자리를 잃고 사라질 위기에 있지만, 완전한 무無의 상태로 빠지지 않기 위해 '대상 a Objekt-a' 로 위치를 바꾼다. 확고한 주체로서의 지위가 흔들린 나(아이)는 타자의 욕망 속에 자신을 대상 a로 투영하면서 주체의 완전한 해체 상태를 막으려고 시도한다.

기표들의 사슬 속에서 주체는 결핍으로서의 자신을 채우려 하는데, 이 채움은 역설적으로 자신의 한 부분을 자신과 분리함으로써 가능해진다. 분리된 이 부분적 대상이 주체의 욕망의 원인으로서 기능하는 대상 a다. 주체는 이 대상이 자신의 결핍을 채워 줄 것으로 기대(오인)하고 끝없이 욕망의 환유의 궤적을 따라가게 되는 것이다.[5]

이러한 대상 a는 실패 놀이의 예에서처럼 부재와 임재(회귀)를 반복한다. 이렇게 사라졌다가 다시 등장한 대상 a는 하나의 기표일 뿐, 결코 존재를 보여 주지 못한다. 하지만 그러한 존재가 결여되어 있다는 공허함이 또다시 결여된 존재를 욕망하게 만들어 대상 a로 하여금 부재와 임재의 운동

---

4 신구 가즈시게(김병준 역): 라캉의 정신 분석. 은행나무 2007, 156쪽.
5 주은우: 시각과 현대성. 한나래 2003, 78쪽.

을 반복하게 만든다. 이와 같이 도달할 수 없는 존재에 대한 주체의 끊임 없는 욕망의 운동이 바로 라캉이 의미하는 반복이다.

라캉은 주체가 기표의 작용에 의해 겪게 되는 상실에서 프로이트가 죽음충 동에 대해 언급하는 한 이유를 발견한다 (……) 그는 **죽음 충동**이 인간의 조건 의 일부라는 견해를 프로이트와 공유한다. 그러나 그는 이러한 충동에 대한 근거에 있어서는 프로이트를 따르지 않는다. 프로이트는 부분적으로 생물학 적 요인로 거슬러 올라가며, 심지어 무생물 상태로의 귀환 경향을 이야기하기 도 했다. 다른 한편 같은 글(『쾌락 원칙을 넘어서』)에서 위에서 언급한 어린아이 의 실패 놀이에 대한 관찰이 발견되기도 한다. 여기에서 라캉은 개입하며, 죽 음 충동이 기표의 차원에 의해 초래되는 상실된 직접성으로부터 나오는 것임 을 보여 준다. 주체는 끊임없이 잃어버린 자신의 통일성을 찾지만, 이때 만나 게 되는 것은 어떤 대상도 완전히 채울 수는 없는 실재의 공허함일 뿐이다.[6]

라캉은 프로이트가 "이드가 있었던 곳에 내가 생겨나야 한다"라고 말했 던 것을 너무 실체를 추구하는 것으로 간주한다. 즉 그는 회상을 통해 무 의식을 재생산하려는 프로이트의 추구에 대해 거리를 둔다. 프로이트의 이러한 말에 맞서 그가 내세운 말은 "그것이 있던 곳에 내가 도달해야만

---

6 Peter Widmer: Subversion des Begehrens. Eine Einführung in Jaques Lacans Werk. Wien 2004⁴, S. 57: "Im Verlust, den das Subjekt durch die Wirkungen der Signifikanten erleidet, sieht Lacan einen der Gründe dafür, daß Freud vom Todestrieb spricht (……) Mit Freud teilt Lacan die Auffassung, der Todestrieb gehöre zur conditio humana; er folgt ihm jedoch nicht in der Begründung dieses Triebs. Freud rekurriert teilweise auf biologische Faktoren, sprach sogar von einer Tendenz zur Rückkehr ins Unbelebte—andererseits findet sich in derselben Arbeit ("Jenseits des Lustprinzips") die oben erwähnte Beobachtung des kindlichen Spiels mit der Fadenspule. Hier greift Lacan ein und zeigt, daß der Todestrieb aus der verlorenen Unmittelbarkeit hervorgeht, die durch die Ebene der Signifikanten bewirkt wird. Das Subjekt sucht unablässig die verlorene Einheit seiner selbst und begegnet dabei der Leere des Realen, die kein Objekt ganz zu füllen vermag."

한다"[7]이다. 이 말이 무엇을 의미하는지 이해하는 것이 바로 라캉의 반복 개념을 이해하기 위한 열쇠라고 할 수 있다.

포의 『도둑맞은 편지』와 라캉의 반복 자동증

프로이트가 '반복 강박Wiederholungszwang' 이라는 개념을 사용한 반면, 라캉은 이를 '반복 자동증automatisme de répétition/Wiederholungsautomatismus' 이라는 개념으로 대치한다. 이러한 개념의 변화는 번역으로 인해 생긴 단순한 차이 이상의 의미를 가지고 있다. 라캉에게 "억압된 것의 회귀는 기표의 확인 보고로 나타난다. 그것은 컴퓨터에서처럼 특정한 프로그래밍에 의해 반복된다."[8] "라캉은 무의식을 특정한 공식이나 연쇄가 저장되어 있는 기억 자동 기계로 상상한다."[9] 따라서 반복을 낳는 장소가 무의미가 지배하는 혼란스럽고 비밀스러운 곳이라고 할지라도 이로 인해 생겨난 상징계에서의 회귀에는 일정한 질서와 규칙이 존재한다는 것을 확인할 수 있다. 이것을 이해하기 위해서 포Edgar Allan Poe의 『도둑맞은 편지The Perloined Letter』에 대한 라캉의 분석을 살펴볼 필요가 있다. 라캉의 저작 중 포의 작품에 대한 분석은 두 군데서 발견된다. 하나는 『세미나 책 2권Das Seminar Buch II』 중 「상상계의 피안에서, 상징계 또는 소타자에서 대타자로Jenseits des Imaginären, das Symbolische, oder vom Kleinen

---

7 원래 이 말은 라캉이 위에서 언급한 프로이트의 말을 번역한 것(괄호 안)이다. Jacques Lacan: Schriften II. In: ders.: Das Werk. Hrsg. v. Norbert Haas u. Hans-Joachim Metzger. Übersetzt v. Chantal Creusot u.a. Weinheim u.a. 1991³, S. 50: "Wo Es war, soll ich werden" (Dort, wo es war, muß ich ankommen)

8 Schmidgen: Das Unbewußte der Maschinen, S. 115: "Die Wiederkehr des Verdrängten erscheint als eine Rückmeldung des Signifikanten, die sich wie in einem Computer aufgrund einer bestimmten Programmierung wiederholt."

9 Ebd.: "Das Unbewußte wird von Lacan als ein Gedächtnisautomat vorgestellt, in dem bestimmte Formeln oder Ketten gespeichert sind."

^{zum Grossen Anderen}」이고, 다른 하나는 『글 모음집 1^{Schriften I}』에 나오는 「E. A. 포의 『도둑맞은 편지』에 대한 세미나」다. 포의 작품이 라캉의 반복 개념과 관련해 어떻게 해석되고 있는지를 이해하기에 앞서 우선 이 작품의 줄거리를 살펴보자.

어느 날 파리 경시청장이 뒤팽을 찾아와 여왕의 도둑맞은 편지를 찾아 달라는 부탁을 한다. 여왕은 자신의 내실^{內室}에 왕이 들어오자 그가 알아서는 안 될 내용을 담은 편지를 책상 서랍 속에 숨기려고 하지만, 그것이 힘들어지자 그 편지를 그냥 아무렇지도 않은 듯 책상 위에 놓아둔다. 그런데 그때 함께 그 자리에 있던 D장관은 그 편지의 필체와 여왕의 안색으로 그 편지가 지닌 의미를 짐작하고, 그것을 자기가 마침 가지고 있던 다른 편지와 바꿔치기 한다. 여왕은 D장관이 자신의 편지를 훔쳐 간 것을 목격하지만, 편지의 비밀을 알아서는 안 될 왕이 옆에 있기 때문에 아무런 대항도 하지 못한다. 그 후 여왕은 경시청장을 시켜 이 편지를 되찾으려고 한다. 경시청장은 D장관이 집을 나간 틈을 이용해 경찰력을 동원해 샅샅이 그의 집을 뒤지지만, 편지를 찾지는 못한다. 이제 곤경에 처한 경시청장이 뒤팽을 찾아가 편지를 되찾아 줄 것을 부탁하자, 뒤팽은 5만 프랑을 대가로 약속받고 편지를 되찾아온다. 뒤팽은 경시청장과 달리 그의 집을 샅샅이 뒤지기보다는, 장관이 수학자인 동시에 시인임에 주목하면서 그의 특성에 맞추어 수사를 진행한다. 그리하여 경찰들이 수학적인 엄밀함을 가지고 철저하게 자신의 집을 수색할 것을 계산하여, 장관이 일부러 어수룩하게 편지를 눈에 잘 띄는 곳에 위치한 편지꽂이에 꽂아 두었음을 알아낸다. 이 편지의 봉인은 원래 편지와 달리 S가 아닌 D였고, 편지의 주소는 여자의 필체로 쓰여 있었으며, 편지의 외관 역시 원래의 것과 달리 더럽혀졌고 찢어져 있었다. 그러나 그것이 여왕이 찾는 편지임을 통찰한 뒤팽은 다음날 길거리에서 권총 사건을 꾸며 내 권총 소리에 놀라 장관이 창가 쪽

으로 나간 틈을 이용해 자신이 미리 준비한 가짜 편지와 진짜 편지를 다시 바꿔치기 한다.

라캉은 『도둑맞은 편지』를 상징계와 주체의 관계를 비유적으로 다룬 이야기로 해석한다.

상징계는 주체의 원인이자 활동 무대가 되는 위상학적 공간을 말하며, 시니피앙의 연쇄적 결합과 상호 작용에 의해 구성된다 (……) 상징계에 대한 이와 같은 정의로부터 도출되는 결론은 주체는 상징계의 주인이 아니라 상징계를 이루는 한 항에 불과하며 그때그때 시니피앙의 순환에 의해 맡은 역할을 함으로써 존재한다는 것이다. 이것에 대한 우화가 바로 「『도둑맞은 편지』에 대한 세미나」다.[10]

『도둑맞은 편지』에 등장하는 편지는 주체들의 무의식적인 욕망의 대상이다. 하지만 이 편지는 늘 도둑맞은 편지로만 존재하며, 그 내용이 구체적으로 무엇인지는 알려져 있지 않다. 독자는 그것이 왕비의 사적인 비밀이나 불륜과 관련된 것이 아닐까 추측할 수 있을 뿐이다. 구체적인 내용이 결여된 이 편지는 어떠한 기의와도 일치하지 않는 기표를 상징한다. 비밀 편지는 숨겨져야 한다는 기의에 따라 행동하는 경찰들이 이 편지를 찾지 못하는 것도 이러한 기표의 특성을 제대로 파악하지 못했기 때문이다. 'Letter'로서 문자, 즉 기표를 상징하는 이 편지는 어느 특정인에게 속하지 않고 계속 그 주인을 바꾼다. 모든 것은 이 편지를 중심으로 전개되며, 편지의 순환에 따라 그것을 둘러싼 주체들의 위치가 달라진다. 결국 이 작품은 주체에 대한 기표 내지 상징적 질서의 우위를 주제로 다루고

---

10 김석: 에크리. 라캉으로 이끄는 마법의 문자들. 살림. 2007, 119~120쪽.

있는 것이다.[11]

이 소설에서 편지를 둘러싼 주체들 간의 상호 주관적인 관계는 구조적인 유사성을 보여 준다. 먼저 첫째 중요한 장면에서 여왕이 눈에 띄는 곳에 드러내 놓은 비밀 편지를 왕은 발견하지 못하는 반면, 장관은 그것의 중요성을 인식하고 훔쳐 낸다. 이에 상응하는 둘째 장면에서도 새로운 소유주가 된 장관의 편지를 경시청장은 찾아내지 못하지만 뒤팽은 발견해 낸다. 뒤팽은 형태는 바뀌었지만 이전과 똑같이 눈에 띄는 장소에 노출된 그 편지를 찾아내어 마찬가지 방식으로 훔쳐 간다. 라캉은 이 두 장면의 공통점을 '시선Blick'에 의해 설명한다. 두 장면 모두에서 왕과 경찰은 둘 다 밖에 드러나 있는 편지를 보지 못하는 자들이다. 이에 반해 편지를 소유하고 있는 여왕과 장관은 각각 왕과 경찰이 보지 못하고 있다는 사실을 보지만, 그 때문에 자신들의 비밀 편지를 안전하게 숨길 수 있다고 믿으면서 사실은 속고 있는 자들이다. 끝으로 첫째 장면의 장관과 둘째 장면의 뒤팽은 각기 여왕과 장관의 시선이 숨겨야 할 것을 일부러 드러내고 있다는 것을 바라보는 시선을 가지고 있다. 이와 같이 편지라는 욕망의 대상은 편지를 둘러싼 세 주체 간의 관계를 시선의 관계로 규정할 뿐만 아니라, 그것이 탈취된 후 계속해서 이동함으로써 그러한 특정한 상호 주관성의 공식을 반복해서 만들어 낸다. 이러한 공식은 우리가 접근할 수 있는 감정과 합리적 동기의 피안, 즉 쾌락 원칙의 피안에 위치한 반복 강박을 반영한다.[12] 이것이 특정한 공식이나 상징적 연쇄가 저장되어 있는 자동 기계

---

11 김석: 에크리, 125~126쪽: "라캉에 따르면 주체가 거울에 비친 모습과 동일시하면서 대상처럼 내세우는 자아와 주체를 구별해야 한다. 라캉은 자아와 주체의 구별이 아주 중요하다고 강조하면서 이런 구별을 등한시하는 자아 심리학을 논박하는데, 자아가 상상계에 속한다면 주체란 상징계의 구조이기 때문이다 (……) 하나의 시니피앙이 또 다른 시니피앙과 연쇄 사슬에서 결합할 때 의미의 담지자인 주체가 탄생하지만 그것은 존재론적 사유에서 본다면 고정된 자리가 없는 무에 가깝다. 이 주체는 시니피앙에 의존함으로써만 상징계 내에 아슬아슬하게 자리를 잡는데 주체와 시니피앙의 관계가 정신 분석이 겨냥하는 핵심 대상이라고 라캉은 강조한다."

로서의 무의식[13]이다.

　엄격히 말하자면 여기에서 반복되는 것은 편지가 아니라 도둑맞은 편지이며, 이러한 탈취의 반복은 욕망의 대상인 편지가 영원히 배달될 수 없고, 끊임없이 지연되고 우회하며 도달할 수 없는 곳으로 가는 길을 반복하고 있다는 것을 의미한다. 이러한 반복의 역설적인 운동이 바로 라캉이 포의 『도둑맞은 편지』를 통해 설명하고자 한 것이다.

　기표들의 기표, 즉 기의가 없는 순수한 기표인 편지는 구체적인 대상을 지시하고 의미를 만들어 내는 여타 기표들의 연쇄를 자기 주위에 모여들게 하면서 상징적 질서와 관계하지만, 동시에 그러한 순수한 기표인 팔루스를 소유하고 있는 대타자[14]와 관계하기도 한다. 대타자의 담론인 무의식은 이 편지를 통해 주체에게 말을 걸 수 있다. 그런데 무의식의 수신자이자 편지를 욕망하며 대타자와 대화하는 주체는 한 명이 아닌 다수다. 하지만 이들 중 그 어느 누구도 편지를 완전히 소유하지 못하며, 편지가 끊임없이 탈취당함으로써 편지를 소유한 사람은 계속해서 바뀐다. 또한 동일한 편지라도 그것을 지닌 사람(가령 여왕이나 장관)이 누구인가에 따라 그 의미가 늘 달라진다. 이와 같이 편지는 궁극적으로 결코 어떤 한 주체에게 귀속되는 것도 아니고, 그 의미가 고정되어 있지도 않다. 오히려 그것은 주체들 간의 상징적 질서(연쇄)를 구성하는 구실을 한다.[15]

---

12 Lacan: Das Seminar Buch II. Das Ich in der Theorie Freuds und in der Technik der Psychoanalyse In: ders.: Das Werk. Hrsg. v. Norbert Haas u. Hans-Joachim Metzger. Übersetzt v. Hans-Joachim Metzger. Weinheim u.a. 1991², S. 240 참조.

13 김석: 에크리, 181쪽: "라캉은 무의식이 주체가 억압하는 심상이나 외상적 경험과 연관된다는 생각에 단호히 반대하고 그것을 언어적 효과로 설명한다. 달리 말해 무의식은 상호 주체성의 구조에서 주체의 의지를 벗어나면서 반복되는 시니피앙 연쇄의 작용인 것이다."

14 주은우: 시각과 현대성, 75쪽: "대타자는 주체에 선행하고 그의 바깥에 있으며 말하는 존재로서 주체가 종속되는 비인격적인 언어의 질서다. 주체의 담론은 항상 대타자의 장소에서 일어나는, 대타자의 담론이며, 또 주체의 욕망은 항상 타자의 욕망이라는 점에서 궁극적으로 대타자의 욕망이다. 반면에 소문자로 표기되는 타자는 법에 의해 매개되는 가운데 상호 주관적으로 연결되는 타자, 다시 말해 주체가 대면하는 상대, 즉 다른 주체로서의 타자다."

편지는 기표들의 기표이자 의미를 만들어 내는 심급으로서의 팔루스다. 여기에서 팔루스는 생물학적인 의미에서 남자의 성기를 의미하는 것이 아니라, 고정된 기의를 갖지 않으며 어떠한 대상에 의해서도 대리되지 않는 특권적인 기표로 간주된다. 그것은 자신의 현존을 통해서 상실 그 자체를 육화된 존재로 만드는 결여에 대한 기표다. 다시 말해 팔루스는 상징계 속에서 결여를 지시하는 거세의 기표인데,[16] 이러한 결여가 주체로 하여금 끊임없이 욕망을 갖게끔 만든다. 기표들의 기표, 즉 팔루스적인 기표인 편지는 상징적인 질서를 만들어 내면서 상징계와 관계하지만, 다른 한편 그러한 상징계의 경계에 있는 '섬뜩한 것'으로서의 실재를 지시하기도 한다. 한 번도 의식에 도달해 본 적이 없고 언어적으로도 파악될 수 없는 것으로서의 '실재[Das Reale]'는 트라우마나 죽음의 세계라고 할 수 있다. 그곳은 의미가 파괴되고 해체되는 무의미의 영역이다.

바로 그러한 세계는 『도둑맞은 편지』의 마지막 부분에서 뒤팽이 장관에게 건네주는 편지에 나타난다. 뒤팽은 편지를 찾아 주는 대가로 보수를 받는 데서 드러나듯이 성스러운 영역으로서의 실재에 속하는 인물이 아니다. 그는 편지를 넘겨줌으로써 이제 편지와 무관해지려고 하지만, 그의 욕망은

---

15 기표와 상징적 질서는 경우에 따라서 유사한 의미를 갖기도 하지만 다음의 두 가지 차원에서 서로 구분될 수 있다. 첫째로 기표가 언어의 구성적인 측면을 나타내는 반면, 상징적 질서는 항상 이미 구성되어 있는 것으로서 모든 실존에 선행하는 것이다. 가령 『도둑맞은 편지』에서 편지를 둘러싼 주체들 간의 상호 주관적 질서는 주체에 선행하여 존재하는 상징적 질서라고 할 수 있다. 둘째로 상징적 질서로서의 상징계는 일종의 협약을 만들어 내고, 거기서 주체의 욕망을 표현하며, 인간의 삶을 가능하게 만드는 심급이다. 이러한 상징계는 기표와 달리 대상을 명명하는 데 그 기능이 있는 것이 아니라 모든 인간 상호 간의 관계를 규명하는 기능에 그 본질적 기능이 있다. Widmer: Subversion des Begehrens, S. 43~44 참조.

16 상상계에서 아이는 자신이 어머니의 욕망을 충족시켜 줄 수 있다고 생각하며 자신을 팔루스로 상상한다. 그러나 어머니의 욕망이 자신이 아닌 아버지에게 향해 있다는 것을 인식한 후, 아이는 이러한 상상적 팔루스를 버린다. 즉 그는 거세당하는 것이다. 이러한 상상적 팔루스를 포기하고 어머니가 지닌 욕망의 대상이 된 아버지의 팔루스를 획득하기 위해 아이는 아버지의 이름이라는 상징계에 들어서게 된다. 그러나 아이가 자신의 욕망을 충족시키기 위해 끊임없이 질문을 제기하는 대상인 대타자라는 언어의 장소는 그 자체가 결여의 장소인 동시에 욕망을 가지고 있다. 이에 따라 그것이 소유하고 있는 순수 기표인 팔루스 역시 고정된 기의를 갖는 것이 아니라, 결여의 기표로서 텅 빈 순수한 형식 속에서 온갖 의미를 만들어 내며 끊임없이 존재의 결여를 메우려는 욕망의 운동을 만들어 낸다.

편지에 너무 매여 있어서 마지막에 잔혹한 시행[註7]이 담긴 가짜 편지를 장관에게 보낼 정도로 격정적이 된다. 그는 편지를 잊어버리지만, 편지는 그를 잊지 않는 것이다. 이것은 그가 편지의 상징적 순환에서 빠져나오지 못하며, 편지를 둘러싼 상호 주관적인 관계에서 편지 소유자의 위치를 차지하게 되었음을 의미한다.[17]

뒤팽이 맨 마지막에 바꿔치기한 그 편지의 내용은 실재의 섬뜩한 영역을 지시한다. 그는 이전에 있었던 장관과의 좋지 않은 관계를 이번 기회에 복수하고자 한다. 그래서 장관에게 남긴 편지에 이렇게 적는다. "그토록 사악한 음모. 만일 아트레에게 어울리지 않는다면 티에스테에게는 어울리리라."[18] 그리스 신화에 등장하는 아트레와 티에스테는 원수지간이 된 형제다. 아트레는 티에스테가 자신의 아내를 유혹한 것을 알게 되자, 복수의 일환으로 자신의 조카들을 죽여 요리로 만들어 그들의 아버지 티에스테에게 먹였다. 작품 마지막에 등장하는 뒤팽이 복수를 통해 장관에게 대면하게 하는 것은 이러한 기표의 섬뜩한 이면이다. 모든 의미를 벗어나 있는 기표의 대답은 섬뜩하다. 기표는 자유롭게 행동한다고 믿는 주체를 조종하며, 주체가 부르면 언제든지 달려와 아트레가 대접한 끔찍한 만찬을 제공한다. 주체는 대타자에 대한 욕망과 자신의 욕망 속에 얽혀 분열의 트라우마에 시달리며, 아트레가 대접한 아이의 고기를 연상시키는 식사를 해야만 한다.[19]

우리가 이해할 수 없기 때문에 섬뜩한 무의미로서의 실재는 주체가 도달해야 할 목표 지점이다. 그러나 그러한 목표 지점에 도달하는 것은 실제로는 불가능하다. 왜냐하면 실재는 존재하기는 하지만, 기표에 의해 구성

---

17 이에 대해서는 Strowick: Passagen der Wiederholung, S. 383 참조.
18 에드가 앨런 포(김진경 역): 도둑맞은 편지. 문학과지성사 2003, 44쪽.
19 이에 대해서는 Strowick: Passagen der Wiederholung, S. 385 참조.

되는 상징계가 현실 세계를 구성하면서 그곳에서 배제되어 버리기 때문이다. 그런데 이와 같이 불가능한 것을 끊임없이 행하는 역설적인 이중 운동으로서의 반복이 바로 라캉이 의미하는 반복이다.

> 반복은 상징계의 본성이기도 하다. 상징계는 그 구조에 채워질 수 없는 결여를 가지고 있는데 반복은 이 결여를 채우고자 하는 것이기 때문이다 (……) 상징계가 반복을 특성으로 한다는 것은 죽음 충동이 상징계의 본질을 이룬다는 말이다. 죽음은 충족되지 않는 결여에 다름 아니고, 반복은 그것을 메우려는 운동이기 때문이다.[20]

역설의 이중 운동으로서의 반복

라캉의 반복 개념을 이해하기 위해서는 '반복Wiederholung'과 '회귀Wiederkehr' 개념을 서로 구분하는 것이 중요하다.

> 라캉은 회귀를 상징계에 위치시킨다. 회귀는 재생산의 방식에 따라 작업한다. 그러나 반복은 재생산이 아니다. 트라우마는 재생산될 수 없다. 그것은 재현에서 벗어난다 (……) 주체의 욕망은 트라우마를 마음대로 사용할 수 없다는 것으로부터 사유될 수 있다. 라캉이 반복으로 의미하는 것은 다름 아닌 이 욕망이다. 욕망은 상징적으로 구조화되어 있지만, 상징계에 남김 없이 병합될 수는 없다.[21]

---

20 김석: 에크리, 123~124쪽.

위의 말은 단순히 '상징계에 나타나는 구조의 유사성', 즉 회귀만으로
는 라캉의 반복 개념을 설명할 수 없음을 뜻한다. 반복과 관련해서 주목해
야 할 것은 재현 가능한 차원에서의 유사성이 아니라 반복이 가지고 있는
경계적 속성이다.[22] 즉 반복은 (트라우마인) 실재와의 불가능한 만남의 반
복으로서, 상징계의 경계 지점에 위치하고 있는 것이다. 이러한 차원을 배
제한 채 단순히 상징계에 나타나는 구조적 유사성의 반복만을 강조한다면
라캉의 반복 개념을 제대로 파악하지 못하는 것이 된다.

상상계의 거울 단계에서 아이는 자신과 자신이 욕망하는 어머니에게 나
타나는 결여를 상상적인 방식으로 봉합하며, 어머니와 상상적으로 결합되
고 일체감을 느낀다. 그러나 그가 어머니의 욕망에 종속된 상상적인 동일
시의 과정에서 벗어나 아버지가 대변하는 상징계의 질서로 들어서면서 최
초의 어머니라는 기표는 영원히 억압당한다. 이러한 억압으로 인해 생긴
빈 공간, 즉 실재를 메우려는 욕망이 끊임없이 생겨나지만, 언어적 질서는
이러한 실재를 온전히 표현할 수 없다. 알 수 없는 미지의 대상인 x에 도
달하기 위해 주체가 언어라는 상징적 질서 속에서 수행하는 욕망의 운동
을 설명하기 위해 라캉은 은유와 환유라는 수사학적 개념을 사용한다.

야콥슨이 은유와 환유라는 개념을 수사법의 맥락에서 끄집어내어 언어
의 기본 법칙으로 제시했다면, 라캉은 다시 야콥슨의 이 개념을 차용하여
무의식의 가장 기본적인 법칙으로 공식화한다. 라캉은 은유를 '다른 단어
에 대한 단어Ein Wort für ein anderes'로, 환유를 '단어에서 단어로 넘어가는 것von Wort

21 Strowick: Passagen der Wiederholung, S. 263: "Lacan situiert die Wiederkehr im Symbolischen,
die damit nach Art der Reproduktion verfährt. Die Wiederholung aber ist nicht Reproduktion. Das
Trauma ist nicht reproduzierbar. Es entzieht sich der Repräsentation (⋯⋯) Das Begehren des
Subjekts ist von der Unverfügbarkeit des Traumas her zu denken. Mit der Wiederholung denkt
Lacan nichts anderes als das Begehren, welches – obgleich symbolisch strukturiert – dem
Symbolischen nicht restlos einzuverleiben ist."
22 Strowick: a.a.O., S. 264 참조.

zu Wort' 으로 정의한다.

이 두 수사적 비유는 상호 작용을 하며 욕망의 두 측면을 보여 준다. 한편으로 욕망은 항상 뭔가 다른 것을 원하며 하나의 대상에 만족하지 않는 불안의 특징을 가지고 있다. 환유라는 한쪽 극에서는 '욕망이 대상을 대신한다' 는 것이 중요하다 (……) 은유는 정박과 버팀목을 보장하며 존재의 결핍을 메우는 '완전한 대상을 찾는다'. 그러나 환유적 차원에 의한 전복은 이러한 완전한 현존, 이러한 실현된 존재는 없음을 항상 지시한다. 그 대신에 흔히 구멍으로 표상되는 심연이 그것을 대신해 위협하고 있다.[23]

다시 말해 은유가 단어의 대체를 통해 일종의 상상적인 의미를 구성하면서 욕망을 충족시키려고 하지만, 주체는 다시 그러한 시도의 불충분성을 인식하고 이 단어에서 다른 단어로 넘어가는 환유의 차원에 놓이게 된다. 주체는 환유를 통해 상징계의 경계에 위치하며, '구멍' 으로 표상되는 실재의 섬뜩함을 접한다.

인간은 사물을 기호로 대체하여 상징적 질서에 들어서면서 의미의 세계를 만들어 나간다. 라캉은 기표가 의미를 발생시키는 것을 은유를 통해 설명한다. 은유란 기표들 간의 대체를 통해 전혀 새로운 의미를 발생시키는 의미화 과정이다. 그런데 가령 '내 마음은 호수다' 라는 은유에서 마음과

---

23 Widmer: Subversion des Begehrens, S. 78: "Die beiden Stilfiguren konstituieren in ihrem Zusammenspiel die zwei Seiten des Begehrens. Es kennzeichnet sich einerseits durch seine Unruhe, die immer etwas anderes will, sich mit keinem Objekt zufriedengibt. Für den metonymischen Pol gilt, daß das Begehren an die Stelle des Objekts tritt (……) Der metaphorische Pol sucht ein volles Objekt, das eine Verankerung, einen Halt gewährleistet, den Seinsmangel schließt. Die Subversion durch die metonymische Dimension weist immer wieder darauf hin, daß es diese volle Präsenz, dieses erfüllte Sein nicht gibt. An seiner Stelle droht das Abgründige, das gewöhnlich als Loch vorgestellt wird."

호수가 같은 것으로 표현될 때, 그러한 단순한 대체는 오히려 이들 간의 등치 관계를 성립시키는 요소에 대한 무한한 상상력을 자극함으로써 풍부한 의미화의 길을 열어 놓는다. 왜냐하면 이러한 은유를 통해 마음이 불러일으키는 연상적 의미가 무한해지기 때문이다. 이것은 한 단어(기표)가 고정된 의미(기의)를 지니지 않으며, 다양한 의미를 발생시킬 수 있다는 것을 보여 준다. 이것이 바로 라캉이 말하는 '기의가 기표 밑으로 미끄러진다'는 것의 의미다. 이와 같이 실재의 빈 공간을 메울 수 없는 은유의 불충분함에 대한 인식과 더불어 욕망이 새로운 단어를 찾아 환유적으로 이동하는 과정이 바로 실재와의 불가능한 만남으로서의 반복의 과정이라고 할 수 있다. 왜냐하면 환유를 통한 이동은 결코 완전한 최종 목적지에의 도달을 의미하지 않으며, 끊임없이 새로운 이동을 예고하고 있기 때문이다.

라캉의 반복 개념은 시간적인 차원에서도 고찰할 수 있다. 키르케고르는 『반복』이라는 책에서 반복을 '앞으로 향한 회상'으로 정의한다. 반복에 대한 이러한 정의는 "그것이 있던 곳에 내가 도달해야만 한다"는 라캉의 핵심적인 말을 이해하는 데 큰 도움이 된다. 반복은 결코 순차적인 시간관에 입각해서 과거에 일어났던 것이 현재에 다시 일어나는 것을 의미하지 않는다. 오히려 라캉의 반복 개념을 이해하기 위해서는 이러한 일직선적인 시간 개념에서 빠져나와야 하지만, 다른 한편 단순한 순환적 시간 개념과도 거리를 두어야만 한다. 왜냐하면 그것은 어떤 본원적인 것으로의 귀환이라는 의미에서의 순환적 반복이 아니기 때문이다. 오히려 도달해야 할 실재는 빈자리로만 존재한다. 즉 그것은 기표를 통해 부재중에 존재를 드러내는 것이다. 반복이란 실재의 이러한 빈자리로 끊임없이 돌아오는 것을 의미한다. 그것은 직선적인 시간에서 이탈하는 비약하는 시간으로서의 순간, 휴지부로서의 역설적 시간을 의미한다.

상징계에서 의미를 만들어 내는 팔루스로서의 순수한 기표는 잠재적인 차원에만 존재하며, 도둑맞은 편지에서 알 수 있듯이 직접적으로 현존하지 않는다. 도둑맞은 편지는 잠재적인 대상으로서 재현 불가능한 순수한 과거로 존재할 뿐이며, 그것이 전치된 모든 현재(의 상징적 질서)에 선행한다. 이로부터 이러한 순수 기표를 상징적 질서 속에서 반복하는 모든 환영 내지 허상으로서의 기표들의 시도는 도달할 수 없는 것을 추후에 도달하려는 역설적인 운동을 보여 준다. 그것은 순수한 과거에 도달하려는 앞으로 향한 회상인 것이다. 따라서 "반복의 시간은 단순한 과거가 아니라 '앞으로 향한 회상'(키르케고르)의 역설적 시간이고, 결코 현존한 적이 없었지만 미래로부터 반복되는 과거의 것에 대한 사후적 생성이다."[24]

프로이트는 '늑대 인간'의 꿈을 분석하며 환자가 꾼 늑대 꿈의 원상을 추후에 재구성하려고 시도했다. 처음에 그는 어린 시절 환자가 본 부모의 성행위 장면이 늑대 꿈의 토대가 되는 근원적 장면이라고 해석한다. 그러나 확신에 찬 이러한 초기 해석은 점차 흔들리며, 그는 결국 나중에 이 꿈의 기초가 되는 원상으로서의 근원적 장면이 다를 수 있다는 것을 인정한다. 물론 프로이트 자신은 근원적 장면을 밝혀내려는 시도를 포기하지 않았다. 하지만 라캉의 견해에 따라 그 원상을 도달할 수 없는 순수 기표로 간주한다면, 선행해 있는 순수 과거로서의 원상에 도달하려는 상징적인 질서와 기표들은 도달할 수 없는 것에 도달하려는 역설적인 반복의 운동을 하는 셈이다.

라캉은 회상을 통한 원상의 재현을 부정한다. 언어에 선행하는 존재로서의 실재는 기표들의 질서인 상징계에서 끊임없이 벗어나기 때문에 재현

---

24 Strowick: Passagen der Wiederholung, S. 371: "Die Zeit der Wiederholung ist keine einfache Vergangenheit, sondern die paradoxe Zeit des 'Vorlings-' oder 'Vorwärts-Erinnerns' (Kierkegaard), nachträgliche Erzeugung eines Vergangenen, das niemals präsent war und sich von der Zukunft her wiederholt."

될 수 없지만, 동시에 존재의 결여를 지시하며 끊임없이 상징화를 요구하기도 한다. 이로써 언어를 통해 포착될 수 없는 실재를 언어를 통해 포착하려는 욕망의 반복적인 운동이 일어난다. 실재는 트라우마처럼 잊힐 수 없는 것이지만, 그렇다고 재현의 차원에서 회상될 수 있는 것도 아니다. 망각과 회상이 일반성이라는 재현적 질서의 차원에 있다고 한다면, 반복이라는 독특한 경험은 '망각될 수도 없고 기억될 수도 없는 것'으로서의 트라우마를 빈자리로서 회상하며, 그러한 역설적 회상 속에서 미래에 그 자리에 도달하려고 노력한다. 이것이 재현의 피안에 있는 회상의 기능이다.[25] 물론 그러한 시도는 언제나 실재의 공허함(텅 빔)으로 인하여 실패로 돌아가지만, 바로 그러한 불가능한 도달을 추구하는 것이야말로 라캉이 의미하는 진정한 반복의 의미라고 할 수 있다.

---

25 Strowick: a.a.O., S. 297 참조.

| 2 |

포르노그래피와 반복

포르노그래피 논쟁

앞에서는 라캉의 욕망과 기표의 이론을 중심으로 욕망과 반복의 관계에 대해 살펴보았다. 여기서 말하는 욕망과 반복의 문제가 언어와 연관된 상징계를 중심으로 펼쳐졌다면, 아래에서는 욕망의 개념을 보다 구체화해 성적 욕망과 연관시키고자 한다. 물론 이러한 성적인 욕망 역시 상징계를 완전히 벗어나는 동물적인 욕구나 충동으로 환원될 수는 없기 때문에 라캉의 이론이 부분적으로 언급될 것이다. 그런데 여기서는 일반적인 차원에서의 성적 욕망 자체보다는 그러한 성적 욕망이 표출되는 하나의 매체로서 포르노그래피라는 특수한 장르를 연구 대상으로 삼고자 한다. 포르노그래피는 성적 욕망이 반복적으로 표출되는 장소인 동시에 그 자체로 반복을 장르 내재적인 구조적 특성으로 가지고 있기 때문에 반복과 욕망의 문제가 교차하는 특징을 가지고 있다. 따라서 포르노그래피를 다루는 것은 욕망과 반복의 상호 연관성을 고찰하는 본 장의 의도에 부합한다고 할 수 있다.

포르노그래피와 반복의 관계를 이론적인 차원에서 다루기 전에 먼저 포르노그래피를 둘러싼 다양한 논의를 살펴보자. 미니애폴리스 시의회는 1983년 12월 30일 특정한 종류의 포르노그래피를 여성 시민권을 침해하는 것으로 간주하는 법령을 통과시켰다. 미니애폴리스 시의회는 이 법안의 구상과 관련해 두 명의 페미니스트, 즉 여성 법률가 매키넌[Catharine A. Mackinnon]과 여류 작가 드워킨[Andrea Dworkin]에게 조언을 구했다. 이들은 포르노그래피를 더 이상 음란성과 청소년 보호라는 관점에서가 아니라 여성의 시민권이라는 관점에서 바라보았다.

매키넌과 드워킨이 대변하는 견해의 핵심적인 내용은 다음의 두 가지였다. 첫째로 인권보다 여성의 시민권이 우선한다는 것인데, 그 이유는 인권 속에 포함된 '인간'이라는 개념이 그들의 견해에 따르면 본질적으로는 남성과 동일시될 수 있으며, 이에 따라 이데올로기적인 측면을 가지고 있다는 것이다. 그들의 견해에 따르면 여성은 희생자로서의 측면이 주목받지 못함으로써 포르노그래피를 둘러싼 토론에서 배제되어 있다. 둘째로 그들은 포르노그래피를 섹스에 관한 말이 아니라 2차원적인 형태의 섹스, 즉 행위로 간주한다. 그들은 특히 남성 관객의 포르노 관람과 그에 뒤따르는 이들의 폭력 사이에 존재하는 인과 관계를 강조한다.

이와는 반대로 코넬[Drucilla Cornell]은 포르노그래피라는 주제에 대한 자유주의적인 페미니즘의 견해를 대변한다. 그녀도 포르노그래피가 가지고 있는 위험성을 시인하지만, 포르노그래피 자체를 배격하거나 다양한 포르노그래피적인 표현 가능성 자체를 부정하지는 않는다. 그녀는 성인을 위한 비디오 숍을 추방하거나 법적으로 금지하는 것에 반대한다. 문제를 그런 식으로 풀려는 시도는 섹스가 학교나 가정에서 아무런 자리도 차지할 수 없는 듯한 인상을 불러일으킨다는 것이다. 그녀는 이러한 자료가 관객에게 다양한 방식으로 그들의 섹슈얼리티를 탐구할 수 있도록 사용될 수 있다고 믿는다.[26] 물론 포르노그래피는 주류 포르노그래피처럼 여성을 성기로 환원해서는 안 된다. 매키넌과 달리 코넬은 포르노그래피가 현실이 아니라 섹슈얼리티와 성적인 자의식에 대한 환상을 표현하고 있다고 주장한다. 물론 그것이 현실과 동떨어져 분리되어 있는 것은 아니다. 코넬은 주류 포르노그래피에서 우리에게 강요되는 경직된 성 정체성을 의문시하고 성적인 환상의 표현을 통해 개방적인 성 정체성에 대해 성찰하는 것에 찬성한다. 그녀는 또한 포르노그래피의 수용과 폭력 사이에 직접적인 인과관계가 있다는 매키넌의 가정을 비판한다. 매키넌은 포르노그래피가 불러일으킨 성적인 흥분이 섹스를 할 때 남성으로 하여금 여성에게 폭력을 가하거나 심지어 강간을 유발할 수 있다고 전제한다. 이러한 테제는 남성의 육체가 이미지의 자극에 대해 직접적으로 반응하고 지배받는다는 '행동주의behaviorism'의 가정에 기초해 있다. 그러나 코넬에 따르면 남성에 대한 매키넌의 바로 그러한 시각이 그녀가 비판하는 포르노그래피적인 세계를 반영한다.

일반적으로 포르노그래피는 인간 존재를 기본적인 신체 부분으로 추상화하거나 환원한다. 여기에서 자아란 없으며 단지 음란함이라는 이미지 언어 속에서 성기로 환원된 육체만이 존재할 뿐이다 (……) 남자는 자신의 페니스가 된다. 그는 그러한 상황을 변화시킬 수 없다.[27]

---

26 Drucilla Cornell: Die Versuchung der Pornographie. Frankfurt a.M. 1997, S. 118.

이와 같이 포르노그래피에서 남성이 성기로 환원된 것처럼 포르노그래피를 본 남성이 성적으로 흥분하여 성적인 폭력을 행사한다는 해석은 남성을 단순히 성기로 환원한다는 것이다.

매키넌과 드워킨의 견해를 따르는 카펠러[Susanne Kappeler]는 다른 관점에서 자유주의적인 페미니스트를 공격한다. 그녀는 포르노그래피에 대해 급진적인 비판을 가하며, 그것이 지닌 모든 긍정적 가능성을 부정한다. 그녀는 특히 포르노그래피의 생산 조건과 수용 조건에 주목한다. 포르노그래피의 제작자와 관객은 여성을 남성적 권력의 비하 대상으로 만들려는 의도로 일종의 동맹을 맺는다. 여기서 문제가 되는 것은 포르노그래피 자체가 아니라 그것의 생산과 수용 조건이다. 그녀의 비판은 특히 여성을 포르노그래피적인 표현에서 남성의 관찰 대상으로 격하하는 남성적 시선과 연관된다. 그러한 시선은 인간이 동물원에서 동물을 관찰하는 시선과 동일한 것이다.

이러한 시선하에서의 목적은 여성과의 '섹스'가 아니다. 그 목적은 주체의 삶의 감정이며 욕망이다. 향유는 주체가 '대상'을 절대적으로 사물화하고 그것에 대한 독점적인 통제권을 가질 때 더 완전하게 실현될 수 있다.[28]

카펠러는 포르노그래피 관람뿐만 아니라 인간을 대상으로 쳐다보는 것

---

27 Cornell: Die Versuchung der Pornographie, S. 76: "Im allgemeinen geht es in der Pornographie um die Abstraktion oder die Reduktion eines menschlichen Wesens auf seine elementaren Körperteile. Hier gibt es kein Selbst, sondern nur den auf die Geschlechtsteile in der Bildersprache der Geilheit reduzierten Körper (……) Der Mann wird zu seinem Penis. Er kann es nicht ändern."

28 Susanne Kappeler: Pornographie. Die Macht der Darstellung. München 1988, S. 68: "Ziel, unter dieser Perspektive, ist nicht 'Sex' mit Frauen, Ziel sind das Lebensgefühl und die Lust des Subjekts. Der Genuss lässt sich vollkommener verwirklichen, wenn das Subjekt, durch absolute Verdinglichung des 'Objekts', alleinige Kontrolle darüber hat."

자체를 비판한다. 그 이유는 그것이 인간을 관찰 대상으로 만듦으로써 인간 상호 간의 관계를 인간과 사물의 관계로 바꿔 놓기 때문이다. 비하된 관찰 대상은 관찰자의 자의식과 권력 의식을 강화시키는 데 도움이 된다. 이러한 관계는 주체 중심적이고 독백적인 관계다. 그 때문에 카펠러가 포르노그래피에 대한 비판을 넘어서 서적 인쇄물이라는 매체 전반을 비판하는 것은 놀라운 일이 아니다.[29] 왜냐하면 책 역시 본질적으로 대화를 허용하지 않기 때문이다. 그녀는 두 화자가 서로 말하고 듣는 역할을 동등하게 교환할 수 있는 대화를 이상적인 의사소통 형식의 예로 내세운다. 그러나 이러한 생각은 현대의 매체 발달을 고려하지 않은 채 소크라테스와 플라톤의 이상으로 회귀하려는 것처럼 보인다.[30] 카펠러는 플라톤과 마찬가지로 서적 인쇄물이라는 매체를 단호하게 부정하며, 직접적인 상호 주관적 의사소통만을 중요시한다. 하지만 그녀가 독자는 단지 수용자의 역할에만 머물고 작가에게 직접적으로 반응하며 그와 대화할 수 없기 때문에 책이라는 매체를 배척해야 한다고 주장할 때, 이러한 주장은 그리 설득력 있어 보이지는 않는다. 왜냐하면 독자는 독서를 통해 자신과 대화할 수 있고 또한 다른 사람과 그 책에 대해 토론할 수도 있기 때문이다. 또한 작가 역시 자신에게 주체로서의 역할만 부여하면서 자신의 권력 감정을 즐길 수는 없는데, 왜냐하면 자기 책의 생성 과정과 수용이 상호 텍스트성이라는 대화적 조건하에서 이루어지고 있기 때문이다.

카펠러는 인간의 시선, 특히 남성적인 시선에 의해 여성이 대상화되고

---

29 Kappeler: Pornographie, S. 201 참조.
30 『파이드로스 Phaidros』에서 신화에 나오는 문자의 발명자인 테우스는 문자가 인간을 더 현명하고 기억력을 더 풍부하게 만들기 때문에 그것을 위대한 발명으로 간주한다. 반면 타무스 왕은 이러한 평가에 동조하지 않는데, 그 이유는 인간이 글로 쓴 말을 믿음으로써 자신의 기억을 등한시할 뿐만 아니라 또한 이렇게 쓰인 글은 질문에 답할 수도 없기 때문이다. 문자에 대한 플라톤의 회의는 문자가 가지고 있는 독백적인 성격에 기반을 두고 있다. Barbara Zehnpfenning: Platon. Hamburg 2005, S. 166~167 참조.

사물화되는 현상을 비판한다. 이러한 비판은 분명 타당성을 지니지만,[31] 카펠러가 비판하는 관람자의 주체 중심적인 시선이 실제로는 그 자신의 시선마저 성찰 대상으로 삼으면서 의문시할 수 있으며, 이로써 새로운 시선을 만들어 낼 수 있는 가능성도 열어 두어야 할 것이다. 그 때문에 심지어 주류 포르노그래피마저 자신의 의도에 반하는 결과를 낳을 수 있는데, 왜냐하면 관람객이 그 영화에 대한 혐오감으로 인해 시선을 내면으로 향할 수 있기 때문이다.[32] 물론 시점 전환과 새로운 성 정체성은 주류 포르노그래피보다는 경직된 성 정체성과 성관계에 숨겨진 지배 이데올로기를 비판적으로 묘사하는 (안티)포르노그래피에서 더 쉽게 획득될 수 있을 것이다.

포르노그래피와 반복

사람들, 특히 남자들이 왜 포르노그래피를 반복해서 보는지에 대해서는 의견이 분분하지만, 이들이 포르노그래피의 반복적 관람이라는 유혹에 내맡겨져 있음에 대해서는 일반적으로 의견이 일치한다. 카펠러는 이러한 반복적인 관람의 강박증을 남성들이 포르노 관람을 통해 여성에 대한 자신의 권력 감정을 강화하고, 강력한 주체로서 자신의 위치를 확고히 하려

---

31 사르트르는 『존재와 무 L'être et le néant』에서 데카르트적인 주체 중심적 시선을 상대화하는 또 다른 주체의 시선이 존재할 수 있음을 강조한다. 그러나 그는 주체 중심적 시선에 대해 비판적으로 성찰하면서도 그것을 완전히 포기하지는 않는다. 물론 여기서 한 걸음 더 나아가 보다 확장된 시선의 장에서 주체 중심적 시선을 해체하는 라캉의 응시 이론이나 니시타니 슌야타의 시각장 이론을 주체 중심적 시선에 대한 대안으로 제시할 수도 있을 것이다. 이에 대한 자세한 내용은 다음을 참조하시오. 노먼 브라이슨: 확장된 장에서의 응시. 실린 곳: 핼 포스터(편)(최연희 역): 시각과 시각성. 경성대학교 출판부 2004, 157~191쪽.
32 포르노그래피의 주체 중심적 시선에 대한 성찰도 가능한데, 가령 로널드 드워킨은 남성의 대부분이 포르노그래피를 모욕적인 것으로 느끼고 있다고 주장한다. Ronald Dworkin: Only Words. In: The New York Review of Books, 3. March 1994, Bd. 151, Nr. 5, S. 48~49. 포르노그래피를 보며 느끼는 모욕의 감정은 남성이 포르노그래피에서 성기로 환원된다는 비판적 인식으로 발전할 수 있다.

는 의도에서 비롯된 것으로 설명한다.

코넬은 이러한 반복 강박을 다른 관점에서 바라보며 그것을 라캉의 이
론을 토대로 설명한다. 전 오이디푸스 단계에 있는 아이는 어머니의 욕망
에 자신의 욕망을 맞추면서 어머니와 자신 간의 완벽한 합일의 환상을 갖
는다. 어머니와 아이 간의 완벽한 합일이라는 상상계의 환상이 깨어지고
아이가 오이디푸스 단계의 상징적 질서로 들어간 후에도 어머니는 상상계
에서 전능하고 위협적인 존재로 여전히 남아 있다. 반면 상징적인 질서의
단계에서 아이에게 동일시의 모범이 되는 아버지는 포르노그래피에서는
생물학적인 페니스로 축소되어 나타난다. 페니스와 팔루스를 이렇게 단순
하게 동일시함으로써 포르노그래피에서는 영원히 발기된 성기가 상상계
로의 퇴행을 암시하며 공포를 불러일으키는 어머니를 지배할 수 있는 아
버지의 상상된 성기가 된다.[33]

포르노그래피의 시나리오는 반복되어야만 하는데, 그 이유는 억압되고 산
산조각 나며 갈기갈기 찢긴 팔루스적인 어머니가 무의식의 차원에서 영원히
회귀하기 때문이다 (……) 나의 테제는 이러한 공포가 없다면 사람들이 성적으
로 흥분하지 않을 거라는 것이다. 욕망된 대상을 지배한다는 환상 없이, 그리
고 이것이 불가능하다는 것을 적어도 무의식적으로 인식하지 않고서는 어떤
반복도 그리고 계속해서 다시 줄과 쇠사슬에 묶인 채 있는 이러한 여성에게
되돌아가려는 욕망도 존재하지 않을 것이다.[34]

33 Cornell: Die Versuchung der Pornographie, S. 80 und S. 82.

34 Cornell: a.a.O., S. 83 u. S. 85: "Das pornographische Szenario muß wiederholt werden, weil die
phallische Mutter, unterdrückt, zerstückelt, auseinandergerissen, auf der Ebene des Unbewußten
immer wiederkehren wird. (……) Ohne diese Angst, so meine These, wäre man nicht erregt.
Ohne das Phantasma, daß man das begehrte Objekt beherrscht, und ohne das zumindest
unbewußte Wissen, dass dies unmöglich ist, gäbe es keine Wiederholung und nicht das
Begehren, immer und immer wieder zu dieser Frau in Banden und in Ketten zurückzukehren."

다시 말해 포르노그래피에서는 상징계에 들어선 우리에게 무의식의 차원에서 끊임없이 나타나 우리를 다시 상징계에서 끌어내 파괴할 것이라고 위협하는 상상계의 어머니 상을 제압하기 위해, 발기된 성기로 축소된 상징계의 아버지가 그녀를 쇠사슬에 묶고 학대하는 환영을 만들어 낸다는 것이다. 이로써 우리는 상상계로 퇴행하는 위협에서 벗어날 수 있다. 그러나 이러한 상상계의 팔루스적인 어머니는 궁극적으로 제압되고 지배될 수 없기 때문에 끊임없이 그녀를 제압하려는 포르노그래피적인 폭력이 반복된다.

위에서 언급한 가설은 주류 포르노그래피와 연관되어 있고, 포르노그래피에 대한 남성의 욕망만을 설명하려고 시도한다. 이 경우 포르노그래피적인 관음증에 대한 여성의 욕망은 의도적으로 무시된다. 실제로 복잡한 인간의 심리적 기제를 전체적으로 해명하는 것은 쉽지 않은 일일 것이다. 필자의 생각으로는 포르노그래피의 반복적인 관람에 대한 욕망을 설명하기 위해서는 우선 쾌락 원칙의 본성을 이해해야만 한다.

일반적으로 프로이트의 현실 원칙이라는 개념은 인간이 지나치게 자신의 쾌락만을 추구할 때 자기 보존의 문제가 발생하기 때문에 생겨나는 것으로 이해된다. 이에 반해 라캉은 프로이트의 쾌락 원칙과 현실 원칙을 기존의 해석과 다르게 이해한다. 그는 쾌락 원칙에서 쾌락이 역설적으로 그것의 종결을 향해 나아간다고 주장한다.

신경 체계의 차원에서 자극이 있으면 원심성의 궤도와 구심성의 궤도, 즉 모든 것이 작용하고 움직이게 된다. 그것은 생명체가 다시 자신의 안정을 얻기 위함이다. 프로이트에 따르면 그것이 바로 쾌락 원칙이다.[35]

이와는 반대로 "현실 원칙의 본질은 그 유희가 계속되는 데 있다. 즉 쾌락이 끊임없이 새롭게 생겨나고 투쟁이 투쟁의 결핍으로 인해 중단되지 않도록 하는 데 있다. 현실 원칙의 본질은 우리에게 쾌락을 제공하는 데 있다. 그러한 쾌락의 본성이 바로 그것이 중단되는 데 있지만 말이다."[36]

포르노그래피는 현실에서 실현되지 않고 실현될 수도 없는 성적인 쾌락의 완전한 충족을 약속하지만, 그 약속을 지키지는 못한다. 이러한 현상은 한 가지 원인으로 소급될 수는 없다. 이러한 이유 중 하나로 예를 들면 성기의 단조로운 피스톤 운동을 반복적으로 묘사하는 단조로운 내용, 즉 제공된 성적인 환상에 대한 실망에서 찾을 수 있을 것이다. 그러나 설령 포르노그래피가 제공하는 성적인 환상이 관람자의 쾌락에 대한 욕망을 순간적으로 만족시켜 준다고 할지라도(보다 정확히 말하면 그러한 만족의 환상을 가져다준다고 할지라도)[37] 이러한 만족의 상태가 지속될 수는 없다. 왜냐하면 관

---

35 Lacan: Das Ich in der Theorie Freuds und in der Technik der Psychoanalyse. Das Seminar Buch II. 1991, S. 111: "Wenn es auf dem Niveau des Nervensystems eine Stimulation gibt, dann wird alles wirksam, wird alles ins Spiel gebracht, die efferenten Bahnen, die afferenten Bahnen, damit das Lebewesen wieder seine Ruhe findet. Das ist das Lustprinzip nach Freud."

36 Lacan: a.a.O., S. 112: "Das Realitätsprinzip" hingegen "besteht darin, daß das Spiel weitergeht, das heißt, daß die Lust sich erneuert, daß der Kampf nicht aus Mangel an Kämpfen aufhört. Das Realitätsprinzip besteht darin, uns unsere Lüste zu verschaffen, jene Lüste, deren Tendenz gerade die ist, zum Aufhören zu kommen."

37 그러나 실제로 포르노그래피를 보거나 성행위를 할 때 완전한 만족을 얻기란 불가능하다. 이와 관련해 보토 슈트라우스는 다음과 같이 말한다. Strauß: Paare, Passanten., S. 54: "인간의 성에는 시시포스의 작업이며 성교 불능자의 꿈이다. 그것은 끊임없이 자연의 절정을 향해 다가가려고 노력한다. 우리는 약속하는 힘에 의해 화해하고 절정으로 끌려 올라가지만, 자연스러움의 절정을 체험하는 것은 결핍의 존재인 우리에게 허용되어 있지 않다. 인간은 결코 그 절정에 도달하지 못한다. 아니면 예를 들어 오르가슴이 일어날 때 짧게 30초 동안 의식이 혼미한 상태에서 그것을 체험할 수 있는가? 만일 대부분의 시간처럼 행복한 실신의 상태에 이르지 못하고 행복이 2센티미터 정도 더 밋밋해진다면? 행복은 척도와 가치의 등급을 창조하고, 상대적인 것은 항상 현장에 있으며 어떤 진정한 절정을 인정하지 않는다. 그래서 옛말에 따르면 모든 동침 후에 우리를 조롱하는 악마의 요란한 웃음소리가 터져 나오는 것이다. Die menschliche Sexualität ist eine Sisyphosiade, ein Impotenz-Traum. Unentwegt strebt sie einem Höhepunkt von Natur entgegen, zu dem es uns hinaufzieht mit Versöhnung versprechender Kraft. Jedoch den Höhepunkt seiner Natürlichkeit zu erleben, ist dem Mängelwesen nicht verstattet: es erreicht ihn nie. Oder etwa in der kurzen, eine halbe Sekunde währenden Bewußtseinstrübung auf dem Überroll des Orgasmus? Und wenn es, wie die meiste Zeit, zur glücklichen Ohnmacht nicht langt, die Seligkeit zwei Zentimeter flacher ausfällt? Das Glück schafft Maßstäbe und Werteskalen, das Relative ist immer zur Stelle und erkennt keinen wirklichen Höhepunkt an. Auch daher das schallende Gelächter des Teufels, das, einem alten Wort zufolge, nach jedem Beischlaf uns verhöhnt."

람자의 쾌락은 쾌락 원칙이 지닌 신체의 생리적 밸런스 유지 기능에 따라 곧 다시 멈추기 때문이다. 물론 인간의 성적인 쾌락은 현실 원칙에 따라 다시 새롭게 생겨난다. 인간은 현실의 성생활에서 생겨나는 결핍의 감정을 충족시키려는 소망을 끊임없이 갖는다. 그 이유는 인간이 실현되지 않은 과제를 다시 해결하려는 성향이 있기 때문이다. 현실의 섹슈얼리티에 나타나는 이러한 결핍 체험이 우리로 하여금 포르노그래피라는 환상의 세계에서 이러한 결핍을 상쇄하도록 유혹하는 것이다.

이와 같은 생리학적인 설명을 라캉의 이론과 연결시켜 보완하거나 수정할 수도 있을 것이다. 라캉에 따르면 상징계에 들어선 인간은 근본적으로 언어를 통해 대상을 지시할 수 없기 때문에 존재의 결여를 감수하며 살지 않을 수 없다. 이렇게 직접성을 상실하고 문화의 세계에서 살아야만 하는 인간은 성적인 결합에서도 절대적인 향유에 도달하지 못하며, 성적인 결핍 체험과 그것에서 벗어나려는 시도를 반복하지 않을 수 없다. 왜냐하면 성적인 충동 역시 순수하게 육체적인 것이라기보다는 상징계와의 관계에 의해 생겨나기 때문이다. 이러한 상징계의 조건에서 생겨나는 성적 결합의 한계, 즉 존재 결여를 극복하려는 욕망이 포르노그래피의 반복적인 관람 이유가 될 수 있을 것이다.

포르노그래피의 반복적 수용은 또한 그것의 내적인 구조를 관찰함으로써 설명할 수 있다. 포르노그래피의 내적인 구조를 인식하기 위해서는 우선 그것에 대한 정의 문제에서 출발해야 한다. 포르노그래피를 정의할 때, 보수적인 페미니스트들은 항상 그것을 폭력이라는 '개념'과 연결한다. 물론 많은 포르노그래피 영화에서 폭력 장면이 등장한다는 사실은 부인할 수 없다. 그러나 이러한 폭력 사용이 포르노그래피적인 표현을 구성하는 요소는 아닌데, 그 이유는 포르노그래피가 순전히 에로틱한 섹스 장면만으로 구성될 수도 있기 때문이다.

코넬은 포르노그래피라는 장르를 보다 중립적으로 정의하려고 시도한다.

나는 포르노그래피를 성적인 반응을 불러일으키려는 목적으로 성기와 성행위를 직접적으로 표현하고 묘사하는 것으로 정의한다.[38]

물론 그녀의 정의는 완전히 중립적이지만은 않은데, 왜냐하면 그것은 양성애적인 주류 포르노그래피만을 다루며 동성애적인 포르노그래피를 배제하기 때문이다.[39]

코넬의 정의는 포르노그래피의 가장 중요한 특징, 즉 직접적인 묘사를 언급하지만, 또 다른 한 가지 중요한 요소를 간과하고 있다. 이러한 또 다른 중요한 구성 요소를 인식하기 위해서는 에로물과 포르노그래피를 구분해야만 한다.

스타이넘[Gloria Steinem]은 에로물과 포르노그래피의 구분 척도가 성교의 질, 즉 성행위에 대한 파트너의 입장이라고 주장한다. 에로물에서 섹슈얼리티가 중심에 놓인다면, 포르노그래피에서는 권력과 폭력으로서의 섹스가 다루어진다는 것이다.[40] 폭력적인 포르노그래피와 폭력이 등장하지 않는 에로물 사이의 구분은 표현 형식이 아니라 현상 형식, 심지어 내용적인 측면의 일부가 구분 척도로 사용된다는 측면에서 문제가 있다. 포르노그래피라는 장르의 본질을 이해하려고 한다면 성기와 성행위라는 내용적 측면을 넘어서 포르노 '그래피' 라는 개념이 내포하는 표현 형식의 측면도 고려해

38 Cornell: Die Versuchung der Pornographie, S. 45: "Ich definiere Pornographie als die deutliche Präsentation und Darstellung von Geschlechtsorganen und Geschlechtsakten mit dem Ziel, sexuelle Reaktionen hervorzurufen."
39 Cornell: a.a.O., S. 46.
40 Gloria Steinem: Erotica and Pornography: A Clear and Present Difference. In: Ms, November 1978, p. 54.

야만 할 것이다.

코넬이 정확하게 지적한 것처럼 포르노그래피적인 표현 형식은 우선 직접성이라는 범주에 의해 규정된다. 그러나 포르노그래피와 에로물을 구분하는 또 다른 중요한 범주가 있으니, 그것은 바로 반복과 순간이다. 포르노그래피는 성행위를 반복해서 보여 주는데, 왜냐하면 이러한 성행위 자체가 사건 전개로서의 줄거리를 대신하기 때문이다. 사건은 상황의 변화를 전제로 한다. 줄거리는 잇따라 일어나는 사건으로 구성되어 있다. 그러나 그러한 사건의 전개는 포르노그래피에서는 발견되지 않는데, 왜냐하면 여기서는 성행위가 그 자체로 완결된 사건으로서 다른 사건의 연쇄를 필요로 하지 않기 때문이다. 이에 따라 관객의 시각은 성행위라는 순간에 향하게 된다. 그 때문에 설령 관객이 포르노그래피 영화의 상당 부분을 놓친다 하더라고 그것이 그에게 큰 손실을 의미하지는 않을 것이다.

에로물의 경우에는 위에서 언급된 범주, 즉 직접성과 반복 그리고 순간의 비중이 상대적으로 적다고 할 수 있다. 여기서 성기는 완전히 노출되지 않으며, 성행위 장면도 분명히 제시되지 않는다. 이러한 직접성의 결핍은 서사에 의해 상쇄되어야 한다. 순차적으로 일어나는 사건을 서술하는 서사의 경우에는 선형성(사건의 전개)과 연속성이 중요한 의미를 갖는다. 따라서 에로적인 주제를 다루는 에로물은 본질적으로 에로적인 장면의 라이브르포타주적인 묘사가 아니라 에로적인 주제에 의존해 있다.

그럼에도 에로물과 포르노그래피 간의 명확한 구분이 항상 가능한 것은 아니다. 왜냐하면 이 두 장르는 서로 영향을 미치며 상대방의 특징을 자신의 것으로 만들며 자신을 보완해 가기 때문이다. 예를 들면 에로물에서도 성행위 장면이 자주—물론 상대적으로 시간적인 간격이 크다 하더라도—등장한다. 물론 이러한 반복이 끊임없이 서사적 구조에 의해 중단되기는 하지만 말이다. 반대로 포르노그래피의 경우도 에로물이 가지고 있는 요소의 영향을 받고 있다.

옛날의 16밀리 저예산 필름(소년이 소녀를 만나고 15초 후에 그들은 이미 성행위를 시작하며 그것을 끊임없이 반복한다)은 보다 값비싼 35밀리 고급 필름(보다 나은 음향과 보다 나은 영상, 그리고 포르노를 둘러싼 약간의 줄거리를 지닌)으로 대체되었다.[41]

클로즈업된, 기계적으로 반복되는 단조로운 피스톤 운동은 지루함 내지혐오감을 불러일으킬 수 있으며, 그 때문에 포르노그래피에도 약간의 서사 구조가 도입된 것이다.

포르노그래피에서 나타나는 똑같은 성행위 장면, 즉 똑같은 순간의 반복은 단지 짧은 순간만 관객의 쾌락을 자극할 수 있다. 하지만 관객이 가지고 있는 소망을 실현시킬 수 있다는 환상은 그리 오래 지속되지 않는다. 이러한 환상은 이 황량한 반복이 계속되고 자신의 본성에 어긋나는 지속성을 띠게 될 때 파괴되고 만다.

히에로스 가모스[42] 의식에서 경험하는 신성한 체험은 포르노그래피에서 나타나는 성행위 장면에서는 경험되지 않는다. 그럼에도 순간적인 만족의 환상과 그에 뒤따르는 환상의 파괴는 그러한 환상의 순간적 작용이소진되고 그것의 불완전성이 잊히자마자 새로운 환상에 대한 기대로 대체

---

41 Henry Schipper: Filthy Lucre: A tour of america's most profitable frontier. Mother Jones. April 1980, p. 60(Zitiert nach Kappeler: Pornographie, S. 93f.): "Die alten 16-mm-Kleinbudget-Streifen (Junge trifft Mädchen, 15 Sekunden später treiben sie's schon und immer wieder und wieder und wieder) sind durch teurere 35-mm-, Qualitäts'-Filme (mit besserer Tonqualität, besserer Farbreproduktion und einem Anflug von Handlung um den Porno herum) ersetzt worden."

42 '히에로스 가모스 Hieros gamos'는 근동과 유럽의 청동기 시대에 있었던 종교 의식이다. 이것은 원래 신들 간의 성적인 결합에서 출발해 신들과 인간과의 성적인 결합을 거쳐 나중에는 지상에서 신을 대변하는 군주와 여사제 간의 신성한 성적인 결합의 의식을 지칭했다.

된다. 포르노그래피에 나타나는 성적인 환상의 불완전성은, 현실에서의 성적인 결핍 체험이 우리에게 지속적으로 이러한 결핍을 상기시키고 충족되지 못한 성적인 소망에 대한 새로운 기대를 불러일으키기 때문에 곧 잊히게 된다. 그 때문에 포르노그래피에 대한 반복적 관람이 이루어지는 것이다.

포르노그래피의 즉물적 반복이 안티포르노그래피의 비판적 반복으로 변화할 수 있을까? 한 장르의 경계는 그것의 역사적 발전에 따라 이동하기 마련이며, 포르노그래피도 예외는 아니다. 다음 절에서는 이 문제를 옐리네크의 소설 『쾌락』의 예를 통해 다루고자 한다.

|3|

옐리네크

『쾌락』

　전근대 사회에서 사적인 영역은 공적인 영역과 분명하게 구별되지 않았다. 가족이라는 개념은 부모와 자식뿐만 아니라, 하인이나 도제까지 포함하는 포괄적인 개념이었다. 이에 따라 가정의 영역과 노동 세계 간의 구분도 명확할 수 없었다. 사적인 공간과 공적인 공간의 경계는 시민 사회로 들어서면서 점점 뚜렷이 드러나다가 오늘날에 와서는 다시 점차 사라지는 것처럼 보인다. 예를 들면 이것은 가택 근무자의 수가 증가하는 현상에서 확인할 수 있다. 또한 공적인 영역이 사적인 영역으로 다시 들어올 뿐만 아니라, 정반대로 사적인 영역이 공적인 영역에 노출되는 현상도 나타나고 있다. 이것은 내밀한 사생활이 방송이나 UCC 등을 통해 공개되고, 이로 인해 수치심이라는 사적인 감정이 점점 사라져 가는 현실에서도 엿볼 수 있다.

　슈트라우스에 따르면 우리의 내밀한 영역이 상실될 위험은 특히 우리의 일상생활을 오락 프로그램으로 만들며 우리의 사적인 대화와 감정을 시청자의 음란한 시선에 내맡기는 텔레비전과 같은 매체의 발전에 의해 생겨난다.[43] 슈트라우스는 텔레비전에서 구경거리로 제시되는 내밀한 대화를 모스크바 재판과 비교한다. 또한 이러한 대화는 포르노그래피와도 닮아 있다. 개인적인 비밀을 포함한 일상생활을 구경거리로 제시하는 방송은 독일뿐만 아니라 한국에서도 매일같이 텔레비전 화면을 지배하고 있다. 침대에서 벌어진 일까지 '격렬한' 토론거리로 제시되는 일도 드물지 않게 일어난다. 이때 스튜디오의 청중이나 텔레비전 시청자 모두 당사자의 행동과 이야기를 포르노그래피적인 관음증을 가지고 시청하게 된다. 매체가 인간의 내밀한 영역을 이렇게 구경거리로 제시할 때, 이것은 포르노그래피적인 묘사와 정확히 일치한다. 이는 포르노그래피가 우리의 일상에 얼마나 깊이 침투했는지를 여실히 보여 준다.

발저도 『일각수Das Einhorn』에서 기록 문학을 포르노그래피적인 문학으로 조소하면서[44] 현실을 이렇게 직접적으로 보여 주는 것을 포르노그래피적인 것으로 간주한다. 그렇다면 허구적인 소설로서 그 허구성 때문에 구성적이고 간접적인 성격을 지니는 옐리네크Elfriede Jelinek의 소설 『쾌락』이 어떻

---

43 Strauß: Anschwellender Bocksgesang. In: ders.: Der Aufstand gegen die sekundäre Welt, München 1999, S. 68: "나는 보여 주기 위한 대화와 보여 주기 위한 재판 사이에서 고발당한 사람을 제시하는 정도의 차이만을 볼 뿐이다. 사적인 대화를 할 때 수백만의 관련 없는 사람들에 의해 구경당하는 사람은 둘만의 대화, 얼굴과 얼굴을 맞대고 하는 말이 지닌 위엄과 경이로움을 침해하며, 내밀한 영역을 영원히 박탈당하는 처벌을 받게 될 것이다. 전신(電信)이 지배하는 공중성이라는 정권은 가장 무혈적인 폭력의 지배인 동시에 역사상 가장 포괄적인 전체주의다. Ich sehe zwischen einem Schau-Gespräch und einem Schau-Prozeß nur graduelle Unterschiede in der Vorführung von Denunzierten. Wer sich bei einer privaten Unterhaltung von Millionen Unbeteiligter begaffen läßt, verletzt die Würde und das Wunder des Zwiegesprächs, der Rede von Angesicht zu Angesicht, und sollte mit einem lebenslangen Entzug der Intimsphäre bestraft werden. Das Regime der telekratischen Öffentlichkeit ist die unblutigste Gewaltherrschaft und zugleich der umfassendste Totalitarismus der Geschichte."
44 엄격한 의미에서 문학은 포르노그래피에 포함되지 않는다. 왜냐하면 문학은 언어에 의존하며, 따라서 영상과 달리 장면을 직접적으로 보여 줄 수 없기 때문이다. 그래서 포르노그래피라는 말 대신 포르노그래피적인 문학이라고 말하는 것이 더 타당하다.

게 포르노그래피적으로 기능할 수 있는지 하는 의문이 생길 수 있다. 옐리네크는 사건의 현재성과 생생한 직접적 참여, 즉 관음증적인 관찰을 유도하기 위해 몇 가지 서술 전략을 고안한다.

옐리네크는 『쾌락』에서 '라이브 르포타주Live-Reportage' 기법을 사용한다. 라이브 르포타주는 관찰자가 현재 일어나고 있는 사건을 마주 보며 동시적으로 묘사하는 기법이다.[45] 이를 통해 포르노그래피 영화의 효과가 달성될 수 있다. 왜냐하면 독자는 지금 막 벌어지고 있는 성행위를 은밀히 관찰하고 있는 것처럼 느끼게 되기 때문이다. 대부분의 비평가들은 『쾌락』이라는 소설의 풍자적 기능만을 강조하며, 포르노그래피적인 표현 형식이 갖는 의미를 간과한다. 그러나 이러한 표현 형식은 중요한 의미를 가지고 있는데, 그 이유는 그것이 포르노그래피적인 지각을 반성하기 위한 전제조건으로서 필수불가결하기 때문이다.

옐리네크의 소설에 나타난 포르노그래피적인 묘사의 특징은 묘사된 내용(성행위)과 표현 형식의 직접성에 국한되지 않는다. 이 소설에서는 또한 포르노그래피에서와 마찬가지로 성행위가 끊임없이 반복적으로 묘사된다. 옐리네크 자신도 포르노그래피의 반복적 성격에 대해 언급한 바 있다.[46] 옐리네크의 소설이 지닌 특징은 음란함 자체를 묘사하는 것이 아니라, 그것을 폭력과 권력의 문제와 연결한다는 데 있다. 그녀는 포르노그래피적인 묘사를 통해 권력 관계가 내밀한 영역에 얼마나 깊숙이 침투해 있는지를 보여 준다.[47] 이로써 개인이 성관계를 통해 쾌락을 즐기고 황홀

---

45 라이브 르포타주 개념의 정의는 다음을 참조하시오. Dietrich Weber: Erzählliteratur. Göttingen 1998, S. 33. 『쾌락』에 관한 연구에서 '화자 Sprecher'를 지칭하는 개념으로 빈번히 '서술자 Erzähler'가 사용된다. 그러나 서술자는 비현재적인 사건, 대개는 과거의 사건을 서술하기 때문에 이 경우에는 적합하지 못한 표현이다.

46 Elfriede Jelinek: Fernsehinterview vom 15. 4. 1989. Literaturmagazin mit Charles Clerc, DRS/3SAT: "그렇습니다. 포르노그래피의 본질은 늘 같은 것을 말하는 것입니다. Ja, das ist das Wesen der Pornographie, immer wieder das gleiche zu sagen."

함을 체험한다는 일반적인 통념은 한갓 환상에 지나지 않는 것으로 폭로
된다.

폭력 장면을 동반한 포르노그래피적인 묘사의 반복은 내용적인 차원에
서 나타나는 반복에 의해 더욱 강화된다. 제지 공장 사장인 헤르만은 아내
게르티를 자신의 성적인 욕망을 만족시키기 위한 대상으로 간주한다. 성
에 대한 그의 태도는 사디즘적인 잔혹성과 폭력성의 특징을 보여 준다. 그
와 그의 아내 사이의 성생활에서는 권력에 대한 예속 관계만이 나타날 뿐
이다. 그의 아내 게르티는 남편의 폭력에서 벗어나려고 시도하며, 우연히
만난 젊은 법대생 미하엘에게서 자신의 이상형을 발견했다고 믿는다. 그
러나 그녀의 기대와 달리 새 애인도 그녀를 성적으로 학대한다. 이와 같이
게르티는 수동적인 성적 대상으로서의 반복되는 운명에서 벗어날 수 없는
것처럼 보인다.

엘리네크는 단지 쾌락의 한 가지 형태, 즉 남성적 쾌락의 형태만이 허용되
어 있고 이에 따라 여성적인 욕망은 어떤 공간도 차지하지 못하고 어떤 호응
도 얻지 못한다는 사실을 보여 주면서, 남성적인 성적 헤게모니의 결과를 자
세히 그려 낸다.[48]

---

47 물론 지나치게 빈번히 등장하는 포르노그래피적 묘사에서 현대 사회에 나타나는 욕망의 붕괴를 보는 해
석도 존재한다. 이러한 해석에 따르면 이 소설에는 죽은 욕망을 일깨우려는 기괴하고 발작적인 시도만이 있
을 뿐이다. 왜냐하면 진정한 감정의 흥분이나 이에 뒤따르는 성애는 더 이상 가능하지 않기 때문이다. 지나
치게 성적인 능력이 강한 헤르만 역시 이에 대한 반증이 되지는 못한다. 왜냐하면 그는 자신의 요구를 이행
하기 위해 의무 수행 프로그램을 자신에게 부과해야만 하기 때문이다. Helga Gallas: Sexualität und
Begehren in Elfriede Jelineks Roman "Lust". In: Johannes Cremerius u.a. (Hrsg.): Methoden in der
Diskussion, Würzburg 1996, S. 188.
48 Susanne Baackmann: Erklär mir Liebe. Weibliche Schreibweisen von Liebe in der
deutschsprachigen Gegenwartsliteratur. Hamburg 1995, S. 182f: "Jelinek porträtiert die
Konsequenzen der männlichen Sexual-Hegemonie, indem sie zeigt, daß nur eine Form der Lust,
nämlich die männliche, zugelassen ist und daß das weibliche Begehren dementsprechend keinen
Raum und keine Erwiderung findet."

게르티의 예에서 알 수 있듯이 반복 구조는 『쾌락』을 규정하고 지배하는 핵심적인 구성 원칙이라고 할 수 있다. 그러나 이것을 이 소설이 포르노그래피의 논리를 맹목적으로 따르고 있다는 것으로 해석해서는 안 된다. 왜냐하면 이 소설에는 성담론 외에 또 다른 담론이 등장하기 때문이다.[49] 예를 들면 남녀 사이의 권력 관계는 사회적인 영역에서 고용주와 고용인 사이의 관계에서 반복된다. 또한 작가는 이러한 내용적 차원을 넘어서 이 소설에서 포르노그래피적인 성격을 제거하기 위해 특별한 형식적인 요소도 사용하고 있다.

여기서 반복의 모방이 반복 내지 반복의 단조로움에서 벗어날 수 있는지 하는 의문이 제기된다.[50] 포르노그래피는 관객을 성적으로 흥분시킬 목적을 가지고 있다. 섹스 장면의 반복된 제시는 관객에게 매 순간 아름다운 가상의 체험을 가능하게 해 주어야 한다. 그러나 옐리네크는 섹슈얼리티 속에 숨겨진 권력 관계를 폭로하고 포르노그래피의 관람자로서 우리의 지각을 문제시하기 위해 포르노그래피적인 수단을 사용한다. 즉 포르노그래피적인 반복을 비판하기 위한 목적으로 그녀는 역설적으로 반복이나 순간의 범주를 활용하는 것이다. 그러한 반복이라는 범주가 원래는 포르노그래피의 기본적인 특징이라고 할지라도 말이다.

『쾌락』은 사건을 현실처럼 묘사하기도 하고, 그러한 현실에 대한 환상을 파괴하기도 한다. 이 소설에 등장하는 인물 중 어느 누구도 개성을 가지고 있지 않으며, 그들은 근본적으로 다른 인물에 의해 대치 가능하다. 그들은 단지 특정한 사회적 계층이나 성[性]을 대변하는 전형으로서만 의미

---

49 이에 관한 보다 자세한 내용은 다음을 참조하시오. Klaudia Heidemann-Nebelin: Rotkäppchen erlegt den Wolf. Marieluise Fleißer, Christa Reinig und Elfriede Jelinek als satirische Schriftstellerinnen. Bonn 1994, S. 212~245.
50 Hans H. Hiebel: Elfriede Jelineks satirisches Prosagedicht "Lust". In: Sprachkunst 1992 (H. 2), S. 294.

를 갖는다. 그럼에도 이 소설은 현실 세계의 차원을 완전히 벗어나지는 않는다.

그러나 관계의 범례가 반복되면서 담론과 연결되어 있는 입장의 비대칭성은 보존된다. 그리하여 현실을 텍스트 속으로 끌어들이는 것은 이미 완성된 언어가 아니라 탈주관화된 담론을 사회적 입장과 연결할 때 나타나는 지속성이다.[51]

그러므로 사회적인 담론을 반복해서 언급할 때 이 소설은 현실적인 특성을 띠게 된다. 그러나 이러한 현실과의 연관성은 다시 다양한 형식 수단에 의해 해체되고, 이를 통해 독자는 현실로 묘사된 사건에 거리를 둘 수있다. 여기서는 이에 대한 두 가지 예를 들고자 한다.
기존의 성 담론에 나타나는 지배 이데올로기를 폭로하는 풍자적 담론은 특히 언어 비판의 차원과 연관된다.

이 여류 작가는 주체의 위치(그녀는 글을 쓰면서 행동한다)로 밀고 들어오지만, 주체가 된 자신을 예견하지 못한 (도구로서의) 언어를 발견한다. 언어는 전통적인 '언어 조탁자'인 남성에 의해 지배되고 있기 때문에 그 안에 또한 남성만의 사고 구조가 반영될 뿐이다. 그녀는 의사소통을 하기 위해서는 (……) 언어를 사용해야만 한다. 왜냐하면 그녀는 즉각적으로 새로운 언어를 고안해낼 수는 없기 때문이다. 이러한 딜레마에서 빠져나오기 위한 대안은 이미 존

---

51 Janet Blanken: Elfriede Jelineks "Lust" als Beispiel eines postmodernen, feministischen Romans. In: Neophilologus 1994 (H. 4), S. 620: "Indem sich aber die Beziehungsmuster wiederholen, bleibt die Asymmetrie der Positionen, an die der Diskurs gebunden ist, gewahrt. So schleust nicht eine vorgefertigte Sprache Realität in den Text ein, sondern die Beharrlichkeit, mit der der entsubjektivierte Diskurs an soziale Positionen gekoppelt bleibt."

재하는 언어 자료를 사용하면서도 매 문장마다 우리의 언어가 결함이 있다는 것을 비판적으로 지시하는 것이다. 그 이유는 우리의 언어가 여성 주체가 사용하는 말의 가능성을 예견하지 못하고 있기 때문이다.[52]

이러한 이데올로기적인 남성 언어를 언어 비판적으로 극복하기 위해서 옐리네크는 첫째로 메타포를 사용한다. 간접적 언어인 메타포는 직접적인 묘사로서의 포르노그래피적인 언어와 대립된다. 이 소설에 등장하는 대부분의 메타포는 특히 성관계에 나타나는 권력과 폭력, 그리고 각각의 성 특유의 성적인 표상에 담긴 신화적 성향을 폭로하는 데 사용된다.[53] 메타포의 빈번한 사용은 이 소설의 포르노그래피적인 흐름을 중단시킨다. 이것은 독자에게 남녀의 성관계에서 나타나는 이데올로기, 즉 바르트[Roland Barthes]가 사용한 의미에서 일상의 신화에 대한 성찰을 유도한다. 텍스트 생산의 차원에서 작가가 포르노그래피적인 묘사에서 메타포로 이행하고 있다면, 텍스트 수용의 차원에서 독자는 이에 상응하여 자극에 대한 감각적 반응에서 의미 부여적인 성찰로 이행하게 된다.

둘째로 옐리네크의 텍스트 창조 작업은 상호 텍스트성의 원칙에 기초해 있다. 이 소설은 횔덜린의 시에서 성경을 거쳐 광고 텍스트에 이르는 다양

---

52 Heidemann-Nebelin: Rotkäppchen erlegt den Wolf, S. 250f: "Die Autorin drängt in die Stellung des Subjekts(sie agiert, indem sie schreibt), findet aber eine Sprache (als Organon), die ihr Subjektwerden nicht vorgesehen hat. Da die Sprache vom Mann als traditionellem 'Sprachbildner' beherrscht wird, spiegeln sich in ihr auch nur seine Denkstrukturen. Um kommunikativ zu sein, (……) muß sie sich jedoch der Sprache bedienen, denn sie kann ja nicht ohne weiteres eine neue erfinden. Eine Alternative aus diesem Dilemma ist, das vorgefundene Sprachmaterial zu verwenden und trotzdem in jedem Satz kritisch darauf hinzuweisen, daß unsere Sprache defizitär ist, eben weil sie nicht die Möglichkeit der Rede des weiblichen Subjekts vorsieht."

53 예를 들면 남성의 성기는 무기로, 여성은 자연으로 비유된다. 이를 통해 한편으로 성관계에서 남성의 공격성과 폭력이, 다른 한편으로 남성 지배자에게 착취당하는 자연으로서 여성의 수동적인 희생자 역할이 암시된다.

한 인용문으로 이루어져 있다. 옐리네크는 자신만의 고유한 여성적 언어를 고안하려고 애쓰지 않는다. 오히려 그녀가 사용하는 언어의 독창성은 남성적 언어를 취하는 동시에 그것을 변형한다는 점에 있다. 원본 텍스트를 언어 비판적으로 변형함으로써 그녀의 소설은 전적으로 새로운 의미를 가지게 된다. 예를 들어 이것은 옐리네크가 성경 텍스트를 성관계에서 나타나는 가부장적인 권력 구조의 폭로를 위해 인용할 경우 명확히 나타난다. 성경에서 마리아는 예수의 발에 향유를 바르고 그것을 자신의 머리로 말린다. 옐리네크는 이 성경 구절을 포르노그래피적인 맥락에서 패러디한다. 게르티는 남편 헤르만의 몸을 깨끗이 핥으면서 자신의 머리카락으로 말려 준다. 이 소설에서 헤르만은 예수와 비교되며, 종교적 담론은 사회적인 의미를 지닌 지배 담론으로 폭로된다. 이와 같이 옐리네크는 원본 텍스트를 단순히 반복하며 특정한 이데올로기를 재생산하기보다는 원본 텍스트를 비판적으로 패러디하며 반복함으로써 가부장적인 자본주의 사회의 이데올로기를 통찰할 수 있게끔 한다.

문학의 대표적인 기법으로 아이러니와 풍자가 있다. 아이러니를 사용하는 작가가 아이러니의 대상에 거리를 두더라도 그것에 의해 지양된 요소와 화해할 준비가 되어 있다면, 이와 달리 풍자 작가는 확고한 비판적 관점에서 출발해 풍자의 대상을 가차 없이 공격한다. 풍자 작가는 확고부동한 세계관을 가지고 있어야 하며, 이에 따라 그와 상반되는 가상의 세계를 비판하는 것이다. 이러한 풍자적 글쓰기는 옐리네크의 소설 『쾌락』의 중요한 구성 요소다. 풍자의 기본 원리는 반복이다. 왜냐하면 "풍자가는 복합적이고 풍부한 연관성을 지닌 전체를 의미에 맞게 구성하는 것을 목표로 삼는 것이 아니라, 이미 알고 있었던 것을 끊임없이 반복하는 것을 목표로 하기 때문이다."[54] 이 소설에서 풍자적 서술은 작가의 확고한 비판적 관점을 반복적으로 보여 줌으로써 가부장 사회의 근저에 놓여 있는 억압적인 반복의 구조, 즉 권력과 폭력의 구조를 해체할 뿐만 아니라, 독자의 생산적 인식과 변화에 대한 기대를 낳는다.[55] 이에 따라 포르노그래피적인 묘사가 약속하는 쾌락은 더 이상 생겨나지 않으며, 맹목적인 쾌락 추구는 비판되고 불쾌로 전도된다. 이러한 점에서 옐리네크의 『쾌락』은 쾌락 추구가 낳는 불쾌를 표현한다고 말할 수 있을 것이다.

뵐펠에 따르면 풍자는 에피소드와 같은 특성을 가지고 있다. 에피소드와 마찬가지로 풍자가 이루어지는 각 부분이 이미 그 자체로 최종 목적지이며 완결된 모습을 가진다. 풍자를 기본 구성 원칙으로 삼고 있는 작품에서는 결코 텍스트 전체가 부분의 총합이 아니며, 오히려 각 부분에 전체의 이념이 담겨 있다.[56] 『쾌락』 역시 풍자적인 작품으로, 그 자체로 고유한 독자성을 가지고 있는 각 부분의 몽타주로 구성되어 있다. 이러한 구조는 사건의 흐름을 중단시키고 독자에게 텍스트의 부분에 대해 성찰하게 함으로써 작가의 전체적인 의도가 무엇인지 생각하게 만든다. 독자가 이 소설의 이러한 구성 원칙을 알고 있다면, 성적인 담론에서 정치 경제적인 담론으로 혹은 그 역으로 갑자기 화제를 전환하는 것에 방해받지 않고 이 텍스트의 의미를 파악할 수 있을 것이다.

히벨은 위에서 언급한 풍자의 특성에서 다음과 같은 결론을 이끌어 낸다.

---

54 Hiebel: Elfriede Jelineks satirisches Prosagedicht "Lust", S. 303: "Der Satiriker strebt nicht die sinnhafte Konstruktion eines komplexen, beziehungsreichen Ganzen an", sondern "zielt unermüdlich auf die Wiederholung des immer schon Gewußten."

55 크리스티아네 라스퍼에 따르면 옐리네크는 이 소설에서 성애(性愛)를 포르노그래피적으로 노골적인 쾌락 추구로서 보여 주는 것이 아니라, 주인과 노예 관계의 음란성으로서 보여 준다. 바로 이 점에서 『쾌락』의 유토피아적인 잠재력이 있다. Christiane Rasper: Der Mann ist immer bereit und freut sich auf sich. In: Liebes- und Lebensverhältnisse, Sexualität in der feministischen Diskussion/Interdisziplinäre Forschungsgruppe Frauenforschung, Frankfurt a.M. 1990, S. 132: "'영원히 같은 것'의 보존은 풍자적인 극단적 묘사에 의해 파괴되고 변화를 도모한다. Die Erhaltung des 'Ewig-Gleichen' wird durch satirische Überspitzung destruiert und zwar zum Zwecke der Veränderung."

56 Kurt Wölfel: Epische Welt und satirische Welt. Zur Technik satirischen Erzählens. In: Wirkendes Wort 10 (1960), S. 94 참조.

그러므로 『쾌락』의 줄거리는—플롯의 의미에서—순전히 외적인 것일 뿐이며 아무런 의미도 없다. 이와는 반대로 영원히 같은 동일한 기본 상황에 대한 성찰적인 금언과 풍부한 비유, 그리고 언어적이고 수사학적인 표현은 본질적인 것이다.[57]

그런데 이러한 추론은 이 소설이 가지고 있는 최소한의 줄거리를 간과하고 있다. 이 줄거리가 텍스트의 올바른 해석을 위해 중요한 의미를 가지고 있는 만큼 이 점을 강조할 필요가 있다.

『쾌락』에서 줄거리는 포르노그래피에서와 달리 단순한 장식 이상의 의미를 가지고 있다. 『쾌락』은 내용적으로 세 단계로 구성되어 있다. 첫째 단계에서 게르티는 남편의 폭력에 내맡겨져 있다. 이 단계에서는 그녀의 남편만이 성적 향유의 주체로 등장한다. 둘째 단계에서 게르티는 남편인 헤르만의 폭력에 저항하며 젊은 법대생 미하엘과 함께 자신의 욕망을 실현하려고 한다. 미하엘은 대중 매체에 의해 이상화된 남성상을 구현하고 있다. 그런데 그가 게르티를 성적인 대상으로 격하하고 그녀의 남편과 마찬가지로 그녀를 성적으로 학대할 때, 이러한 이상화된 남성상은 환상에 불과하다는 것이 밝혀진다. 마지막 단계에서는 게르티가 자신의 아들을 죽이고 물속에 빠뜨린다.

이러한 충격적인 소설 결말이 독자를 혼란에 빠뜨릴 수 있다. 게르티가 아들을 살해한 것은 절망에서 비롯된 행위로 해석될 수도 있다. 만일 이러한 관점을 따른다면 게르티는 피할 수 없는 반복의 고리를 끊지 못하고 비극적인 운명의 희생자가 된 것이다. 물론 이러한 게르티의 운명은 비현실

57 Hiebel: Elfriede Jelineks satirisches Prosagedicht "Lust", S. 303: 'Daher ist in "Lust" (⋯⋯) die Handlung —im Sinn von Fabel oder plot—rein äußerlich und bedeutungslos. Die reflexive Sentenz und die tropenreiche, sprachlich-rhetorische Darstellung der ewig gleichen Grundsituation dagegen sind essentiell."

적인 운명의 힘보다는 사회적인 조건에 의해 결정된 것처럼 보인다.

그러나 여기서 눈에 띄는 것은 게르티가 아들을 살해하지만, 자살하지는 않는다는 점이다. 절망과 삶에 대한 염증의 표현으로는 자살이 살인보다 더 적절하지 않은가? 이 소설의 마지막 부분을 잘 살펴보면 앞의 숙명론적 해석과 다른 해석 가능성이 생겨난다.

물은 아이를 휘감고 집어삼켜 버린다. 이러한 추위에 그의 시체 중 여러 부분이 오래도록 남아 있을 것이다. 어머니는 살아 있다. 그녀를 족쇄에 묶어 놓는 그녀의 시간에는 이제 화환이 걸려 있다. 여자들은 빨리 늙는다. 여자들의 잘못은 아무도 보지 못하도록 이 모든 시간을 어디에 숨겨야 할지 모르고 있다는 것이다. 그들이 자기 아이들의 탯줄처럼 이 시간을 삼켜 버려야만 할까? 살인과 죽음을![58]

어머니는 아들의 죽음에도 불구하고 계속해서 살아남는다. 심지어 그녀의 시간에는 화환이 걸려 있다. 따라서 아들의 죽음은 전적으로 긍정적인 의미로 채워져 있다. 그녀의 시간은 가부장 사회의 종속적인 관계 속에서 항상 그녀를 억압하던 족쇄였지만, 이제 그녀는 이러한 족쇄에서 벗어나려고 한다. 게르티의 살인에 대한 이러한 가치 평가는 일반적인 차원에서의 여성들의 오류에 대한 분석으로 넘어간 후, 마지막에 가서는 이 억압적인 시간과 단절하고 행동할 것을, 즉 살인할 것을 촉구하는 것으로 끝이 난다. 남자들이 여자들을 억압하는 시간에서 벗어나기 위해 여자들은 자신의 시

---

58 Jelinek: Lust. Reinbek bei Hamburg 2001, S. 255: "Das Wasser hat das Kind umfangen und reißt es mit sich fort, lange noch wird viel von ihm übrig sein, bei dieser Kälte. Die Mutter lebt, und bekränzt ist ihre Zeit, in deren Fesseln sie sich windet. Frauen altern früh, und ihr Fehler ist: Sie wissen nicht, wo sie all die Zeit hinter sich verstecken können, damit keiner sie sieht. Sollen sie sie etwa verschlingen wie die Nabelschnüre ihrer Kinder? Mord und Tod!"

간을 숨겨 두어야 하지만, 그것을 어디에 숨겨둘지 알 수 없기에 차라리 그 시간을 집어삼켜 버리는 것이 어떨지 생각한다. 그러다가 결국 그러한 수동적인 방어의 자세보다는 오히려 여자들의 시간을 억압하는 남자들을 살해해야 한다는 결론에 이르게 된다. 여기에서 살인은 일상적인 의미보다는 상징적인 행위로서의 의미를 가진다. 게르티를 속박하는 시간은 가부장적인 사회의 시간이다. 이 시간은 아버지의 왕위를 계승하려는 아들에 의해 지속된다. 이 때문에 아들의 살해는 이러한 가부장 사회 질서와의 단절을 의미하는 상징적 행위가 된다. 네벨린^{Heidemann Nebelin}은 "이 행위가 정신 착란이나 갑작스러운 행동이 아니라 해방의 행위로, 주인공의 사회 심리적인 생성에서 가장 명료한 의식을 지닌 순간"[59]이라고 주장한다.

옐리네크가 가부장적인 자본주의 사회에서 인간 운명이 결정되어 있다고 강조할 때, 이러한 진술은 위의 해석과 모순되는 것처럼 보인다.

나는 자유로운 인성의 발전을 심지어 불가능하다고 생각한다. 이제 이것을 극단적으로 표현하며 이러한 체계에서 개인주의는 과대망상에 지나지 않고 엄청난 거짓말이라고 말하고 싶다. 이 체계의 폐쇄성 때문에 개인적인 행동은 거의 불가능하다. 내게는 내 책에서 인간 운명이 결정되어 있다는 사실을 보여 주는 것이 대단히 중요하다.[60]

---

59 Heidemann-Nebelin: Rotkäppchen erlegt den Wolf, S. 262: "die Tat nicht mehr als Wahnsinn oder Kurzschlußhandlung, sondern als Akt der Befreiung, als hellsichtigster Moment in der psycho-sozialen Genese der Protagonistin erscheint."

60 Josef-Hermann Sauter: Interviews mit Barbara Frischmuth, Elfriede Jelinek, Michael Scharang. In: Weimarer Beiträge 6 (1981), S. 113: "Ich halte freie Persönlichkeitsentwicklung sogar für unmöglich. Ich möchte das jetzt wirklich überspitzt formulieren und sagen, daß in diesem System der Individualismus eine große Illusion und eine große Lüge ist. Bei der Geschlossenheit dieses Systems ist individuelles Handeln kaum möglich. Bei mir ist es sehr wichtig, in meinen Büchern die Determiniertheit aufzuzeigen."

하지만 『쾌락』에 등장하는 인물들이 개인이 아니라 특정한 사회 계급과 특정한 성의 대변자와 같은 전형으로 등장한다는 사실에 주목할 필요가 있다. 이 소설의 마지막 단락에서는 어머니와 아이라고 언급될 뿐 이들의 이름이 명명되지는 않는다. 게르티의 그로테스크한 살인은 충격적이지만 받아들여질 수 있는데, 그 이유는 그것이 개인적인 행위 대신 상징적인 살인을 보여 주기 때문이다. 그 때문에 여기서는 개인의 행위에 의한 구체적 상황의 개선이 중요한 것이 아니라, 성찰과 변화를 위한 여성의 행동을 촉구하는 것이 중요하다.

화자는 위의 인용문에서 '살인' 뿐만 아니라 '죽음'도 요구한다. 이러한 요구가 여성 화자의 관점에서 생겨난 것이라고 한다면 죽음은 남성의 죽음보다는 여성의 죽음을 의미한다. 이러한 죽음은 억압의 대상인 여성 자체를 없앰으로써 여성을 남성의 억압에서 해방한다. 즉 죽음은 여성이 단순히 자신의 비극적인 숙명에 굴복하는 행위라기보다는 능동적으로 자신을 그러한 운명에서 빠져나오게 하는 자기 파괴 행위를 의미한다. 여기서도 여성의 죽음은 생물학적 죽음보다는 상징적인 의미를 갖는 것으로 볼수 있다. 즉 죽음은 족쇄에 묶여 억압받고 있는 여성상의 파괴를 의미한다. 이러한 전통적인 여성의 죽음과 함께 여성의 해방 가능성이 제시될 수있다.

옐리네크의 소설 『쾌락』은 사회 경제적으로 규정된 인간의 운명, 즉 헤어 나올 수 없는 반복의 구조를 풍자의 정신에 기반을 둔 미학적인 반복에 의해 극복하고 변화에 대한 희망을 보존한다. 이와 관련하여 포르노그래피적인 묘사는 섹슈얼리티와 여성성에 대한 남성적 환상의 신화적 성격을 폭로하는 데 기여한다. 하지만 옐리네크의 '여성적인' 관점에 또 다른 신화가 숨겨져 있는 것은 아닌지 의문을 제기할 필요가 있다. 그녀의 풍자는 가부장 사회의 권력 구조를 탁월하게 분석한다. 그러나 그녀는 섹슈얼리티와 사회 경제적 구조 사이의 복잡한 연관성을 간과하기도 한다. 그녀는 여성을 자연과 비교하는 사회적 통념이나 대중 매체에 의해 매개된 젊은 남성에 대한 여성적 환상을 신화로 폭로하는데, 이때 포르노그래피를 풍자적으로 비판하면서 남성 전체를 단순히 성기로 환원한다. 이러한 풍자적 단순화는 처음부터 포르노그래피의 장르적 변화 내지 발전 가능성을 배제하고, 남성의 시각 전체를 이미 결정되어 있는 특수한 시각 방식으로 규정한다. 네벨린에 따르면 옐리네크의 목표는 음란함에 대한 남성적 시각을 여성적 시각으로 대체하는 것이다.[61] 그러나 이러한 시도에서 남성적 신화가 어쩌면 여성적 신화로 대체된 것은 아닌지 비판적 질문을 던질 필요가 있다.

---

61 Heidemann-Nebelin: Rotkäppchen erlegt den Wolf, S. 248.

반복이라는 현상을 통시적인 관점에서 살펴보면 그 의미가 끊임없이 변화해 왔음을 알 수 있다. 신화적인 세계상이나 종교적인 믿음이 지배하던 시대에 반복은 항상 초월적인 것과 연관성을 갖는다. 인간이 자신의 조건, 즉 인간으로서의 조건을 잊고 자신의 행동을 항상 초월적이고 신적인 맥락에 위치시킬 때, 그는 신의 행동을 반복하는 것이다. 이로써 반복은 신성한 것이 되며 절대적이고 초월적인 의미를 갖는다. 반면 인간이 이러한 초월적인 시간 차원에서 벗어나 세속적인 시간 차원으로 들어와 행동할 때, 즉 그의 행동이 더 이상 신성과의 연관성을 갖지 않을 때, 그는 타락한다. 따라서 인간이 인간임을 잊고 신의 행동을 반복할 때, 그 순간은 세속적인 선형적 시간을 넘어서서 시간의 흐름을 초월한 영원을 의미하게 된다. 그러나 사회가 점차 세속화되고 신성으로 충만한 종교적 질서가 더 이상 자명하지 않게 되면서 반복에 대한 평가 역시 변화한다.

근대에 들어가면서 신화적이고 종교적인 세계상은 붕괴된다. 이를 통해 초월적이고 신성한 시간 대신 세속적인 시간이 들어선다. 즉 과거에서 현재를 거쳐 미래로 흘러가는 선형적인 시간의 흐름이 초월적이고 신성한 시간을 대신하는 것이다. 이러한 '단선적인 관점'에서 순간은 더 이상 영원과 동일한 것이 될 수 없을 뿐만 아니라 오히려 그것과 경쟁하는 지점에 위치하게 된다. 인간은 신적인 질서에서 빠져나옴으로써 자신을 지켜 주고 구원해 줄 버팀목을 잃었지만, 그 대신 이성이라는 새로운 수단에 의해 진보와 발전에 대한 믿음을 갖게 된다. 즉 더 이상 신과 같이 그 자체로 완벽하지는 않더라도 이성에 의해 일직선으로 흘러가는 시간 속에서 무한히 진보할 수 있다고 믿게 된 것이다.

이와 더불어 근대의 또 다른 특징은 자아라고 할 수 있다. 이제 신에게서 자신에게로 시선을 돌린 인간은 자신이 누구인지에 관심을 갖고 자아 탐구에 몰두한다. 이러한 맥락에서 내가 누구인지를 파악하고 나의 정체성을 확립하기 위해 자신의 과거를 돌이켜보고 그것을 현재의 차원에서 해석하는 작업이 필요하게 된다. 다른 한편 회상은 개인적인 정체성의 확립이라는 차원을 넘어서 집단적인 자아로서 민족의 정체성을 수립하기 위한 수단이 되기도 한다. 근대에 들어서 역사에 대한 관심은 더욱 커졌으며, 민족 국가 수립을 기도하는 여러 국가가 자신들의 과거를 회상하며 민족적 정체성을 수립하려고 시도했다. 이제 말라던 과거를 기억에 되내어 현재와 연결함으로써 자신의 개인적, 민족적 정체성을 수립해 내는 것이 근대의 목표가 되는 것이다.

그러나 근대에 가지고 있었던 이성을 통한 무한한 진보에 대한 믿음과 사회의 조화를 이루며 발전하는 자아의 이상은 점점 환상임이 드러난다. 19세기 후반 유럽 소설에서 비합리적인 운명의 힘이나 유전적인 조건이 강조되는 것은 자유롭게 행동하고 사회를 발전시키는 인간상에 대한 회의를 반영한다. 반면 비합리적인 운명이나 유전은 — 그것이 신적인 구상으로서든 생물학적인 구상으로서든 — 이미 계획되어 있는 것이 다시 나타난다는 의미에서 반복을 의미한다. 자유 의지를 지니고 있다고 믿은 인간은 이러한 운명으로서의 반복을 더 이상 의할 수도 없고 극복할 수도 없다. 이로써 반복은 인간의 한계를 지적하고 인간의 오만을 경고하는 의미를 지니게 된다. 그러나 여기에서 반복은 이미 감춰져 있던 것이 다시 나타난다는 의미에서의 반복으로, 동일한 것의 반복을 지시한다.

프로이트Sigmund Freud에 이르면 기억과 망각은 더 이상 대립적인 관계에 놓이지 않는다. 그는 완전히 망각되는 것이란 없으며 우리가 흔히 망각한다고 생각하는 것은 기억의 흔적으로부터 무의식 어딘가에 남아있다고 말한다. 이에 따라 무의식적으로 억압된 것, 즉 완전히 잊혀지지 않았지만 그렇다고 기억될 수도 없는 것이 신경증에서 반복적으로 나타난다. 이러한 반복 강박증은 질병으로서의 반복이 가진 부정적 측면을 부각하며, 극복의 대상이 된다. 그러나 다른 한편 이것은 인간의 자유 의지로 극복할 수 없는 무의식 차원에서 일어나는 반복 현상을 가정하게 한다.

세기 전환기에 들어서면서 특히 변온 중심으로 세기말적인 분위기가 지배적이 된다. 이제 덧없는 인생에서 순간의 쾌락을 누리며 즐기려는 태도가 만연한다. 키르케고르Søren Kierkegaard가 말한 미학적인 인간 유형 이이 시기를 풍미한 것이다. 과거에 얽매이지 않고 현재의 순간에 빠져 살아가는 미학적 인간 유형은 슈니츨러Arthur Schnitzler의 작품에 자주 등장한다. 가령 그의 연극 작품 『사랑의 유희Liebelei』에 등장하는 부유한 가문 출신의 두 젊은이, 프리츠와 테오도르는 영원불변의 사랑 대신 찰나적인 만남을 추구한다. 사랑을 위해 목숨을 건 것 같다면서 무거운 사랑 대신 구속력 없이 가벼운 유희적 관계지 지배한다. 이렇게 만남과 헤어짐을 반복하는 것은 이권의 관계를 모두 잊고 찰나적인 순간에 빠져 살 때 비로소 가능하다.

이러한 찰나적인 순간은 보들레르Charles Baudelaire가 말한 것처럼 현대의 중요한 특징이다. 모든 것이 고정되어 있고 변하지 않는 고대적인 유구함에 비해 현대는 속도의 비

7장
차이와 반복

|1|

들뢰즈
『차이와 반복』

동일성의 반복과 차이의 반복

들뢰즈의 철학은 흔히 차이의 철학으로 잘 알려져 있다. 여기에서 말하는 차이 개념은 변증법에서 사용되는 차이 개념과 근본적으로 구분된다. 변증법의 기본 도식에 따르면 즉자 존재인 A는 대타 존재인 −A를 정립하여 모순을 이룸으로써 즉대자적 존재인 A'로 이행한다. 이 경우 A나 −A라는 두 개의 대립자는 각각 그 안에 무수히 많은 차이가 제거된 채 가상적인 동일성으로 환원되어 있다.[1] 즉 차이는 가상적인 동일성 속으로 억압되어 사라진다. 더 나아가 "변증법은 다양한 대립을 이항 대립으로 단순하게 환원할 뿐만 아니라 차이들이 나타나는 조건을 적대나 대립의 조건으

---

1 진은영: 니체, 영원 회귀와 차이의 철학. 그린비 2007, 167~168쪽.

로 일반화한다. 차이를 지닌 타자들은 무조건 '적'으로 규정된다."[2] 이와 같이 동일성 속에서 억압되어 사라지거나 외적이고 적대적인 차이로 제시된 변증법의 차이 개념에 반하여, 들뢰즈는 차이의 본질적이고 긍정적인 성격을 부각한다. 더 나아가 들뢰즈는 차이 생성을 존재론적으로 규명하려고 할 뿐만 아니라 실천적으로 장려하기까지 한다. 이와 같이 들뢰즈 철학의 핵심을 이루는 차이 개념을 이해하기 위해서는 이와 긴밀한 연관을 맺고 있는 반복 개념을 살펴봐야만 한다.

들뢰즈는 반복을 '물질적이고 헐벗은 반복'과 '정신적이고 변장한 반복'의 두 형태로 구분한다. 우리가 흔히 일상적으로 반복이라는 개념을 사용할 경우, 여기에서 반복은 물질적이고 헐벗은 반복을 의미한다. 이 개념을 이해하기 위해서는 플라톤이 『티마이오스Timaios』에서 다룬 원상과 모상의 관계를 살펴볼 필요가 있다. 여기에서 원상은 이데아를 가리키며, 그 자신의 정체성을 정립하는 동일성의 존재다. 플라톤은 근원으로서의 원상을 모방하는 모상이 원상과 일치하는 존재가 될 수 있을지의 문제를 다루면서 원상과 모상의 관계에 대해 성찰한다. 그러나 근본적으로 플라톤이 주안점을 둔 문제는 원상과 모상의 구분이 아니라, 좋은 모상과 나쁜 모상(허상)의 구분이다. 모상이 유사성이라는 자질에 의해 원상과의 내적인 유사성을 가진 것으로 간주될 수 있다면, 좋은 모상이냐 나쁜 모상이냐의 문제는 이러한 동일성을 지닌 원상과의 관계에서 그것들이 어떤 술어를 부여받느냐에 따라 결정된다. 가령 기독교를 예로 들자면, 신과 닮은꼴인 모상으로서의 인간이 원죄를 지어 천국에서 쫓겨난 상태가 나쁜 모상으로서의 허상이라고 할 수 있다. 요약해 보자면 원상이 동일성이라고 한다면 모상(좋은 모상)은 원상과 내적 유사성을 지닌 유사성이고, 허상(나쁜 모상)은

---

2 진은영: 니체, 영원 회귀와 차이의 철학, 170~171쪽.

그러한 내적 유사성을 결여한 차이다. 따라서 플라톤에게 허상과 차이의 개념은 부정적인 것이라고 할 수 있다.

플라톤은 반복을 동일성과 유사성이라는 개념하에서 사용하며, 반복과 차이를 대립시킨다. 물론 플라톤은 아직까지 재현이라는 개념을 사용하고 있지 않지만, 오늘날 일반적으로 사용되는 반복 개념에 상당한 영향을 미쳤다고 할 수 있다.

일반적인 의미에서 차이는 개념적인 차이를 의미한다. 그것은 개념으로 대상을 나타내는 재현에 의해 이미 매개된 차이다. 이러한 재현의 차원에서 반복은 동일한 개념으로 재현되는 대상들 간의 외적인 차이를 의미한다. 즉 그것은 개념으로 표현할 수 없는, 개념의 외부에 존재하는 차이다. 이 경우에 반복되는 대상들은 장소와 때, 그리고 수에서 서로 구분되지만 동일한 개념으로 남아 있게 된다. 쉽게 말하자면 실제적으로는 서로 간에 차이가 있지만, 개념적으로는 동일한 것이다.

어떤 사물이 절대적으로 동일한 개념하에서 복제될 경우, 그것은 순수한 물질적 반복이자 어떤 새로운 변화도 낳지 않는 헐벗은 반복이 된다. 이러한 동일자의 반복에서 파생되는 변이를 유비적(유추적) 반복이라고 부를 수 있다. 물론 이것을 반복이라고 부를 때는 반복을 '유비'와 혼동하는 경우에만 가능하다. 그러나 이 경우도 동일성과 그것의 재현을 전제로 해서만 가능하다.

그러나 실제로 엄밀한 의미에서 이와 같은 물질적이고 헐벗은 동일성의 반복은 존재할 수 없다. 왜냐하면 어떤 하나가 나타나면 다른 하나는 사라지게 되므로 똑같은 것이 다시 일어날 수는 없기 때문이다. 여기에서 반복은 그것들 간의 동일성이 아니라 불연속성과 차이에 의해서만 가능하다. 그럼에도 반복을 동일한 것으로 재현하는 것은 이와 같은 반복의 요소를 사라지지 않게 붙잡아 두는 주관성의 '수축하는 응시'에 의해서만 가능하다. 그러나 이러한 수축 자체가 주관성에 의한 구성을 보여 주며, 반복되는 것 사이의 차이를 드러내 준다. 따라서 근본적으로 헐벗은 물질적 반복은 표면적으로만 반복이라고 할 수 있을 뿐이며, 그 안에서는 보다 심층적인 변장한 정신적 반복이 그것의 원인으로서 작용하고 있다는 것을 알 수 있다.

들뢰즈는 반복과 차이라는 개념을 사유하면서 그것을 재현이라는 개념을 넘어선 차원에서 생각했다는 점에서 발상의 전환을 가져왔다. 그는 플라톤과 달리 더 이상 동일성을 지닌 원상과 그것의 재현에 의미를 부여하지 않으며, 오히려 플라톤이 윤리적인 의미에서 폄하했던 허상, 즉 시뮬라크르의 의미를 새롭게 평가하려고 시도한다. 이제 원상이나 동일성의 개념이 부정되면서 무한한 차이들의 세계로서 시뮬라크르가 펼쳐지고 반복될 수 있게 된다.

들뢰즈는 존재를 정태적인 명사의 형태로서가 아니라 끊임없이 생성하고 또 생성 중에 있는 동사의 형태로서 생각한다. 즉 생성 중이고 변화하는 존재의 개념을 사유하는 것이다. 그는 개념적인 차이가 아니라 내재적인 차이를 지닌 '차이 자체'Differenz an sich 라는 개념을 제시한다. 운동이 한 사물의 특성이 아니라 그 자체로 실체적인 특성으로 간주될 때, 내적 차이란 자신과 다른 어떤 것이 아니라, 자신 안에서 어떤 차이를 산출해 냄으로써 달라지는 자기가 되는 것을 의미한다.[3] '차이 자체'는 강도[4]들과 전개체적

3 키스 안셀 피어슨(이정우 역): 싹트는 생명 - 들뢰즈의 차이와 반복. 산해 2005, 127~128쪽 참조.
4 우리가 가령 말이라는 동물의 숫자를 두 마리, 세 마리로 세는 것이 양 개념이라면, 그 말을 털이 긴 놈, 짧은 놈으로 구분하는 것은 질적으로 구분하는 것이다. 만일 질적인 차이를 부각하면 말을 센다는 행위는 불가능해진다. 말의 예에서 살펴보았듯이, 질에 대한 고려는 센다는 행위를 불가능하게 하므로 양처럼 합할 수도 없을뿐더러 분할할 수도 없다. 즉 질은 다른 질과 차이가 나는 어떤 고정된 상태를 의미하는 개념이며, 그것이 고정된 상태를 고수하는 한 분할될 수 없다. 반면 강도는 질처럼 분할 불가능한 것이 아니지만, 분할될 경우 그 본성을 바꾸게 된다. "양 개념이 본성이 바뀌지 않는 나눔의 운동을 전제하고 질 개념이 본성의 변화 때문에 나눔의 운동을 부정하는 것과 달리, 강도는 나눔의 운동은 가능하지만 언제나 본성의 변화를 동반한 채로만 가능함을 강조하는 개념이다." 진은영: 니체, 영원 회귀와 차이의 철학, 182쪽.

인 특이성들의 역동적인 장 안에서 움직인다. 그것은 특이성들이 계열화되면서 그러한 계열들을 통해 서로 구분되고 차이를 만들어 내는 과정에서 분화된다. 이러한 분화의 과정은 잠재적인 차원에 있는 '차이 자체'가 현실의 차원으로 넘어가는 현실화 과정이라고 할 수 있다. 이와 같이 해서 생겨난 상이한 계열들은 그것들의 총체로서의 '차이 자체'와 연관을 맺고는 있지만, 재현의 의미에서 그것과 유사성은 없는 시뮬라크르들이다. '차이 자체'는 계열들 사이에서 늘 변장하고 위치를 바꾸며 등장하기 때문에 시뮬라크르로서만 나타나며, 불일치와 차이로만 모습을 드러낸다.

이처럼 내적인 차이를 지닌 '차이 자체'는 다양한 시뮬라크르로 실현되면서 동시에 차이를 생성해 낸다. 여기에서 '차이 자체'가 변장하여 시뮬라크르라는 사건으로 일어나고 있다는 점에서 그것은 매 순간 '차이 (자체)'의 반복이 되고, 역으로 이러한 반복은 매번 시뮬라크르로서의 차이들을 생성해 낸다는 점에서 차이와 같은 것이 된다. 즉 차이가 반복되고, 반복이 곧 차이가 되는 것이다. 이와 같이 반복을 동일성이 아닌 차이의 개념과 연결했다는 점에 바로 들뢰즈의 철학이 지닌 독특성이 존재한다.

모든 상이한 계열들은 경험적인 차원인 재현의 차원에서 보자면 순차적인 질서에 놓여 있다. 즉 이전, 지금, 이후의 질서 속에서 반복은 이전의 원상이 둘째 계열인 모상에 의해 반복되는 것으로 나타난다. 그러나 '차이 자체'라는 (내적 질서를 지닌) 카오스의 세계가 분화를 통해 생성해 내는 상이한 계열들은 더 이상 시간적인 순차성에 놓이지 않으며 동시적으로 공존한다. 여기에서는 어떤 것이 원상이고 어떤 것이 모상이라고 할 수 없으며, 단지 잠재적인 '차이 자체'와의 관계에서 각각의 상이한 계열들이 동시에 공존하는 시뮬라크르로서만 나타난다. 즉 같은 것 내지 유사한 것의 반복이 아니라, '차이 자체'가 상이한 개별 계열들이라는 차이들의 형태로 나타나는 '차이의 반복'인 것이다.

들뢰즈는 어떤 개념적인 파악도 불가능하고 재현될 수도 없는 이 '차이 자체'를 '이념Idee'이라고 부르기도 한다. 이 이념은 순수한 잠재성이며 어떤 현실성도 가지고 있지 않다. 그것은 동일성을 지닌 주체 이전의 전개체적인 특이성과 다양한 강도로 이루어진 존재이다. 그것은 아직 분화되기 이전의 상태에 있지만, 그렇다고 규정되어 있지 않은 것은 아니다. 순수한 잠재성으로서의 이념은 객관적인 실재를 가지고 있다. 물리적인 사건으로서의 특이성들이 계열화됨으로써 총체성으로서의 이념은 분화되며, 정신적, 문화적 의미를 낳는다.

이와 관련해 예를 하나 들어 보자. '돌이 사람의 머리를 맞히다'라는 물리적인 사건은 다음과 같이 상이한 방식으로 계열화될 수 있다.

1) 적이 그에게 돌을 던졌다 – 돌이 그 사람의 머리를 맞혔다 – 그는 큰 부상을 당했다.
2) 인부가 실수로 돌을 떨어뜨렸다 – 돌이 그 사람의 머리를 맞혔다 – 그는 큰 부상을 당했다
3) 아이들이 장난으로 그에게 돌을 던졌다 – 돌이 그 사람의 머리를 맞혔다 – 그는 큰 부상을 당했다.

1번과 2번, 3번 모두에 공통으로 나타나는 '돌이 사람의 머리를 맞히다'라는 물리적 사건은 물리적인 차원에서 보면 같은 사건의 반복이다. 그러나 이것을 현실화된 사태가 아니라 그 이전의 잠재성의 사건으로 간주하면 이러한 사건으로서의 특이성이 어떻게 계열화되느냐에 따라 상이한 의미를 가질 수 있다. 이러한 사건을 물리적 차원이 아니라 정신적인 의미의 차원에서 보면 1번은 공격을, 2번은 사고를, 3번은 장난이라는 상이한 의미를 가진다. 즉 그 사건이 다른 사건과 어떤 관계에 놓이며 어떻게 계열

화되느냐에 따라 상이한 의미를 가지게 되는 것이다. '돌이 그 사람의 머리를 맞히는' 사건 자체만으로는 아직까지 그것의 의미를 규정할 수 없으며, 거기에는 다양한 의미의 잠재성들이 숨어 있다. 그러나 그것이 일단 현실화되면, 즉 다른 사건들과 관계를 맺고 계열화되면 구체적인 의미를 가질 수 있다. 그런데 이와 같이 현실화된 구체적 의미는 '돌이 그 사람의 머리를 맞히는' 사건의 잠재적 의미가 분화된 한 형태일 뿐이다. 즉 그것은 잠재성으로서의 이념 전체와 동일하지도 유사하지도 않은 시뮬라크르인 것이다.

또 다른 예를 들어 보자. 가령 4라는 숫자는 5나 3과 구분되며 차이를 보인다. 그러나 이러한 외적인 차이를 통해 구분되는 4가 반복되어 나타난다면 그것은 동일한 반복을 의미하는 것일까? 물질적인 차원에서 보자면 그렇다고 할 수 있다. 하지만 정신적인 의미의 차원에서 보자면 이러한 4라는 숫자는 가령 주사위 놀이에서 보이듯이 매번 이 숫자가 반복될 때마다 상이한 의미를 갖는다. 예를 들어 큰 숫자가 나오면 이기는 주사위 놀이에서, 5가 나온 다음 4가 나오는 경우와 2가 나온 후 4가 나오는 경우를 비교해 보면 여기에서 나온 4라는 숫자들은 동일한 숫자임에도 불구하고 패배와 승리라는 각기 다른 의미를 갖게 된다. 만일 이 주사위 놀이가 열 번 나온 주사위 숫자의 합을 통해 승리를 결정한다면 이때 나온 4라는 숫자는 그것이 어떻게 계열화되느냐에 따라 매번 다른 의미를 갖게 될 것이다. 즉 그것은 때로는 역전시키는 숫자일 수도 있고, 때로는 역전을 허용하는 숫자일 수도 있으며, 경우에 따라서는 승리를 굳히거나 결정짓는 숫자일 수도 있다. 이와 같이 숫자 4는 잠재적인 총체로서 그 의미가 결정되어 있지 않으며, 동일성을 가지고 있지도 않다. 또한 그것은 매번 현실화될 때마다 각기 다른 차이로서의 의미를 생성해 낸다. 이로써 외관상 기계적인 반복으로 나타나는 숫자 4는 정신적인 의미의 차원에서는 끊임없

이 차이를 생성하는 반복으로 나타난다.[5]

　이상에서 살펴본 것을 토대로 '헐벗은 물질적 반복'과 '변장한 정신적 반복'의 특징을 다시 한 번 비교해 보기로 하자. 반복의 상이한 두 차원은 서로 대립되면서도 완전히 무관한 것이 결코 아니다. 개별 단어들의 반복을 그 예로 들 수 있을 것이다. 개별 단어들의 반복을 단순히 같은 것의 반복으로만 본다면 우리는 헐벗은 물질적 반복의 차원에 머무르게 될 것이다. 하지만 이 개별 단어들이 가지고 있는 풍부한 의미와 그것들 간의 차이로 인해 이것은 '차이 자체'로 간주될 수 있다. 그렇게 된다면 이 비밀스러운 말은 그 자체로 어떤 동일성도 지니지 않으며, 오히려 복합적인 말로서 전치와 변장을 통해 다양한 시뮬라크르적인 의미를 만들어 낸다. 그러한 다양한 의미가 차이의 유희를 벌이는 곳은 바로 정신적인 차원이다. 따라서 헐벗은 물질적 반복이 단순히 외적인 껍데기이자 추상적 개념의 반복에 지나지 않는다면, 변장한 정신적 반복은 전자의 보다 심층적인 차원에서 작용하고 있다고 할 수 있다. 이것은 변장한 것 밑에서 적나라한 것을 찾아내려는 일반적인 사고와 대립된다. 오히려 반복은 변장과 함께 생겨나며, 이 때문에 반복의 진정한 정신은 가면이라고 할 수 있다. 헐벗은 물질적 반복은 표층적인 차원에서만 반복되고 있을 뿐이며, 새로운 것을 창조해 내지도 못한다. 이에 반해 변장한 정신적 반복은 문화적인 의미, 즉 정신적 차원에서 끊임없이 차이를 생성해 내는 이념의 잉여를 보여 줄 뿐만 아니라, 현실화된 상태에서 항상 시뮬라크르로 변장한 모습으로

---

5 고병권은 니체의 영원 회귀 개념을 주사위 던지기와 관련지어 다음과 같이 설명한다. "영원 회귀라고 하는 것, 즉 영원히 돌아온다고 하는 것은 어떤 반복을 나타낸다. 하지만 반복되고 있는 것은 주사위라는 대상이나 그 눈이 아니라, '하늘을 향해 던지고 땅을 향해 떨어지는' 과정, 바로 주사위 놀이 그 자체다. 여섯 개의 눈으로 생산할 수 있는 상황은 수천 수만 가지다. 주사위에는 매번 제7의 눈이 숨어 있다. 아이들은 연속해서 나온 똑같은 눈을 보고도 다른 즐거움을 경험한다. 결국 반복되는 놀이에서 생산되는 것은 반복될 수 없는 차이다. 반복은 차이와 다양성을 생산한다." 고병권: 니체의 위험한 책, 차라투스트라는 이렇게 말했다, 280~281쪽.

만 드러나고 있다.

지금까지 다룬 것을 다시 한 번 요약해 보자. 들뢰즈는 반복을 개념으로 표현할 수 없는 차이라고 정의한다. 이러한 반복은 그것의 인과 관계를 놓고 보면 결과에 해당하는 표층적인 헐벗은 물질적 반복과 원인에 해당하는 심층적인 변장한 정신적 반복으로 나눌 수 있다. 첫째 헐벗은 물질적 반복은 개념의 동일성으로 설명되는 같은 것의 반복이다. 이러한 같은 것의 반복은 개념의 외부에 차이를 만들어 낸다. 즉 반복되는 것은 개념적으로만 동일할 뿐, 실제로 같은 것이 아니다. 그러나 이러한 차이는 같은 것을 반복하는 헐벗은 물질적 반복에서는 본질적인 것이 되지 못하며, 반복과 내재적인 연관성을 갖지도 못한다. 그런데 물질적 반복에서 가정된 동일성의 내부에는 차이가 숨어 있다. 동일한 것의 반복인 헐벗은 물질적 반복 역시 표층적으로 나타난 결과일 뿐이며, 그것의 심층에서는 비대칭적이고 무수한 차이들을 감추어 놓은 변장한 정신적 반복이 원인으로 작용하고 있다. 그것은 박자 반복과 리듬 반복의 관계에서 잘 드러난다. 박자 반복이 동일한 요소의 등시간적 반복이라면, 리듬 반복은 한 악절 속에서 불확실하며 동일하지도 않다. 이러한 리듬 반복이 원인이 되어 최종적인 결과로서는 동일성의 반복인 박자 반복으로 나타난다. 동일성 속에 타자로 숨어 있는 차이는 개념 자체를 넘어서는 재현될 수 없는 이념의 영역 내에 위치한다. 이러한 (잠재적 총체로서의) 차이가 현실화될 때는, 즉 계열화를 통해 구체적인 정신적 의미로 실현될 때는 항상 변장한 모습으로만 나타나며, 끊임없이 서로 다른 차이들을 만들어 내며 반복된다. 반복은 변장함으로써만 자신을 형성하며, 결코 자신의 변장에 선행해서 나타나지는 않는다. 여기에서 반복은 차이 자체의 반복이자 항상 차이를 생성해 내는 반복으로서 차이와 불가분의 내적인 관계를 맺는다.

들뢰즈는 헐벗은 물질적 반복과 변장한 정신적 반복을 구분하는 것만으로는 충분하지 못하다고 주장한다. 왜냐하면 변장한 모습으로 등장하는 시뮬라크르의 원상을 찾으려는 헐벗은 반복의 유혹에 다시 빠져들 수 있기 때문이다. 따라서 물질적이고 헐벗은 습관적인 세계의 반복을 넘어설 뿐만 아니라, 원상을 떠올리며 그것을 다시 재현하려는 기억의 반복에서도 해방되는 것이 필요하다. 그것은 더 이상 어느 하나의 중심에서 비롯되지 않으면서 끊임없이 변화된 모습으로 차이의 시뮬라크르를 생성해 내는 탈중심화된 영원 회귀의 반복이다.

반복의 세 단계: 습관의 반복, 기억의 반복, 영원 회귀의 반복

들뢰즈는 시간의 세 가지 종합 형식을 구분하고 이와 관련해 반복의 세 단계를 설정한다. 이것을 순서대로 나열하면 첫째가 습관의 반복이고, 둘째는 기억의 반복이며, 셋째는 영원 회귀의 반복이다.

먼저 첫째 단계의 반복인 '습관의 반복'을 살펴보자. 우리는 행위자의 능동적인 활동을 통해 획득되는 반복으로서의 습관이라는 개념에 익숙해 있다. 그러나 들뢰즈가 여기에서 말하는 반복은 이러한 행동의 반복을 통해 얻게 되는 습관과는 아무런 상관이 없으며, 오히려 감각적, 지각적, 유기체적 종합과 같은 수동적인 종합을 통해 획득되는 것을 의미한다. 이러한 수동적인 종합은 단순히 감각적, 지각적 수용을 의미하는 것이 아니라, 수동적 자아가 형성되는 주관적인 과정이다. 습관으로서의 반복은 어떤 것이 나타나기 위해서는 다른 것이 사라져야 하기 때문에 즉자적으로 존재하지 않고 사라진 존재와 나타나는 존재의 연관성을 만들어 내는 주관적 능력을 필요로 한다. 그것이 바로 응시하는 정신이다. 이러한 응시하는 정신을 통해 사라진 것과 새로 생겨난 것이 서로 구분되며, 차이가 생겨나기도 한다. 이러한 주관적인 응시는 동질적인 순간, 요소, 경우 들이 등장하면 수축의 능력을 통해 붙잡은 후, 그것들을 질적인 내적 인상으로 용해한다. 이렇게 수동적인 종합을 통해 생겨난 생생한 현재는 선행하는 순간을 붙잡아 놓고 있으며, 이러한 수축 속에서 앞으로 그것이 일어날 것이라는 것을 예감하게 하므로 과거와 미래를 담고 있는 반복의 성격을 지닌다. 가령 AB, AB, AB의 패턴과 같은 계열의 반복은 우리로 하여금 A가 나타날 때 '모든 수축된 AB'의 질적 차원에 상응하는 힘과 더불어 B가 나타날 것을 기대하게 한다. 우리의 마음속에서 과거와 미래를 현재와 연결하고 종합하게 만드는 것은 바로 이러한 기대감이다.[6]

이러한 수동적인 종합으로서의 반복의 문제와 함께 자아에 대한 인식도 전환된다. 즉 우리가 자아라고 부르는 행위의 주체 아래에는 그러한 행위를 가능하게 만드는 무수히 많은 작은 자아들이 있는 것으로 간주된다. 이러한 작은 자아들은 다름 아닌 수축하는 응시를 통해 정의되는 수동적 자아로, 들뢰즈는 이것을 '애벌레 주체'라는 이름으로 부른다. 이러한 애벌레 주체는 능동적인 자아 밑에 숨어서 그것을 해체하는 자아다.

생물 심리학적인 삶에서는 강도의 차이가 흥분의 형식으로 여기저기 배분된다. 쾌락은 이러한 흥분이 묶이는 과정이다. 요소적인 반복인 흥분이 묶이고 통합되는 과정이 수동적 종합, 즉 응시를 통한 수축인데, 이때 이드 속에서 수동적인 자아들, 다시 말해 새로운 차이들이 생겨난다. 수동적인 종합으로서 습관의 반복은 흥분을 묶어 놓는데, 이렇게 묶어 놓은 흥분이 충동이다. 이와 같이 습관의 반복을 통해 충동이 생겨나고 수동적(애벌레) 자아들이 형성되는 것이다. 이로부터 자아가 하나의 다양체이며, 재현과 표상의 질서를 벗어나 있는 수동적 종합의 층위에 속하는 것임을 알 수

---

6 피어슨: 싹트는 생명, 192쪽.

있다.[7]

현재가 지나가고 또 생겨나는 것이 가능하기 위해서는 그것을 가능하게 만드는 근거로서의 과거가 필요하다. 들뢰즈가 다루는 둘째 반복의 단계는 과거에 의해 시간이 종합되는 기억의 반복이다. 이때 말하는 과거란 다른 두 시간 차원과 분리되는 경험적 시간 차원의 과거를 의미하는 것이 아니라, 선험적인 순수한 과거를 의미한다. 시간에 있어 존재하는 것은 항상 현재일 수밖에 없으므로 현재의 생성과 소멸을 가능하게 하는 것은 선험적인 순수 과거일 뿐이다. 이러한 순수 과거는 능동적인 의도적 기억에 의해 재현되고 표상될 수 없는 과거다. 헐벗은 물질적 반복이 능동적인 종합을 통한 재현(동일자)의 반복이라면, 변장한 정신적 반복은 현재 내에서 과거의 것을 단순히 재생산해 낼 수 없으며 끊임없이 시뮬라크르를 만들어 내는 반복이다.[8] 헐벗은 물질적 반복이 반복을 하나의 현재(이전 현재)에서 다른 현재(현행 현재)로 나아가는 것으로 보고 반복을 동일자의 반복, 즉 최초의 근원항의 반복으로 간주한다면, 변장한 정신적 반복에서는 이러한 동일자의 반복이 더 이상 가능하지 않은 것으로 간주된다. 반복은 이전 현재에서 현행 현재의 방향으로 이루어지지 않고, 잠재적 대상$^{objekt=x}$에 대한 의존 속에서 현재들이 상호 공존하는 두 계열을 형성할 때 이루어진다. 이처럼 잠재적인 대상이 현재들로 전치되는 것은 변장한 반복으로만 나타날 수 있다. 잠재적 대상은 근원적인 상으로 간주될 수 없다. 왜냐하면 근원적인 상은 확고한 위치와 동일성을 부여받는데, 이것은 잠재적 대상의 본성에 맞지 않기 때문이다. 따라서 이 잠재적 대상은 동일성이 결여되어 있고 재현이 불가능한 팔루스[9]다. 여기에서 에로스(성 본능)와 므네모시네(기

---

7 피어슨: 같은 책, 195쪽.
8 피어슨: 같은 책, 197쪽.
9 여기에서 팔루스라는 개념은 잠재적 대상이 현실에서 결여되어 있음으로 인해 욕망의 대상이 되고 욕망을 낳고 있음을 보여 준다.

억)가 서로 만나게 된다는 것을 알 수 있다. 이러한 기억의 반복에서 반복
은 포착될 수도 없고 재현될 수도 없는 팔루스인 잠재적 대상이 두 현실
계열, 즉 이전 현재와 현행 현재 사이에서 순환하고 위치를 바꿔 가며 관
계를 맺는 것을 의미한다.

무의식은 의식과 달리 총체적인 모습으로 등장하지 않으며, 파편화된
채 '부분 대상Partialobjekt'으로 등장하기 때문에 현실에서 포착될 수 없는 잠
재적 대상이다. 잠재적 대상으로서의 무의식은 그 자체로 다양한 특이성
을 지니고 잠재성을 내재하고 있는 차이 자체이며, 그러한 차이를 서로 구
분되는 다양한 시뮬라크르들의 형태로 펼쳐 보이면서 차이의 반복을 실행
한다. 여기에서 차이의 반복은 이중적인 의미를 갖는다. 그것은 한편으로
잠재적 대상으로서의 무의식이라는 차이 자체가 반복되는 것을 가리키지
만, 다른 한편으로 그렇게 해서 실현된 시뮬라크르들이 서로 구분되고 차
이가 난다는 점에서 차이를 낳는 반복이기도 하다.

시간의 첫 번째 종합인 습관이 자극을 묶어 환영적 만족을 낳는 반복의
끈으로 나타난다면 이러한 종합은 쾌락 원칙을 정초한다. 두 번째 종합은
에로스와 므네모시네의 종합이다. 여기에서는 반복이 습관의 반복을 넘어
서 잠재적 대상(팔루스)의 변장과 전치를 통해 이루어진다. 이것은 쾌락 원
칙의 원인으로 작용한다. 또한 습관의 반복에서 차이가 반복에 동반되는
응시에서 생겨난다면, 순수 과거의 종합에서는 반복의 내부에서 차이가
생겨난다. 욕망의 대상으로서의 팔루스, 즉 잠재적 대상이 현실의 대상과
연관을 맺고 그 안에 변장한 모습으로 반복해 나타남으로써 무한한 차이
가 생겨날 수 있는데, 이러한 차이는 팔루스의 잠재성 속에 이미 내포되어
있는 것이다.

들뢰즈는 반복의 철학이 습관과 기억의 반복을 이용하되 그것을 극복해
나가야 한다는 점을 강조한다. 그는 수동적인 종합으로서의 습관의 반복

과 절대 돌아갈 수 없는 순수한 과거로의 수동적인 회상을 넘어서서, 위대한 사건을 일어나게 할 수 있는 행위자로서의 변신을 우리에게 요구한다. 이 단계가 미래의 차원과 연결된 영원 회귀의 반복이다. 영원 회귀의 반복은 단순히 과거의 것이 현재에 일어나고 또 미래에도 다시 반복된다는 순환적인 시간관을 의미하지 않는다. 들뢰즈는 니체의 시간관에서 시간을 휴지부를 중심으로 양쪽으로 불균등하게 나뉘는 텅 빈 순수한 형식의 시간으로 이해한다. 즉 경험적, 역동적인 시간이 아니라 선험적 순서로서의 시간을 생각한 것이다. 여기에서 시간은 휴지부, 그 전과 그 후로 구분되며, 이 휴지부는 특이성으로서의 사건의 상*(像) 속에서 구현된다. 이 사건을 통해 이전과 이후는 서로 동등하지 않은 두 부분으로 나뉜다. 따라서 들뢰즈에게는 이 사건의 시간이 중요한 것이 된다.

여기에서 사건이란 현실화된 사태를 가리키는 것이 아니라 잠재적인 것으로서의 사건을 가리킨다. 이러한 사건은 자아와 동일성의 죽음을 초래하는 사건이다.

프로이트는 죽음을 물질적인 죽음으로만 이해함으로써 에로스와 타나토스를 대립시켰다. 이에 반해 들뢰즈는 자아와 관련된 인격적인 죽음 외에 나와 관련되지 않은 비인격적 죽음도 상정한다. 개인이 사라진다는 의미에서 죽음이 자아가 나타내는 차이의 사라짐을 의미한다면, 비인격적 죽음에서는 나 자신의 일관성과 통일성, 동일성 일체가 없어짐(죽게 됨)으로써 자유로운 차이들이 펼쳐질 수 있게 된다. 이로써 타나토스는 에로스와 더 이상 대립되지 않는다. 이제 타나토스에서 쾌락은 순수하고 차갑고 무감각한 사유를 채우는 것으로 변한다.

동일성과 재현의 질서를 파괴하는 사건은 이로부터 생겨나는 무한한 차이들의 세계, 즉 시뮬라크르의 반복을 낳는다. 니체와 더불어 들뢰즈가 말하는 영원 회귀는 바로 이와 같은 잠재성의 사건이 무한한 차이를 만들어 내면서 반복되는 것을 의미한다. 이러한 사건이 일어나서 자신의 잠재성을 펼치는 순간은 차이의 반복으로서 '무한히' 펼쳐질 수 있으며, 이에 따라 영원 회귀의 개념에서는 순간이 영원과 만나게 된다. 들뢰즈가 말하는 영원 회귀의 반복은 이와 같이 무한한 차이들의 놀이를 펼쳐 나가는 미래의 반복이다.

| 2 |
한트케
『반복』

독일어권 문학에서 반복이라는 현상에 대해 두려움 없이 자유롭게 접근
하는 작품들이 생겨난 것은 1980년대 중반 이후다.[10] 1960년대의 독일어
권 문학에 사회, 정치적 변화를 추구하는 진보의 거대 담론이 지배적이었
다면, 1970년대에는 변증법을 통한 진보의 믿음 대신 역설을 허용하는 복
합적인 상황에 대한 인식이 지배한다. 그 때문에 시대사적인 거대 담론 대
신 개인의 내면 세계를 표현하는 주관성의 문학이 들어서며 진정성이 중
요한 테마가 된다. 1980년대 독일어권 문학은 이러한 진정성의 요구에 대
해서는 거리를 두지만, 거대 담론과 진보에 대한 1970년대 문학의 회의적
태도는 수용한다. 이에 따라 정치적, 역사적 변화를 요구하는 거대 담론과

---

10 Helmuth Lethen: Die Vorherrschaft der Kategorie des Raumes und der Wiederholung.
Wissenschaft und Literatur in den achtziger Jahren. In: Friedbet Aspetsberger(Hrsg.): Neue Bärte
für die Dichter? Studien zur österreichischen Gegenwartsliteratur. Wien 1993, S. 15.

시간적 변화의 서술 대신 끊임없이 반복되는 사소한 일상의 삶이 새롭게 주목받는다. 이러한 일상의 삶과 반복의 관계에 대해서는 다양한 관점이 존재하는데, 이 주제는 특히 1980년대 오스트리아 문학을 중심으로 문학의 지배적인 한 패러다임을 구축한다. 옐리네크나 베른하르트[Thomas Bernhard]와 더불어 반복이라는 범주에 천착한 작가로 한트케[Peter Handke]를 들 수 있다. 그는 『긴 이별에 대한 짧은 편지[Der kurze Brief zum langen Abschied]』에서 이미 반복의 문제를 다루며 반복의 양면성에 대해 성찰한다. 이 작품의 서술자는 자신의 어린 시절을 돌이켜 보며 자신에게 회상할 만한 것이 거의 없다는 사실을 발견하는데, 그 이유는 자신이 자란 마을에서 항상 같은 사람과 같은 대상만을 접할 수 있었기 때문이다.[11] 여기서 언급되는 반복이란 생기 없고 황량한 부정적 반복을 의미한다. 그러나 한트케에게 반복은 키르케고르나 니체에게서와 마찬가지로 양면성을 갖는다. 한트케는 자동적으로 일어나는 황량한 반복과 대비되는 생산적인 반복도 작품에서 형상화하며, 무의미한 반복을 극복하기 위해 생산적인 반복을 추구한다. 생산적인 반복에 대한 최초의 언급은 『연필 이야기[Die Geschichte des Bleistifts]』에서 나타난다.

누구나 생각을 이어 나가기 위해서는 다른 시대에 잘 묘사된 옛날의 생활상을 자신을 위해 새롭게―쓰거나 읽으면서―이해(반복)해야만 할 것이다.[12]

---

11 Peter Handke: Der kurze Brief zum langen Abschied. Frankfurt a.M. 1974, S. 75: "내게는 내가 매일 보던 것과 비교할 수 있는 대상이 하나도 없었다. 내가 얻은 모든 인상은 내가 이미 알고 있던 인상의 반복이었다. 이 말 뜻은 내가 주변을 거의 돌아다니지 않았다는 것만 의미하는 것은 아니었다. 나는 또한 나와 다른 조건에서 살고 있던 사람도 별로 만나지 못했던 것이다. 우리는 가난했기 때문에, 거의 우리와 마찬가지로 가난한 사람만 만날 수 있었다. 우리가 본 것은 아주 적어서 이야기할 거리도 많지 않았다. 그래서 우리는 거의 날마다 같은 이야기만 했다. Ich hatte nie etwas, womit ich das, was ich täglich sah, vergleichen konnte. Alle Eindrücke waren Wiederholungen schon bekannter Eindrücke. Damit meine ich nicht nur, daß ich wenig herumkam, sondern daß ich auch wenig Leute sah, die unter anderen Bedingungen lebten als ich. Da wir arm waren, erlebte ich fast nur Leute, die auch arm waren. Da wir so wenig Dinge sahen, gab es nicht viel zu reden, und so redeten wir fast jeden Tag das gleiche."

물론 이러한 반복은 일차적으로 기억을 통한 보존을 의미한다. 예를 들면 책을 통해 이전의 것이 사라지지 않고 존재하며 내 안에서 반복될 수 있다. 그러나 이러한 전수된 정신적 가치는 개인의 현재적 상황에 맞추어 조정되거나 수정된다. 따라서 반복은 단순히 도식적인 반복으로 경직되는 것이 아니라 혁신을 낳는 생산적인 반복을 의미하게 된다.

이와 같이 반복의 의미나 양면성에 대한 성찰은 이미 한트케의 초기 작품에서부터 있어 왔지만,[13] 이것이 시학적 원칙으로까지 승화된 것은 이 주제를 작품 제목으로 삼고 있는 『반복^{Die Wiederholung}』에 와서다. 아래에서는 한트케의 반복의 시학이 어떤 것인지 구체적으로 살펴보고자 한다.

'텅 빔' 모티브와 반복

『소망 없는 불행^{Wunschloses Unglück}』에서 서술자 나는 자신이 글을 쓰는 계기가 항상 극단적인 언어 상실의 짧은 순간을 표현하고자 하는 욕구에서 비롯되었다고 말한다.[14] 다른 한편 『긴 이별에 대한 짧은 편지』에서 서술자

---

12 Handke: Die Geschichte des Bleistifts. Frankfurt a.M. 1985, S. 40: "Jeder wird, um weiter-denken zu können, die alten, in anderen Zeiten wohlbeschriebenen Lebensumstände für sich neu—schreibend oder lesend—festhalten müssen(wiederholen müssen)"

13 이에 대한 직접적인 언급은 보다 이후의 작품인 『고통 받는 중국인 Der Chinese des Schmerzes』에서 나온다. Handke: Der Chinese des Schmerzes. Frankfurt a.M. 1986, S. 70: "그와 반대로 '피로하게 만드는 반복'에 맞서는 원기를 회복시켜 주는 반복의 경험이나, '반복 강박'에 맞선 반복에 대한 결심의 경험 또는 '반복의 위험'에 맞선 반복의 가능성에 대한 경험은 존재하지 않았던가? Gab es dagegen nicht die Erfahrung der erfrischenden Wiederholung gegen die 'ermüdende Wiederholung'; des Wiederholungs-Entschlusses gegen den 'Wiederholungszwang'; der Wiederholungs-Möglichkeit gegen die 'Wiederholungsgefahr'?"

14 Handke: Wunschloses Unglück. Frankfurt a.M. 1974, S. 11: "바로 그때 극단적인 언어 상실의 짧은 순간과 그것을 말로 표현하고자 하는 욕구가 있었다. 그것은 둘 다 똑같이 이전부터 글을 쓰기 위한 계기였다. Da waren eben kurze Momente der äußersten Sprachlosigkeit und das Bedürfnis, sie zu for-mulieren—die gleichen Anlässe zum Schreiben wie seit jeher."

는 평소에 기억할 수 없었던 어린 시절의 꿈이나 주변에 대한 회상이 단지 공포의 순간에만 갑자기 이루어진다고 말한다. 여기서 언급된 공포와 극단적인 언어 상실의 순간은 모든 것이 하얀 백지로 변해 버리는 부정적인 의미에서 무의 상태이지만, 동시에 바로 이러한 무의 상태만이 창조적인 생산성으로 전환될 수 있는 계기가 되기도 한다.

우리에게 트라우마로 남아 있는 공포의 순간은 끊임없이 순간적으로 닥쳐와 반복적으로 우리를 괴롭히며 자아 정체성의 연속성을 위협하고 자아 해체의 위험을 낳는다. 그 때문에 이러한 공포의 상황을 잊어버리려는 망각의 욕망이 생겨나는 것이다. 그러나 이러한 백색의 진공 상태는 해체와 언어 상실을 낳는 몰락의 상태이기도 하지만, 정반대로 다양한 언어적인 표현 가능성의 팔레트가 되는 풍요로운 텅 빔의 상태로 전환될 수도 있다.[15] 공허한 텅 빔의 상태와 생산적인 텅 빔의 상태 간의 차이는 백지장 하나인 것이다.

'텅 빔Die Leere' 모티브는 '부재Abwesenheit' 모티브와 연결된다. 『반복』의 주인공이자 서술자인 필립 코발은 실종된 형을 찾아 고향인 오스트리아를 떠나 슬로베니아의 예세니체로 간다. 이미 여기서 형의 부재가 주인공 필립의 여행 계기임을 확인할 수 있다. 오래전에 슬로베니아로 가서 전투에 참가한 형은 실종된 것으로 간주되었고 생사를 알 수 없는 상황이다. 필립이 이러한 형을 찾아 나선 것은 단순한 추적 이상의 의미를 가지고 있다. 현실 세계에서 형에 대한 평가는 그를 극단적으로 이상화하는 어머니의 평가에서부터 그의 단점을 지적하는 누나의 평가에 이르기까지 다양하지만, 비유적인 차원에서 그는 이상적인 인물로 등장한다. 슬로베니아의 농

---

15 Klaus Bonn: Die Idee der Wiederholung in Peter Handkes Schriften. Würzburg 1994, S. 96~97 참조.

업 학교에서 배운 기술로 과수원을 풍요롭게 가꾼 형은 신적인 존재에 비유될 수 있는 창조적인 인물로 제시된다. 그가 고향을 떠난 후 이 과수원은 다시 황폐해져서 지금은 그 당시의 풍요로운 과수원에 대한 꿈과 동경만이 남아 있다. 그러나 바로 이러한 부재와 여기서 비롯되는 꿈이 풍요롭고 충만한 세계에 대한 동경을 무한히 써 나갈 수 있도록 자극한다.

부재의 생산적이고 창조적인 의미에 대해서는 이 작품에서 자주 언급된다. 예세니체에 도착한 필립은 이곳에서 무언가의 결핍과 부재를 느끼며, "습관의 나라Gewohnheitsland"16 오스트리아와 대비하여 슬로베니아를 "결핍의 나라Mangeland"(Wh 135)로 부른다.17 그러나 이러한 결핍은 결함으로 다가오기보다는 오히려 평소에 듣고 해독할 수 없었던 것을 이제 명확히 듣고 이해할 수 있게 만드는 생산적인 결핍으로 나타난다. 가령 이곳에서는 일상적인 교회 종소리가 들리지 않아 오히려 주변의 소리를 더 잘 들을 수 있다. 반면 고향에서 필립은 학업과 군복무 등 국가에 대한 의무로 인해 항상 자신을 투입할 준비가 되어 있어야 했는데, 부재는 이러한 억압적인 상황에서 벗어나 자유를 향유할 수 있는 조건을 마련해 준다.

물론 이러한 부재와 결핍은 때로는 완전한 공허함으로 바뀔 수 있으며, 이에 따라 공포를 낳을 수 있는 위협으로 다가오기도 한다. 텅 빔과 부재에는 역설이 깔려 있다. 한편으로 텅 빔은 그것의 공허함을 극복해야 할 극복 대상이지만, 다른 한편으로 억압적인 상황에서 벗어나 자유롭고 다양하게 표현해 나갈 수 있는 표현 공간이기도 하다. 이 경우 텅 빔은 사물의 배경이 아니라 사물 속에 함께 들어 있는 것으로, 사물 속에 이상적인

---

16 Handke: Die Wiederholung. Frankfurt a.M. 1992, S. 135 [이하 (Wh 쪽수)로 표기].
17 비록 여기서 오스트리아와 대비되어 슬로베니아가 긍정적으로 묘사되고 있더라도 이러한 이상적인 부재의 나라가 현실 속의 국가 슬로베니아로 규정될 수는 없다. 오히려 생산적인 백지의 창조적 여백을 간직한 왕국은 현재의 슬로베니아를 비롯한 모든 왕국과 국가를 넘어서는 이념의 왕국이라고 할 수 있다. 이 작품에서 슬로베니아가 부정적으로 묘사되기도 하는 것은 이러한 맥락에서 이해할 수 있다.

이념의 형식으로 남아 있다.[18]

'텅 빔' 모티브는 그 중요성에 상응하게 이 작품에서 주도 모티브로 등장한다. 소설 1부에서는 무엇보다 '뿌연 유리창Das blinde Fenster'이 주도적인 모티브로 등장한다. 안을 들여다 볼 수 없는 뿌연 유리창은 하얀 빛깔로 인해 백지를 연상시키며, 규정 불가능성과 불확정성의 의미를 낳는다. 주인공 필립이 슬로베니아에서 마주치게 되는 이 뿌연 유리창이나 그것의 변형된 상은 주인공으로 하여금 의미의 불확정성 속에서 상상력을 촉발하여 대상에 대한 새로운 이해와 의미 창출을 시도하게 한다. 예를 들면 역의 승강장에서 갈라진 땅은 필립에게 이전에 본 뿌연 유리창을 연상시키며, 이러한 불확정성을 상징하는 대상의 관찰은 그에게 상황에 대한 새로운 의미 연관을 만들어 내어 하나의 결정을 내릴 수 있도록 돕는다. 집으로 돌아갈지 슬로베니아의 남쪽 지방으로 계속 여행을 떠나야 할지 고민하던 주인공은 이 갈라진 아스팔트에서 뿌연 유리창을 떠올리고 그로부터 의미를 만들어 내며 남쪽 지방으로 떠나기로 결심한다.

뿌연 유리창과 관련하여 비가시성이 진정한 지각을 위하여 부재의 창조적 의미를 간직하고 있다는 것을 알 수 있다. 이것은 필립이 동경하는 이상적인 인물인 형이 어렸을 때 병으로 시력을 잃어 '장님Blinder'인 것과도 연관이 있다.[19] 동생인 필립이 보기에 형은 오히려 시력을 상실한 후 더 많은 것을 볼 수 있는 것처럼 보인다. 이것은 비유적인 의미도 갖는데, 즉 현실에서 우리의 눈에 보이는 것만을 그대로 재현하는 것으로는 불충분하며

---

18 Gottfried Boehm: Paul Cézanne. Montagne Sainte-Victoire. Eine Kunst-Monographie. Frankfurt a.M. 1988, S. 84.
19 체르닌은 '뿌연 유리창 das blinde Fenster'이 형의 한쪽 '눈이 먼blind' 것을 반복하고 있음을 올바르게 지적하고 있지만, 그것들의 연관성에 대해서는 자세히 살펴보지 않는다. Franz Josef Czernin: Zu Peter Handkes Erzählung "Die Wiederholung". In: Jeanne Benay(Hrsg.): >>Es ist schön, wenn der Bleistift so schwingt.<< Der Autor Peter Handke. Wien 2004, S. 17.

오히려 우리가 현실에서 지각하지 못하는 것, 꿈과 소망의 대상이 되는 것을 상상의 힘으로 채워 넣는 것이 진정으로 보는 것이 된다. 이것은 뒤에서 다룰 서술의 문제와 관련해서도 중요한 의미를 갖는다.

1부에서 주로 '뿌연 유리창'이 주도 동기로 사용되었다면, 2부에서는 이 모티브가 변형되어 '텅 빈 목장길Die leeren Viehsteige' 모티브로 반복된다. 필립은 산등성이에 있는 텅 빈 목장길을 보면서 이전에 거기서 돌아다녔을 소 떼의 유유자적한 모습을 떠올린다. 여기서 텅 빈 목장길이 일종의 기호로 작용하되 거기에 내포된 불확정성이 상상력을 촉발하여 새로운 의미를 창출함을 알 수 있다. '텅 빔' 모티브의 절정은 필립이 3부에서 최종 목적지로 도달하게 되는 석회암 대지가 침식되어 형성된 '카르스트' 지역에서 나타난다고 할 수 있다. 텅 빔이 모든 것을 혼란과 해체로 몰아넣는 부정적인 의미의 텅 빔과 구분된다는 것은 카르스트 지역에 대한 필립의 성찰에서 잘 알 수 있다.

나는 가장 능력 있는 선생보다 카르스트에서 부는 바람으로부터 더 많은 것을 배웠다. 그 바람은 내 감각을 날카롭게 했고, 외관상으로 볼 때 극도로 혼란스러운 인적이 드문 황무지에 형태를 부여했다. 때로는 하나의 형식을 다른 형식과 구분하고 때로는 한 형식이 다른 형식을 보완하면서. 그리하여 나는 가장 쓸모없는 사물조차 그 나름의 가치를 지니고 있다는 사실을 알게 되었고, 그러한 사물을 전체적으로 명명할 수 있는 능력을 갖게 되었다.[20]

---

20 (Wh 275): "Von jenem Fächeln habe ich mehr gelernt als von dem fähigsten der Lehrer: Mir die Sinne schärfend, alle zugleich, zeigte es mir im scheinbar Wirrsten, der menschenfernen Wildnis, Form um Form, eine klar getrennt von der andern, und eine die Ergänzung der andern, und ich entdeckte das nutzloseste Ding als einen Wert und kam in den Stand, die Dinge zusammen zu benennen."

카르스트에서 부는 바람에 대한 이러한 묘사는 텅 빔을 상징하는 카르스트가 절대적인 혼란과 해체를 의미하는 것이 아니라 부재 속에서 대상의 차이를 인식시켜 주며 그러한 다양한 차이를 만들어 낼 수 있는 생산적인 '텅 빔'을 의미한다는 것을 보여 준다.

카르스트 지역 역시 "결핍 지대Mangelgebiet"(Wh 293)다. 이 지역은 어려서부터 필립이 가서 연구해 보고 싶은 지역이었다. 그 이유는 그곳이 자기 조상들의 땅이기 때문이기도 하고 자신이 존경하는 지리 선생님의 뜻에 부합하고자 하는 제자로서의 의무 때문이기도 하다. 그러나 가장 근본적인 이유는 바로 그곳에서 '환락의 축제Orgie'를 열려는 의도 때문이다. 여기서 '환락의 축제'란 대상에 매혹되어 그것과 합일되는 것을 의미하는 것이 아니라 상상을 통해 일구어 낸 "풍요의 땅Orgas"(Wh 293)에서 대상을 끊임없이 갈망하는 것을 의미한다. 따라서 황폐하고 메마른 카르스트 지역에서 필립이 가져갈 수 있는 것은 사물로서의 대상이 아니라, 발견자가 그것을 인식하여 마음속에 새겨 넣는 모델로서의 대상이다. 그것은 '이야기의 나라Land der Erzählung'(Wh 285)로 옮겨질 때 가장 오랫동안 꽃필 수 있다. 그래서 카르스트 지역의 자연과 작품들이 태고의 것이라고 할 때, 그것은 '옛날 옛적에 이러했다'라는 의미에서가 아니라 '한번 시작해 보라'라는 의미에서 그러한 것이다. 즉 불확정적인 백지의 종이에 쓰인 글자와 서술된 이야기는 과거의 사실 자체가 아니라 거기에 가능성으로 존재했지만 실현되지 못했던 동경과 꿈의 이야기이며, 이를 통해 이러한 이야기는 과거의 재현이 아니라 미래의 모델로 제시될 수 있다.

고향을 찾아 떠난 오디세우스: 진정한 고향으로서의 '이야기의 나라'

　한트케에게 전쟁이나 가족 내 갈등과 같은 트라우마는 개인의 생존이라는 이유에서 지속적으로 회상되어서는 안 되며 망각되어야 한다. 따라서 주인공의 회상은 실현되지 않은 꿈의 회상인 동시에 억압적인 과거의 망각을 의미한다. 이로써 (실현되지 않은 꿈으로서의 선험적인 순수한 과거에 대한) 기억과 (실제로 일어난 과거의 사건에 대한) 망각은 회상 행위 속에서 서로 결합된다.

　한트케에게 망각에 대한 욕망은 회상에 대한 욕망의 이면을 나타낸다. 『반복』의 주인공 필립이 고향을 떠나 슬로베니아로 간 이유는 그의 이상적 자아인 형을 찾아 나선 회상의 전략에서 비롯된 것이기도 하지만, 동시에 그가 이전에 어떤 글에서 자신을 솔직히 털어놓음으로써 자신을 노출한 것을 이제 잊으려는 '망각'의 전략에서 비롯된 것이기도 하다. 그는 어느 신문에 실린 글에서 자신이 누군지 알고자 하는 욕망에서 지나치게 자신을 많이 표현했는데, 이로 인해 자신이 그 전에 편안하게 고향처럼 느끼던 장소, 즉 버스나 기차 등에서조차 추적을 받고 있다는 느낌을 갖게 된다. 슬로베니아로 홀로 여행하게 된 데는 이러한 시선에서 벗어나고자 하는 이유도 강하게 작용한다. 그가 슬로베니아의 보하인에 도착했을 때 망각 내지 망각된 곳이라는 뜻을 지닌 한 촌락에 마음이 끌렸던 것도 바로 그 때문이다.

　이러한 억압에 대한 망각과 달리 꿈의 망각은 극복되어야 할 대상이다. 필립의 형이 사라진 후 마을 사람들은 그를 죽은 것으로 간주하기 시작한다. 그는 곧 마을 사람들에게 잊혔는데, 그 이유는 그의 나이 또래 청년들이 전쟁터에서 살아 돌아온 사람이 거의 없었기 때문이다. 이렇게 사라진 후 잊힌 형을 찾아 나서는 필립의 행위는 단순한 추적 이상의 의미를 지니며 어떤 이념적 차원을 갖는다. 비록 형은 고향 집에 없었을지라도 어머니는 항상 그가 집에 있는 것처럼 이야기했고, 아버지도 형의 물건들을 관리하는 관리인의 역할을 기꺼이 수행한다. 심지어 형에 대한 부모님의 일방적 흠모와 미화를 비판하는 누이조차 그가 이전에 집에 돌아올 때면 얼굴이 환해졌다. 이처럼 형은 실제 현실에서는 여러 가지 결함을 지닌 인물일 수 있지만, 상징적 차원에서는 부재하지만 완전히 죽은 것으로 밝혀지지 않는, 그래서 여전히 존재하는 이상적인 인물로 나타난다. 특히 그의 행방과 성격을 둘러싼 다양한 추측과 평가는 그가 합리적 해석을 넘어서는 생산적인 텅 빔의 공간을 상징하고 있음을 보여 준다. 필립은 스무 살이나 많은 형을 단지 두 살 때 한 번 보았을 뿐이다. 이로 인해 형에 대한 개인적 기억이 전무한 상황에서 그를 가상적인 모습으로 떠올릴 수밖에 없지만 그는 이러한 가상으로서 필립에게 지속적인 영향을 미친다. 이와 같이 그에 대한 개인적인 기억은 없지만 마음속에 동경의 대상으로 항상 간직되는 이상적 자아로서의 타자인 형은 상상적 회상의 대상이요 망각으로부터 구원되어야 할 대상인 것이다.[21]

형을 찾아 떠나는 여행과 작품 마지막의 귀향은 오디세우스의 모험을 상기시킨다. 실제로 이 소설에서 슬로베니아를 여행 중인 필립은 어느 장면에서 자신을 지친 "오디세우스Odysseus"(Wh 111)로 묘사하기도 한다.[22] 호메로스의 『오디세이아Odysseia』에서 오디세우스가 여러 가지 모험을 거쳐 마침내 고향으로 돌아오듯이, 필립 역시 슬로베니아에서 여러 가지 체험을 하고 마침내 고향 링켄베르크로 돌아온다. 필립의 성인 '코발Kobal' 역시 오

---

21 슬로베니아에 체류 중일 때 필립은 자신의 형을 환상을 통해 두 번 만난다. 이러한 환상적 체험은 신적인 현현과 유사한 방식으로 이루어진다. 이와 같이 부재하는 것의 반복은 언어적 묘사를 통한 현실의 반복이라는 형식으로 가능하게 된다.
22 또 다른 구절에서 필립은 오디세우스를 찾아 떠나는 아들 텔레마코스에 비유되기도 한다.

디세우스와 연관이 있다. 국경 수비병은 슬로베니아어 'kobal'에서 유래한 그의 성을 "옆으로 벌린 두 다리 사이의 공간der Raum zwischen den gegrätschten Beinen" 내지 "걸음Schritt" 또는 "그렇게 다리를 벌리고 있는 사람ein Mensch, der mit gespreizten Beinen dasteht"(Wh 10)으로 번역한 반면, 필립의 아버지는 그것이 "다리를 넓게 벌리고 있는 사람der Breitbeinige"이 아니라 "경계의 속성die Grenznatur"(Wh 235)을 의미한다고 주장한다. 이렇게 본다면 코발이란 이름은 코발 가문의 시조이자 역사적인 농민 봉기의 지도자인 코발이 갖는 역사적 의미 차원을 넘어서 신화적 차원의 의미를 갖는다. 이에 따라 필립 코발은 어느 특정 지역에 귀속되지 않고 끊임없이 경계(국경)를 넘나들며 고향을 찾아 헤매는 신화적인 방랑자 오디세우스와 연결된다.[23]

  이러한 유사성에도 불구하고 이 작품에서 고향과 타지의 의미는 『오디세이아』에서 보다 훨씬 복잡한 관계를 맺고 있다. 필립의 부모는 자신들이 거주하는 링켄베르크에서 자신을 이방인으로 느낀다. 비록 그들은 이 마을에서 일정한 직업을 갖거나 역할을 수행하며 마을 사람들부터 이방인으로 취급받지 않았는데도 말이다. 서술자로서의 필립은 이러한 이유를 역사적인 상황에서 찾는다. 아버지의 조상으로 1713년 톨민 농민 봉기 때 지도자로 활약한 그레고르 코발이라는 사람이 있었는데, 그는 '황제는 국민의 종에 불과하다'며 봉기를 주도했지만 결국 처형당하고 만다. 그리하여 그의 후손들은 슬로베니아 지역에서 추방당하고만 것이며, 이후 이 집안은 어디에도 정착하지 못하는 유랑인 신세가 된 것이다. 이러한 박해의 감정을 생활화하고 있는 필립의 아버지는 자기 선조들의 언어인 슬로베니아어의 사용을 집안에서 금하며 단지 카드 놀이를 할 때만 예외적으로 슬

---

23 Armin A. Wallas: "und ich gehörte mit meinem Spiegelbild zu diesem Volk". Peter Handke als Schöpfer eines slovenischen Mythos. In: Österreich in Geschichte und Literatur. 1989, S. 333 u. S. 337.

로베니아 어를 사용하며 마음의 평온을 찾는다.

주인공 필립에게도 고향인 오스트리아의 링켄베르크 마을은 포근한 안정을 주는 곳으로 느껴지지 않는다. 정반대로 그곳은 그에게 억압적인 장소로 여겨진다. 필립은 엄한 아버지 때문에 집 근처에 도달하면 항상 불안을 느낀다. 그가 열두 살 때 자신의 행동을 끊임없이 흉내 내는 이웃집 아이를 때린 후 고향을 떠나 기숙 학교로 떠나는 날 그는 구원받은 듯한 감정을 갖지만, 정작 그곳에서 생활하면서 또 다른 억압과 선생과의 갈등을 경험하며 고향에 대한 향수의 감정을 갖기도 한다. 이처럼 '향수Heimweh' 와 '낯선 곳에 대한 동경Fernweh' 은 양면적인 특성을 지닌 것으로 나타난다. 기숙 학교에서 고향으로 다시 돌아온 필립은 집에서 90킬로미터 떨어진 도시에 있는 학교를 다닌다. 이 시절 그는 버스나 기차역에서와 같이 이동 중일 때 고향에 있는 듯한 편안함을 느끼며 유목민적인 방랑 욕구를 갖는다. 이로써 이전 기숙 학교 시절에 가지고 있던 향수는 이제 사라진다. 그러나 이러한 이동 중에 느끼던 편안함은 그의 글이 신문에 실려 자신의 내면이 공개되고 나서 사라지고 만다. 모든 꿈과 상상을 억압하던 장소인 집은 이 기간 동안만은 타인의 추적하는 시선을 피할 수 있는 구원의 장소로 변한다. 특히 어머니가 병이 들고 이로 인해 아버지의 태도가 급변하면서 집은 이전의 억압적인 장소에서 이제 편안함을 느끼고 자아 성찰을 할 수 있는 장소로 변한다.

이와 같은 고향과 타지에 대한 양가적 묘사는 이 중 어느 한곳을 일방적으로 이상화하거나 폄하하는 것을 가로막는다. 오히려 여기서 중요한 것은 존재하는 것에서 부재하는 것을 읽어 내고 부재하는 것에서 존재하는 것을 찾아내는 일이다. 슬로베니아로 떠나려다 다시 잠시 집으로 되돌아온 필립은 몇 시간 동안 가족들이 말없이 함께 앉아 있던 모습을 회상한다. 이때 이 집은 링켄베르크라는 마을이 아닌 어느 알려지지 않은, 그 이

름을 부를 수 없는 지상의 한 지역에 홀로 위치한 듯한 모습으로 나타난
다. 그리고 그의 기억 속에는 햇볕을 받으며 일군의 사람들이 앉아 있었다
기보다는 잔디 위에 번쩍이는 하얀 천[24]이 깔려 있었을 뿐이다. 이렇게 환
상으로 고양된 현실은 존재하는 고향 속에 부재하는 이상향을 순간적으로
드러내며 고향과 고향의 타자로서의 낯선 장소 간의 복합적인 연관 관계
를 보여 준다.

  이와는 반대로 필립은 낯선 장소인 슬로베니아에서 고향의 존재를 느끼
기도 한다. 그는 이곳에서 자유롭게 활동할 수 있으며 편안함을 느낀다.
그러나 필립이 이곳을 고향처럼 느끼고 '내 나라[Mein Land]' 라고 부를 수 있는
이유는 이곳이 특정한 국가로서의 슬로베니아를 넘어서 초민족적, 초국가
적인 상징적 세계를 지시하기 때문이다.[25] 슬로베니아가 그러한 이상향을
매개할 수 있는 이유는 이곳을 찬양한 형의 영향과 이 민족의 언어가 지닌
사소한 것에 대한 관심과 어린애 같은 상상력 때문이다. 필립이 자신의
'낯선 곳에 대한 동경' 의 목적지가 있다면 그곳은 바로 카르스트 지역이
라고 말할 때, 이 카르스트 지역은 특정한 지정학적인 위치의 장소로서보
다는 상상적 이야기가 펼쳐질 수 있는 보고로서 이상적 의미를 갖는다.[26]
그 때문에 카르스트 지역 사람들이 이탈리아 사람인지 슬로베니아 사람인
지는 필립에게 중요하지 않은 것이다. 카르스트 지역에서의 걸음은 목적
지를 향한 바쁜 걸음이 아니라 새로운 것을 발견할 수 있도록 돕는 여유
있는 느린 걸음이다.

---

24 이것은 앞에서 언급한 뿌연 유리창, 텅 빈 목장길 등 '텅 빔' 을 상징하는 백지 모티브와 연결될 수 있다.
25 발라스는 현실에 존재하는 슬로베니아는 한트케가 찾는 유토피아의 장소가 아니며, 단지 그곳은 환상
속에서 이상화된 상상의 나라임을 지적한다. Wallas: "und ich gehörte mit meinem Spiegelbild zu
diesem Volk", S. 338.
26 상상 속에서 이상화된 카르스트 지역은 형 그레고르가 남긴 두 권의 책에 표현된 이상을 하나의 구체적
인 상으로 구현하고 있다. 그중 과수원에 대한 책은 풍요의 땅으로서의 카르스트를, 1895년에 출판된 슬로
베니아어 사전은 '이야기의 나라' 로서의 카르스트를 선취한다. Wallas: a.a.O., S. 336.

오스트리아에 있는 고향으로 떠나기 전날 밤 필립은 자신이 태어난 곳에서 100킬로미터도 떨어지지 않은 드라우 강의 다리 위를 걷는다. 형의 시각에서 바라보니 홈통이 새겨진 듯한 물결은 텅 빈 목장길로, 그 옆에 있는 철로 위를 달리는 기차의 그림자는 숨은 제국의 뿌연 유리창의 모습을 반복하는 것처럼 나타난다. 그는 이곳에서 "아니, 우리는 고향이 없는 게 아니야"[27]라고 생각한다.

끊임없이 유랑하며 박해받았던 조상들과 마찬가지로 필립 역시 자신의 진정한 고향을 찾아 길을 나선다. 이러한 여행에서 그가 찾은 고향은 구체적인 지정학적 장소로서의 고향이 아니라 아름다운 가상의 왕국인 '이야기의 나라'라는 상징적 고향이다. 그 때문에 그가 작품 마지막에 다시 오스트리아로 돌아왔을 때 오스트리아는 이상향으로서의 고향으로 나타나지 않는다. 중부 유럽의 녹지와 그에게 친숙한 독일어의 사용은 그에게 평온의 감정을 가져다주며 재회의 기쁨을 불러일으키지만, 고문과 살인에 참여하고도 잘못된 옛 전통을 고수하는 이곳 사람들의 태도는 그에게 적개심을 불러일으키기도 한다. 이곳 사람들에게 멀리 떨어진 다른 나라에 대해 이야기하려는 그의 시도는 쉽게 성공을 거두지 못하며, 그 때문에 그는 점차 증오심에 빠진다. 이곳에서는 단지 백치와 바보, 절름발이만이 고향을 노래하는 사람들이며, 박해받는 사람들을 상징하는 작은 동물의 모습만이 마을 사람들에게 이 소국 뒤에 숨은 초원과 해안, 대양을 품고 있는 광활한 대지를 보여 준다. 그러나 다른 한편 그가 자신의 집에 도착해서 서로 껴안은 채 침대에 누워 있는 부모님의 시선을 볼 때 그는 자신이 태어난 것에 대해 그들에게 감사하며 그들을 사랑하고 있음을 느낀다. 여기서 링켄베르크 역시 일방적으로 부정적으로만 묘사될 수는 없다는 것이

---

27 (Wh 322): "Nein, wir sind nicht heimatlos."

드러난다.

필립이 자신을 인식하는 동시에 자신을 잊게 되는 가장 세속적이면서도 가장 신성한 곳은 바로 '이야기의 나라' 다. 이야기의 나라에서 그는 자아의 안정성을 흔들어 놓을 수 있는 타자를 자신 속에 동화시키며 동시에 자신을 '그 어느 누구도 아닌 존재[Niemand]' 로 변화시키려고 한다. 이렇게 자아의 개념 속에 이념적인 존재인 타자를 내포하는 것은 현실적인 자아의 서술에 꿈과 동경의 허구적 이야기를 끌어들일 때 비로소 가능해진다. 이야기의 나라에 대한 암시는 이전에 필립의 형 그레고르가 전선에서 보내온 편지에서 잘 드러난다. 그는 이 편지에서 조상들의 언어인 슬로베니아어로 '아홉 번째 나라' 로 지칭되는 전설적인 나라를 언급하며, 가족들 모두가 어느 날 한자리에 모여 그들 모두가 동경해 온 아홉 번째 나라의 아홉 번째 왕의 결혼식에 함께 갈 수 있기를 소망한다. 필립은 형의 그런 경건한 소망이 지상에서, 즉 문자를 통해 실현될 수 있다고 생각한다. 9라는 숫자는 필립의 지리 선생님에 따르면 13이라는 숫자와 함께 마야 인들에게는 신성한 숫자다. 말년에 동화를 쓰는 대신 숫자 세기에 열중한 지리 선생은 심지어 길거리 간판에조차 민감해지는데, 그 이유는 그것조차 숫자의 고향이 되기 때문이다. 슬로베니아어로 아홉 번째 나라를 뜻하는 곳이 다름 아닌 '이야기의 나라' 라고 한다면,[28] 그곳은 필립이 죽은 후에도 그의 후손들이 그를 만날 수 있는 장소, 즉 진정한 고향이라고 할 수 있다.[29] 이 경우 이들의 고향인 '이야기의 나라' 는 반복이 이루어지는 장소

---

28 어원적으로 볼 때 숫자와 서술은 서로 연결된다. 독일어의 '숫자를 세다 zählen' 라는 단어와 '이야기 (서술)하다 erzählen' 라는 단어는 이러한 연관성을 잘 보여 준다. 필립의 지리 선생님이 말년에 자신의 서술을 숫자를 세는 것으로 바꾼 것 역시 위의 의미에서 보면 서술의 포기보다는 서술의 근원적 형태로의 귀환으로 볼 수 있을 것이다. Les Caltvedt: Handke's Grammatology: Structuralism, Poststructuralism, Reading and Writing in 'Die Wiederholung'. In: Seminar 1992, S. 51 참조.

29 (Wh 333): "후손이여, 내가 더 이상 이 땅에 없을지라도 너는 서술의 왕국인 아홉 번째 나라에서 나를 만나게 되리라. Nachfahr, wenn ich nicht mehr hier bin, du erreichst mich im Land der Erzählung, im neunten Land."

지만, 그러한 반복은 혁신의 동의어이기도 하다.

이야기여, 반복하라. 다시 말해 자신을 스스로 혁신하라. 결코 있어서는 안될 결정을 항상 새롭게 지연시키며. 뿌연 유리창과 텅 빈 목장길이여, 이야기의 박차와 진정한 문양이 되어 달라. 이야기 만세. 이야기는 계속되어야 한다.[30]

반복의 글쓰기: 회상과 상상 사이에서

서술 기법적인 측면에서 볼 때 한트케의 반복의 시학은 다른 작가들의 서술 기법과 차별되는 특성을 가지고 있다. 『반복』의 주인공인 필립은 어머니가 자신에게 항상 '이야기 좀 해 보렴' 하고 말하면서 이야기하기를 강요했던 것을 기억한다. 그러나 이와 같이 이야기 서술에 대한 강요가 반복되던 시기에 필립은 제대로 이야기를 할 수가 없었다. 그 후 어머니가 병이 들어 더 이상 이야기를 강요하지 않았을 때 비로소 그는 그녀에게 자유롭게 이야기할 수 있다. 이러한 자유로운 서술 상황에서 비로소 그는 사실의 단순한 서술을 넘어서는 상상의 이야기를 할 수 있게 된다.

필립에게는 일차적으로 무엇을 이야기하느냐가 중요한 것이 아니라 이야기한다는 것 자체가 중요하다. 이야기의 서술을 통해 언어 상실이라는 억압적인 공포의 사슬을 끊고 불확정성의 혼란을 아름다운 가상의 질서로 바꾸어 놓을 수 있기 때문이다. 또한 이야기의 대상과 관련해서 그는 어떤

---

30 (Wh 333): "Erzählung, wiederhole, das heißt, erneuere; immer neu hinausschiebend eine Entscheidung, welche nicht sein darf, Blinde Fenster und leere Viehsteige, seid der Erzählung Ansporn und Wasserzeichen. Es lebe die Erzählung. Die Erzählung muß weitergehen."

사건에 대해서보다는 냄새, 소리, 모습 등 단순한 과정에 대해 이야기하기를 즐긴다. 나중에 그는 특히 자연 속 사물에 대한 묘사에 몰두한다. 이러한 필립의 서술 태도는 작가 한트케에게 옮겨질 수 있다. 한트케 역시 연속적으로 일어나는 사건의 연쇄로서의 연대기적인 사건 서술 대신 단순한 과정, 특히 사물의 묘사에 치중하기 때문이다.

역동적인 사건의 전개 대신 정적인 묘사가 지배적인 한트케의 작품은 독자에게 지루한 느낌을 주기도 하지만, 이러한 가치 평가에 앞서 우선 그의 이러한 서술 기법이 어떤 의미를 갖는지 자세히 살펴볼 필요가 있다. 연속적인 사건의 서술 대신 사물의 묘사에 몰두하는 한트케의 표현 기법은 일차적으로 시간보다는 공간적인 의미를 갖는다. 베를리히는 묘사문이 공간 속에 나타난 현상에 대한 문장인 반면, 서술문은 시간 속에 나타난 현상에 대한 문장이라고 말한다.[31] 서술이 일반적으로 연속적으로 일어나는 사건의 언어적 표현이요, 넓게 정의하면 시간적으로 규정된 사태의 언어적 표현이라고 한다면,[32] 순수한 묘사는 그림에서와 같이 상태(상황)의 변화를 내포하지 않는 공간적인 표현인 것이다. 자연이나 자연 속 사물의 묘사를 주된 대상으로 삼는 한트케가 자신을 '장소의 작가ein Orts-Schriftsteller'로 내세우는 것도 이러한 맥락에서 이해할 수 있다.

나는 장소의 작가이며, 이전에도 늘 그러했습니다. 내게 체험을 낳는 것은 장소, 즉 공간, 경계가 그어진 공간이었습니다. 내 문학적 출발점은 결코 이야기나 사건 또는 사고가 아니라 항상 장소입니다.[33]

---

31 Egon Werlich: Typologie der Texte. Entwurf eines textlinguistischen Modells zur Grundlegung einer Textgrammatik. Heidelberg 1975, S. 30f.
32 Dietrich Weber: Erzählliteratur. Göttingen 1998, S. 23 참조.

물론 소설을 비롯한 서술 문학에서는 순수한 묘사만이 나타나기는 힘들며, 한트케의 『반복』역시 일련의 연속적인 사건과 최소한도의 서술 구조를 내포하고 있다.[34] 그럼에도 작품에서 묘사가 갖는 비중은 무시할 수 없는데, 무엇보다 여기에서 특징적인 것은 이러한 공간 연관적인 표현 형식인 묘사가 한트케에게서는 시간 연관적인 사건의 서술로 전환된다는 데 있다.[35]

이 소설의 서술자인 마흔다섯 살의 필립은 1960년 당시 스무 살의 나이로 슬로베니아를 여행하던 과거의 체험을 회상하며 이야기한다. 물론 이 소설의 상당 부분은 풍경과 사물 묘사로 이루어져 있지만, 여기서 최소한의 이야기 구조가 나타나고 있음을 간과할 수 없다. 또한 풍경과 사물의 묘사 역시 단순한 공간적 묘사의 차원에 그치지 않고 서술자뿐만 아니라 체험 자아인 젊은 필립에게까지도 유년기의 꿈과 환상의 상을 불러일으킴으로써 공간적 묘사의 차원을 시간적 서술의 차원으로 확장하고 있다.[36] 이로써 서술자가 "유년기 풍경Kindschaft"(Wh 207)[37]이라고 부른 시공간을 포괄하는 개념이 탄생한다.

『반복』의 주인공 필립은 슬로베니아를 여행하는 중에 문득 자신의 학교

---

33 Handke: Aber ich lebe nur von den Zwischenräumen. Ein Gespräch, geführt von Herbert Gamper. Zürich 1987, S. 19: "Ich bin ein Orts-Schriftsteller, bin das auch immer gewesen. Für mich sind die Orte ja die Räume, die Begrenzungen, die erst die Erlebnisse hervorbringen. Mein Ausgangspunkt ist ja nie eine Geschichte oder ein Ereignis, ein Vorfall, sondern immer ein Ort!"

34 윤용호는 『반복』에 나타난 슬로베니아 상에 관한 연구에서 이 소설이 갖고 있는 교양 소설적 측면에 대해서 간접적으로 언급한다. 윤용호: 한트케의 소설 『반복』에 나타난 슬로베니아 상. 실린 곳: 독일 문학 제84집(2002), 259~278쪽 참조.

35 이와 유사한 맥락에서 『느린 귀향 Langsame Heimkehr』에서 유사한 질문이 제기된다. Handke: Langsame Heimkehr. Frankfurt a.M. 1984, S. 200: "그 자체로 '시간적인 순서'를 알지 못하는 공간을 어떻게 '서술'할 수 있을까? Wie aber könnte es gelingen, von Räumen, die ja an sich kein >>nach und nach<< kannten, zu >>erzählen<<?"

36 Dorothee Fuß: "Bedürfnis nach Heil". Zu den ästhetischen Projekten von Peter Handke und Botho Strauß. Bielefeld 2001, S. 56~57 und S. 74~76 참조.

37 원래는 '친자(親子)'라는 뜻이지만, 여기서는 '유년기 Kindheit'라는 단어와 '풍경 Landschaft'이라는 단어의 합성어로 사용되었다.

선생님을 떠올린다. '부재' 하는 존재로서의 선생님은 필립이 여행하는 도중에 자아 성찰을 할 때나 다른 생각을 할 때 끊임없이 영향을 미친다. 이 선생님은 또한 동화 작가이기도 하다. 그가 쓴 동화에는 사건의 연속으로서의 이야기가 등장하지 않으며, 단지 대상에 대한 단순한 묘사만이 나타날 뿐이다. 더욱이 그는 이러한 대상을 개별적인 사물로 독립적으로 관찰한다. 가령 그의 동화에는 마녀나 길 잃은 아이 그리고 타오르는 불길도 없이 단지 숲 속의 오두막만 등장한다. 그래서 그의 동화는 "하나의 사물에 관한 동화^{Ein-Ding-Märchen}"(Wh 205)라고 불린다.

필립의 선생님이 이야기하는 동화는 물론 완전한 창작은 아니다. 그가 묘사한 대상은 전래 동화에서 잘 알려진 장소나 사물이다. 이와 마찬가지로 『반복』의 서술자인 필립 역시 과거의 대상에 대한 회상과 묘사에서 출발한다. 그러나 그 역시 자신의 선생님과 마찬가지로 존재했던 대상을 그대로 재현하는 대신 새로운 연관 속에 집어넣는다. 또한 그는 단순한 과정이나 개별적인 대상을 자세히 관찰하고 묘사한다. 그리고 이러한 집중적인 관찰과 묘사로부터 사건의 서술이 생겨난다.

필립의 선생님은 지리와 역사를 가르친다. 그런데 그가 한 민족의 역사에 대해 이야기할 때 그는 역사적 사건에서 출발하지 않고 그 민족이 사는 땅의 지층에서 출발한다. 한 민족의 역사는 땅의 상태를 자세히 관찰하면 저절로 알 수 있고 그래서 진정한 역사 서술은 항상 지층의 연구와 함께 해야 한다는 것이다.[38] 그는 지중해 지역의 카르스트 지역과 마야 민족이 거주하는 유카탄 반도의 석회암 지역을 비교한다.[39] 전자가 깔때기 모양

---

[38] 이 역사 선생은 은퇴 후 자연의 풍경 속에서 시간의 진정한 차원을 발견하는데, 여기서 시간과 공간의 관계에 대한 한트케의 생각을 간접적으로 확인할 수 있다. 레텐은 필립의 역사 선생님(물론 지리 선생님이 기도 하지만)이 은퇴 후 정원사가 된 것에서 시간 범주에 대한 공간 범주의 우위를 확인하며 1980년대 문학의 패러다임 변화를 언급한다. Lethen: Die Vorherrschaft der Kategorie des Raumes und der Wiederholung, S. 22.

으로 움푹 파인 지역을 형성한다면, 후자는 탑 모양으로 솟아올라 있으며, 그래서 카르스트 지역 사람들에게 그들의 동굴이 피난처인 반면 마야 인들에게 석회암 동굴은 인신공양을 하는 장소가 되었다는 것이다. 이와 같이 그는 땅에 대한 묘사와 그것에 대한 해석에서 출발하여 하나의 이야기를 서술해 나가는 것이다.

필립의 선생님이 쓴 동화 중 유일하게 어떤 사건이 일어나는 동화가 있다. 그 사건은 다름 아닌 가시덤불에 대한 묘사에서 일어난다. 울창한 밀림에 있는 이 덤불 주위에 넓은 모래사장이 있는데, 여기에 갑자기 서술자 '나'가 등장해 메마른 덤불 속으로 모래를 한 움큼 던진다. 그러고서 그는 끊임없이 반복하여 그 안으로 모래를 던진다. 안을 들여다 볼 수 없는 밀림이 불확실하고 모든 것을 혼란의 늪으로 빠뜨리는 침묵의 세계를 가리킨다면, 메마른 덤불은 한편으로 공허하고 초라한 현실을 가리키지만, 다른 한편으로 빽빽한 밀림 속에 여백의 공간을 만들어 내는 '중간 틈새 Zwischenraum' 40를 지시하기도 한다. 이러한 중간 틈새는 대상에게서 언어를 빼앗고 모든 것을 침묵에 빠뜨리는 부정적 백지 상태에 반해 언어를 통한 대상의 창조적 생산을 가능하게 하는 생산적 여백을 의미한다. 덤불을 둘러싸고 있는 "원 모양의 모래사장Sandkreis"41(Wh 204)은 초라하고 보잘것없는 이러한 현실과 대비되는 신기루와 같은 환상의 세계를 의미한다. 따라서 메마른 덤불 속에 모래를 던지는 것은 다름 아닌 결핍에 시달리는 현실

---

39 트리에스트만에 있는 고원 지대인 카르스트는 다른 모든 석회암 지대의 근원이며, 그래서 카르스트 지역이라는 고유 명사로 불린다.

40 '중간 틈새'의 의미에 대해서는 다음을 참조하시오. Monika Schmitz-Emans: Die Wiederholung der Dinge im Wort. Zur Poetik Francis Ponges und Peter Handkes. In: Sprachkunst. 1993, S. 283~285.

41 여기서 나오는 원 모티브는 '하나의 단어에 관한 동화 Ein-Wort-Märchen'와 관련해 언급되는 "단어의 원 Wortkreis"(Wh 206)이나 "세계의 원 Weltkreis"(Wh 206)과 연결된다. 이것은 원형의 모래사장이 결국 상상을 통해 구원하는 언어(단어)와 연결됨을 의미한다. 그 밖에 원은 반복과 구원의 상징적 의미를 갖기도 한다.

세계를 열린 서술의 세계로 전환시켜 풍부한 상상의 이야기로 채워 나가는 것을 의미한다.[42] 바로 이 순간 묘사는 사건에 대한 서술로 넘어갈 수 있다. 그런데 이렇게 모래 던지는 행위가 반복되며 무한히 계속되어야 한다는 것은 바로 이러한 상상의 동화적 서술이 서술 주체에게 궁극적인 위안을 줄 수 없기 때문에 그러한 행위가 무한히 반복되어야 한다는 것을 의미한다.

필립의 지리 선생님이 대상에 대한 진정한 지각—객관적인 지각이나 인식의 의미가 아니라 주관적인 진정성의 의미에서—을 통해 '하나의 사물에 관한 동화'라는 환상적 이야기를 할 수 있었다면, 필립은 자신의 형 그레고르의 슬로베니아 어 사전에서 "하나의 단어에 관한 동화Ein-Wort-Märchen" (Wh 205)를 발견해 낸다. 형이 남긴 두 권의 책, 즉 과수원의 경작에 관한 작업 노트와 슬로베니아 어 사전은 각기 언어와 대상의 관계, 언어와 언어의 관계, 즉 메타 언어적 성찰에 관한 문제를 상징한다. 대상에 대한 진정한 감정을 어떻게 언어로 표현하느냐, 즉 그 자체로는 비언어적인 대상의 기호적 차원을 의미를 부여하는 관찰자의 시선을 통해 어떻게 발견해 내어 대상을 침묵에서 구제하느냐가 필립의 지리 선생님이나 형의 작업 노트에서 다루어지고 있다면, 형의 사전은 하나의 언어가 불러일으키는 상

---

42 한트케는 언어가 현실을 재현할 수 없음을 인식하지만, 이로부터 급진적인 언어 비판의 방향으로 나가기보다는 오히려 대상에 대한 언어의 다양한 표현 및 해석 가능성에서 긍정적 계기를 발견하려고 노력한다. 대상을 완전한 혼란과 침묵에서 구해 주며 아름다운 가상을 제공하는 언어는 사물을 위협하기보다는 오히려 보호하고 구제하는 것으로 나타난다. Schmitz-Emans: Die Wiederholung der Dinge im Wort, S. 282: "20세기의 언어 회의적인 작가들이 (이들과 함께 청년 한트케도) 언어가 나와 세계 사이에 고집스럽게 끼어들며 방해한다고 불평했다면, 이와 반대로 '반복'이라는 콘텍스트에서는 단어들이 사물의 보호자로 등장하며, 풍부한 표현들은 명명된 것의 발견에 방해가 되는 것이 아니라 오히려 그것의 가치를 부각해 준다. Hatten die sprachskeptischen Autoren des 20. Jahrhunderts (und mit ihnen der junge Handke) beklagt, daß sich Sprache störend und eigensinnig zwischen Ich und Welt schiebe, so erscheinen im Kontext der 'Wiederholung' die Wörter als Schutz der Dinge, und der Reichtum an Ausdrücken ist der Entdeckung des Benannten nicht abträglich, sondern unterstreicht noch seinen Wert."

을 어떻게 관습적이고 진부한 언어의 틀에서 끌어내어 풍부한 의미의 언어로 옮겨 놓느냐의 문제를 다룬다. 전자가 언어를 통한 대상의 혁신적 반복이라면, 후자는 언어를 통한 언어의 혁신적 반복이라고 부를 수 있을 것이다. 필립은 하나의 단어를 대할 때마다 그로부터 세계가 형성되어 나옴을 느끼며 그 단어가 갖는 미처 발견되지 못한 의미의 층을 읽어 내어 일종의 번역인 반복적 글쓰기를 통해 그 의미를 실현하기를 희망한다. 이것을 텍스트 차원에 적용해 한트케의 글쓰기 작업과 연관시키면 그가 자신의 이전 작품과 타인의 작품을 어떻게 혁신적으로 반복하여 새롭게 작품을 만들어 내는지의 문제, 즉 상호 텍스트적 글쓰기의 문제로 해석할 수도 있다.[43]

한트케는 『반복』에서 모티브의 반복적 사용을 보여 줄 뿐만 아니라, 텍스트 전체를 반복의 원칙에 따라 구성한다. 이 경우 반복이란 결코 과거의 사실이나 체험의 단순한 회귀를 의미하지 않는다.[44] 필립의 아버지는 1차 대전 중에 자신이 쏜 총에 이탈리아 병사가 맞지 않은 것 같다고 여기지만 그가 사라졌기 때문에 이에 대한 확신이 결여되어 있다. 이러한 트라우마는 그에게 과거를 끊임없이 반복적으로 이야기하도록 강요한다. 이러한 부정적인 반복적 서술과 구분되는 또 다른 반복의 서술 유형이 있다. 작품의 주인공 필립은 마흔다섯 살의 서술자의 위치에서 젊은 시절의 슬로베니아 체험을 회상하는 가운데, 반복과 회상 그리고 서술의 관계에 대해 다음

---

43 슈미츠 에만스는 『반복』에 등장하는 지리 선생님을 한트케의 글쓰기에 영향을 준 프랑스 작가 프랑시스 퐁주와 연관시킨다. 그에 따르면 언어를 통한 사물의 구원을 주장하는 퐁주의 시학은 지리 선생님의 '하나의 사물에 관한 동화'와 연결될 수 있으며, 퐁주의 시학을 선행 텍스트로 삼아 혁신적으로 반복하는 한트케의 시학은 '하나의 단어에 관한 동화'와 연결될 수 있다. Schmitz-Emans: Die Wiederholung der Dinge im Wort, S. 282 u. S. 286 참조.
44 한트케는 자전적 요소를 자신의 소설 속으로 끊임없이 끌어들이지만, 결코 그것의 진정성을 요구하지는 않는다. 오히려 그는 자전적 요소를 허구적 상상력을 동원해 변형하며 생산적인 반복의 글쓰기를 시도한다. 한트케의 『반복』에 나타난 작가의 자전적 삶과 그것의 소설적 변형에 대해서는 다음을 참조하시오. Fuß: "Bedürfnis nach Heil", S. 59~62 참조.

과 같은 견해를 밝힌다.

그리고 회상이란 결코 존재했던 것이 그저 다시 나타나는 것을 의미하는 것이 아니라, 존재했던 것이 다시 반복되면서 그것이 차지한 자리를 보여 주는 것을 의미했다 (……) 그 때문에 내게 회상은 아무렇게나 과거를 돌아보는 것이 아니라, 현재의 시점에서 작업하는 것이다. 이러한 회상의 작업이 체험한 것에 그것이 차지하게 될 위치를 규정해 준다. 그리고 이러한 작업은 체험 내용의 생명력을 보존하는 방식으로, 즉 이야기의 형식으로 이루어진다. 이러한 이야기는 항상 열린 서술, 보다 큰 삶, 허구로 이행할 수 있다.[45]

서술자가 밝히는 반복의 시학은 결코 단순히 과거에 일어났던 사실의 반복적 재현을 의미하지 않는다. 물론 서술자는 자신의 체험을 바탕으로 과거를 회상하지만, 이 경우 회상은 존재했던 사실을 뛰어넘어 거기서 실현되지 않은 가능성, 꿈과 동경의 내용을 환상과 허구적 서술 속에 끌어들인다.

존재했던 것이 환상으로 고양되어 다시 한 번 나타날 때 비로소 그것은 내게 실제적인 것이 된다. 환상은 해석적인 반복이다.[46]

---

45 (Wh 101f.): "Und Erinnerung hieß nicht: Was gewesen war, kehrte wieder; sondern: Was gewesen war, zeigte, indem es wiederkehrte, seinen Platz (……) und deshalb ist mir die Erinnerung kein beliebiges Zurückdenken, sondern ein Am-Werk-Sein, und das Werk der Erinnerung schreibt dem Erlebten seinen Platz zu, in der es am Leben haltenden Folge, der Erzählung, die immer wieder übergehen kann ins offene Erzählen, ins größere Leben, in die Erfindung."
46 Handke: Die Geschichte des Bleistifts, S. 305: "Erst wenn das, was war, in die Phantasie gehoben, noch einmal kommt, wird es mir wirklich: Phantasie als die auslegende Wiederkehr."

따라서 한트케가 『반복』에서 구현하는 반복의 시학은 과거에 있었던 사실과의 대결을 의미하지만, 동시에 그것은 과거에 실현되지 못했던 가능성을 환상을 통해 실현해 나가는 혁신적이고 미래 지향적인 반복을 의미한다.

비스트리카라는 마을의 여관에 방을 잡은 필립은 그 여관의 방이나 건물은 물론 마을 전체를 이미 이전에 본 것 같은 느낌을 갖는다. 그러나 그는 이전의 삶으로 되돌아왔다는 느낌보다는 자신에게 너무나 생생한 예감한 삶으로 되돌아온 듯한 느낌을 갖는다. 이러한 '기시 현상^{déja vu}'은 필립이 실제로 체험한 과거의 사건이 지금 다시 일어나는 것이 아니라 그가 유년기에 꿈꿔 온 동경의 나라가 이 마을에 대한 그의 이미지 속에서 다시 반복되어 나타남을 뜻한다. 따라서 필립은 과거에 대한 고통스러운 체험을 기억을 통해 반복하는 것이 아니라 그러한 과거의 체험 중 꿈으로 남아 있던 부분을 찾아내어 현재의 상황에서 반복하는 것이다.[47]

한트케는 개인과 집단의 역사를 연대기적으로 서술하며 과거를 재현하는 서술 기법에 대해 비판적 거리를 두며 환상적인 서술을 통해 동화와 유사한 세계를 구현한다. 물론 이 경우 이러한 동화의 세계는 과거의 사실에 대한 회상에서 출발한다는 점에서 완전한 공상의 세계와는 차이가 난다. 또한 이러한 환상적인 반복의 서술은 서술자가 겪은 과거의 억압적인 체험, 언어적으로 표현하기 힘든 악몽을 이제 환상과 허구의 틀 속에서 새로운 내용으로 변화시켜 표현할 수 있게 해 주며, 이로써 카오스적인 세계에 이름을 부여함으로써 인간을 공포로부터 벗어나게 해 준 신화와 유사성을

---

47 『긴 이별에 대한 짧은 편지』의 서술자는 '고통스러운 기억 leidende Erinnerung'과 대비되는 꿈의 활성화로서의 이러한 기억을 '자발적 기억 tätige Erinnerung'으로 부른다. 이러한 자발적 기억의 관심은 프루스트에게서처럼 유년기의 체험을 현재화하는 데 있는 것이 아니라 그 당시에 차단되고 계발되지 못했던 희망의 담지자들을 지금 문자의 힘을 빌려 실현하는 데 있다. Bonn: Die Idee der Wiederholung in Peter Handkes Schriften, S. 125.

보이기도 한다. 반복은 언어 상실의 저주[48]를 시적으로 조직화된 서술의 축복으로 전환시키는 것이다.[49] 설령 이러한 언어가 지시하는 대상이 이미 사라졌거나 아니면 원래부터 존재하지 않았다 하더라도 이런 단어들이 가리키는 대상에 대한 질문과 답변의 과정에서 필연적으로 그 대상에 대한 상, 즉 가상이 떠오르지 않을 수 없다. 이로써 사건의 연속적인 서술을 하지 않고도 단지 단어[50]나 대상에 대한 언어적 묘사 자체만으로 "단어들의 서사시 Epos der Wörter"(Wh 207)를 만들어 낼 수 있는 것이다.

한트케의 반복적 서술이 환상과 허구의 도움으로 과거의 트라우마를 극복하는 이상적인 성격을 지니고 있다 하더라도 그것이 그러한 이상을 궁극적으로 현실화하며 실현하지는 못한다. 그 때문에 어떤 것이 자신의 해방적 역할을 다 수행하면 또 다른 것이 그러한 역할을 대신해야 하는데, 반복에 나타나는 이러한 혁신의 과정을 한트케는 '변신 Verwandlung'이라고 부른다. 한트케는 『반복의 환상 Phantasien der Wiederholung』에서 변신의 의미에 대해 이렇게 말한다.

---

48 그러나 반복이 혼란스럽고 파편적인 문장, 즉 아무런 의미도 산출하지 못하는 부정적인 형태의 억압적인 서술로 나타나기도 한다. (Wh 109f.): "꿈속에서 역내 레스토랑을 떠나면서 중단된 이야기가 내 마음속에서 다시 계속 이어졌다. 그러나 깨어 있을 때와는 달리 그 이야기는 거칠고 비약적이며 연관성이 결여되어 있었다. (……) 그중에서도 가장 참을 수 없었던 것은 어떤 문장도 끝을 맺지 못하고 모든 문장이 중간에 끊어지고 내던져지고 왜곡되고 개악된 채 잘못되었다고 선언되었지만, 그와 동시에 그 이야기가 계속되어야만 했다는 것이다. (……) 몰래 숨어 있는 왕으로 인지된 내 안의 서술자는 꿈속의 불빛 안으로 끌려들어가 그곳에서 말더듬이 강제부역자처럼 뼈 빠지게 노동을 했다. 하지만 그의 입에서 쓸 만한 문장은 하나도 나오지 않았다. (……) 이야기의 정신, 그것이 얼마나 사악할 수 있었던가! Im Schlaf gind die mit dem Verlassen der Bahnhofsgatstätte unterbrochene Erzählung in mir weiter, jedoch, anders als im Wachen, unsanft, sprunghaft, zusammenhanglos. (……) Das schlimmste war, daß kein Satz zu seinem Ende kam, daß alle Sätze mittendrin abgebrochen, verworfen, verstümmelt, verballhornt, für ungültig erklärt wurden, und daß zugleich das Erzählen nicht aufhören durfte (……) Der Erzähler in mir, eben noch wahrgenommen als der heimliche König, schuftete, ins Traumlicht gezerrt, dort als stammelnder Zwangsarbeiter, aus dem kein brauchbarer Satz herauskam (……) Der Geist der Erzählung—wie böse konnte er werden!"
49 Bonn: a.a.O., S. 64.
50 한트케는 개별 단어들을 통사론적, 의미론적 족쇄에서 풀어 내고 그것들이 가지고 있는 다양한 함축적 의미와 연상의 가능성을 열어 놓으려고 한다. 이로써 현실이 언어를 통해 새롭게 구성된다.

변신은 한 사람에게 실제적인 것으로 간주되었던 어떤 것이 실제적이기를 중단할 경우 필요하게 된다. 변신이 성공을 거두면 어떤 다른 것이 실제적이 된다. 만일 다른 어떤 것도 실제적이 되지 못하면 인간은 파멸하고 만다.[51]

따라서 인간은 살아가기 위해 끊임없이 이러한 허구적인 신화 내지 동화를 필요로 하지만, 그렇게 만들어진 동화의 세계가 궁극적인 위안을 줄 수 없는 모순으로 인해 끊임없이 동화를 만들어 가야 하는 반복의 역설을 갖게 된다. 그 이유는 이러한 신화 내지 동화의 세계가 일반적인 의미에서의 신화처럼 보편적인 것으로 나타나는 것이 아니라 단지 대상을 관찰하는 관찰자 개인의 주관적인 심리 상태를 통해 생겨나는 것이기 때문이다.[52] 따라서 이렇게 생겨난 세계는 개인의 신화일 뿐, 결코 상호 주관적인 구속력을 띠지 못하며 궁극적으로 이념의 실재가 결여된 불완전한 세계에 그치고 만다. 바로 이러한 불완전성 때문에 한트케의 동화적 서술은 열린 서술로 귀결되는 것이다.[53]

한트케의 서술은 동경의 실현을 가장하는 동시에 그것을 부정한다. 그것은 아름다운 가상의 세계를 만들어 냄으로써 현실에서 실현되지 못한 가능성을 실현하며 꿈의 반복적 서술이 된다. 그러나 이러한 실현은 단지 미적 가상에 지나지 않으며 불완전하기 때문에 끊임없이 새로운 서술의 반복을 요구한다. 꿈에 대한 동경이 현실에서 실현되면 서술은 중단된다.

---

51 Handke: Phantasien der Wiederholung. Frankfurt a.M. 1983, S. 50: "Die Verwandlung wird notwendig, wenn etwas, das einem als wirklich galt, aufhört, wirklich zu sein; glückt die Verwandlung, so wird etwas anderes wirklich; wird nichts anderes wirklich, geht man zugrunde."
52 Bonn: Die Idee der Wiederholung in Peter Handkes Schriften, S. 86.
53 한트케가 『소망 없는 불행』의 맨 마지막 구절에서 서술자로 하여금 "나중에 이 모든 것에 대해 보다 자세히 쓸 것이다"라고 말하게 한 것도 같은 맥락에서 이해할 수 있다. 한트케가 자신의 체험과 자신의 작품을 끊임없이 후속 작품들에서 반복해서 다루는 이유 역시 궁극적으로 완전한 이상적 서술의 가능성을 처음부터 배제한 데 있다.

따라서 서술은 오직 소망이 실현될 수 없을 경우에만 존재할 뿐이라는 역설적 상황이 생겨나며, 이러한 체념과 동경이 바로 끊임없는 반복의 길을 열어 주며 한트케의 열린 서술의 존재 기반이 되는 것이다.

들뢰즈의 시각에서 본 한트케의 반복의 시학

한트케의 반복의 시학은 그것이 지니는 생산적이고 창조적인 특성 때문에 들뢰즈의 '차이와 반복'의 철학과 연결될 수 있다. 한트케가 사건의 서술 대신 사물의 묘사에 전념할 때, 여기에는 사건과 이야기 (내지 서술) 개념에 대한 새로운 이해가 전제되어 있다. 통상 사건은 상태의 변화를 의미하고, 이야기는 잇달아 일어나는 사건의 연쇄라는 의미를 가진 것으로 이해된다. 이 경우 사건이나 이야기는 현실적인 재현의 차원에서 이해된다. 그러나 한트케는 이러한 재현의 차원에서 사건이나 이야기를 이해하지 않는다. 그 대신 그는 사물이나 단어를 재현의 틀에서 끄집어내고 그것의 견고한 정체성을 흔들어 놓으며, 그것들 자체에 내포된, 현실에서 실현되지 않은 잠재적인 가능성, 즉 꿈과 소망을 끌어내어 이야기하려고 한다. 그러나 그러한 꿈과 소망은 낭만주의에서와 같은 단순한 주관적 상상의 산물이 아니라 과거에 현실화되지 못한 사물의 잠재성을 의미한다. 한트케에게서도 사물이나 단어는 그 자체로 유동적이며 끊임없이 변하는 불확정한 차이 자체를 의미하기 때문에 그러한 즉자적 차이가 사물의 환상적인 서술을 통해 변신할 때, 즉 현실화될 때 시뮬라크르의 동화가 펼쳐질 수 있다. 그러나 이러한 시뮬라크르의 상은 결코 사물 자체, 즉 그 존재와 일치하지 않기 때문에 그것의 불완전성이 의식되며 새로운 시뮬라크르에 자리를 내주어야 한다. 이처럼 규정될 수 없는 사물이 끊임없이 새로운 시뮬라크르의 형태로 반복되어 펼쳐지며 사물의 고유한 이야기를 끊임없이 펼쳐 나가는 것이 바로 한트케의 열린 서술의 시학 또는 반복의 시학이다.

|3|
창조적 반복의 새로운 형식
포스트모더니즘 문학, 하이퍼픽션, 공동 창작 프로젝트

소포클레스의 연극에서 오이디푸스 왕은 신탁에서 정한 운명을 그대로 반복한다. 이러한 운명에서 벗어나려는 그의 시도는 모두 실패로 돌아간다. 여기에서 반복은 숙명론적 특성을 지닌다. 이와 유사한 숙명론적 생각이 19세기 후반 작가인 폰타네에게서도 나타난다. 그의 소설에서는 앞으로 일어날 사건, 예를 들면 주인공의 죽음이 이러한 사건의 전조를 알리는 기법을 통해 미리 암시된다. 그리고 실제로 이러한 암시가 현실에서 실현될 때, 그러한 죽음은 피할 수 없는 운명처럼 나타난다.

이러한 숙명적 반복이라는 주제는 20세기에도 여전히 그 현재적 의미를 잃지 않고 있다. 물론 그것은 이전과는 다른 형태로 나타난다. 예를 들면 겔렌Arnold Gehlen은 1950년대에 이미 어떠한 혁신도 더 이상 기대될 수 없고, 새로운 가능성은 이미 다 시험되었다는 탈역사주의 이론을 제시한다. 이제 미래로 향한 추진력은 단지 제도적, 기술적인 것뿐이며, 문화적, 정신적인 것은 연극에 불과하다는 것이다.[54] 이러한 탈역사주의의 비관적 전망이 현재의 문화를 주도하고 있는 반복이라는 현상을 올바로 파악할 수 있을까?

1980년대에 들어서서 반복은 독일에서 다시 현재적인 의미를 획득했다. 1960년대의 사회적인 변혁의 물결이 지나가고, 1970년대에 진정한 자아와 내면의 진정성을 찾으려는 시도가 끝난 후, 1980년대에 들어서면서 관심은 사회적, 정치적인 주제에서 일상적인 주제로 옮겨 간다. 일상생활에서 이루어지는 단조로운 반복은 이 시기에 다양한 관점에 의해 새롭게 조명된다. 그러나 반복에 대한 관심의 부활은 무엇보다 포스트모더니즘과 연관이 있다. 포스트모더니즘은 역사는 이미 종결되었으며 어떤 열린 전망도 제공하지 않는다는 탈역사주의의 시각과 거리를 둔다.[55] 포스트모더니즘은 반복을 동일한 것의 반복으로 간주하지 않으며, 반복 속에 나타나는 차이에 주목한다. 또한 포스트모더니즘은 전통에 관심을 가지고 있지만, 그것을 답습하기보다는 새롭게 창조적으로 변형한다. 모더니즘이 완전히 새로운 것을 만들어 내고 혁신을 통해 옛것을 추월하려고 했다면, 포스트모더니즘은 기존의 것을 수용하되 그것을 어떻게 창조적으로 결합하여 새로운 것을 만들어 낼 수 있을지를 고민한다.

그렇다면 포스트모더니즘에서 나타나는 창조적 반복은 예술의 영역에서는 어떤 모습으로 나타나고 있는가? 회화나 사진의 영역에서 창조적 반복이 어떻게 전개되고 있는지 살펴보기 전에 우선 간략히 회화에 나타난 재현의 위기와 그것의 극복 과정을 살펴보고자 한다. 초현실주의 화가 마

---

54 Arnold Gehlen: Über kulturelle Kristallisation. In: ders.: Studien zur Anthropologie und Soziologie. Neuwied u. Berlin 1963, S. 311~328 u. Gehlen: Ende der Geschichte? In: ders.: Einblicke. Frankfurt a.M. 1975, S. 115~133 참조.
55 Wolfgang Welsch: Unsere postmoderne Moderne. Berlin 1997, S. 17~18 u. S. 105~106 참조.

그리트의 그림 〈이것은 파이프가 아니다〉는 파이프를 그리고 있으면서 '이것이 파이프가 아니다' 라는 역설적인 제목을 달고 있다. 그렇다면 그림이 보여 주는 것은 무엇이란 말인가? 이 그림은 그려진 것이 파이프가 아니며, 단지 파이프의 그림에 불과하다는 것을 보여 주려고 한다. 즉 그림은 그림에 불과할 뿐, 그것이 지시하거나 표현하는 대상과 동일한 것이 아니라는 말이다. 우리가 지각하고 인식하는 대상은 사물 그 자체가 아니라 사물의 허상일 뿐이다. 사물을 재현하려고 시도하는 리얼리즘 회화는 마치 그림이 대상과 동일한 것 같은 인상을 불러일으킨다. 그러나 우리가 시각적 지각을 통해 받아들이는 것들은 결코 그 사물 자체와 일치하지 않으며, 우리의 뇌의 구성적 작용을 통해 허구적으로 구성될 뿐이다. 따라서 우리가 재현하려고 시도하는 현실이란 사실은 재현 불가능한 것일 뿐이다. 리오타르는 모더니즘 미술은 사람들이 생각할 수는 있지만, 볼 수도 없고 보여 줄 수도 없는 무언가가 있다는 것을 보여 주는 그림이라고 규정한다. 이러한 모더니즘 미술은 형상적인 것이나 재현적인 그림을 피하고 시각적인 표현을 통해 재현될 수 없는 것이 있다는 것을 보여 주려고 시도한다는 것이다.[56] 우리가 재현이라고 하는 개념을 포기할 경우, 현실은 그것을 바라보는 관점에 따라 다양한 형태로 표현될 수 있을 것이다.

뉴욕 다다의 창시자인 뒤샹[Marcel Duchamp]은 '이미 만들어진[ready made]' 물질을 예술품이라고 주장했다. 그는 물질을 발견하는 것만으로도 창작 행위가 되며, 이에 따라 누구나 다 예술가가 될 수 있다고 주장했다. 뒤샹이 이미 만들어진 물질을 발견하고 선택한 데 비해, 팝아트의 대표적인 인물인 워홀[Andy Warhol]은 그것을 복제했다는 점에서 한 발 더 나아갔다.[57]

---

56 Jean-François Lyotard: Beantwortung der Frage: Was ist postmodern? In: Welsch(Hrsg.): Wege aus der Moderne. Schlüsseltexte der Postmoderne-Diskussion. Weinheim 1988, S. 200.
57 김광우: 워홀과 친구들. 미술문화 1997, 260~261쪽.

워홀이 같은 이미지를 50번, 100번, 또는 200번씩 반복해서 제작할 때도 그 이미지들은 같지 않고 조금씩 달랐다. 이렇게 해서 그는 똑같은 반복이란 있을 수 없음을 보여 주었다.[58]

마릴린 먼로의 실크스크린 그림에서 가장 잘 드러나듯이 워홀은 서로 다른 복제된 이미지들을 보여 주면서 먼로의 진정한 실체란 존재하지 않으며 단지 시뮬라크르로서의 이미지들만이 존재하고 있다는 것을 보여 준다. 이와 같이 워홀에게는 더 이상 근원적인 상이나 오리지널이라는 것은 존재하지 않으며, 포착할 수 없는 잠재적인 것만이 다양한 시뮬라크르들 속에서 반복되고 있을 뿐이다.

스타들이 자신의 확고한 개성을 보여 주려고 한다면, 앤디 워홀의 그림은 그렇게 제시된 개성이 사실은 허상에 지나지 않는다는 것을 설득력 있게 보여 준다. 워홀의 그림은 시뮬라크르 개념을 통해 고전적인 개념인 진정성을 의문시하고 있는 것이다. 셔먼Cindy Sherman 역시 이러한 진정성 개념을 자신의 〈무제 필름 스틸Untitled Film Still〉(1977~1980)을 통해 허구로 폭로했다. 사진 작가인 셔먼은 스스로 모델이 되어 영화나 텔레비전 또는 잡지와 같은 대중 매체에 의해 만들어져 우리에게 주입된 여성 이미지를 연출했다.

셔먼은 사진 속 그 어디에나 현존하지만 그것은 모델이면서 연출가인 그녀에 의해 '복제된' 여성성 안에서일 뿐, 실제의 신디 셔먼은 존재하지 않는다. 그러한 현존성과 부재성은 일종의 거울/마스크인 사진을 통해 관찰자에게 관찰자 자신의 욕망을 재현해서 보여 준다.[59]

---

58 김광우: 워홀과 친구들. 261쪽.
59 정윤희: '아브젝트'와 해체. 구성된 여성의 몸 – 한스 벨머와 신디 셔먼의 작품에 나타난 여성성과 그 재현의 문제. 실린 곳: 헤세 연구 제19집(2008), 300~301쪽.

즉 그것은 "여성을 고정된 이미지에 포착하려는 남성의 소망을 재현하면서 동시에 거부하고 있는"것이다.

셔먼은 남성이 지닌 욕망의 시선에 투영된 여성성을 재현함으로써 그러한 여성성의 진정성을 의문시하고 허구적인 것으로 폭로한다. 그러나 벨쉬Wolfgang Welsch가 지적하고 있듯이 셔먼은 또한 사진에서의 자기 연출을 다원적인 형태로 나타나는 정체성의 시험으로 간주하기도 한다.

셔먼은 더 이상 한 개인의 정체성에 얽매여 있지 않은 정체성에 대한 새로운 이해를 제시한다. 셔먼은 동일한 인물이 다양한 정체성을 받아들일 수 있고 구현할 수 있다는 것을 보여 준다. 중요한 것은 유명한 인물의 얼굴이 다양하게 허상으로 나타나는 것이 아니라, 그 자체로 알려지지 않은 인물이 진실하게 정체성을 형성해 나가는 것이다. 바로 그러한 다양한 정체성의 가능성, 그리고 그러한 것들 사이를 넘나들 수 있는 가능성이 셔먼의 발견이자 주제이며 메시지다.[60]

셔먼은 우리에게 주입된 고정된 정체성과 재현 개념을 의문시하고 자신의 정체성을 창조적으로 다양하게 펼쳐 나갈 때, 다원적인 형태의 정체성

---

60 Welsch: Ästhetisches Denken. Stuttgart 1990, S. 178: "(……) führt Sherman die positive Möglichkeiten eines neuen, nicht mehr an die Identität einer Person gebundenen Identitätsverständnisses vor Augen. Sherman zeigt, wie ein und derselbe Mensch verschiedenste Identitäten annehmen und verkörperen kann. Nicht handelt es sich um die Scheinvarietät eines bekannten Gesichts, sondern um authentische Identitätsbildungen einer als solcher unbekannten Person. Gerade die mögliche Vielfalt solcher Identitäten und die Möglichkeit des Übergangs zwischen ihnen ist Shermans Entdeckung, Thema und Botschaft." 박기웅도 같은 맥락에서 이렇게 말한다. "신디 셔먼의 경우는 1980년대 후반부터 갑작스럽게 조명을 받기 시작한 작가로서, 자신의 포즈를 달리하여 수없이 다양한 모습으로 변장한 상태에서 사진을 촬영하여 작품으로 제작하는 유형을 보여 준 바 있다. 이러한 형식의 이면에는, 자신의 변신을 통해서 자아 정체성이 수없이 뒤바뀔 수 있다는 가변적인 속성에 대하여 발언하는 의중이 깔려 있다." 박기웅: 현대미술이론3. 모더니즘의 해체와 그 이후. 형설출판사 2003, 193쪽.

을 추구하는 미학적 실험이 가능하다는 것을 보여 준다. 가령 더 이상 그 자체로 알려지지 않은 셔먼이라는 인물이 변장한 모습으로 자신을 끊임없이 보여 주며 자신의 정체성을 실험해 나가는 것이 그 예다. 이러한 정체성 실험에서는 정확히 규정되거나 포착될 수 없는 차이 자체가(그 자체로 알려지지 않은 인물이) 매번 새로운 모습의 시뮬라크르(변장한 인물)로 펼쳐지며 차이를 생성하는 반복을 거듭한다. 즉 재현될 수 없는 잠재성의 창조적인 반복과 이를 통한 차이 생성이 미학적으로 가능해진다.

그렇다면 문학의 영역에서 반복의 문제는 어떻게 다루어지고 있는가? 포스트모더니즘 문학은 더 이상 운명적 반복을 암시하는 전조나 암시 기법을 사용하지 않는다. 그것은 상호 텍스트성과 패러디의 원칙을 활용한다. 모더니즘 문학이 실험적인 형식을 사용하며 독창적인 작품을 만들어 내려고 했다면, 포스트모더니즘 문학은 천재적인 개인의 독창성을 부인하며, 하나의 텍스트가 상호 텍스트성, 즉 다양한 텍스트의 망사 조직 속에서 생겨나는 것으로 간주한다. 이러한 관점에 따르면 근원적인 텍스트란 존재하지 않으며, 하나의 텍스트는 그것에 선행하는 다른 텍스트와 내용과 형식의 측면에서 관계를 맺지 않을 수 없다. 그래서 모든 텍스트는 선행하는 다른 텍스트를 인용하고 그것을 변형한 것에 지나지 않게 된다.

포스트모더니즘 문학의 관점에서 볼 때 모든 문학은 상호 텍스트성의 원칙에 따라 생성된다. 하지만 그중에서 특히 포스트모더니즘 문학은 다른 작품의 인용을 작품을 구성하는 핵심적인 원칙으로 삼는다. 그러나 이러한 인용은 포스트모더니즘 문학 이전의 문학에서처럼 단순히 앞의 작품을 모방하거나 재현하는 인용이 아니다. 포스트모더니즘 문학 작품은 이전의 텍스트를 패러디하거나 반어적인 거리를 두며, 과거의 맥락에서 끄집어내어 새로운 연관에 집어넣는다. 즉 여기에서 이전 텍스트의 인용 내지 반복은 차이를 생성해 내는 창조적 반복인 셈이다.

포스트모더니즘 문학의 관점에서 근원적인 텍스트란 존재하지 않는다. 근원적인 텍스트와 그것을 모방하는 텍스트 간의 모방과 재현 관계는 허구로 폭로된다. 오히려 근원 텍스트 내지 오리지널로 간주된 작품 역시 또 다른 상호 텍스트적 연관에 의해 생성된 것으로 간주된다. 이로써 근원 텍스트의 개념 대신 재현 불가능한 잠재적인 텍스트의 개념이 들어선다. 이 잠재적인 텍스트는 들뢰즈의 개념을 빌려 말하자면 차이 자체라고 할 수 있다. 이러한 잠재적 텍스트는 상호 텍스트성과 패러디의 기법을 통해 구체적인 문학 텍스트로 실현되며, (잠재적인 텍스트의) 반복을 통해 (시뮬라크르로 나타나는 구체적인 텍스트로서의) 차이를 생성해 낸다.

포스트모더니즘 문학은 상호 텍스트성이라는 개념을 통해 작품의 생산자로서의 작가와 독창성이라는 개념을 폐기했다. 하지만 상호 텍스트성이라는 문학의 네트워크적 속성은 디지털 문학에 이르러서야 보다 본격적으로 실현될 수 있다. 오르트만^{Sabrina Ortmann}은 디지털 문학을 크게 네트워크상의 문학, 컴퓨터 문학, 네트워크 문학으로 구분한다. 네트워크상의 문학이란 일반적으로 인터넷을 출판 매체로 이용하는 문학을 의미한다. 즉 웹사이트에서 출판되는 전통적인 텍스트를 가리킨다. 컴퓨터 문학은 컴퓨터 없이는 존재하지 못하지만, 인터넷을 반드시 필요로 하지는 않으며, 디스켓이나 시디롬의 형태로도 출판될 수 있는 문학을 가리킨다. 여기에는 하이퍼텍스트를 사용하여 작성된 하이퍼픽션과, 텍스트 외에도 음향, 영상, 애니메이션 등을 사용하여 총체적인 예술 작품을 추구하는 다매체 문학 등이 속한다. 끝으로 네트워크 문학이란 인터넷을 비롯한 네트워크화된 커뮤니케이션 수단을 문학적 수단으로 활용하는 문학을 의미한다. 대표적인 것으로는 '공동 창작 프로젝트^{Kollaborative Schreibprojekte}'를 들 수 있다. 물론 네트워크 문학에서도 경우에 따라서 컴퓨터적인 기능을 양식 수단으로 활용하기도 한다.[61]

이 중에서 이 장의 주제와 관련하여 흥미로운 문학 형식은 컴퓨터 문학의 대표적인 형식이라고 할 수 있는 하이퍼픽션과 공동 창작 프로젝트다.

하이퍼픽션은 기본적으로 하이퍼텍스트[62]로 작성되어 있는 문학이다. 하이퍼텍스트란 말을 최초로 만들어 낸 넬슨[Theodor Holm Nelson]에 따르면 "(내가 말하는) 하이퍼텍스트란 비연속적인 글쓰기로 이루어진 텍스트다. 이 텍스트는 가지를 치고 독자에게 선택을 허용하며 상호 행위적인 화면에서 가장 잘 읽히는 텍스트다. 일반적으로 이 텍스트는 독자에게 서로 다른 경로를 제공하는 링크에 의해 연결된 일련의 텍스트 덩어리를 가리키는 것으로 받아들여진다."[63] 물론 하이퍼텍스트는 순수하게 텍스트만으로 구성되어 있을 수도 있지만, 오늘날에는 여러 가지 매체를 활용한 다매체적인 성향의 하이퍼텍스트가 많이 등장하고 있다. 미국에서 하이퍼픽션이 처음 등장했을 때, 작가의 죽음에 대한 논의가 일어났다. 물론 하이퍼픽션에서 작가와 독자의 상호 작용이 활발해진 것은 사실이지만, 작가가 완전히 사라진 것은 아니다. 모든 하이퍼텍스트는 두 개의 상이한 텍스트로 구성되어 있다. 그중 하나는 화면에 나오는 텍스트이고, 다른 하나는 프로그램텍스트다. 전자는 후자에 종속되어 있으며, 작가가 연결 가능성을 규정하는 프로그램텍스트에 대해서는 독자가 마음대로 접근할 수 없다.[64] 따라서 작가와 독자의 위치가 완전히 뒤바뀔 수는 없다.

---

61 Sabrina Ortmann: netz literatur projekt. Entwicklung einer neuen literaturform von 1960 bis heute. Berlin 2001, S. 46.

62 하이퍼텍스트의 근간을 이루는 중요한 요소는 '노드 node'와 '링크 link'다. 우리말로 '마디'라는 뜻을 지닌 노드는 한 번의 클릭으로 볼 수 있는 화면 전체, 한 페이지를 의미하며, 하이퍼텍스트 정보의 기본 단위를 가리킨다. 하이퍼텍스트는 여러 개의 노드들로 구성되어 있는데, 어느 정도 독립적인 성격을 지닌 이러한 노드들을 서로 연결하여 주는 것이 바로 링크다. 김요한: 디지털 시대의 문학하기. 한국학술정보 2007, 54쪽과 60~61쪽.

63 Theodor Holm Nelson: Literary Machines. Pennsylvania 1981, p. 2: "By hypertext I mean non-sequential writing-text that branches and allow choices to the reader at an interactive screen. As populary conceived this ist a series of text chunks connected by links which offer the reader different pathways."

이에 대한 예로 마스키에비츠^{Stefan Maskiewicz}의 『크바트레고^{Quadrego}』를 들 수 있다.[65] 이 작품은 다중 인격 장애를 다루고 있다. 이 작품에 등장하는 이리스, 노, 롤프, 톰이라고 하는 서로 다른 인물들은 사실은 하나의 자아에 내재하는 서로 다른 인격들이다. 주인공인 여성은 오빠인 톰의 성폭력을 견디지 못하고 그를 살해한 후 다중 인격 장애를 갖게 된다. 그녀는 자신을 괴롭혔지만 동시에 그녀가 의존하고 사랑하기도 했던 오빠 톰 역시 자신의 인격의 한 부분으로 받아들인다. 이들 서로 다른 인격들은 대화를 나누는데, 그 대화의 경로는 독자 스스로 결정할 수 있다. 분열된 인격들 간의 대화 후, 이들 중 하나인 이리스가 그녀가 사랑하는 게오르크와 현실의 차원에서 대화를 나누며 즐거운 시간을 보내려고 한다. 그러나 오빠를 살해한 것에 대한 죄의식을 덮으려는 욕망에서 생겨난 이리스라는 인격은 톰의 죽음을 사고로 믿을 수 없었던 게오르크의 계속되는 추궁에 괴로워하며 게오르크마저 다중 인격체 자아의 일부분으로 만들어 버리고는 더욱 악화된 정체성의 혼란을 보여 준다. 이렇게 다섯 개로 증가한 서로 다른 인격들 간의 대화 역시 독자가 어떤 경로를 선택하느냐에 따라 상이한 방식으로 전개될 수 있다. 형식 미학적인 차원에서 흥미로운 것은 독자(유저)가 위의 다중 인격들 사이에서 벌어지는 대화의 순서와 진행을 스스로 조종할 수 있다는 것이다. 즉 누가 말하고 누가 그 말에 대답할 것인가라는 사건의 흐름을 독자가 결정할 수 있는 것이다. 이러한 측면에서 독자는 전통적인 문학에서와 달리 내용을 단순히 수용하는 것이 아니라 자신의 선

---

64 Sabrina Ortmann: netz literatur projekt, S. 22: "Jeder Hypertext besteht aus zwei verschiedenen Texten: dem, der auf dem Bildschirm zu sehen ist und dem Programmtext. Ersterer ist den Optionen des Programms unterstellt. Auf dem Programmtext, in dem der Autor die Verknüpfungsmöglichkeiten festlegt, hat der Benutzer gewöhnlich keinen Zugriff."
65 『크바트레고』에 관한 자세한 작품 해설은 다음 논문을 참조하시오: 곽정연: 정신 분석학을 활용한 디지털 문학 분석(1). 하이퍼텍스트 문학 작품 『크바드레고』에 나타난 해리성정체장애. 실린 곳: 카프카 연구. 제19집(2008), 189~210쪽.

택을 통해 사건의 진행을 결정하고 하나의 작품을 만들어 가는 데 함께 참여한다. 그러나 여기에서 간과해서는 안 될 사실은 수용 미학적 차원에서 독자의 이러한 참여에도 불구하고 생산 미학적 차원에서는 독자가 완전히 배제되어 있다는 사실이다. 독자는 작가에 의해 이미 만들어진 프로그램의 차원 내에서만 제한된 자유를 누릴 수 있을 뿐이다.

물론 인물들을 서로 결합시키는 자유는 작가가 이미 입력한 자료의 범위 내에서만 가능하다. 항상 작가가 미리 준비해 놓은 잠재적인 대화 상대자 중에서만 선택할 수 있다. 그리고 그들이 그 다음에 이야기하게 될 것은 정확히 작가가 그들로 하여금 말하게끔 만들어 놓은 바로 그것이다.[66]

『크바트레고』와 같은 하이퍼픽션에서는 완성된 작품이란 존재하지 않으며, 독자의 참여를 통해 매번 다르게 실현되어야 할 잠재적인 작품만이 존재한다. 이러한 잠재적인 작품은 독자의 선택을 통해 매번 다르게 계열화되며, 차이를 낳는 반복으로 실현된다. 따라서 여기에서도 차이와 반복의 상호 작용이 나타난다. 그러나 이렇게 실현된 작품은 다양한 가능성 중한 가지 가능성만을 의미할 뿐, 본래적인 작품과는 거리가 멀다. 이 경우더 이상 본래적인 작품이란 존재할 수 없으며, 단지 무수히 많은 시뮬라크르로서의 작품들만이 병존할 뿐이다.

인쇄된 책과 비교해 컴퓨터 문학과 네트워크 문학은 상호 작용이라는 특징을 갖는다. 독자는 더 이상 단순한 수용자가 아니라, 작품 속에서 능

---

66 Roberto Simanowski: Literatur.digital. Formen und Wege einer neuen Literatur. München 2002, S. 141f.: "Die Freiheit der Kombination vollzieht sich freilich innerhalb der Vorgaben des Autors. Man kann immer nur aus den potenziellen Gesprächspartnern auswählen, die der Autor vorgesehen hat; was sie dann sagen werden, ist exakt das, was der Autor ihnen in den Mund gelegt hatte."

동적으로 참여하도록 유도된다. 하이퍼픽션에서 독자가 아직까지 작가가 제시한 가능성 중에서만 선택함으로써 작품 실현 과정에 참여하는 한계를 지닌 반면, 네트워크 문학에 속하는 공동 창작 프로젝트에서는 독자와 작가 간의 구분이 완전히 허물어지며 자유로운 텍스트 생성이 가능해진다. 이제 독자는 스스로 텍스트를 계속해서 이어서 써 나가면서 작가의 위치에 올라선다. 공동 창작 프로젝트의 한 예로 『르라칸의 기둥들Die Säulen von Llacaan』을 들 수 있다. 이 네트워크 소설에는 주어진 순서가 없이 단지 출발점이 되는 세 개의 이야기만이 존재한다. 이 프로젝트를 방문한 유저들은 출발점이 되는 이야기를 이어서 써 나가면서 스스로 작가로서 기여할 수 있다. 이렇게 형성된 부분적인 이야기는 다른 사람들의 이야기와 복잡하게 연결되어 미로처럼 네트워크를 형성한다. 이러한 공동 창작 프로젝트는 정해진 끝이 없고 완결된 작품을 쓰는 것을 목표로 하지도 않는다. 이러한 프로젝트의 매력은 자신이 작가가 되어서 자신이 쓴 부분을 텍스트 구조물 속에 짜 넣고 네트워크화 한다는 데에 있다. 또한 이 사이트를 방문하는 독자 역시 매번 새로운 이야기를 접하게 된다. 이와 같이 인터넷의 네트워크 문학처럼 완결되지 않고, 새로 판을 내지 않고도 수정할 수 있는 수행적인 성격을 지닌 텍스트를 지칭하는 개념으로 '작품Werk' 과 구분하여 '(문학) 프로젝트Literatur Projekt' 라는 개념이 사용되기도 한다.[67]

『르라칸의 기둥들』과 같은 문학 프로젝트에서는 모든 독자가 텍스트의 어느 한 부분에서 시작해 임의로 텍스트를 계속 써 나가며 스스로 작가가 될 수 있다. 그러한 한에서 이와 같은 네트워크 문학은 인쇄 문학으로서의 포스트모더니즘 문학이 추구하는 목표를 인터넷을 비롯한 네트워크적인 의사소통 방식을 통해 이행할 수 있게 되었다고 할 수 있다. 이러한 문학

---

67 Ortmann: netz literatur projekt, S. 40~41.

프로젝트에서 진정한 '작가의 죽음'이 완성되는 것이다. 또한 문학 프로젝트는 상호 행위적인 글쓰기를 통해 근본적으로 열린 텍스트의 성격을 갖는다. 에코가 추구한 열린 텍스트의 이상 역시 네트워크 문학에서야 비로소 완전히 실현되는 것이다. 왜냐하면 포스트모더니즘 문학에서만 해도 아직까지 저자라는 개념이 완전히 사라지지 않고 또 에코의 주장과 달리 실제적으로 출판된 책으로서 완결된 성격을 가질 수밖에 없는 반면, 네트워크 문학은 어느 한 개인 저자의 소유물이 될 수 없고 근본적으로 무한히 써 내려갈 수 있기 때문이다.

포스트모더니즘 문학과, 네트워크 문학의 일종인 공동 창작 프로젝트는 반복을 통한 창조적 생성이라는 측면에서도 상이한 양상을 보인다. 포스트모더니즘 문학에서는 근원 텍스트나 독창적인 새로운 텍스트란 없으며, 모든 텍스트는 기존의 텍스트를 변형하고 새롭게 연결함으로써 생겨난다고 보았다. 이로써 반복을 통한 차이 생성은 인용과 패러디라는 미학적 형식을 띠고 나타날 수 있다. 하이퍼픽션에서도 미리 프로그램화된 작품이 독자의 선택에 의해 매번 상이한 모습으로 반복해서 실현됨으로써 하이퍼링크가 차이 생성적인 반복의 중요한 미학적 요소가 된다. 다만 포스트모더니즘 문학에서 반복을 통한 차이 생성이 생산 미학적 차원에서 이루어지고 있다면, 하이퍼픽션에서는 수용 미학적 차원에서 이루어지고 있다는 점에서 차이가 있다. 공동 창작 프로젝트에서는 매체 자체가, 즉 인터넷과 같은 네트워크적인 의사소통 수단 자체가 생산적인 반복이라는 미학 형식의 토대가 된다. 인쇄 문학으로서의 포스트모더니즘 문학에서와 달리 네트워크 문학으로서의 공동 창작 프로젝트는 별도로 기존의 문학을 '인용'함으로써 상호 텍스트성을 만들어 내는 것이 아니라, 어느 웹사이트에 있는 문학 프로젝트에 '접속'함으로써 상호 텍스트성을 만들어 낸다. 공동 창작 프로젝트에서는 그 문학 프로젝트에 참여하는 모든 작가들이 작가가 되기 위해 우선 그 이전에 참여했던 사람들이 쓴 글을 읽는 독자가 되어야만 한다. 즉 그러한 기존의 텍스트를 바탕으로 해야지만 새로운 텍스트를 생성해 낼 수 있다. 이전에 작성된 텍스트에 덧붙여 써 나가려면 네트워크를 통해 이전의 텍스트를 반복하며 자신의 텍스트와 연결해야만 하는 것이다. 이러한 반복은 기존의 텍스트에 대한 이어 쓰기의 방식으로 새로운 것을 생성해 내는 생산적인 반복의 형태를 띤다. 문학 프로젝트로서의 네트워크 문학은 완결되지 않은 잠재적인 형태로 존재하면서 끊임없이 생성 중인 자신의 텍스트 내에서 스스로를 창조적으로 반복한다.

끝으로 공동 창작 프로젝트와 포스트모더니즘 문학의 연결 가능성을 생각해 볼 수 있다. 한국에서 나타난 본격적인 공동 창작 프로젝트의 대표적인 사례라고 할 수 있는 『디지털 구보 2001』은 박태원, 최인훈, 주인석으로 이어지는 구보계 소설의 범주를 뒤따르고 있다.

주인공 구보를 남성이 아닌 여성으로 설정하고 역사적 인물로서의 작가 이상을 구보의 남자친구로 패러디하면서 전통적인 의미에서 구보나 이상이 가지고 있는 진지하고 사색적인 지식인의 모습은 새로운 시대의 즉흥적이면서 가볍고 일탈적인 모습으로 바뀐다.[68]

이와 같이 『디지털 구보 2001』은 포스트모더니즘적인 상호 텍스트성에 기초하여 과거의 텍스트를 패러디하는 기법을 취하고 있다. 그러나 이 텍스트는 단순히 포스트모더니즘적인 패러디 기법을 사용하는 데 그치지 않는다. 오히려 인터넷이라는 매체를 적극적으로 활용하며 몇 명의 작가와 독자가 함께 작업하며 공동으로 창작할 수 있는 방식을 취하는 것으로까

---

68 김요한: 디지털 시대의 문학하기, 156쪽.

지 나아간다. 다만 이 프로젝트에서 본문에 연결된 텍스트가 새로운 텍스트로의 연결을 시도하지 못하고 다시 본문으로 돌아오고, 독자들의 이어 쓰기가 게시판의 형식을 통해 이루어진다는 점[69]에서 공동 창작 프로젝트가 지닌 상호 협력성이나 개방성에 어느 정도 제약이 가해지고 있음을 알 수 있다. 그러나 이 공동 창작 프로젝트는 본질적으로 포스트모더니즘 문학의 이념이 네트워크 문학의 형식으로 더욱 확장되고 발전할 수 있음을 보여 주는 계기가 되었다고 할 수 있다.

---

69 김요한: 같은 책, 157쪽 참조.

가즈시계, 신구(김병준 역): 라캉의 정신 분석. 은행나무 2007.

고병권: 니체의 위험한 책, 차라투스트라는 이렇게 말했다. 그린비 2006.

곽정연: 정신분석학을 활용한 디지털 문학 분석(1). 하이퍼텍스트 문학 작품 『크바드레고』에 나타난 해리성정체장애. 실린 곳: 카프카 연구. 제19집(2008), 189~210쪽.

김광우: 워홀과 친구들. 미술문화 1997.

김누리: 알레고리와 역사. 귄터 그라스의 문학과 사상. 민음사 2003.

김석: 에크리. 라캉으로 이끄는 마법의 문자들. 살림 2007.

김요한: 디지털 시대의 문학하기. 한국학술정보 2007.

들뢰즈, 질(이경신 역): 니체와 철학. 민음사 1998.

박기웅: 현대미술이론3. 모더니즘의 해체와 그 이후. 형설출판사 2003.

브라이슨, 노먼: 확장된 장에서의 응시. 실린 곳: 핼 포스터(편)(최연희 역): 시각과 시각성. 경성대학교 출판부 2004, 157~191쪽.

엘리아데, 미르치아(심재중 역): 영원 회귀의 신화. 이학사 2005.

윤용호: 한트케의 소설 『반복』에 나타난 슬로베니아 상. 실린 곳: 독일문학 제84집(2002), 259~278쪽.

이진성: 샤를르 보들레르. 건국대학교 출판부 2003.

이창재: 프로이트와의 대화. 학지사 2006³.

정윤희: '아브젝트'와 해체. 구성된 여성의 몸 – 한스 벨머와 신디 셔먼의 작품에 나타난 여성성과 그 재현의 문제. 실린 곳: 헤세 연구 제19집(2008), 295~319쪽.

정항균: 므네모시네의 부활. 문화 담론과 문학 작품에 나타난 기억의 형식과 의미. 뿌리와이파리 2005.

정항균: 타자와의 만남, 단독자로서의 예술가. 보토 슈트라우스의 『커플들, 행인들』 분석. 실린 곳: 뷔히너와 현대문학 제29호(2007), 127~150쪽.

정항균: Wenn Der Stechlin-Leser Zarathustra läse! 실린 곳: 카프카 연구 제14집(2005), 205~233쪽.

주은우: 시각과 현대성. 한나래 2003.

카뮈, 알베르(이가림 역): 시지프의 신화. 문예출판사 1999.

포, 에드가 앨런(김진경 역): 도둑맞은 편지. 문학과지성사 2003.

홉스봄, E. J. (강명세 역): 1780년 이후의 민족과 민족주의. 창비 2005[7].

허영재: 독일 문학에 나타난 통일과 재통일. 테오도르 폰타네와 귄터 그라스를 중심으로. 실린 곳: 독일언어문학 제10집(1998), 335~365쪽.

Anz, Thomas: Über die Lust und Unlust am Text. Zu Elfriede Jelineks "Lust". In: Johannes Cremerius u.a. (Hrsg.): Methoden in der Diskussion. Würzburg 1996, S. 195~210.

Arnold, Heinz Ludwig (Hrsg.): Gespräche mit Günter Grass. München 1978, S. 1~39.

Assmann, Jan: Das kulturelle Gedächtnis. Schrift, Erinnerung und politische Identität in frühen Hochkulturen. München 2005[5].

Baackmann, Susanne: Erklär mir Liebe. Weibliche Schreibweisen von Liebe in der deutschsprachigen Gegenwartsliteratur. Hamburg 1995.

Birkenseer, Karl u. Stuber, Manfred: Simpel oder Simplizianisch? Langweiliger Zettelkasten oder literarische Urkunde der Einheit? In: Mittelbayerische Zeitung, 26.8. 1995.

Blanken, Janet: Elfriede Jelineks "Lust" als Beispiel eines postmodernen, feministischen Romans. In: Neophilologus 1994 (H. 4), S. 613~632.

Block, Iris: "Dass der Mensch allein nicht das Ganze ist!" Versuche menschlicher Zweisamkeit im Werk Max Frischs. Frankfurt a.M. 1998.

Boehm, Gottfried: Paul Cézanne. Montagne Sainte-Victoire. Eine Kunst-Monographie. Frankfurt a.M. 1988.

Böhme, Hartmut u.a. (Hrsg.): Orientierung. Kulturwissenschaft. Was sie kann, was sie will. Reinbek bei Hamburg 2002.

Bonn, Klaus: Die Idee der Wiederholung in Peter Handkes Schriften. Würzburg 1994.

Bucher, Barbara Sabel: Poetik der Wiederholung. Søren Kierkegaards "Gjentagelsen". In: Klaus Müller-Wille u.a. (Hrsg.): Wunsch-Maschine-Wiederholung. Freiburg im Breisgau 2002, S. 49~62.

Caltvedt, Les: Handke's Grammatology: Structuralism, Poststructuralism, Reading and Writing in "Die Wiederholung". In: Seminar 1992, S. 46~54.

Cornell, Drucilla: Die Versuchung der Pornographie. Frankfurt a.M. 1997.

Czernin, Franz Josef: Zu Peter Handkes Erzählung "Die Wiederholung". In: Jeanne Benay (Hrsg.): >>Es ist schön, wenn der Bleistift so schwingt.<< Der Autor Peter Handke. Wien 2004, S. 10~22.

Deleuze, Gilles: Differenz und Wiederholung. München 1997.

Dworkin, Ronald: Only Words. In: The New York Review of Books, 3. March 1994, Bd. 151, Nr. 5.

Englhart, Andreas: Im Labyrinth des unendlichen Textes. Botho Strauß' Theaterstücke 1972~1996. Tübingen 2000.

Ewert, Michael: Spaziergänge durch die deutsche Geschichte. *Ein weites Feld* von Günter Grass. In: Sprache im technischen Zeitalter 37(1999), S. 402~417.

Fontane, Theodor: Unterm Birnbaum. In: ders.: Romane und Erzählungen in acht Bänden. Hrsg. v. Peter Goldammer, Gotthard Erler, Anita Golz und Jürgen Jahn. Berlin 1993 (Bd 4).

Freud, Sigmund: Jenseits des Lustprinzips. In: ders.: Gesammelte Werke. Bd. 13. Frankfurt a.M. 1976.

Frisch, Max: Montauk. Frankfurt a.M. 1975.

Frisch, Max: Tagebuch 1966~1971(Gesammelte Werk VI). Frankfurt a.M. 1976.

Frisch, Max: Triptychon. Drei szenische Bilder. Frankfurt a.M. 1979.

Fuß, Dorothee: "Bedürfnis nach Heil". Zu den ästhetischen Projekten von Peter Handke und Botho Strauß. Bielefeld 2001.

Gehlen, Arnold: Einblicke. Frankfurt a.M. 1975.

Gehlen, Arnold: Studien zur Anthropologie und Soziologie. Neuwied u. Berlin 1963.

Geißler, Rolf: Ein Ende des "weiten Feldes"? In: Weimarer Beiträge. H.1 (1999), S. 65~81.

Glöckner, Dorothea: Kierkegaards Begriff der Wiederholung. Eine Studie zu seinem Freiheitsverständnis. Berlin u. New York 1998.

Gallas, Helga: Sexualität und Begehren in Elfriede Jelineks Roman "Lust". In: Cremerius u.a. (Hrsg.): Methoden in der Diskussion, S. 187~194.

Gockel, Heinz: Max Frisch. Drama und Dramturgie. München 1989.

Grass, Günter: Ein weites Feld. München 1999[3].

Grass, Günter: Kopfgeburten oder die Deutschen sterben aus. Frankfurt a.M. 1982.

Grass, Günter: So bin ich weiterhin verletzbar. In: Zeitliteratur (Literaturbeilage der Zeitung Die Zeit) 4.10. 2001.

Guarda, Victor: Die Wiederholung. Analysen zur Grundstruktur menschlicher Existenz im Verständnis Søren Kierkegaards. Hanstein 1980.

Hankde, Peter: Der Chinese des Schmerzes. Frankfurt a.M. 1986.

Hankde, Peter: Der kurze Brief zum langen Abschied. Frankfurt a.M. 1974.

Hankde, Peter: Die Geschichte des Bleistiftes. Frankfurt a.M. 1985.

Handke, Peter: Die Wiederholung. Frankfurt a.M. 1992.

Handke, Peter: Langsame Heimkehr. Frankfurt a.M. 1984.

Handke, Peter: Phantasien der Wiederholung. Frankfurt a.M. 1983.

Handke, Peter: Wunschloses Unglück. Frankfurt a.M. 1974.

Heidemann-Nebelin, Klaudia: Rotkäppchen erlegt den Wolf. Marieluise Fleißer, Christa Reinig und Elfriede Jelinek als satirische Schriftstellerinnen. Bonn 1994.

Hiebel, Hans H.: Elfriede Jelineks satirisches Prosagedicht "Lust". In: Sprachkunst 1992 (H. 2), S. 291~308.

Hinck, Walter: Günter Grass' Hommage an Fontane. Zum Roman "Ein weites Feld". In: Sinn und Form. Beiträge zur Literatur. Hrsg. v. der Akademie der Künste. Heft 6(2000), S. 777~787.

Jelinek, Elfriede: Lust. Reinbek bei Hamburg 2001.

Jelinek, Elfriede: Fernsehinterview vom 15. 4. 1989. Literaturmagazin mit Charles Clerc, DRS/ 3SAT.

Jeong, Hang-Kyun: Dialogische Offenheit. Eine Studie zum Erzählwerk Theodor Fontanes. Würzburg 2001.

Kappeler, Susanne: Pornographie. Die Macht der Darstellung. München 1988.

Kierkegaard, Sören: Die Wiederholung. Die Krise und eine Krise im Leben einer Schauspielerin. Hamburg 1991.

Labroisse, Gerd: Zur Sprach-Bildlichkeit in Günter Grass' "Ein weites Feld". In: ders. u. Dick van Stekelenburg (Hrsg.): Das Sprach-Bild als textuelle Interaktion. Amsterdam—Atlanta 1999, S. 347~379.

Lacan, Jacques: Das Seminar Buch II. Das Ich in der Theorie Freuds und in der Technik der Psychoanalyse In: ders.: Das Werk. Hrsg. v. Norbert Haas u. Hans-Joachim Metzger. Übersetzt v. Hans-Joachim Metzger. Weinheim u.a. 1991[2].

Lacan, Jacques: Schriften II. In: ders.: Das Werk. Hrsg. v. Norbert Haas u. Hans-Joachim Metzger. Übersetzt v. Chantal Creusot u.a. Weinheim u.a. 1991[3].

Lethen, Helmuth: Die Vorherrschaft der Kategorie des Raumes und der Wiederholung. Wissenschaft und Literatur in den achtziger Jahren. In: Friedbert Aspetsberger(Hrsg.): Neue Bärte für die Dichter? Studien zur österreichischen Gegenwartsliteratur. Wien 1993, S. 8~25.

Lorou, Blé Richard: Erinnerung entsteht auf neue Weise. Kiel 2003.

Lyotard, Jean-François: Beantwortung der Frage: Was ist postmodern? In: Wolfgang Welsch (Hrsg.): Wege aus der Moderne. Schlüsseltexte der Postmoderne-Diskussion. Weinheim 1988.

Moser, Sabine: Günter Grass. Romane und Erzählungen. Berlin 2000.

Nelson, Theodor Holm: Literary Machines. Pennsylvania 1981.

Nietzsche, Friedrich: Also sprach Zarathustra. Stuttgart 1994.

Ortmann, Sabrina: netz literatur projekt. Entwicklung einer neuen literaturform von 1960 bis heute. Berlin 2001.

Ørgaard, Per: Günter Grass. Wien 2005.

Paz, Octavio: Das Labyrinth der Einsamkeit. Frankfurt a.M. 1996.

Platen, Edgar: Kein "Danach" und kein "Anderswo": Literatur mit Auschwitz. Bemerkungen zur ethischen Dimension literarischen Erinnerns und Darstellens (am Beispiel von Günter Grass' "Ein weites Feld"). In: ders. (Hrsg.): Erinnerte und erfundene Erfahrung. Zur Darstellung von Zeitgeschichte in deutschsprachiger Gegenwartsliteratur. München 2000, S. 130~145.

Raddatz, Fritz J.: Ich singe aus Angst. Das Unsagbare: Ein ZEIT-Gespräch mit Max Frisch. In: Die Zeit(Hamburg). 17. 4. 1981, S. 37~38.

Rasper, Christiane: Der Mann ist immer bereit und freut sich auf sich. In: Liebes- und Lebensverhältnisse. Sexualität in der feministischen Diskussion/Interdisziplinäre Forschungsgruppe Frauenforschung. Frankfurt a.M. 1990.

Richter, Karl: Resignation. Eine Studie zum Werk Theodor Fontanes. Stuttgart u.a. 1966.

Sauter, Josef-Hermann: Interviews mit Barbara Frischmuth, Elfriede Jelinek, Michael Scharang. In: Weimarer Beiträge 6(1981), S. 99~128.

Schlaffer, Heinz: Das Schicksalsmodell in Fontanes Romanwerk. Konstanz und Auflösung. In: Germanisch-Romanische Monatsschrift Bd. XVI (1966), S. 392~409.

Schmidgen, Henning: Das Unbewußte der Maschinen. Konzeptionen des Psychischen bei Guattari, Deleuze und Lacan. München 1997.

Schmidt, Rüdiger u. Spreckelsen, Cord: Nietzsche für Anfänger. Also sprach Zarathustra. München 1999.

Schmidt, Siegfried J.: Gedächtnis—Erzählen—Identität. In: Aleida Assmann u. Dietrich Harth (Hrsg.): Mnemosyne. Formen und Funktionen der kulturellen Erinnerung. Frankfurt a.M. 1991, S. 378~397.

Schmitz-Emans, Monika: Die Wiederholung der Dinge im Wort. Zur Poetik Francis Ponges und Peter Handkes. In: Sprachkunst. 1993, S. 255~287.

Schmitz, Walter: Max Frisch: Das Spätwerk (1962~1982). Eine Einführung. Tübingen 1985.

Simanowski, Roberto: Literatur.digital. Formen und Wege einer neuen Literatur. München 2002.

Sommer, Dietrich: Prädestination und soziale Determination im Werk Theodor Fontanes. In: Theodor Fontanes Werk in unserer Zeit. Symposion zur 30-Jahr-Feier des Fontane-Archivs der Brandenburgischen Landes- und Hochschulbibliothek. Potsdam 1966, S. 37~52.

Steinem, Gloria: Erotica and Pornography: A Clear and Present Difference. In: Ms, November 1978.

Stolz, Dieter: Nomen est omen. "Ein weites Feld" von Günter Grass. In: Zeitschrift für Germanistik. Neue Folgen II (1997), S. 321~335.

Strauß, Botho: Anschwellender Bocksgesang. In: ders.: Der Aufstand gegen die sekundäre Welt. München 1999, S. 57~78.

Strauß, Botho: Beginnlosigkeit. Reflexionen über Fleck und Linie. München 1997.

Strauß, Botho: Die Zeit und das Zimmer. München 1995.

Strauß, Botho: Paare, Passanten. München 2000[9].

Strowick, Elisabeth: Passagen der Wiederholung. Kierkegaard—Lacan—Freud. Stuttgart 1999.

Wallas, Armin A.: "und ich gehörte mit meinem Spiegelbild zu diesem Volk". Peter Handke als Schöpfer eines slovenischen Mythos. Zu Handkes Roman "Die Wiederholung". In: Österreich in Geschichte und Literatur. 1989, S. 332~338.

Weber, Dietrich: Erzählliteratur. Göttingen 1998.

Welsch, Wolfgang: Ästhetisches Denken. Stuttgart 1990.

Welsch, Wolfgang: Unsere postmoderne Moderne. Berlin 1997.

Werlich, Egon: Typologie der Texte. Entwurf eines textlinguistischen Modells zur Grundlegung einer Textgrammatik. Heidelberg 1975.

Widmer, Peter: Subversion des Begehrens. Eine Einführung in Jaques Lacans Werk. Wien 2004[4].

Wohlfart, Günter: Nachwort. Wille zur Macht und ewige Wiederkunft. Die zwei Gesichter des Aion. In: Nietzsche: Die nachgelassenen Fragmente. Stuttgart 1996, S. 295~314.

Wölfel, Kurt: Epische Welt und satirische Welt. Zur Technik satirischen Erzählens. In: Wirkendes Wort 10 (1960), S. 85~98.

Zehnpfennig, Barbara: Platon. Hamburg 2005.

1장   전체: 미발표 원고

2장   전체: 미발표 원고

3장   전체: 미발표 원고

4장   전체: 종교적 예외의 반복에서 미학적 창조의 반복으로. 키르케고르와 니체의 반복 개념 연
       구(실린 곳: 카프카 연구 제19집(2008)), 편집 수정

5장   전체: 미발표 원고

6장   1절: 미발표 원고

       2절과 3절: Die ¨Asthetik der Wiederholung in "Lust" von Elfriede Jelinek(실린 곳:
       카프카 연구 제18집(2007)), 독문 원고를 번역, 편집 수정

7장   1절: 미발표 원고

       2절: 페터 한트케의 『반복』에 나타난 욕망과 반복의 미학(실린 곳: 뷔히너와 현대 문학
       제25호(2005)), 편집 수정

       3절: 미발표 원고